U1019374

烟雨阁传说

之

饕餮盛宴

十月十二 著

贵州出版集团
贵州人民出版社

图书在版编目（CIP）数据

烟雨阁传说之饕餮盛宴 / 十月十二 著. —贵阳：贵州人民出版社，2018.9

ISBN 978-7-221-14266-5

Ⅰ.①烟… Ⅱ.①十… Ⅲ.①志怪小说－中国－当代 Ⅳ.①I247.5

中国版本图书馆CIP数据核字（2017）第127801号

烟雨阁传说之饕餮盛宴

十月十二 / 著

出版人　苏　桦
总策划　陈继光
责任编辑　潘　媛
特约编辑　季佩佩
版式设计　陈　晨
封面设计　源之设计
出版发行　贵州人民出版社（贵阳市观山湖区会展东路SOHO办公区A座）
印　　刷　长沙鸿发印务实业有限公司（长沙市黄花工业园3号）
版　　次　2018年9月第1版
印　　次　2018年9月第1次
印　　张　20
字　　数　290千字
开　　本　710mm×1000mm　1/16
书　　号　ISBN 978-7-221-14266-5
定　　价　39.00元

目录

第1章　九月菊

在三界交叉口的玄阴地，梅菜在送点心的路上遇到了神秘贵公子龙井。同时，烟雨阁里发生怪事，一位当红的姑娘跳楼，而梅菜的母亲也因此受害。在龙井的帮助下，梅菜解决了这件事情，并以此为由，在玄阴地上，修建了龙神祠。奇怪的是，有人见到了一个与梅菜一模一样的红衣小女孩。

夏天刚刚过去，一夜的风雨交加，早起一看，满地都是黄黄绿绿的叶子。

宛若沉睡未醒的烟雨阁，坐落于京城南边紫玉钗街，是纸醉金迷的中心，全京城最大的买笑场、销金窟。

大概这里的姐儿们艳名远播，烟雨阁虽说白天安静，晚上可是向来熙熙攘攘、车水马龙，跟其他人家省灯油省出来的一望无际的黑暗比，好像另一个光明的虚假世界。

现在是大清早，全烟雨阁仿佛都发出宁静的沉睡中的呼吸声，只有我早早起来，拎着篮子去采菊花。

我们家是紫玉钗街上专门给烟雨阁做点心的小铺子，爹是点心师傅，娘是裁缝店的女儿，平时做些针黹女红，我今年十四岁，也天天跟着打杂干点零活帮帮忙。

铺子有烟雨阁倚靠，足以让家里衣暖食饱，但是早些年我们实在是穷过来的，都说穷人的孩子早当家，我也不大愿意闲着，忙着一些零碎活计，倒也快快乐乐。

采菊花是要做鲜花月饼，爹做的月饼有孩子拳头大小，金黄润泽，香气扑鼻，翻月饼的模子花样是时令的各种鲜花图案，内馅以鲜花和栗子泥、莲蓉以及蜂蜜、红枣等调制，甜蜜清香，从来都被客人称赞是天下无双。

当初就靠了这鲜花月饼得到烟雨阁管事的赏识，指名要他做烟雨阁点心，爹才慢慢从点心铺小伙计熬到现在，有了自己的点心铺子。

所以爹常常挂在嘴边的一句话是“人啊，就是得感恩。”对烟雨阁做点心更是不遗余力，尽心研究。

今天说九月菊是时候开了，才叫我去烟雨阁后花园采些回来——烟雨阁讲究，原料都是要在自己园子出。

后花园各种珍奇花朵争奇斗艳，开得姹紫嫣红，九月菊尤其开得好，闻着馥郁香气，沁人心脾。

我哼着小曲将要全开的花儿快摘满篮子时，突然发现花丛下有一双男人穿的黑靴，鞋底冲外，倒八字搁着，样子还很新。

大概是哪个客人从后窗醉酒时取乐扔下来的，我轻轻踢了一下，想拾起来交给后花园管事的黄伯，却发现花丛里并不是一双黑靴，而是躺着一个穿黑靴的人！

这下可好，吓得我不禁喊出了声来：“谁？”

更没承想的是，那个人竟然还一声闷哼：“喂，小丫头，我快要饿死了，你来得正好，给我一些吃的吧。”

原来是个乞丐，我拨开花丛，却发现躺着的那人并不跟一般乞丐一样肮脏破败，而是一个二十岁开外，身量很高的年轻男人。

而且，仿若先生教的成语，鬓如墨画，眉若刀裁，象牙似的面孔长得相当好看，身上一件月白长衫，系宝蓝腰带，腰带上还嵌了一块好像很贵的玉。

他那垂着润泽黑发的头枕在自己胳膊上，一副有气无力的样子。

根本就是一个贵公子嘛。

但是这会儿这个公子确实很瘦，下巴尖削，衣领里微微露出的锁骨凸起得厉害。

我知道，只有没饭吃的人，才会凸出这种骨头。

我赶紧掏出当早饭的鲜花月饼，这公子倒也不客气，一把抓过去塞进嘴里，几乎没有咀嚼，一口吞下，然后长舒一口气，说：“嗯，好久没吃到这么好吃的供品了。”然后嗝了一声。

我纠正说："这个不是供品，是普通的月饼。"

"不打紧，"这个公子一下子精神饱满地坐起来，微笑道，"真的快要饿死了，这边的人拆了我的家，饭也没人给我做，要不是你来，不知道我还要躺多久。你帮了我，会有福报的。"

我笑道："你的家真的被拆了？还是你是为了哪个姑娘偷偷守在这个地方的？"

"小丫头知道的倒不少。"他的一双桃花眼又黑又大，灼灼地望着我，像是最明亮的晨星，"我确实是守在这里的，不过不提这个，你叫什么名字？是这里的丫鬟吗？"

"我叫梅菜，家在烟雨阁外面开点心铺子，是来摘花做点心往这里送的。"

"哈哈哈哈，梅菜？明明水灵灵的，叫扣肉倒差不多。你们家怎么给你取这么可笑的名字？"那公子一副乐不可支的样子，虽然好看，却真真是没有礼貌。

我干巴巴地回答："当时家里穷，娘怀我时想吃梅菜扣肉没吃成，取这个名字是希望我有可以吃梅菜扣肉的命。"

"梅菜扣肉啊？"那公子摸摸下巴，"我也好久没吃了，真想吃啊！"

虽然瘦，看他的穿着，不像是吃不上肉的，估摸一定是传说中的浪荡公子，为了青楼姐儿，散尽家财博美人一笑什么的，烟花街这种事可不少，花光了银子被赶出来，我也没少见过。

就是所谓的败家子嘛。

我不喜欢这种公子，他们净给别人添麻烦。看看篮子要满了，我转身要走，这个败家公子却叫住了我："梅菜！那个供品，我还要吃。"

"什么供品？都告诉你了是普通月饼！"

"无所谓了，就是那个，下次来还要带给我！"

"谁管你！刚刚才取笑完我的名字，说起来，你的名字难道很好听吗？凭什么取笑我？"

"哎哟，这么小的姑娘都找理由问我的名字，"这个公子好看的眼睛流光闪烁，"女人啊，不论年龄大小都一样。都怪我实在太英俊，不过既然你给我供奉，而且梅菜扣肉和龙井倒是绝配，以后准许你喊我一声龙井大人吧。”

龙井？明明是刚才现想出来的假名字吧？你当我是傻瓜吗？摆明是在戏弄我！我气鼓鼓地走了。

一定跟黄伯告你一状。

黄伯是这个后园的看守人，脾气相当暴躁，生怕有人糟蹋了花花草草，因为私自贩卖园里的花草也是一门子买卖。

听见我告诉有浪荡青年留宿后花园，他马上八字眉倒竖，边咕哝着：“又是哪个打不走的穷小子。”边从藤椅上站起来快速地冲进园子。

黄伯矮矮的个子，小脑袋小脚和大肥肚子让他看上去很像一个被人抽打而旋转前进的陀螺。

可正在这时候，一声惨叫划破宁谧，黄伯愣住了。我回头一看，面对花园的后窗二楼，一个披头散发的年轻女子衣衫凌乱，满脸惊怖，居然毫不犹豫地直直从二楼跳下来了，黄伯“咦”地叫了一声，连滚带爬地跑了过去。我愣了一下，也扔下篮子跟过去。

跑近一看，我也认识，原来是正当红的姐儿瑞霞姑娘，她和我还算相熟，因为最喜欢爹做的西湖牛肉羹，经常差我送过去，赏钱给得很大方，但据说在姐儿里风头出得太盛，人缘不佳，好几个姐儿恨她夺了自己的客人，背着她嚼了不少闲话。

此刻只见她美丽脸庞一片惨白，双目紧闭，头发胡乱乱地披垂下来，鹅黄秋衫解开一大半，露出月白里衣，连白皙的削肩膀也露了出来，这一声尖叫不仅惊吓了黄伯和我，旁边的后窗都撩开纱帐，露出睡眼惺忪兀自在打哈欠揉眼睛的姐儿的身影。

黄伯忙喊人：“不好啦！瑞霞姑娘坠楼啦！”

这一声不要紧，不一会儿姐儿和小丫鬟莺莺燕燕聚了一片。

眼瞧着被黄伯掐了人中，瑞霞姑娘慢慢睁开眼睛，望着围成一圈的众人，却仍是害怕得全身哆嗦，冷汗把刘海都沾湿了，没有血色的嘴唇还发着抖直念叨着：“救救我，救救我！”

大家都面面相觑，我赶紧问：“瑞霞姑娘，你慢慢说，出什么事了？”

瑞霞姑娘紧紧抓住我的手，颤声说：“早上刚送走了王公子，我闩了门，想再睡一会儿，一偏头看见梳妆台镜子映出我身后有、有个一身碧色的女人。”

说着打了个寒战，瑞霞姑娘的房间我去过很多次，因为当红，布置得富丽堂皇，那紫檀木料，嵌着佛家八宝的梳妆台，流光溢彩，尤其气派。

黄伯粗声道：“许是哪个姐儿在屋里作弄你呢？烟雨阁别的没有，就是姐儿遍地开花。”

“不……不是的，我也觉得哪个姐妹趁我出门送公子时偷跑进我屋里作弄我，回头一看，我身后一个人也没有，屋里空荡荡的，而且……而且再回头，那人还在镜子里！我看得清清楚楚！她脸上笑着，脖子上系着一圈又一圈的锁链，不能是人啊！

“她就那么一步，一步地往我身后逼近，面孔看不清，但看得出她越笑越开心，我实在害怕，便从窗子跳出来了。”说完瑞霞姑娘全身宛若刚从冰窖里捞出来，犹自抖个不停。

大家议论纷纷，姐儿里一个年长些的，平素稳重大方，最有分寸的牡丹姐分开人群走进来，便扶起瑞霞边说：“许是瑞霞魇着了，我在烟雨阁这么些年，没听说什么怪力乱神的事，大家也先别胡思乱想，待我扶瑞霞休息一下，姐妹们且散了吧！”

各个姐儿们纷纷花容失色，扶着丫鬟各自回房，黄伯赶紧跟牡丹姐搀起瑞霞姑娘，去账房寻管事的去了。

我也吓得不轻，感觉寒冬腊月一盆冰水从棉袄领子灌进来，脊背冷得要命。正想回去寻篮子回家，冷不防一只手啪的一下拍在我肩膀上，吓得我险些哇的一声哭起来。

然后一双很温暖的臂膀把我抱起来，笑着戏谑道：“梅菜梅菜，每次看见我都得嗷嗷喊，是我是我！”我抬头一看，原来是龙井。

怪不得这个臂膀温暖是温暖，却实在硌得慌。

男女授受不亲，我用力挣开他，给了他一个白眼。回身去找篮子，却发现篮子在他身后。刚要伸手拿，他赶忙把篮子抱在怀里，得意扬扬地说："刚才跳楼那姐儿遇到的事，我能猜出个几分。"

"就凭你？"我抢过篮子，回身走了，"我不信。"

龙井还在后面喊："梅菜，这事解决不了来找我吧！谢礼那个月饼就是了！不过先不要告诉别人关于我的事情，不然你被别人笑话，莫要赖在我头上。"

我头也没回，原来他对于自己名声还蛮有自知之明的，必定臭名昭著，都说浪荡公子油嘴滑舌，我可不能被他戏弄了。

回家娘直嫌我回来得晚，日头上来露水蒸干了，菊花做月饼不新鲜，我忙告诉爹娘瑞霞姑娘的事情，但说话算数，留心没提龙井。

爹娘都目瞪口呆，娘喃喃地道："这几天夜宵莫教梅菜去送了，毕竟那种地方……"

爹点点头，又摇摇头："这种事，怎么说，我还是不信。"

娘不高兴了："宁可信其有，不可信其无，反正不许梅菜再去送夜宵了。"

爹边苦着脸说："那谁去？铺子没人顾，你去？"边望望娘手边的一大堆针线活，摇摇头。

娘哼了一声："我去就我去，这点活计，少瞌睡一会儿就赶出来了。"

我劝娘："不碍的娘，您忙您的，我去烟雨阁送夜宵这么些年，没碰到什么怪事，我看只怕是瑞霞姑娘真魇着了。"

娘没有理我，吩咐我赶紧把菊花瓣洗干净，赶着做月饼，自己收拾针线去了。

到了晚上，是送糯米丸子的时候了，糯米洗净泡水，磨成浆，和了擀成薄皮，点上桂花枣泥馅包起下锅炸，竹签穿上，黄灿灿香喷喷，是客人最喜欢的小点心之一，因为得趁热，我刚想去送，被娘拦下了，自己挎上食盒赶去了烟雨阁。

我和爹相对苦笑，各自忙自己手里的活计。

我正把新鲜栗子剥壳，爹边揉面边问："瑞霞姑娘那件事，你信是不信？"

我犹豫了一下，还是摇摇头。

爹笑："不信就对了。"

可是，不见得一个梦真能把人吓得跳楼吧？

爹仿佛看穿我的心思，说："很多东西是信则灵，也有很多东西说不清，但你记住，不做亏心事，不怕鬼敲门。人只要问心无愧，自有神佛保佑。"

我点点头说明白了。

横竖爹永远是个一本正经的人。

过了一个时辰还是不见娘回来，爹有点着急，吩咐我看铺子，要去接娘，我刚刚应声，却听见一阵噼里啪啦打门的声音，这个时间不该有客人，怕是娘回来了，我赶忙跑过去开门，却没承想，外面站的竟然是烟雨阁的账房总管莫先生。

我刚纳闷为什么这么晚来结账，却看见莫先生身后几个人正抬着一个竹架子，竹架子上躺着的竟然是娘！

莫先生擦擦头上的汗珠，因为他耳背，总怕别人听不清他的声音，以他独特的大嗓门喊道："梅二，不好啦！你媳妇晕倒在烟雨阁啦！"

爹赶紧跑过来，只见娘安安静静地躺着，呼吸调匀，面色也很好，好像睡着了，还有浅浅的鼾声。

爹摇摇娘："欸？这婆娘莫不是累得睡着了吧？"

边说着边把娘抱进屋里，莫先生晃进来，擦擦秃脑门儿上面的汗，吼："什么关头，不要想水饺的事啦！你媳妇送了夜宵，我们只当她回家了，谁想到半个时辰前小厮告诉我她躺在瑞霞姑娘门口，可吓死人啦！有点三长两短，我们也是脱不了干系呀！

"你说说，这叫什么事，叫了先生来瞧，先生也是丈二金刚摸不着头脑，只说没有异状，全然是睡熟了，我们想尽办法也叫不醒，只好送她回家啦！你个梅二，怕是你们家活计多又不请伙计，把你媳妇累成这个样子吧？"

我赶紧打来冷水，用布巾浸湿了擦拭娘的脸，娘皱皱眉，居然翻了个身继续睡。

爹也失了方寸，只顾拼命摇晃娘的肩膀。莫先生接着吼："行啦！先生讲，且让娘子休息一晚，明天睡够了只怕就醒了，娘子毕竟安然无恙，怕是操劳过度累的。明天再不醒，找咱们一起商量。”

娘是昏倒在瑞霞姑娘门口？

我赶紧拉住莫先生，问:“莫大爷，瑞霞姑娘当时没有在房里吗？”

莫先生皱皱眉，先“啊”了一声。

我赶紧大声重复了一遍，莫先生露出“可算听清楚了”的释然表情，吼道：“瑞霞姑娘说睡在房里做噩梦，她哪里敢住，现在还吓得魂不附体，可怜见的，在牡丹那里一直没回来呢！那屋子妈妈说怕人心不安，今天才请的道长做法，已然封上了。”

肯定和那个瑞霞说的碧色女人有关。

送走莫先生，我和爹一晚上没睡，想尽办法，也没能叫醒娘，眼看鸡叫天泛白，爹顶着黑眼圈，攥着娘的手，呜呜哭了起来。

我心里眼里都发酸，跟爹商量说不如请个道士给娘看看。爹无力地点点头。

我跑去打听，早起卖豆浆的刘奶奶抚掌道：“你且放心，我认识可靠的道长。”

嘱我看好摊子，两只小脚快速交替，飞奔而去。

半个时辰后，我已强忍担心帮刘奶奶卖了大半豆浆，刘奶奶终于带来一个穿杏黄道袍的干瘪腮，留两缕鼠胡子，带一副鼠相的老道士。

刘奶奶留下收摊子，我带道士回家。

道长自称姓李，他拿出桃木剑和八卦盘，围着娘绕了几圈，突然大喝一声：“魄呀！尊夫人的魄丢了！”

爹忙问：“那还能找回来吗？”

李道长哼了一声，装模作样地说：“这有何难？且带我去夫人丢魄的地方瞧瞧。”

向莫先生诉了原由，所幸白天烟雨阁安安静静，我和爹架着娘，带李道长来到了瑞霞姑娘的房间。

房间里犹有甜甜的熏香味道，看着半人高的梳妆台，我突然觉得阴森森的。

李道长摆开阵势，大喊常人听不懂的咒语。

咒语念毕，李道长看向了镜子，忽然冷不丁地怪叫了一声，像是看到了什么可怕的东西一样，扔下桃木剑就跑了。

所幸在外边有好多看热闹的杂役，他们看李道长跑出来赶紧往里看，可谁也没看出李道长到底是被什么给吓跑了。

爹呆若木鸡，我缓过一口气，说明了情况。大家全噤若寒蝉，莫先生嘶吼："生意没法做啦呀！这可怎么办啊！老天爷想起一出是一出啊！不赏饭吃啊！"

"莫先生，人人讲究闻道有先后，术业有专攻，"有小厮建议，"莫不如，去贴求贤状，请人禳治禳治。"

"这倒是。"但莫先生马上又摇摇头，大声吼道，"哪里有那种能人呢？"

说起"能人"，现成倒是有一个，眼下没有办法，不如相信那个龙井公子一次。

爹是没心情管我了，我径直回家拿了一篮子月饼，跑到后花园，黄伯的屋子没有人，想必也跑去帮忙了。

但愿龙井没被黄伯发现。

我蹑手蹑脚走进九月菊花丛，小声喊："龙井大人，龙井大人？"

没有人回答。

我一下坐在花丛里，最后一丝希望也没有了，我忍不住也呜呜哭起来。

这时一只细长的惨白的手搭在我右肩，一个让人毛骨悚然的声音幽幽地说："拿来，给我。"

我吓得声都不敢出，慢慢转过脑袋，鼻涕眼泪便凝住了，是龙井。

吃饱了月饼，龙井响亮地打了个嗝，刚想伸手剔剔牙，想起月饼里没有肉，根本无物可剔，这才扫兴地放下指头，悻悻嘟囔："供品有肉惯了。"

我虽然还是闹不懂他为何总要讲什么供品，但还是忙说道："有肉的有肉的，只要你救了我娘，红烧蹄髈五花肉你随便开口，还有，看你日子过得好像温饱不济，这倒是一个巧宗儿呢，若你能除了那鬼，想必烟雨阁定会重重酬谢。"

龙井眼睛一亮：“全羊全猪能有吗？”

“那还不是小事情！”我豪爽地替莫先生为烟雨阁拍拍胸脯，“要什么有什么！”

龙井薄唇一勾，粲然一笑道：“咱们走！不过跟着我可以，你最好别出声。”

我忙点头，为了救娘，我做什么都可以。

带龙井来到瑞霞姑娘的房间，这会儿是没人看热闹了，大家都躲得远远的，朱红色的门半掩，刚扯下的符咒还破破烂烂地挂在门口，里面一阵阵冷风吹出来，分外阴森。

龙井大剌剌地推开门，直接走进去了，我在后面忙拽着他衣角，哆哆嗦嗦地跟上，然后他对着镜子敲了敲。

我从他身后勉强才偏头看看镜子，但见镜子里有个女人，再仔细一看，目瞪口呆，镜子里面的，竟然是娘？

我赶紧揉了揉眼睛，有点难以置信，娘好像看见我了，还对我微微一笑，我忍不住喊了一声：“娘！”

龙井一瞪眼：“女人就是天生不遵守承诺。”

说着还跟有过什么经验教训一般，竟长长叹口气。

忽然有个声音响了起来，像是个女人在嫣然一笑：“我道是谁，您也醒过来了？”

龙井点点头，满不在乎地说：“是啊，我醒了，你也该回去了。”

我一惊，这是谁的声音，怎么只有声音，没有人？难不成……是妖怪？

龙井摆明跟那声音很熟，不会跟他们是一路货色吧？

那个声音笑了起来，听上去更诡异了，她问龙井：“这个小姑娘是你的什么？”

龙井说：“是我的信女，醒来什么都没有，饿得我躺了一阵子，幸亏她供奉了我。”

那个女人的声音又像是对着我笑：“小姑娘，你知道他是谁吗？”

我下意识就摇摇头，但马上反应过来，警惕地四处望，可还是没能看到什么。

女人的声音更开心了：“原来你还不知道，他啊，是个什么都吃的怪物。”

“什么？”我大吃一惊。

女人的声音接着说：“他不是人，是个有名的怪物，名字叫饕餮，尤其喜欢吃人心，吃生魂，几乎看见什么吃什么，看他是喜欢把你的嫩肉削成一片一片涮火锅，还是敲开你的头吸脑髓。”

掏铁是什么？铁匠吗？真名叫掏铁？龙井果然是个假名啊！

我忙松开紧握着的龙井衣角，龙井跟妖怪关系不浅，根本是老相识！都怪我轻信陌生人，这下难逃一劫了！爹娘，原谅不孝女儿害了你们！

没承想龙井满不在乎地点点头：“她说的倒也不是全是错的，我就喜欢吃，什么都吃。”

女人的声音从镜子里传了过来：“过来，我来保护你。”

我望向镜子，娘慈爱地看着我，向我招手，仿佛在说：“梅菜，来啊来啊。”

我不由自主地迈动脚步，娘在叫我。

龙井伸手拦住我：“她告诉你我是谁，我也告诉你她是谁。”

女人的声音温柔地说道：“不要相信他，难道你不想和你娘在一起？”

我要我娘！

龙井把我拖回来，说：“说起吃生魂，你好像是最擅长吧？要不你就告诉梅菜你脖子上的锁链是怎么来的。”

对了，瑞霞姑娘是说过，噩梦里的女人，脖子上有锁链！

那女人的声音却凌厉了起来：“梅菜，赶紧过来，他要吃了你！”

我冒出汗珠，眼瞅着伸头一刀，缩头也一刀，现在该怎么办？

龙井一把抓住我，说：“这个女人呀，其实不是鬼！”

说着，对我笑了一笑。

果然，会害人的就是这个龙井啊！我怪想哭的。

龙井指指梳妆台：“先别害怕，你看上面嵌着什么？”

我对梳妆台印象很深，是佛家八宝，顺着龙井手指一看，是一大块泛着碧色的砗磲。

“这个砗磲就是她，修成有灵后四处吃人生魂养精气，是我把她用锁链封住了，还好心带她在身边享受供奉，但是谁知道家被拆了，她居然给人当宝贝嵌到梳妆台里了，想想真是好笑，哈哈哈哈……”

说着，龙井按着左肋，好似笑岔气了一般。

好笑？

那女人的声音满腔怨怒，听上去还真有点像是那个砗磲里发出来的：“小姑娘，你相信他，还是相信你娘？”

娘还在招手，苍白的脸上挂着笑，从镜子里看，娘就在我身后。那个光景相当恐怖，我呼吸困难，只觉得喘不过气了。

“嗯？”

龙井像是发现了什么似的，伸出骨节分明、修长白净的手，一个扎满了针的人形布包不知道从哪儿落在他手里。

我仔细一看，上面竟然写着“瑞霞”二字。

龙井夸张地作恍然大悟状：“原来是牡丹对瑞霞下的咒啊？抢恩客，这么无聊的理由，就要别人死吗？女人真可怕，怪不得你醒得最早，原来有你最喜欢的怨念。不过你也该回去了，这个地界出了乱子，别人知道了，我面子上过不去。”

而这个时候，娘在镜子上的影子忽然模糊了起来，眼瞅着要消失了，我伸手想抓却抓不到，只觉得已经站不住了，身体像站在海浪上一样左摇右晃——像是要被拖到哪里去。

龙井一副很看不起人的样子翻翻白眼，从怀里掏出一个泛黄账册样的东西和一支陈旧脱毛的笔，伸舌头舔一下笔尖，边写边口里喃喃：“你的名字是，碧螺春……”

先是龙井，又是碧螺春，他是有多热爱茶啊？

那个女人的声音一见到了那个册子，立刻尖锐了起来：“为什么这个账册还在你手里？不是被摧毁了吗？别把我关进去！好不容易才出来！我不要回去！”

但是就在龙井落笔的同时，一阵青烟落进了账本上，梳妆台上的砗磲猛然也没有了碧色。

龙井伸手向砗磲掏了掏，从里面拿出一个光球，他轻轻吹了一口气，光球慢悠悠地飞走了。

然后他回头对我说：“你娘该醒了，带我去吃肉吧！”

我定定地望着镜子，里面只有我了。我害怕地问：“你能告诉我你到底是谁吗？你，不是人吧？”

龙井粲然一笑：“随便你怎么想吧！”

我不甘心：“至少告诉我那个‘醒来’到底是怎么回事？还有那个破烂手册是怎么来的？还会有别的这种东西出现吗？”

龙井挠头：“其实啊，我也想知道是谁拆了我的家，盖成这所青楼，是谁让我睡了这么久，是谁又唤醒了我，我只能告诉你，这个地方暂时是安宁不了了，原本封印在我账册里面的名字全变成了白纸，我只能一个一个把他们写回来，想想就麻烦。”

这时门外吵嚷起来，龙井回头看看，说：“供品放在老地方，我要全猪全羊全鸡全鸭，要是我吃不饱，嘿嘿，”他对我露出白牙齿，“就照碧螺春说的，吃梅菜火锅！”

然后轻飘飘地从窗口跃下，我赶忙跑过去一看，影子都没有了，只有九月菊开得灿烂。

龙井，你到底是什么来头？还有，我真想冲他吼一声：那个全猪全羊全鸡全鸭，我一个小丫头，要怎么置办？

这时门咣当开了，李道长被五花大绑塞进门里，但见他口中塞着布巾，面孔吓得青白，只听见莫先生的大嗓门在门外嘶吼：“李道长，你就想办法收了那邪物吧！你要什么我们给您什么！要不名声坏了，生意没法做，叫我们喝西北风去？”

李道长进屋后吓得几乎晕厥，两条腿使劲乱蹬，终于倒在地上，双眼翻白，口吐白沫，不省人事。

这时听见爹在喊：“谁看见我们家梅菜了，梅菜！你娘醒了，你在哪儿啊！莫不是还在那个房间？哎呀，救救我女儿啊，我的命哟，怎么这么苦啊！”

我灵机一动，如果我说这怪异的事情，是我祓除的，借此讨要祭祀品，肯定可以逃过一劫。

大家听到里面没有了动静，胆大的先把门开了半扇，我学着李道长的动作，双手合十，信口胡诌：“不洁之物已被驱走，大家安心吧！神明感念我一片孝心，上了我的身，已将我娘安全送回。现在此地清净了。”

大家呆愣了一阵，一个岁数很大、胡子花白的杂役“哎哟”了一声，说：“我听祖上说过，此地，以前确实是龙神祠啊！”

大家一听，欢呼起来：“龙神显灵啦！”

说着，簇拥着我大喊龙神万岁。

我自己倒是都给愣了，他们真的这么好骗？

龙神祠，龙井是说过这里以前是他的家来着，难道是真的？

龙井那个败家子模样，竟然是龙神？

我想我的人生，好像正面临着一个很大的转折。

我趁机提出大大拜祭龙神的要求，尤其大量奉上牲畜，大家纷纷赞同，莫先生更表示烟雨阁愿意出资酬谢龙神，想来我总算不会变梅菜火锅了，不由得松了口气。

但是李道长吓得高烧不退，昏睡不醒，被抬去瞧大夫了，倒是可怜见的，道长不好干，干不好有风险。

回到家，娘精神已经大好，正半躺在藤椅上，爹给娘烫脚，娘舒服地叹气。

我实在忍不住心里的疑惑，问道：“娘，为什么您会晕倒在瑞霞姑娘门口？”

娘一下子脸色煞白，想必当时吓得不轻，爹直向我摇手不许我再问，娘却制止爹，说：“本来我也想跟梅菜说的，其实我也不知道，当时送完夜宵，本想回家，却看见一个穿红衣的小女孩，从我身边跑过去。我只道是你，正疑惑你怎么跟过来了，想带你回家，一转眼看见你进了瑞霞姑娘的门，我吓了一跳，正要骂你胆子不小，却发现瑞霞姑娘的门，明明是锁着的。

我越想越纳闷，只担心你，没顾得害怕，便从门缝向里瞧进去，恍惚听见有人喊我，再以后，像做梦一般，云里雾里不清楚。

但是好像有一个女人，我陪她说话，正聊得高兴，突然听见你从窗户外喊我娘，我叫你进来，接着便不记得了，直到醒过来。”

背影和我相似到娘都认不出的红衣小女孩，到底是谁呢？可不见有这么个人啊？

希望不是什么怪力乱神，我可不想再跟龙井蹚浑水了。

第2章　十月霜

原来龙井是上古神兽，龙生九子之一的饕餮，能吞天地万物，专门镇守玄阴地。梅菜因为之前请到了他帮忙，所以被当地居民称为龙神使者，专管给龙神祠送祭祀，并给龙井提供怪事的线索供龙井庇护百姓，帮助龙井抓到了一个附着在头发上的灵物。

祭祀龙神的仪式相当隆重，各大家畜被红烧成油亮亮的摆在后花园供桌上，有钱的烟雨阁还真的斥资兴建了一个小小的龙神祠，黑瓦白墙，甚是清雅。托我胡诌的福，我被大家称为龙神使者，简直要被大家捧到天上，待遇前所未有的好。

虽然被我送了好几年的夜宵，现在大家看见我送夜宵，都不由浮现出一种受宠若惊的表情，然后得意扬扬地对客人说这些可是龙神使者特地送来的呦。

客官们也表现得又惊又喜，感觉食物不是梅二做的，而是龙神赏的。

秋天过去，天冷得很快，终于到了露水变成霜的十月份。

十月里大家都开始喜欢吃热腾腾包含一兜汤汁的翡翠小笼包，佐以蒜末醋汁，一口咬进去，牙齿先戳破薄如蝉翼的翠绿外皮，接着触及鲜甜虾仁，然后一口高汤喷进唇齿，直让客人大呼过瘾，客人开心，赏钱自不会少，我正盘算着偷偷攒一笔，给爹娘做两件御寒的衣服。

这天回家时已经深夜，四下黑漆漆的，只有烟雨阁红色灯笼在我身后远远摇晃，走夜路是走惯了的，倒不觉得什么，只是初冬的风有点刮脸，我跺跺脚，加快了脚步，决定从小径抄近路回家，出门时爹给我做的糖炒栗子，我打算趁热吃。

“梅菜！”

有人在喊我。我回头看看，并没有人。许是听错了，我继续走。

“梅菜！”

声音飘飘忽忽，分不清男女。我停下脚步，又回头仔细看了看，但是只有衰黄的草和掉光叶子的柳树条在随风晃动，不要说人，小猫小狗都没有一只。

倒是烟雨阁的灯笼好像怪兽的两只红眼睛在背后瞪视着我，我决定赶紧回家，便小跑起来。

“梅菜！”

这个声音没完没了，我不敢回头——小时候就听大人讲过，走夜路听见人家叫你的名字，万万是不能答应的，因为不知道叫你的，到底是不是人。

转过弯要看见家门口了，这条路我走了几百次，可是我停下脚步，这，这还是刚才那条小径中间那道弯。

我心头一凉，这不是鬼打墙吗？这次又是什么怪事要被我遇上？

我用力搓起变得冰冷的手，不要慌不要慌，姥爷说过，是狐狸在戏弄人，对了，吐口口水试试，我嘴里干涩，攒了好大力气，才吐出一口口水，好了，冲过去！

眼看转弯到家，我又来到小径中间。

起风了，柳树条像鞭子一样甩动起来，我又冷又怕，哆嗦起来。

“梅菜！”

呼之不去的这个呼喊，我不敢答应，谁知道是谁喊的呢？

答应了莫名其妙的呼喊，从而被鬼抓走的故事，不止听见一两个了。阿弥陀佛，阿弥陀佛，现在好想回家，好想和爹娘围在炉火旁吃糖炒栗子！

正寻思着呢，地上突然伸出一只白色的手抓住了我的脚踝，我头皮一奓，吓得要没气了，反而叫不出来，接着一个脑袋从地上扬起来，对我笑。

是一个剃成瓜皮头的小男孩，头顶一根红绳系着一个小辫子，乌溜溜的眼睛，苹果脸，接着，从地上，肩膀出来，腰身出来，腿脚出来，他松开抓我脚踝的手站起来，拍拍身上的土，现在虽然不是滴水成冰的寒冬腊月，但也已经结霜了，他却只穿一个红肚兜，脸色还红润润的，好像一点也不冷。

这个七八岁的小男孩，看着眼生，难道……他跟龙井一样，不是人？

小男孩咧嘴一笑，明显缺两颗门牙："小姐姐，你怎么走那么快啊，瓜片我呀，喊你半天也不见你回答，只好把你拉回来啦！"

瓜片？不会又是龙井账册里的灵物吧？肯定是，他到底是有多喜欢用茶叶的名字命名自己的手下啊。

见我不回答，自称瓜片的小男孩说："小姐姐我口真渴啊，给我些喝的吧！"边亲亲热热地牵起我的手，头直往我肩膀上蹭。

虽然他表现得很友善，但毕竟是异类，我还是不敢答应。

瓜片抬起头，突然一副怒容："你为什么不理我？"

我舌头都吓麻了，只不住的心说，谁来救救我啊！

只听瓜片接着说："我不喜欢别人故意不理我！"

可我已经完全不知道，此情此景我应该说点什么才好。

瓜片偏过头，突然张开嘴，说："小姐姐不给瓜片喝的，瓜片只好自作主张地喝你的血啦！"

眼看咬上来了，我已经跟融化的雪人一样听天由命了。刚要闭上眼睛受死，可惜爹娘再也见不到我了……我这是造了什么孽？可没承想就在这个时候，瓜片突然像是被看不见的手拎到半空，然后不见了。

欸？

龙井不知道从哪儿跳出来，很严肃地对我说："我吃糖炒栗子，要热的，再私藏好吃的，我就眼睁睁地看他吃了你。"

我定睛一看，原来那瓜片是一只毛色鲜绿的鹦鹉。

"不能和他对话，只要回应一声，他便得到你的声音，然后可以模仿并取代你，"等龙井大嚼到热乎乎的糖炒栗子，才告诉我，"它就喜欢弄死小孩子，它说因为小孩子喜欢弄死鹦鹉。"

“和你认识真是太麻烦了！”我忍不住大叫。

“过奖了！”龙井噗噗吐出栗子壳，精准地射击在炭火上，撞出一串火星。不仅如此，他还得意地做出一副“你行吗”的自大表情。

我已经不想用白眼翻他了。

“对了，你账册里有没有一个红衣小女孩？”我想起娘的话，一直有些在意。

龙井皱起鼻子：“没有啊？我只有瓜片一个是小孩形体。其他的都一副故意吓人的姿态，嚯嚯嚯。”

话说他们吓人真的这么让你自豪吗？

这时忽然听见袅袅歌喉：“后宫佳丽三千人，三千宠爱在一身。金屋妆成娇侍夜，玉楼宴罢醉和春。姊妹弟兄皆列土，可怜光彩生门户。遂令天下父母心，不重生男重生女。骊宫高处入青云，仙乐风飘处处闻。轻歌曼舞凝丝竹，尽日君王看不足。渔阳鼙鼓动地来，惊破霓裳羽衣曲。”

龙井凝神听了一听，说：“这个声音，是相熟的呢。”

我忙问是谁，龙井神秘一笑：“这几天大鱼大肉吃腻了，早早给我准备翡翠小笼包吧！”

说着，跟自己赞同自己一样“嗯”了一声：“我等你来找我。”

便大摇大摆地走了。

哎，龙井像黏土沼泽一样，跟他碰上就会被卷过去陷下去，今天真晦气，我叹口气，也许明天会比今天更晦气。

恍恍惚惚，一个红衣小女孩的背影一直在我前面跑，我拼命去追，却总也追不上，跑得筋疲力尽，才刚刚把手搭在她肩膀上，她正要回头，我却突然被打门声惊醒，原来是梦。

赶紧披衣服开门，原来是烟雨阁的乐师胡大姐，胡大姐一副急慌慌的样子，推我进门，并慌忙回身看了看，确认四下无人后麻利地闩上门，回身惊恐地对我说：“龙神使者，不好了，牡丹姑娘出事了！”

“啊？”我还没从睡梦之中完全清醒过来，“你说啥？”

胡大姐颓然坐下，说：“事情是这样的，昨夜里徐大爷过来，指名要听鸳鸯姑娘唱一曲贵妃醉酒，鸳鸯姑娘你认识吧？”

我当然认识，鸳鸯姑娘据说是梨园出身，行当是大青衣，也算小有名气，坏就坏在她遇人不淑，跟一个唱小生的日久生情，居然私奔出戏班子，结果被小生骗了金银细软，还被卖到了烟雨阁。

开始非要寻死，后来不知道怎么劝开的，居然乖顺地做起姐儿来，而且仗着戏唱得好，生意做得有声有色，恩客都是些上了年纪的风雅客人。烟雨阁特地给她请了乐师，可谓风头正盛，据说强过唱江南小曲的瑞霞姑娘，而且似乎为人处世老到，人缘也甚好。

见我点头，胡大姐接着说：“偏巧鸳鸯姑娘染了风寒，嗓子出不了声，可是不敢推却，大爷岂是好惹的，正头疼呢，牡丹姑娘笑吟吟地来了，只说自己会唱，愿意替鸳鸯招待。”

“我们和牡丹姑娘共事这么些年，从没听说她会，再说唱得不好，大爷怪罪，谁也担不起，谁料到，牡丹姑娘居然自己扮上，自行献唱一曲，大爷听呆了，反应过来直喊好，大大打赏了我们。”

我没明白：“这不是好事吗？听说救场如救火，没想到牡丹姑娘竟如此多才多艺。”

胡大姐惊怖地摇头：“事情没有这么简单，牡丹姑娘的唱腔，老到婉转，一听就是名角，而她之前连小曲都唱不好，再说了，她若有这个本事，早能名扬天下了，根本不必屈就烟雨阁。”

胡大姐说得有道理。

接着胡大姐道：“而且啊，牡丹姑娘根本不识字，每次恩客留了条子，她总得央人念来听，所以若是恩客有什么私密事，她都只能抖出来，没办法保密，为这个丢了不少恩客。”

“王公子留下的情籤，她也央别人念了听，结果王公子被人取笑得恼羞成怒，干脆改去瑞霞那里，再不见牡丹了，牡丹还怄了好大一口气，本来王公子见牡丹行事贤惠得体，已经透出赎她为小妾的意思了，牡丹年岁渐长，正想从良，这下断了念想，听说哭得几乎没了气。”

哦，怪不得瑞霞姑娘被她诅咒，原来里头还有这个内情。

不过这跟唱戏的事有什么关系？

胡大姐喘口气，我忙端了茶水了，胡大姐饮尽了，接着说，“可是昨天，她给大爷挥手写了一阕李清照的声声慢，而且是漂亮极了的梅花小篆。”

我不禁瞪圆眼睛：“还有这种事？”

“不仅如此，”胡大姐说，“牡丹虽是大方得体，有分寸惯了的，但昨夜举止，端的是个大家闺秀，神情姿态，全然变成另一个人。”

“奇怪是奇怪，但也不能断言是出怪事吧？”我说，“如果牡丹姑娘勤学苦练，这倒没什么不可能。”

“是啊，事情没有那么简单，我现在要说的才是重点。”胡大姐说着，咽下一口口水。

我赶紧续一杯茶，给胡大姐压惊。

胡大姐摆摆手，说：“事情是这样的，我们也说牡丹莫不是为了王公子的事，要做女秀才了，揣着好奇心，我们几个乐师便跑去问牡丹姑娘的丫鬟秋儿，秋儿比你大一两岁，尚是个孩子，听我们问，回说也没见牡丹姑娘学什么东西啊。

“又想了半晌，只说这两天牡丹姑娘休息时不要她伺候，只当为王公子的事受了刺激，也没敢强求，我们越发怀疑，便待送走徐大爷，偷偷去牡丹姑娘房间外面偷听，想知道她这么短时间改变这么大的原因。

“屋子没有点灯，黑漆漆一片，我们在纱窗下，只听见牡丹姑娘在和一个陌生女人的声音谈话，说什么失去的东西，都要连本带利讨回来，付出什么代价都成交，我们正疑心是谁在屋里，却听见一阵凄惨尖叫，忙推开门进去。

“可只看见牡丹姑娘自己端端正正地坐在绣床上微笑，我们不论怎么问，她只是摇头不答，我们也没办法，正要回去，突然看见床下有……”

胡大姐深深吸一口气，“一块完整的人头皮，还连着三尺青丝……头皮仿佛刚扯下来的，还滴滴答答地流着血……我吓得不敢出声，牡丹姑娘冷冷地盯着我，怕是知道我看见她的秘密了，我不敢惊动别人，只敢跟使者商量，我怕，牡丹姑娘已经不是牡丹姑娘了，不晓得那是谁的头皮，只怕有人已经被她吞吃了！现今之计，只有请龙神大人袚除怪事，救救我们了！”说着直跪下来。

我虽说这些天经历了不少古怪事，但还没见到有死人的，不由得全身恶寒，看来这个闹事的，便是昨夜唱贵妃醉酒，龙井说声音相熟的那一个。

龙井的那些灵物，实在太可怕了，如果任由这些灵物作祟下去，大家都会生活在朝不保夕的危险里，只有帮龙井早日收回它们，我们才能回到以前的平静生活。我为了保护大家，只能是尽快找到怪事的根源，并叫龙井收回。

这么想着，我扶起胡大姐，说：“我去向龙神祈祷，胡大姐先安心，这事情，我来想办法。”

拿来翡翠包子，我去龙神祠找龙井，龙井却不在，倒看见瓜片百无聊赖地蹲坐在供桌上，缺门牙的嘴大张着，正一颗一颗往里丢葡萄。

哎哟，莫非龙井这个不靠谱的，把灵物又放出来了？

我赶紧想跑，他却急急喊住我：“小姐姐，先别急着走，饕餮大人有话对你讲。”

我还是心有余悸，回头瞧着他，他咧嘴一笑：“我的能力被他封印在妖簿里，现在的瓜片我呀，就是一个和你一样的小孩。”

我半信半疑，可还是不敢回答他，万一他骗了我，我就成了葡萄的替代品被他丢在口里了。

瓜片美滋滋地笑，大概葡萄吃得开心：“你爱信不信吧！饕餮大人说，上次叫你不出声，你非要乱喊，再去行事，也不带你了，现在大人出去访友，你且留下翡翠包子，若是大人回来满意，自然前去袚除。”

开什么玩笑！人命关天的时候，他居然跑去访什么友！不行，为了防止悲剧发生，我得先找牡丹，把她关起来也好，可不好任由灵物吃人。

“喂！饕餮大人说不许你去，你听不懂吗？”没有理会瓜片急赤白脸的叫喊，我跑去了牡丹姑娘的房间。

牡丹姑娘没在，我望向床底，干干净净，根本没有一丝血迹和头发。

“龙神使者，来找我有事吗？”一个柔美的声音从我身后响了起来。

我惊出冷汗，牡丹姑娘回来了。

使劲把僵硬的脖子扭过去，牡丹姑娘还是平时那么端庄，我随口扯谎：“听说瑞霞姑娘住在你这儿，不知道她受到上次的惊吓，大好了没有，龙神爷托梦叫我过来瞧瞧。”

“龙神爷？”牡丹姑娘微笑，“上次多亏了龙神爷了，要不然姐妹们天天提心吊胆，怎么做生意？生意做不好，大家也不用活下去了。这次得了徐大爷打赏，我正想去酬神呢。”

龙井偏又不在，不然带去龙神祠，收进账本，一了百了。

“对了，”牡丹姑娘忽然说道，“我正想去寻龙神使者，有件事情有几分诡异，想来想去，怕搁着不管酿成大祸，还打算求你跟龙神大人说一下。”

一个灵物遇到诡异的事？这本身就很诡异。

看到我半信半疑的样子，牡丹姑娘俯下身，在我耳边轻轻说：“弹月琴的胡大姐，最近有点奇怪。”

果然胡大姐发现她的秘密，她要恶人先告状啊！

我说：“别的先不提，我想问问牡丹姑娘，你什么时候学会唱戏和写字的？”

牡丹姑娘嫣然一笑：“我道是什么大事，大张旗鼓跑来我这里，果然不是为了区区一个瑞霞啊！戏嘛，是我瞧了这些年，照猫画虎，初次登台，大家叫个好，也就是个人情意思，而那《声声慢》，哈哈哈，我会写的字，通共只有那么几个，若是拆开，我许得好好端详，也未必能猜出那是什么字。”

欸？这话，倒是不好反驳。

牡丹姑娘按我坐在绣墩上，说：“我未进烟雨阁前，是伺候一个寡妇的丫鬟。这个寡妇的死鬼丈夫，生前是个读书人，极为风雅，寡妇独守空房，甚是寂寞，竟自比一个叫李清照的，专门写她的词寄给爱风雅的男人，只盼着赶紧有人慧眼识珠。寡妇交际甚广，有时写不过来，竟叫我照样子誊下，开始写得丑，慢慢地，竟然能与寡妇的字一模一样，有时候，她自己都分不出来。”

牡丹姑娘说得头头是道，一副胸有成竹的样子，不过，龙井确实是说那唱腔是他相熟的，牡丹姑娘绝对有问题。

但是我架不住好奇心，还是忍不住问：“昨夜在房里，到底谁同你说话？”

牡丹姑娘抚掌大笑：“哪里有什么人啊？想必自己说梦话，被人听了去，也当是有人同我聊天呢！”

话说到这里，我突然感觉，胡大姐好像一点证据也没有啊！

“那你说胡大姐有点怪是什么意思？”

“胡大姐年轻的时候姿容也不错，曾经是个有名头的歌女，现在年老色衰，却仅仅落得个给人伴奏的下场，你看看，人这种东西，如果一直往上走，就算进步缓慢，但只要越来越好，总会抱着希望，而且感觉自己每一个脚步都踏得有意义，有价值。

“但是如果爬到顶端却坠落下来，眼睁睁地看着自己后面的人都变得高高在上，心里的这个感觉，就叫作落差。我没有扯远，我想告诉你的是，胡大姐就是那个掉在地上，落在曾经远远及不上自己的人后面的人。”

我摇头表示听不懂，我只知道好比《西游记》里面，妖怪吃人是天经地义的，而人不想被吃也是天经地义的，至于落不落下，还是时常爬树的猴子比较清楚。

牡丹姑娘摸摸我的头，笑道：“有些事情，你不管情不情愿，早晚也会知道。现在，我告诉你胡大姐的异状，你去西楼看看。”

西楼是乐师们的住所，我跑了过去，长廊里点着熏香，青铜狮子香炉好像在阴惨惨地老盯着我看，我快步走在开满了牡丹花的波斯织锦地毯上，长廊还没到尽头，已经隐隐听见有一群人在哭，我跑起来，越过好像漫无尽头的长廊，看到一群痛哭流涕的乐师。挤进人群，看到胡大姐躺在床上，衣冠整齐，但是面色肿胀，颈上是触目惊心的青紫色勒痕，眼睛还大大地瞪着。

拖过一个婢女问怎么回事，她抽抽噎噎地哭着说："昨天大家收到徐大爷的打赏，高高兴兴的，胡大姐说觉得牡丹姑娘变了个人似的这个事情有蹊跷，我们就去牡丹姑娘那里偷听，但也没听出什么，我们也就自行回房了，谁知道今天早上，同事月琴的柳三姐找胡大姐配个丝弨，胡大姐的门却怎么也叫不开，唤了莫先生和小厮撞开门，居然看见胡大姐自缢在梁上！"

胡大姐怎么会死了？难道跟找我告状的事情有关？

如果牡丹姑娘因为秘密被胡大姐发现而害死胡大姐，那么为什么她每件事情都能解释清楚，而且根本没有牡丹姑娘是妖怪的任何证据——除了龙井说，他认得那个歌喉。

我一点头绪也没有。

当务之急是找到龙井，只有他能一眼认出到底是不是属于自己的灵物在作祟。

找龙井，只能去问瓜片了。

虽然瓜片的能力是取代跟他说话的人，弄不好，我的小命也要断送了。可是谁是灵物还没弄清楚，恐怕拖下去，只会再让无辜的人受害，拖一个时辰，就有一个时辰的危险。

我决定去赌一把，只当昨天龙井没有及时出现，瓜片已经吃了我，我还赚了一天的活头哩！反正如果任由灵物作祟，早晚也会轮到我。

我以一种自己想不到的勇敢走在后花园里，近来后花园百花凋谢，毫无生机，在萧瑟的初冬，我踏在疙疙瘩瘩的白鹅卵石小径上，充满慷慨赴死的感觉。

龙神祠到了，我壮着胆子一脚踢开龙神祠的门，刚要问瓜片，却看见龙井正和瓜片一起蹲坐在供桌上，用蜡烛烤翡翠包子和不知道哪里来的蛤蟆腿吃，他们俩看见破门而入杀气腾腾的我，惊呆了。

龙井冲我伸手递出一个烤得吱吱冒油的蛤蟆腿："你也想吃是吗？下次大不了等等你，这么生气做什么。"

龙井！你终于回来了！

"闹出怪事的，到底是谁？"我开门见山地问。

龙井吐出蛤蟆骨头，说："你运气真好，瓜片说你去找牡丹了？

看你脑壳还完完整整的嘛！”

瓜片附和着：“没错，毛尖她不爱吃酸菜，太酸了，也没有油水。”

“我是梅菜，不是酸菜！”说完，发现瓜片居然真的只是白我一眼，而没有任何举动，难道他的能力真的被封印在账册里了？

毛尖，是这个灵物的名字吧？又是茶，现在我已经完全对茶叶丧失兴趣了。

“听你这意思，胡大姐是被害死的吗？”我气冲冲地说：“赶紧把附在牡丹身上的灵物祓除，给胡大姐报仇！”

胡大姐虽说没什么钱打赏我，但她为人慈爱，我很喜欢她，现在就这么被人害死了，那对方实在太可恨了！

“谁说胡大姐是被毛尖害死的啦？她明明就是自尽身亡，你不是也看见了。”龙井又拿出一条蛤蟆腿，还讲究地在身旁的红烧蹄髈上蹭了一层油再架到蜡烛上。

“你说啥？”

“我吃饱了，走，带你访故友去，毛尖可是一个美人呢！”吐掉蛤蟆腿骨头，龙井在供桌铺着的黄绫上蹭了蹭手上的油，昂首挺胸地出去了，我赶紧跟上去，瓜片则大喊：“毛尖脾气不好！酸菜，可莫要得罪她！”

我已经完全忘记不能和瓜片说话的禁忌，大喊一声：“我是梅菜！你这个不会学舌的鹦鹉！”

这个时候，客人还不曾登门，烟雨阁静悄悄的，在这一片宁谧里面，有十分好听的声音透了出来：“原来姹紫嫣红开遍，似这般都付与断井颓垣，良辰美景奈何天，赏心乐事谁家院，朝飞暮卷，云霞翠轩，雨丝风片，烟波画船，锦屏人忒看的这韶光贱！”

牡丹姑娘正独自在她的房间唱一出《牡丹亭》，歌喉婉转得简直不像这个世界的声音。上次离得很远，犹觉得袅袅婷婷，近来听，简直宛如天籁。

“毛尖，该走了！”龙井大大咧咧地说。

牡丹姑娘甩一下水袖，掩面笑道：“客官是在叫谁？若是愿意捧牡丹的场，牡丹晚上等着您。”

龙井撇撇嘴："你们到底是听谁说账册已经不在我手上的？"说着要掏出账册。

我一看，妖怪又要被封印，也狐假虎威地说："你以为骗得了我们吗？害人精！赶紧从牡丹姑娘身上下来，这下收了你，看你跟谁装蒜！"

话音未落，牡丹姑娘的头发突然像蛇一样动起来，飞快地缠住了龙井的手。

我吓了好大一跳，龙井也不反抗，倒是苦笑："哎哟，这下我怎么拿账册呢？"

一个甜美的嗓音说："嫉妒，是我最喜欢的东西，这里俯拾皆是，我怎么舍得回那个空空荡荡，什么都没有的账册，清静无为地修行呢？"

这个声音，并不是牡丹姑娘发出来的，她只是微笑着，嘴唇根本没动，但我却感觉这声音确实是她发出来的。

"饕餮，损坏了妖簿，本来也是你自己犯下的错，你为自己犯的错赎罪吧！"话音未落，那头发紧紧包住龙井全身，龙井说："你看看，女人吧，总有两个缺点，一个是把别人看得太低，一个是把自己看得太高。梅菜，你以后可不要成为这么别扭的女人。"

作甚把火引到我这里？

牡丹姑娘的头发简直像是听得懂人话，分过一绺要把我缠起来："男人啊！也没有一个是好东西，你不要长大，跟我一起，与其被伤害，不如去伤害别人吧！"

眼看要被卷走了，我不知不觉退到桌子角，腰被狠狠撞了一下。

龙井突然大喊："梅菜！用灯油泼她！"桌子上确实有一盏八宝琉璃灯，我抓起来扔进这一团仿佛自己在飞快成长的头发里，头发被油浸湿，火星也在灯盏被撞破时点燃了头发，噼里啪啦地烧起来。

"嗷，嗷！不要烧我最重要的头发！我的头发！我的美貌！"在这一声声惨叫里，牡丹姑娘背过身来，我赫然发现，原来她后脑勺儿在头发的遮掩下，竟然暗藏着一张美人的脸，那第二张脸，像是在……尖叫！

龙井和我早已被自顾不暇的头发松开，龙井从容地掏出账册，牡丹姑娘突然倒下了，而她的头上，已没有了头发，甚至没有了头皮，只有一颗光秃秃的头骨。

我吓得禁不住退了两步，难以置信地望向龙井："这到底怎么回事？牡丹姑娘还有救吗？"

龙井耸肩："是她自愿让毛尖附在她头上的，付出自己的肉体寄生毛尖，死约定，变不得。"

我忙问："自愿？还有人自愿要灵物附自己身上的吗？"

龙井想了想，好看的桃花大眼露出了几分狡黠："你也冷吧？给我弄蘑菇火锅，我就告诉你。"

"你……"

"蘑菇和山珍，我自己带回来了，你就把锅架上，把酱汁调好吧！"

龙井、瓜片和我围在龙神祠里，用一大捆香烛炙烤不知道谁供奉的鼎，龙井飞快地捞起刚刚熟透的香菇，塞进嘴里，呼一口气："虽说比不上黄铜火锅，也算可以吃了。"

瓜片把茭白塞了满嘴，没空说话。

我用汤勺敲敲鼎："吃也吃了，可要速速告诉我，毛尖到底是个什么东西！"

"啧啧，"龙井吞下一口汤汁，"说她现在变了，倒也没错，不过以前，她倒是一个美人呢！"

瓜片咽下茭白："美人！"

龙井点点头："唱戏的正旦，自然百里挑一。不过自古红颜多薄命，她死得很惨。"

"惨！"瓜片鼓着腮，一边大嚼一边含混不清地说。

"怎么个惨法？"我问。

"她呀，那会儿色艺俱佳，尤其出名的是那一头长发，被称为青云髻。有句话，叫木秀于林，风必摧之。一个人强过别人太多，不仅未必是好事，还有可能是灾祸。你把那个茶树菇扔进锅里。"

我忙添了茶树菇，又舀进一勺高汤，接着催龙井往下讲。

龙井跟瓜片同时夹起一片芦笋，两人你争我夺，等得我好不着急。

芦笋争夺战到底是龙井一副以大欺小的姿态赢了，瓜片敢怒不敢言地继续捞香菇。

“毛尖有几个师姐妹，大家同时出师，在同一家戏班唱戏，别人一提那个戏班，只知道名扬天下的毛尖，别的猫猫狗狗连艺名人家都记不熟，几个女人怀恨已久，有一个王爷也要纳她为妾，说是爱她那一头青丝。嗝……口燥了，梅菜，给我拿甜瓜来。”

“这个季节怎么会有甜瓜，给你截萝卜凑合凑合吧！”我递过剩下的白萝卜，龙井嫌弃地看了一眼，还是大嚼起来。

“师姐妹们实在眼热心狠，一合计，不如杀了毛尖，用她的头发做成唱戏时的假发。咔嚓，这萝卜倒也够脆，只是不够甜。”

“那后来呢？毛尖被害死了？”我急不可耐，龙井经常吃着吃着把话题移开，可恨至极。

“她的头皮被剥下来了。”龙井说得很淡定。

我打了一个冷战，这就是嫉妒之心？

“是呀！毛尖在戏班里，有个青梅竹马的娃娃亲，那个男人本来要跟毛尖定日子成亲，但是听说了王爷的事情，觉得自己要被毛尖背叛，所以毛尖连个人保护也没有，就这么被骗到野外，剥了头皮，她的怨念，附在头发上，寄生在谁身上，谁就能听见她煽动自己的嫉妒，人人都会有嫉妒心，你就没有羡慕过有钱人家小孩无忧无虑的优渥生活吗？”

“也羡慕过，”我答道，“但他们是他们，我是我，羡慕又如何？”

“你倒是明白。”龙井接着说道，“她会把羡慕、妒忌，吃到自己肚子里面，被她盯上的人会被骗，说要想得到想要的东西，就用自己的头皮，交换毛尖长在自己头上。”

胡大姐看见的，原来是牡丹姑娘自己的头皮……

“那，胡大姐就是被毛尖杀人灭口害死的吗？你还说她自尽身亡。”

“胡大姐？她确实是自己想不开啊！不是我袒护我的灵物，就是这么回事。木耳呢？我又饿了！”

“胡大姐不可能好端端无故自杀！”我义愤填膺地说。

“我就跟你说，嫉妒是个可怕的东西。胡大姐瞧着一个普普通通的牡丹都能唱个满堂彩，自己却韶华渐逝，碌碌无为，沦落给牡丹这种人伴奏，想想自己的从前，竟然觉得不若不再苟延残喘，处处不如人的生命，早早了结又何妨。”

龙井警惕地盯着熟了的食物，生怕被瓜片抢了先：“憋着一口气就打算自缢了。可是临死还有心事未了，她不愿意牡丹就那么容易得到本应该是来之不易的光华，所以倒先跑到你那里告状，想让牡丹也被我从人上拉下来。女人心，就是这么难懂的东西。毛尖说得对，有些事，不管你情不情愿，早晚都得知道。”

夜深了，龙井遣瓜片送我回家，幸亏如此，不然夜宵想必以后没法送了，我回身看着烟雨阁的灯笼，只觉得烟雨阁这个红眼睛的怪兽，正张大了口，等着把人吞噬进去。

“好冷好冷，快快走，我还要吃糖炒栗子呢！”瓜片不耐烦地催着。

十月的冷风，真的好冷，但是人心，远远比它更冷吧。

第3章　冬月寒

梅菜在给龙井跑腿的过程中，结识了天生带着仙骨的通灵少年李绮堂，发现龙井账簿上的灵物，都以茶叶的名字命名，像是带着什么秘密。在李绮堂的帮助下，龙井收了一个附身于衣柜上的灵物。

越来越冷了。一早起来，说话时总伴着浓浓雾气，大街上的人开始行色匆匆，一副不愿在冷风里停留的焦躁模样。

爹早早起来磨豆子，甜豆花是时下最受欢迎的点心，趁热软软滑滑的吞到肚里，真是寒冬里的一大享受。

娘招我过去，给我一件桃粉色棉袄，絮着满满的棉花，穿在身上，暖到心里。娘给我整整领子，道："明日庙会，爹娘铺子里生意太忙，没法子陪你，姥爷过来带你去玩，好不好？"

"太好了！"我禁不住欢呼了起来，姥爷最疼我，而且姥爷的性格不像一般大人那样古板，他幽默风趣，是个老顽童，我一心期盼着明天会是一个晴天。

第二天果然天遂人愿，好蓝的天，我在门口盼了好久，终于等到戴着毡帽、拎两只鸭子的姥爷。

姥爷做了一辈子裁缝，眼睛不大，身量普通，嘴角上翘，什么时候都像是快快活活的，人又爱笑，眼睛周围有很重的笑纹，穿一件羊羔皮里的夹袄，一双横梁老头乐，脸颊被风吹得红通通的，远远对着我大喊："宝贝外孙女！"

当初爹娘成亲时，爹可谓是一穷二白，一个孤苦伶仃的穷青年，喜欢上隔壁铺子裁缝店女儿，不敢托人说媒，只怕给不了娘好日子，反而让娘跟着受苦，居然是姥爷听见风声，倒觉得小伙子诚实勤劳，硬是不顾姥姥反对，就让娘嫁了，还自己贴进去间房子。别人都嚼舌头说老头子古怪，姥爷呵呵一笑，从不理会。

我扑进姥爷怀里，姥爷笑说：“几个月不见，小梅菜居然成了龙神使者了，怎么样，给姥爷看看寿？”

我噘起嘴：“姥爷莫要笑话梅菜，前几日烟雨阁出了人命，公差还来带梅菜问话呢，梅菜头一次去公堂，好生害怕，心下想着，这劳什子使者，梅菜可再不愿意当了。”

姥爷从怀里掏出一小罐麦芽糖给我，道：“牛鬼蛇神的事姥爷可没有遇到过，不过上次那个案子姥爷听说了也吓了一跳，头皮被剥掉的那个姐儿死的时候，你也在场？吓坏了吧？这样的场面怎么能叫一个小丫头看见？真是的。”说着摇头，几根稀疏白发随风摇荡，爹娘也早出来笑迎，我忙把姥爷往屋里让：“姥爷歇一会儿，歇好了带我去逛庙会！”

“好好，”姥爷笑，“正想着听梅菜讲讲龙神爷的事呢！”

我把案子略去龙井、瓜片，大致给姥爷讲了一遍，姥爷皱眉道：“烟雨阁怎么这么不太平？许是冤屈多了，才滋生这么多异事。那假发是如何到了牡丹姑娘手里？”

我回答不知道，实际上，问了牡丹姑娘的丫鬟，她只说不知道，又问她可看见什么生人出入，她想了好久，说是见过一个红衣小女孩曾经在她前面转角跑过去，她只当是我来送夜宵，追上要订桂花糕，却追在走廊死角消失了，仿佛钻进了墙里，还吓得她发了一场烧。

我也想知道，这个红衣小女孩不是龙井的灵物，到底是谁呢？她和烟雨阁的诡异事件，又有怎么样的联系呢？

姥爷看我发呆，只当我急着去庙会，心不在焉，便带着我去庙会了。

今天天气格外好，天蓝得像刚洗好的青缎子，上面浮动着鱼鳞一般的白云，微微有风，仗着穿得暖，阳光照下来，居然觉得很和煦。

庙会上人头攒动，商贩们扯着嗓子吆喝，卖艺的壮汉正赤膊摆碎大石，卖狗皮膏药的瞎子举着“药到病除”的幡蹒跚迈着步，两侧摆摊子卖胭脂水粉的更是琳琅满目，应接不暇，姥爷给我从一个胖大叔手里买了糖葫芦，鲜红的山楂裹着亮晶晶的一层冰糖，酸酸甜甜真好吃！

我正吃得开心，突然看见前面的人群都自动让出一条路，姥爷抬眼一看，忙把我也扯到路边，我侧过头，是一群皂衣家丁正簇拥着一个衣着华贵的少年，那少年昂首走在前面，大概比我大二三岁，五官精致得宛如女孩，戏台子上也见不到这么好看的模样。

平日里那些富贵公子鼻孔看人，可是讨厌得很，但是，这个公子虽然华贵，居然并不让人觉得讨厌——我还没见过这种一看就招人喜欢的公子。

等他们走过去，我问姥爷那人是谁，姥爷说："你还不知道？是这一带有名的神童——李绮堂。"

"李绮堂？哪方面的神童？"我问。

我家隔壁的小三子很能吃鸭蛋，倒是时常被称为鸭蛋神童。

"姥爷一个粗人，也不大懂读书人的事情，但是据说他四五岁就出口成章，八九岁画得一手好丹青，想是书香门第的神童了。到底是出身显赫的大户人家，三代为官，全族都是官场上的，他姑父就是郡守柳大人，他爹前些年辞了官，专心道学，要修仙呢！所以想来这个神童就是他们家的下一个继承人了。"

我似懂非懂地点点头，小门小户的孩子，略识些字，能读写自己名字，再能记账就更好，所以我身边没有那种有学问的人，他们的那个世界于我，是很遥远的。

继续逛着庙会，看见一个故衣摊子，姥爷一手牵着我，一手在里面翻了翻，居然找到一小块白狐狸毛皮，问摊主价钱，摊主却是一副没见过这毛皮的样子，左右看了看，犹豫再三，说了个价，姥爷还价，他居然一口答应，一副忙于出手的样子，于是姥爷高高兴兴地以很便宜的价格买下，准备动手给我缝条狐狸围巾。

晚上回家，爹已经煮好芋头甜团子，我自告奋勇地要去送，姥爷想陪我，被我按下了，如果不分麦芽糖给龙井，想必他又会大闹，先给他拿去，免得麻烦。

姥爷今天留宿我们家，叮嘱我快回来，大家还要吃烤白薯，我答应一声，急匆匆出去了。

送完夜宵去龙神祠，果然龙井一副迫不及待的样子：“等得不想等了，再不送，只好去寻你。”

我忙说：“千万不要，吓到我爹娘，就此绝交。”

龙井撇撇嘴，唇齿都被麦芽糖粘住了，瓜片也想抢些来吃，龙井护住罐子不给，瓜片还想抢，被龙井变成原型——鹦鹉，扑扇着翅膀干着急：“给我！给我！”

“你个傻鸟知道什么美味，赶紧送梅菜回家！”龙井用沾满麦芽糖的嘴含混不清地说。

走在回家路上，瓜片一副气呼呼的样子，我答应下次私下分给它些，瓜片说：“算了！饕餮大人什么都知道，瞒不了。”

这时突然听见一种“咻……咻……”好像很粗重的呼吸声。声音虽不大，但在一片寂静里，竟然有点刺耳。

我还没反应过来，瓜片以它独特的鹦鹉嗓子喊着：“谁呀？谁呀？”

咻咻的声音没有回答，但是我感觉到声音的来源越来越近了。

“这是账册里的灵物？你的朋友吗？”我问瓜片。

瓜片的鹦鹉嗓子竟然有点慌乱：“不，不是，我不认识它。”

一个很低沉的，不像人世间的声音突然响起：“衣服给我……给我……”

“我的灵力被封印在龙神爷的妖簿里，现在没法子保护你，不过还好，我们这些账册灵物的所见所闻，就跟饕餮大人自己见到听到一样，饕餮大人马上就会来的！”瓜片在我肩膀上慌慌张张地说。

“衣服，给我……”那个声音越来越近，几乎就要黏在我脚边，可龙井还是没有出现。

“别给他！”瓜片扑扇着翅膀，两脚交替踩在我肩膀上，“这个东西很危险！咸菜，跑！”

我已经没心情跟它争辩我的名字了，撒腿开跑，边跑边问：“龙井怎么还不来？”

瓜片飞起来，说：“不知道！饕餮大人肯定已经见到这些场景了！

约略被什么事绊住了！”

这下可真是曹操背时遇蒋干，胡豆背时遇稀饭——倒了霉了。

虽然已经跑起来，那个声音仿佛黏住了我，根本逃不开，我闻到一种奇特的、发霉的、陈旧的味道，越来越近。

终于，一团黑影扑倒了我，这个味道越来越浓烈，我好像被卷到了旋涡里，一切都变得扭曲了，只听见瓜片在聒噪地喊："咸菜！咸菜！”

这时远处有一点点的亮光，越来越近，我好像一件洗完了被拧成麻花状的衣服，意识逐渐模糊起来，接着像是承受不了这种绞拧的力道，渐渐什么也不知道了。

“啪啪……”

什么东西在响？

“啪啪啪啪……”这个声音既急促又清脆，我勉强抬起沉重的眼皮，浑身酸痛不已，映入眼帘的是一个少年，还有点眼熟，他正拿着一个陈旧发黑的快板，急速甩个不停。

一个严肃的少年手上下翻飞卖力地打着快板，不知道为什么看上去有些好笑。

少年停下手，站了起来，一下子离我好远，现在离我最近的是一双绣着银线的华丽灰缎子靴。

“欸？”我这才发觉自己躺在白鹅卵石小径上，怪不得硌得浑身酸痛，我赶紧爬起来，瓜片落在我肩上，用力吞下一粒花生还是什么坚果的样子，叫："人家救了你！人家救了你！”

“啥？”我才反应过来刚才差点断送小命，“那个东西呢？这是怎么回事？”

“姑娘，夜深了，还是莫要出来乱走得好。”少年没有多解释，像是还有什么别的急事，就那么转身走了。

“欸？”我追上去，“那个，刚才谢谢你！”

他头也没回地挥挥手，我停下脚步，喊："你是谁啊？”

那个少年顿了顿，才说道："白天不是还在庙会上见过吗！”

就这么径自走掉了，银灰色的身影在暗夜里闪闪发光。

“你朋友啊？”瓜片说。

“不是！我不认识他，他刚才说庙会吧？啊！他就是那个李绮堂！”我恍然大悟地用力一拍手，直吓得瓜片扑扇起翅膀来。

“那个妖怪呢？瓜片？”

瓜片嚷着：“跑啦！跑啦！”

我又问：“那个少年怎么会有本事救我？”

瓜片侧头看看我：“你不是他的熟人吗？你看不出他有仙骨吗？”

“仙骨？”莫非那个神童不仅才高八斗，肯定能当大官，还修道有成，有望成为仙人？

不过他真的很神奇啊！庙会那么多人，连我一个小丫头，都过目不忘，也是他的本领吧？

“走吧瓜片，我把剩下的麦芽糖分给你。谁知道龙井忙什么去了！”这才真真有种劫后余生的感觉。

“走吧！走吧！”瓜片欣喜地落在我肩上，“烤白薯也给我吃！”

“好，让龙井喝西北风去！”

爹娘姥爷皆嫌我回来得晚，正要责怪我贪玩，突然看见我肩膀上的瓜片，都奇怪地问哪儿来的。

我只好回说客人吃得高兴，随手赏我的。

娘担心地说：“这种有钱人家的玩物，咱们家养得了吗？”

姥爷道：“一只鸟，能吃多少东西，花生酥瓜子糖的渣子都够它吃了，回头我用柳条给它打个鸟笼，你们俩忙铺子的事情，有它陪陪梅菜也好。”一边说，一边摸摸瓜片的头。

瓜片突然喊起来：“长寿！长寿！老丈活到一百〇六！”

“哎呀！”我们一家全笑了。

姥爷说：“好鸟好鸟，这么会讲话。不留下，我都不答应。”

想不到瓜片这么懂人情世故，真是小看它了，以后就叫瓜片陪我，龙井见死不救，活该自己在龙神祠喝西北风，我气鼓鼓地想，以后我也不去看他了，让他无聊死。

吃过了烤白薯，把瓜片放在床头柜子上，瓜片脑袋窝在翅膀里就要睡，我急忙拍它：“先不要睡，给我讲讲李绮堂是怎么救的我！

当时我还以为要死了。”

瓜片把头抬起来，黑豆似的眼睛乌溜溜地闪着光：“还真是险些是要死了！我就说你命大，那个东西一身邪气，肯定是饕餮大人和我们被封印的这些年，这玄阴地上新修成的灵物，它能把人整个生吞活剥，毛都不剩一根。而且，它是吃精气的东西，越吞吃人的种种怨念，越强大。这个烟雨阁都是人的猜忌、嫉妒、憎恨，就好像一个大宴会一样，附近的灵物都会赶来大快朵颐，饕餮大人是这一方的守护神，他一醒来，连同落在外面的我们这些账册灵物，加上闻风而动的新修灵物，怪事就要开始上演了。”

“玄阴地？可是这些年，我都没有听说或者遇见什么怪事啊？”我忙说。

“这个么……”瓜片倒像是在瞒着什么似的，吞吞吐吐地说道，“你以后就知道了。”

以后……也好，以后的事情以后再说。

“说了半天，李绮堂到底是怎么救的我？”七拐八绕，我险些忘了我问他的初衷。

“那个少年？他有一张银色的弓箭，弓箭上附着破魔的罡气，我都吃了一惊呢！那本该是供奉的宝贝，不知道他是怎么得来的。那个灵物虽然邪气重，道行却浅，少年不知有心还是无意，没有射中，吓得那妖怪立时隐去，不敢出来。而你当时已经三魂七魄就要散尽，若不是他用返魂响板叫你回来，只怕你现在还在奈何桥排队呢。”

“返魂响板？怪不得迷迷糊糊只听见那个快板的声音。”

“那也是个宝物，可能那少年家世代都是修道之人，要不这种常人见都难得见上一见的东西，怎么会在他身上？”

这个李绮堂，究竟是个怎样的人呢？

带着这个疑问，我睡着了。

第二天正在给爹娘帮忙，姥爷唤过我，把一个非常精致的狐狸围脖套在我脖子上，我开心极了，不由得对着镜子照了又照。姥爷笑：“瞧把你高兴的！”

爹把热气腾腾的豌豆黄切成菱形块，点上山楂酱，摆成各种花样，装盘入食盒交给我："烟雨阁的瑞霞姑娘上次吓得大病，近来才刚好，托秋儿来说想吃豌豆黄，你给送去吧。"我忙挎上食盒，往烟雨阁去了。

进了门，大家都三三两两地在窃窃私语什么，我找到瑞霞姑娘现在换的新屋子，把豌豆黄交与了秋儿，不由好奇地问："大家都在说什么？交头接耳，好不神秘。"

秋儿拉近我，偷偷说："这事情莫要告诉别人，我只说给你听，这几天呀，咱们这么多姐儿，竟然或多或少，都丢了衣服。说是别人偷去的，可是偏偏没有证据，屋子哪里都没乱，而且屋里一天到晚都有人，搞得姐儿都疑是自己放错了箱笼，说是放错了，为何人人都少几件呢？姐儿的衣服都是传下来的贵重衣服，件件金丝银线，造价不菲，可又不知道怎么寻回来。大家怀疑是出了内贼，可是咱们这种地方，叫官差来实不方便，正商议着怎么揪出来呢。"

衣服？

没记错的话，夜里那个逃走的东西是嚷着要衣服来着。

我一边寻思一边走到龙神祠，心下又对龙井生气，见死不救，差点被他害死了，可是，他救过我好几次了。

也罢，功过相抵，扣除他一次恩情，我点点头同意自己的决定，推开门走进去。

龙井不在，屋子一片狼藉。

龙神祠虽说是有专人打扫，但龙井一般从不让别人看见他，也让我吩咐下去，除了祭祀和清扫，酬神祈愿只能在龙神祠外面，正殿是不大让人进的，这场景，不会是他遇到什么危险吧？

不，不可能，龙井再怎么说也是个神祇，莫非又出去访友？不曾听瓜片提起啊。

我颓然坐在紫檀木供桌下的蒲团上，却发现龙井正在供桌下酣睡，嘴角还亮晶晶的缠着已经干了的麦芽糖。

"龙神爷！"我摇摇他。

"欸？"龙井揉揉眼睛，"是梅菜啊？这次拿了什么好吃的？给我尝尝鲜。"

"好吃的没有，我且问你，昨日那灵物差点吃了我，你在何处？"

“什么？哪个妖怪？”龙井一骨碌坐起来，“我不是叫瓜片送你回去吗？”

“瓜片的灵力没有被你封在账册吗？”我没好气地说。

“哎哟，”龙井骨节分明的手一拍脑袋，“你瞧瞧，昨夜趁你们俩出门，我就把白天藏起来的西域葡萄酒喝了，这西域与中原真是不一样，你瞧，当时且当果汁喝了，谁知道恁地那么困，一直睡到现在，嚯嚯嚯……”

“嚯你个头！”我咬牙切齿地说，“差点我就送了命！多亏了李公子。”

“哪个李公子？”龙井歪歪头，“莫非你说李厚德的儿子李绮堂？

“你怎么知道？”我大吃一惊。

“我好歹也是神啊，是神知道吧？他们李家以前经常给我很丰厚的供奉，驼峰熊掌乌鱼子，算是有心，是我给他们家在仙官那里求的福泽后人，他们家有一个先人已经成仙了，我记得现在住在蓬莱山，一把花白山羊胡子，一天到晚找人下棋。”龙井搔搔头发，吹了一下指尖。

有张英俊的脸可当真不错，做什么竟然都显得特别英俊。

“他们家世代修道，法力很高强？”

“嗯，算是吧！那个李老头子人也不错，广结善缘，天罡星仙人给了他一把神弓，曹国舅还给他一副响板，应该作为传家之宝，在他们家收着呢。凡人有神器，不造福人世间，天理不容啊。所以你被他救了就救了，不用感恩图报。”

“那你救了我，凭什么索要供品？”我干巴巴地问。

“你一个普通凡人，能跟我这种神结缘，已经是你前生修的福气，供品应该自己识趣奉上，还得我跟你索要，明明就是你不对，还怪我对你的好心提醒，真是蛮不讲理。”

龙井一副理所当然的样子，真是败给这么胡搅蛮缠的神。

“那现在偷衣服的灵物又当如何？”

“本神知道了，这次的谢礼就给本神驴蹄糕和玫瑰糯米团子，要热的。”龙井想吃这个已经很久了，几乎当场垂涎三尺。

“好了好了，给你就是了，简直跟被你给雇用了一般。你永远没有作为神的自觉吗？”

“还要黑芝麻甜汤。”

“只求你赶紧去吧，龙神爷！”

这时候瓜片飞过来了，问：“去哪儿？去哪儿？”

我回说找那个偷衣服的贼，瓜片说：“我看见了，那东西在衣服仓库。”

“那到底是个什么玩意儿？为什么一直找衣服？”我忍不住问。

“去了你就知道了。”龙井精神百倍地站起来，一副玉树临风的样子，我觉得这种潇洒的外形实在太不适合他了，他难道不应该是个中年胖男人吗？

姐儿的衣服都是代代传下来的，以上好绸缎精心剪裁，再镶嵌金丝银线盘成繁复的美丽花朵，是跟金银首饰一样的财产，通常价值不菲，丢了这么贵重的东西，怀疑内贼也无可厚非，让人费解的是这个灵物，不吃人，不吃生魂，偏偏喜欢衣服。

一样米百样人，灵物也一样，真是千奇百怪的。

“那灵物到底是什么东西啊？”

龙井故作神秘：“去了你就知道了。”

到了衣服仓库，我几乎被那些华美的衣服震惊了，简直就是天女的羽衣嘛！各种华丽奢侈的材质，庞大的数量，简直让人叹为观止。

“那东西没在这里。”龙井皱了皱眉，“这里没有一丝灵气。”

“启禀龙神爷！”一个清冽的声音响起，“是在下斗胆把那个东西祓除了！”

“哦？你和这妖物有什么因缘吗？”龙井居高临下地问伏在地上说话的少年。

这个少年，就是李绮堂。

李绮堂再叩了个头：“龙神爷洞察一切，这个灵物，实不相瞒，是在下家里出来的。”

什么？修道之家居然出了这种灵物，传出去名声可是大大的不好听啊。

我偷偷看了这个少年一眼，他会是以妖物害人的人？怪不得出来救我，原来是在为自己家的灵物亡羊补牢，把他的恩情也抵消算了，我暗自点头同意自己的想法。

“你赶紧说来听听吧，不然本神还要亲自给梅菜讲，耽误吃东西。”说着，龙井对我颐指气使，“梅菜，且把黑芝麻甜汤那几样拿来，本神且吃着，你听他讲吧。”

谁要理你呀？

我白了龙井一眼，对李绮堂道个万福说：“李公子，梅菜谢谢您上次救命之恩，不管这个灵物是怎么来的，总之您祓除了它，就是为民造福，可见您是向善之心，梅菜代紫玉钗街众人谢谢公子。如蒙公子不弃，梅菜想知道这妖怪由来，若其中公子有难言之隐，也可还公子清白。”

我虽是小户人家的孩子，也不愿意这个公子爷笑话粗鄙，这段话学着戏台上的对话，半文半白，说得我费劲至极，也不知道李绮堂听着别不别扭。

“姑娘言重了，在下这就一一道来，”李绮堂起身对我躬身回礼，“这也没什么可隐瞒的，也知道姑娘不是多嘴之人，这个灵物，原是我家一个衣柜。”指向身后，果然有一个桐木矮衣柜，雕琢精致，镶着罗钿，透亮的色泽是常年使用出来的，不愧是大户人家的东西。

“这个衣柜，曾经附着血光之灾。”

哎哟，看这“血光之灾”四个字，是死过人了。

“在下家里这个衣柜，原是太祖夫人去世后留下的，里面件件是无价之宝，要传给一代代夫人，后来先祖父一个姨祖母颇受宠爱，闹着要里面的衣服，先祖父不给，姨祖母寻死觅活，先祖父恪守家训，姨祖母仗着宠爱，竟私下里把衣柜砸开了。”说着，他指着一道修复后的木疤，工匠手巧，不仔细看倒觉不出。

我点点头不敢插话，怕漏下故事。

李绮堂接着说，“事已至此，先祖父也没有办法，答应赏姨祖母一件。

“待姨祖母挑好了，清点衣柜时，不料想竟少了三件，责问管衣柜的丫鬟，丫鬟只说不知道，家里只当许是姨祖母拿的，再问姨祖母，姨祖母抵死不承认，还大闹一场，说自己竟不如一个丫鬟得信，直嚷着是丫鬟偷了衣服，趁机赖在自己头上，主人反倒听下人的，没有天理。

“先祖父也信了姨祖母，要丫鬟交出来，丫鬟百般不认，也说受了屈，先祖父便在姨祖母的挑动下对丫鬟刑讯逼供，丫鬟受不了拷打，只说衣服是自己拿了，叫她交出来，她便说埋在衣柜下，待唤人跟她去取，她却一头撞死在衣柜上。

“这才知道原是丫鬟受了屈，先祖父大怒，搜了姨祖母屋子，原是衣服件件倾城，姨祖母哪个都爱，便任性取了三件，还不许丫鬟走漏风声，不然叫她全家都有牵累。

“自此以后，宅子里经常发生丢衣服的怪事，还有人听见什么声音喊着衣服。

“待先祖父打开衣柜，果见丢的衣服都在衣柜里，衣柜原装不下那么多，先祖父知道出了怪事，便封住了衣柜，加以香火祭祀，谁知道前些日子衣柜封印竟自己开了，衣柜也不见了，在下奉命出来寻，却正碰见姑娘险被衣柜吞噬，这才以天罡箭威吓那东西，只因在下对那个灵物心存不忍，没有直接消灭，却累得烟雨阁大乱，都是在下的不是。”说着又行一礼。

“算了，妖怪既然只是被封印，万一再次作乱也是麻烦，本神便做个人情，留在妖簿里得保安宁吧。”龙井大言不惭地说。

这般大义凛然，敢问谁的账册妖怪跑得到处都是？

“谢龙神爷！在下代李氏一门感激不尽！”

这个少年果然也被龙井的道貌岸然骗过了。

龙井掏出账册，道：“叫……铁观音吧！”

衣柜消失了，李绮堂顿首拜谢，并提出要出资兴修龙神祠，再大大祭祀一番。

龙井毫不客气地笑纳了。

送走李绮堂，龙井对我说：“忘了问你，这个狐狸围巾哪里来的？”

我摸摸围巾：“姥爷做给我的，好看吧。”

龙井笑了笑：“事情越来越好玩了！”

我问：“什么事情？”

“快供奉驴蹄糕、玫瑰糯米丸子还有黑芝麻甜汤！身为龙神使者，一点自觉都没有！”

你到底是哪门子龙神啊！

第4章　腊月冰

梅菜再次与那个跟自己一模一样的红衣小女孩相遇，并且结识了龙井的一个弟弟——住在井里，能幻化出海市蜃楼的蜃。梅菜对红衣小女孩产生了好奇心，龙井却笑而不答。

小孩小孩你别馋，过了腊八就过年！
小孩小孩你别哭，过了腊八就宰猪！
小孩小孩你别闹，过了腊八放鞭炮！
小孩小孩你别喊，过了腊八吃糕点！

过年了，大街小巷都弥漫着爆竹的火药味，满地都是彩纸屑，大姑娘小媳妇穿着鲜艳的彩衣三三两两地在街上漫步，卖糖葫芦的白胡子老爹也笑得脸色红润，大人们割了猪肉包在干荷叶里，连同刚打满了酒的瓷瓶子，在手边左摇右晃。

我和比我大、比我小的小孩们大声唱着童谣，高高兴兴地盼着吃到新年的大餐和得到一年一度包在红包里的压岁钱。

爹娘正忙着包饺子，以香菇、火腿、虾米、鸡肉、大葱剁成细末，加香油、高汤、细盐、猪油细细调了，抹到蔬菜汁调出的各色饺子皮上，在砂锅以鸡汤煨煮，再佐以姜末酱油芝麻油香醋配成的蘸料，最好再添上早在腊八便在老醋中泡成碧绿的腊八蒜，便是我家铺子远近驰名的香饺子。

北方人都说舒服不过躺着，好吃不过饺子，我看确是有道理，这香饺子各色薄如蝉翼的皮儿，绿的是芹菜汁，黄的是南瓜汁，看上去就食欲满满，咬上去那又软又劲道的馅料伴着高汤汁在唇齿里散开，立刻弥漫一股独特的香，配上蘸料和鲜甜腊八蒜，真是只有过年才配上桌子的美味。

烟雨阁过年生意更兴旺了，客人们出手格外阔绰，姐儿也都收到客人打赏的红包，连我一个送夜宵的小丫头，也时常能赚得一点够花一段时间的零钱，所以我和所有孩子一样，最喜欢过年了。

姥爷回家过年了，爹让我和娘初二把节礼送过去，看着系着大红绢花的礼盒，浓浓都是节庆色彩，我忙里偷闲，给龙井和瓜片拿了香饺子和爹新制的桂花胶片糖送到龙神祠，倒是不知道龙神爷和他的妖怪们怎生过年？

龙神祠居然香火鼎盛，很多姐儿穿着节庆的华服，梳着流行的发髻，挎着一篮子供品在烧香求平安、求发财，还有求姻缘，好不热闹。

我穿过人群进到正殿，龙井和人形的瓜片正在大吃大嚼，瓜片自从进入龙神祠已经胖了不少，脸圆圆的更惹人怜爱，龙井则依然是瘦骨嶙峋，长期挨饿的样子。

不知道为什么，龙井吃不胖。

我送上饺子和糖，瓜片似是吃不下了，瞪着眼睛，一副心有余力不足的遗憾表情，只怨我没早送来。

龙井则飞快地倒进嘴里，还直嚷好吃好吃。

我不禁问他："龙神爷为何能吃这么多？"

他头也不抬地继续把鸡鸭鱼肉塞进嘴里，边嚼边说："自然是因为本神还饿。"

龙井若是普通人家里的儿子，大概早把家底吃光了。

"这些供品，你吃了便给人办事吧？"

"看心情！嗝！"

"人家那么虔诚过来祝祷，又奉上供品，你竟然……"

"天天光给他们如愿，本神哪里还有时间吃东西！"说着，龙井像表演吞剑的艺人一样，把一条完整的熏肉塞进嘴里。

对这个龙神爷的不羁做派，我是已经越发麻木了，走出龙神祠，远远地看见有一个穿着水红衣衫的姐儿在井边打水，似乎没那么大力气，水桶好像脱手掉到井里了，我忙过去要帮忙，却看见那姐儿竟蹬在井沿上，好像对着井底咯咯笑了起来，我正想问问怎么回事，那姐儿却直直跳了下去。

我愣住了，然后忙放开嗓子喊起来："不好啦！有个姐儿跳井啦！来人快来人啊！"

有几个姐儿闻声赶来，都吃了一吓，又唤小丫头喊莫先生，我忙跑到井边，往下一看，水桶在井中半空兀自晃着，井下清冽冽的水荡漾着，能照见我的脸，却根本没有人。

我自是心下一沉，被唤过来的人围了一圈，都呆住了。

莫先生说："梅菜，你真的看到了？"

"真的！"我大声说："真的有一个穿水红衫的姐儿直直跳下去了！她还对着井底笑呢！"

莫先生唤小厮把水桶提上来，又疑心莫不是那姐儿一心寻死，系了石头沉下去，又忙唤人喊了水性好的下水看看。

待那人顺着绳子爬下去，半晌在井下回道："莫先生，水下确是没有人，莫不是看错了吧！"

莫先生脸一沉，看着我："梅菜，大过年的，做这种恶作剧何苦来的？瞧把一帮人耍弄的！若是别的孩子……"

说着，挥袖走了。

大家作鸟兽散，每个人都用一种复杂的表情看着我，又慑于龙神爷的威名，不敢多说什么，但大家脸上神色明明白白告诉我，我说了谎欺骗大家。

让大家白忙一场，我心里也过不去，可我刚才确实是看见了啊！

我忙叫住他们："等一下，今天可有穿水红衫的姐儿？"

大家还在气我"撒谎"，都没有吱声，只有秋儿小声道："今天过年，穿水红衫的姐儿太多了。"

我咬住下唇，真的是我看错了？

还是，那是个旁人看不到的人？

我拉住秋儿："万一少了哪个姐儿或是丫鬟，烦你告诉我一声。"

秋儿点点头，大家散去了——却还有人边嘀咕边回头看我。

梅菜我从不撒谎，这次也不想被人冤枉我恶作剧，到底有没有少姐儿，晚上清点人数接客时，自有分晓。

人都走光了，我忍不住坐在井台上，井台是大青石砌就，这井水甘甜清冽，整个烟雨阁的人都爱用这井的水，何况寒冬也不结冰，井水冬暖夏凉，宜人可口，往来很多姐儿都专用这口井。

算了，晚上再说。

正当我要抬脚走开，刚刚踏到碎石小径，忽然听见谁咯咯笑了几声，回头望望，井边有一个小女孩穿着鲜红的袄子，回身跑了。

我忙对那背影追了上去，那个鲜红的身影转过几棵老树，不见了。莫非，那就是那个神秘莫测的红衣小女孩？

一棵大树上的积雪不知道被什么撞下来，簌簌落了我一身，我忍不住打了个寒战。

怪事时常有，今天特别多。

看看时候也不早了，我赶紧跑回家，给忙碌的爹娘帮忙。

第二日陪娘去了姥姥家，姥姥家也是张灯结彩，烧鹅腊鸭摆了一桌，姥姥还特地给我拌了一小盆糟鹌鹑蛋，剥开薄薄一层花蛋壳，里面是酱油腌成褐色的蛋清，小小的蛋黄则微微透出油光，吃一口满嘴留香。

两个表哥都跟我很要好，过年了又长一岁，大表哥是二十二岁的大龙，二表哥是十六岁的二虎，大表哥已经娶妻，但是还没有孩子:二表哥自小定了娃娃亲，是我家邻居家女儿，与我同龄的阿月。

舅舅和舅妈继承了姥爷的裁缝店，勤勉持家，虽辛苦，据说日子尚过得去，二虎明年夏天就要迎娶阿月了。

但是我看二虎总有点闷闷不乐的样子。

从小爹娘生意忙，我是在姥姥家长到五岁的，自和两个哥哥感情深厚，待吃毕了饭，洗刷了碗盆，娘给我几个大钱，叫我和二虎买糖吃去。

趁着机会，我笑问二虎：“哥，你是有什么事不开心？莫不是想阿月姐了吧？”

二虎似是吓了一下，忙正一正脸色：“小孩子家家知道什么？”

我笑："梅菜我都十四岁啦！你不过比我大两岁，神气什么？赶快说与我来听听，若是小两口吵架，我这个小姑子愿意调停调停。"

二虎忽然微微一愣，然后充满希望地对我说："人都道你是龙神爷的使者，此话可当真？"

我点点头："是有这么回事。"

二虎急切地抓住我的肩膀："梅菜，那你可得求龙神爷救救我吧！"

我吃了一惊："二虎哥，你这是怎么了？"

二虎带我去个避风的亭子坐下，说："前几日，我爹叫我年前到岳丈家送节礼，我便去了，过了烟雨阁，还想着送完节礼，去瞧瞧姑母姑丈还有你。

"路边瞧见开了一棵蜡梅，黄嫩嫩正可爱，阿月平素最爱蜡梅花，我便攀过去想着折几枝送给她，拨开开得层层叠叠的蜡梅花，正能看见烟雨阁后园。

"我正择好的折下，突然看见一个红衣服小女孩背对我在井边跑跳，还咯咯笑着，我只当是你来送点心顺势玩一会儿，刚要唤你，却见阿月穿着蜜合色袄子，湖蓝百褶裙，小脚慢慢走过来，我心下想着，莫不是你和阿月约好了在这里玩，便寻思藏在花丛里，吓你们一下子，谁想到……"

说着，二虎上下牙齿突然打起战来，咯咯作响，虽说二虎身穿极厚的棉袄，也能看出他单薄肩膀兀自抖个不停。

我心下不安，忙说："哥，慢慢说，怎么啦？"

二虎两手用力交握着，手背上青筋暴起，强忍着紧张，说："但见，那红衣女孩拉住阿月的手，指着井下，好像叫阿月瞧什么，阿月往下一看，也咯咯笑起来，越笑越开心，几乎前俯后仰，然后红衣小女孩松开阿月的手，径自走了，阿月一个人对着井口继续笑，我心下纳闷，便分开花，想唤她，问她看什么，这时，阿月她，竟然登上井沿，边笑着，边直直跳进井里！"

我吓得一下子站起来："你说什么？"

二虎边用力搓着手，边继续说："我自是吓了一跳，慌忙跳下树，节礼也直抛到地上，想去救阿月，刚刚跑到后门口，突然有人拉住了我的长衫，我回身一看……”

二虎一双眼睛只盯着我，布满血丝：“竟是阿月。”

我不由得像瓜片在鹦鹉形时，存心讨人喜欢的迭声一般，又是一句：“你说什么？”

二虎闭上眼睛，说：“我自是吓得不知道讲什么，且听阿月银铃似的笑道，‘几天不见，怎生见我就看傻了眼？’

“我回过神来，疑心自己看错了，又打量阿月一眼，全然是刚才的打扮，蜜合色袄子，湖蓝百褶裙，阿月嗔我发怔，轻推我一下，‘发什么愣，才去街上买针线，瞧见你攀蜡梅，知道是为着我，我正要过去喊你，但见你扔下节礼撒腿就跑，若不是我抄了近路，这小脚怎生追得上你！’边弯腰捶脚，绣鞋上尚有些尘土，还从身后拿出刚刚扔下的节礼，‘这是什么？是不是送到我家去的？幸亏我拾了来，不然空手上门，看邻居怎生笑你。’

“我全然不知该说什么，眼前明明是活生生的阿月，刚才我看见的，又是谁呢？

“我随着阿月到了岳丈家，一切和平时没什么两样，临出门，我忍不住问阿月，‘你可曾去烟雨阁后园玩过？’

“阿月啐了一声，‘那种地方，我去做什么？’

“又羞红脸道，‘明年就要做媳妇了，去那里还不被人笑死，再说烟雨阁后园大概只有梅菜一个外边人能进，看门的黄伯凶得很，生怕别人折了他后园的花，任谁都不会往里放。’

“我一路不知道怎生回的家，对谁说也估摸不会有人相信，心下惊惧，不知如何是好，一直疑心阿月是不是妖怪变的，可是她又好像一点变化也没有，越想越怕，苦于无人商量，所幸你能听我讲一讲，待你回家，可万万得帮我跟龙神爷问个明白！这阿月，到底是怎么回事？”

我不由得想起来那个穿水红色衫的姐儿，莫非，她也是什么灵物变出来的？

不，最有嫌疑的，还是那个红衣小女孩。说不定，在烟雨阁背后操纵灵物的，就是她。

待回到姥爷家，舅舅炖了腊肉香锅，留我们吃晚饭。

但见腊肉散发着浓浓香气，山笋香菇粉丝萝卜片也不甘示弱地露出来，红辣椒和白芝麻粒相映成趣，还有一撮碧绿的香菜撒在上面，配菜则是鲜嫩欲滴的小葱拌豆腐，清炒白菜心，黄米饭还在灶中突突冒着热气，舅妈正端着一砂锅白鲜鲜的小茴香鲫鱼汤上桌。

我忍不住咽了咽口水，说惦着铺子，扯着娘要走，借此好回烟雨阁通报龙井，但是娘硬生生地按下我，道："夜宵的事情你不用操心了，隔壁的小三子愿意帮你爹的忙，今夜且住在这里，有什么事明日再说。"

我猫在娘身边腻来腻去还是要走，娘伸手在我额头一个爆栗，威严地说："娘说不走就不走了，莫再废话，废话也毫无用处，坐下吃饭，再敢胡搅蛮缠，小心你的屁股。"

姥爷忙搂过我："大过年的打什么孩子，何苦来的，难得回家，可不许再生气，梅菜，给你娘认个错，好好吃饭。"

我没有办法，只好行礼认错，舅妈忙按我坐下："好了好了，梅菜这丫头也是心疼她爹，一片孝心还讨了打，好不冤枉。"又笑道，"我只没有女儿，你娘再打你，干脆留下做舅妈的女儿罢了，免得惹你娘生气。"

娘也忍不住笑了："瞧你舅妈好不贪心，自己有一个如花似玉的大儿媳妇，还要有个贤惠得体的二儿媳妇，居然还想着要个女儿呢！女大不由娘，嫁出去，也就十几年的缘分，莫不如儿子，娶媳妇生孩子，一家永远在一起得享天伦。女儿嘛，终究为别人养的。"

我忙道："娘，莫不如学卖豆浆的刘奶奶的女儿，招赘个姑爷天天在家磨豆子，不就不用离开娘了！"

大家全笑了："小梅菜倒是也想着终身大事了，越说女大不中留呢！可是看上哪个小后生了？"

我一看众人取笑，也不好意思地笑起来，舅妈道："招赘还得过两年再说，你爹娘年纪尚轻，不知道何时，许你就有了弟弟，到时候你娘可就不留你咯！"

舅舅忙笑道："吃饭吃饭，再说下去，只怕梅菜臊了呢！"

大家又是一番取笑，除了二虎皮笑肉不笑。

晚上我跟娘睡在二虎的隔间，只听见二虎翻来覆去，一整夜长吁短叹未成眠，娘悄悄对我说："只怕你二虎哥想你阿月姐了呢！"

哎，只有我知道二虎哥在想什么。

第二天一早，天还没大亮，我就早早爬起来催娘起床，娘嫌恶地推开我，道："一年忙到头，连个懒觉也不让人睡，还要不要人活了，你睡不着，自去梳洗，找姥姥姥爷玩一会儿。再来扰娘，有你好看的。"说着翻过身继续睡。

我只好自己爬起来，快快不乐地穿上桃红夹袄，正要去洗脸，突然看见二虎穿着单衣从屋里走出来，我喊他一声，他也不应，竟出了院子往南去了，不知道要干什么，我忙跟上去，用力拍了他一下："二虎哥！"

二虎猛地一怔，结结巴巴地道："咦，我这是？"

我跑到他前面："二虎哥，天还没大亮，你做什么去？"

二虎皱眉摇摇头："不知道啊，我迷迷糊糊的，倒像是做梦一般。只知道要往那个方向走。"伸手一指，不是我回家的方向吗？我心下一沉，还是说，去烟雨阁那口井的方向？

我忙把二虎拉回屋里，道："莫不是你睡迷糊了，穿着单衣出去，也不嫌冷，让舅舅舅妈知道，少不了一顿唠叨。"

二虎想了一想，默然点点头，往卧室去了，又回过头叮嘱我："可千万不要忘了我托给你问龙神爷的事啊！"

我忙点头："知道啦！知道啦！"

心下盘算着，前天晚上说是去问秋儿少不少人，偏偏那日爹娘叫我打点节礼，小三子替我送的夜宵，如今两天没去烟雨阁，不知道跳井的那个姐儿找出来没有。

早上舅妈做了好大一锅香喷喷的排骨面，又炒的什锦豆腐和芙蓉木耳鸡片，硬叫我们吃了再走，娘没推辞，按我坐下吃面，直急得我抓耳挠腮，面的味道再香也没尝出来。

舅妈直笑："梅菜这么着急回家，只怕不是想她爹吧？豆蔻年华，莫不是有了意中小郎君？”

娘笑：“除了隔壁小三子，再没别人。”

小三子比我大一岁，是个黄黄瘦瘦的癞痢头，大家都笑起来，我只得赔着笑，心下自是急得火急火燎，恨不得拖娘现在就走。

好不容易娘吃完了面，我正拖娘出门，姥姥又非要娘带上一串山蘑菇，娘推辞不要，姥姥硬塞，看得我好不心急，直抢过蘑菇：“梅菜爱吃，叫爹熬汤给我喝吧！”跟姥爷一家拜别，拖着娘走了，远远还听见他们调笑是急着找小三子。

回到家，爹正忙得不可开交，看见我们回来了，直嚷着让帮忙。

原来爹在做芋头酥，小三子正在挑拣芋头，爹和面，叫我赶紧给芋头去皮，我只好撸起袖子开始干活，边削着，闻见前面一锅已经做好了，紫色的芋头丝卷绕在白色面皮上，掰开但见入口即化的浅紫色甜腻馅料，满屋子一阵芋头清香，我忙嚷：“哪个姑娘订的？我趁热送过去！”

爹给我装进食盒，叮嘱：“是西柳姑娘的，她的丫鬟上次走丢还没找回来，你可不要送错了。”

“知道了！知道了！”我便答应着，挎着食盒去了。

到了烟雨阁，西柳姑娘的房间紧闭着，我敲门没人应，只怕西柳姑娘还没起床，对姐儿来说，黑白颠倒的生活让丫鬟显得尤为重要。

反正西柳姑娘不在，我跑去账房，打算找莫先生问问烟雨阁到底有没有少了一个姐儿。

莫先生正在打算盘，抬眼见是我，倒是又气又笑的样子，吼道：“怎么？前两天恶作剧被我说了，便赌气不来送夜宵了？叫个癞痢头来替你，像什么样子？今天你可消气了？”

我撇嘴：“莫先生不相信我，我还是不高兴。”

莫先生继续吼：“你高兴不就是了嘛！以后再不许作弄大人了！”

跟莫先生说别的也会被岔过去，索性直接问：“莫先生！请问最近有没有少姐儿？”

莫先生听成我问有多少姐儿，说：“怎生想起问这个？不瞒你说，咱这烟雨阁，那可是京师最大的堂子，姐儿带丫鬟可有百十来个。”

算了，我觉得跟莫先生问不出什么结果。

还不如找找秋儿，说不定她能知道。走了一遭，没有看到秋儿，再转回到西柳姑娘那儿，门已经开了，西柳姑娘正一脸憔悴地梳洗，我忙奉上芋头酥，寒暄道：“姑娘今天起得真早。”

西柳姑娘勉强笑笑：“没有了丫鬟，好多事情只能自己做，不得不早。芋头酥放在茶几上吧！是姐姐的恩客喜欢吃，姐姐便订了。”

我边把芋头酥摆好边问：“现在姑娘的下个丫鬟还没找到？”

西柳姑娘道：“我横竖是个不得势的，找不找，什么要紧。我那丫头，想也是瞧着跟我没什么前途，这才跟有钱客人跑了。”

西柳姑娘的生意，平时确实不怎么红火，她的丫鬟月季前一阵也不见了，不晓得与井可有关系。

不过也不怪西柳姑娘多想，瞧这屋里装饰，不晓得比瑞霞姑娘差了多少成色，家具是半新不旧，想必冷眼也没少看，人情冷暖，世态炎凉，大抵也就是这样了。

我往窗口凋了的蜡梅上望了一眼，那花想必还是月季在时插的。这时，一个人从白石子小径往那井边走去，我仔细一看，嫩绿色背心，绛色袄裙，不是秋儿是谁？她却怎生也去那口井那里呢？

我心头一紧，忙问：“敢问西柳姑娘，这几日烟雨阁可走失过姐儿？”

西柳姑娘摇头：“不曾有，少了姐儿？那可是大事，我虽这样，也不致没听说。”

我赶紧跑出去，秋儿，怕是有危险呢！

待我跑到那口井那里，秋儿已经完全没有人影，我提起水桶，水面依旧平和如镜，我坐在井沿上，百思不得其解。

对了！赶紧去找龙井！

龙井依旧在大吃特吃，这次是不知哪个富贵人家供奉的熏全羊，龙井斜坐在供桌上，一条腿蹬在桌面，一条腿耷拉到地上，还晃来晃去，吃得满嘴流油，不亦乐乎。

我大喊：“不好啦！后院那口青石井有妖怪，专引人往井里跳，你赶紧过去瞧瞧，不知道害了几个人了！”

龙井眨眨眼：“那口青石井？”

我忙点头：“是呀！我和我二虎哥都看见有人跳下去了！”

龙井愣了一下，发出噗哈哈哈的笑声。

我又惊又怒：“你这是什么态度？有人被妖怪引诱跳井了，作为神仙，竟然见死不救！”

龙井好像强忍住笑：“那好吧，你说说看！是谁跳下去了？”

我愣住了，我看见的姐儿根本没有踪迹可寻，而表哥看见的阿月，明明好端端的在家里待着。

“可是，”我茫然地说，“我和二虎哥真的看见了。”

龙井得意扬扬地扯下一条羊腿，边大嚼边说：“哦？你可有证据吗？”

我低下头：“证据是没有，可是……”我再强调了一次，“我真的看见了！”

“嚯嚯嚯……”龙井喷出一口羊肉，“本神要是不信，你怎么办？”

我急得团团转，怎么办，我无论如何也没有想到，龙井会不相信我。

龙井像是看见了什么好笑的事情，咬着下唇强忍着没有笑出来，然后正一正脸色，道：“你听说过蜃没有？”

我一怔：“肾？你是说腰子？有羊可吃，你居然还想吃腰子？什么时候了，你还在想吃腰子的事？除了索要供奉，你能不能主动造福人间？”

龙井皱眉，左手扔下羊腿堵住耳朵，右手挥手示意我平静一下：“我是说海市蜃楼的蜃！海市蜃楼你总听说过吧？”

“海市蜃楼啊？你是说那种骗人的幻影吗？”虽说没读过几年书，一些常用的成语，好歹先生也是教过的。

“正是正是！”龙井一副你可算明白了的表情，“这个蜃是我的亲戚，过年了，它来走亲访友，过来看我，它又喜欢水，我就教它暂且住到青石井里了。”

“什么？这妖怪是你的亲戚？”我大吃一惊。

“什么妖怪不妖怪的，说得这么难听。”龙井像赶苍蝇似的挥挥手，“蜃可算是我们高贵龙族的一员。”

我还是不明白，生气地说：“它既然是龙神之中的一个，为什么害人性命？”

龙井不耐烦地说：“所以说刚才我就想问你，到底有谁跳到井里了？倘若青石井真的死了人，为什么那些姐儿还天天打水用？他们看不见尸体吗？”

我只好语塞，忙又问：“那我和二虎哥看见的跳井的人是怎么回事？”

“都说了蜃会制造幻影，”龙井继续啃羊腿，还撒上不知道哪里来的辣椒粉，“你想想，你和你的二虎哥望向井边的时候，是不是满心都在想着谁？”

“这个，”我仔细想一想，“二虎哥是在想阿月姐的，我在想什么？啊，莫不是看见了穿华服的姐儿，脑子里还残存她们的身影吧？”

龙井笑一笑：“不愧是我的使者，你脑子倒也不算太笨。”

“那，怎生旁人没看见过？”我想起莫先生对我的怀疑，不由得生起气来，哼，我吓得不轻，还直冤枉我恶作剧呢！

“人家比你机灵，看不见尸首，谁会声张惹人笑话？”龙井讥笑道。

这么说刚才看到秋儿，也只是我心心念念想找她，才看见的幻影了？

这下要怎么跟二虎哥说呢？“你看到的都是幻觉啊！”他会相信吗？

龙井看我一副垂头丧气的样子，安慰说：“不要为自己的傻自惭形秽，你可以称之为天真。”

我气鼓鼓地说：“为这个事情急得我成了热锅上的蚂蚁！事到如今原来是被骗了！戏弄梅菜真是个有意思的事，对吧？”

龙井道：“倒也不是这么专程来戏弄你的，你还不知道，现在有一个妖怪，最喜欢吃人的猜忌。”

“猜忌？”

“没错！女人多的地方是非多，很多时候，猜忌多得像雨后春笋。”

“真的有了这么个妖怪？”我狐疑地问。

“是啊！所以我托蜃过来帮帮我，引出这个妖怪，到时候就有好戏可看了，嚯嚯嚯。”龙井得意忘形地说。

这个龙井这么积极地抓妖怪，可真少见啊！我怀疑地想，不会又被惹出什么风波吧？哎，这是肯定的。

望向窗外，不知道什么时候飘起鹅毛大雪，龙井喃喃地说：“八月十五云遮月，正月十五雪打灯，今年又会有什么异事吗？”

我心想，你的存在本身就是一段异事。

烟雨阁变成了银装素裹的世界，厚厚的雪淹没了一切，那个红衣小女孩穿梭在这里，冥冥之中，好像是引导着什么，她到底是谁呢？

我望向龙井好看的侧脸，心想，也许，她是另一个人的使者吧！

第5章　正月柳

一位西柳姑娘平时生意清淡，但最近喜形于色，自称有了一个豪爽的恩客，可是，却从来没有人见过那个恩客。李绮堂说西柳姑娘身上带着妖气，梅菜出于担心前去查探，去发现真相竟然非常哀婉。

到了正月底子上，天气渐渐转暖，出日头的时间也逐渐变长，云朵也不再是低沉沉、黑压压，而变成一块块厚厚的棉絮一般，后面透着蓝得发亮的天。

今年柳树钻芽子也钻得格外早，风柔和地吹拂着将要冒芽的柳条，出去走走感觉不再是冰冷刺骨，而是温暖和煦了。

春风一吹，人们最喜欢的热汤变成冷盘，此下最流行的小吃，莫过于卤猪耳朵了，快刀切成红白相间的细丝，拌上蒜片、酱油、香醋、芝麻香油，咬进嘴里先是柔滑劲道的肉皮，接着是里面脆生生的软骨，嘴里顿时弥漫一股卤香，男人们再佐以温热的花雕酒，都只赞一句别无所求。

我看见熟食铺子人头攒动，也想着解一解馋，掏出荷包，排在人群后面，跷着脚张望着。

突然身后一个特别清冽好听的声音唤我："梅姑娘！"

我回头一看，不是李绮堂嘛，只见他穿了一件天蓝缎袍，金黄色八宝腰带，翩翩公子模样。一个多月未见，似乎更高些了。

我忙招呼道："李公子且等等梅菜，买了猪耳朵，咱们一起吃！"

李绮堂犹豫片刻，还是点点头。

买到了用干荷叶包好的猪耳朵，我快快活活地招呼李绮堂："走走，我带公子吃好吃的去！"

李绮堂红着脸点点头，跟女孩子一样。

龙神祠后面有个小小的白石头亭子，我叫李绮堂坐下，动手剥开荷叶，猪耳朵伴着香油的味道散发出来，我推给李绮堂一半，又递过竹签："公子尝尝！这可是紫玉钗街最出名的猪耳朵。"

李绮堂看看竹签又看看猪耳朵，仿佛下定决心似的，插了一条放进嘴里咀嚼起来。

我忙问："怎么样？好吃吧？"

李绮堂笑了，点点头："果然美味。"

我也吃起来，问："敢问公子以前可曾吃过？"

李绮堂摇摇头："不曾，修道之人饮食素来清淡。"

"欸？"我慌忙问，"那李公子吃这个可有碍修道？"

李绮堂露出少有的顽皮表情："偶尔为之，不算大碍。"

想想他也怪可怜的，虽然大户人家，估摸也只能吃点清心寡欲的白菜豆腐了。

正吃得开心，我看见西柳姑娘从楼里出来，沿着白鹅卵石小径到龙神庙来，我仔细一看，还挎着篮子，里面似是供品。

只见她摆好供品，口中喃喃祝祷："多谢龙神爷保佑，小女子感激不尽。"

龙井居然保佑了别人的愿望，可真是罕事。

不知道西柳姑娘求的什么，但见她粉面含春，微微露着喜色，许是莫先生安排了丫鬟吧。

倒是李绮堂定定地瞧着西柳姑娘，蹙眉道："我瞧着，这个姐儿身上，倒像是有些妖气，总归有些不寻常。"

"妖气？"我皱眉，"西柳姑娘吗？她可是个可怜人啊，不仅生意清淡，连丫鬟也跑了，她若是妖怪，不见得会让自己这么惨吧？"

李绮堂道："在下也不知道，虽说妖气并不重，但在烟雨阁这种地方，还是小心为妙。"

"好吧，"我点点头，"这几日，我去打探打探看看有没有什么异常。"

晚上送夜宵，却碰到了鸳鸯姑娘的丫鬟鸾儿，鸳鸯姑娘是中原人，最喜面食，尤其爱四喜烧卖，鸾儿时常去铺子订几笼，我们也算相熟。

鸳鸯姑娘住在西柳姑娘的隔间，虽说鸳鸯姑娘红极一时，住的屋子比瑞霞姑娘的还上一个档次，鸾儿倒是个明白人，从来不仗势欺人，是个好说话的。

我忙叫住鸾儿："鸾儿姐最近可好，近来也不见来我家订烧卖，是鸳鸯姑娘吃腻了吗？"

鸾儿笑："不过几日未去，你这小丫头居然就兜揽起生意来了，将来必是个精明强干的老板娘。"

我不好意思地笑笑："看鸾儿姐说的，上次我爹还说呢，你鸾儿姐爱吃酥炸松子糖，叫我下次待你来铺子避开人与你一罐，这次我出来，罐子还好好地搁在橱上呢，可不是鸾儿姐几日不来了，还说我兜揽生意，冤不冤枉？"假意赌气噘起嘴。

鸾儿忙笑道："妹妹莫气，鸾儿姐逗你玩呢，可得替我谢谢梅二叔，这几日我们姑娘的恩客是黄河边的商贾，亦是喜爱面点，每日来俱带四色面点盒子，姑娘吃不完还赏我些呢，待这恩客回去，我再过去订烧卖，你且放心，我们姑娘只爱你家铺子的烧卖，这客人可丢不了。"

我也笑："那我替爹爹多谢鸾儿姐照顾生意啦！不过鸾儿姐，这几个月烟雨阁发生这么多怪事，你们房里可有异常？"

鸾儿笑道："龙神使者就是龙神使者呀，多谢关照了，我们那儿可好好的，从来未有异事。"

我忙追问："那隔壁的西柳姑娘呢？也未有提起？"

鸾儿道："西柳姑娘嘛，这一阵子月季走了，莫先生还没找到候补，她倒是辛苦些，我们姑娘时常叫我闲时过去帮忙，但也没听见她提过什么，你问这做什么？"

我忙打个哈哈岔过去："不过随口问问，近来倒是太平得紧。"

鸾儿笑道："就算真的有妖怪，慑于龙神爷威名，想是不敢出来作怪。"

我点点头告别，西柳姑娘的房间是个尽头，只挨着鸳鸯姑娘一个屋子，真的没有什么异常吗？

这时鸾儿回头笑道：“说起西柳姑娘啊，总觉得她有什么喜事呢！前一阵还愁眉不展，近来倒是笑靥如花。”

我猛地想起她跟龙井祝祷时提起“感激不尽”四个字，是有什么愿望成真了吗？

我决定多多留意西柳姑娘。

这一日爹又在做芋头酥，我问：“是哪个姑娘没有要时下姐儿最喜的春饼，而是要的芋头酥啊？”

爹回说：“是西柳姑娘，说是恩客喜欢，这次又订了些，晚上你一并送去。”

“好好！”我一听跟西柳姑娘有关，马上应了下来。

晚上送夜宵，我特地去留意一下西柳姑娘，只见她杏眼桃腮，唇红齿白，倒是比前些日子漂亮许多，精神饱满，喜上眉梢的样子，跟前几日的憔悴判若两人。

我放下芋头酥，问：“西柳姑娘气色不错，想是有什么喜事？”

西柳姑娘笑笑：“我能有什么喜事，不过这几日生意倒好，也少看许多怪脸色。”

“哦？”我笑道，“不知道姑娘的恩客是哪里人？”

西柳姑娘一提恩客，眼里的笑意更浓了：“他是西域来京师做生意的，专贩些丝绸锦缎，倒是很有些资产，在我这里颇为大方。”

“哎呀，那可不是喜事嘛，恭喜西柳姑娘了，想这芋头酥，也是很合恩客胃口啦？”我笑道。

“梅老板的手艺，哪有不合胃口的？”西柳姑娘听见我说，越发高兴，随手拿了一方丝帕，“这便是我那恩客赠予我的西域锦缎，端的是咱们这里没有的花样质地。”

我接过来细瞧瞧，是流光溢彩的闪亮材质，绣着行云流水，灯下居然还能变换色泽，摸上去轻软光滑，果然是好东西，一定价值不菲，贩卖这种货色的老板，想必资产丰厚，我不由得也祝福起西柳姑娘柳暗花明又一村的运气了。

告辞了西柳姑娘，我拎着食盒出门，下楼时看见一位身量颇高，穿一身土黄团花缎子夹袍，系熟褐绸腰带，酱黄面庞，浓眉大眼，颇有英武之色的中年男子正往上走，我忙回楼梯口让了，见他背影进了西柳姑娘的屋子，想必这就是西柳姑娘那位家产殷实、爱吃芋头酥的西域丝绸商人了。

我暗暗为西柳姑娘叫声好，且下楼回去了。

这几日柳树冒绿冒得越发好看了，爹要我摘些柳芽回来。

柳树先生花再长叶，取柳树嫩嫩的雌花穗，滚水烫了涩味，捞出以香油胡椒精盐细细调了，拌上油炸花生米，是时兴的冷菜，过几日杨树的雄花穗出了——都唤它叫毛毛虫，选肥大红润的花穗拾取，同样滚水焯烫了，沥干切末，混入绞碎的嫩牛肉末，点上酱油麻油打个生鸡蛋做馅，上笼屉蒸包子或者下平底锅做水煎包都清香可口，尤其读书的人人喜欢，这两道菜合称春色渐渐杨柳青，直说杨柳绿好生风雅。

龙井想是大鱼大肉吃腻了，虽说我这几日白天忙着采杨柳青，晚上忙着送夜宵，没工夫去龙神祠看望，他还是派了瓜片化为鹦鹉告诉我：“龙神爷要吃杨柳青！龙神爷要吃杨柳青！”

我只好应了，又去多采些来，杨柳青这几日供不应求，龙井胃口又大，所幸瓜片飞去陪我，帮我从够不着的高处叼了不少好的。

虽说沿河看杨柳是风雅的事情，毕竟我是干活来的，不一会儿累得腰酸背痛，只得在河边寻了块干净青石坐下歇会儿。

这会儿正看见鸾儿和秋儿几个三三两两地来河边洗衣服呢，我正想吓她们一下，忽而听见她们提起西柳姑娘，我多个心眼，忙蹲下身没出声，且听听西柳姑娘怎么了。

先是秋儿抱怨瑞霞姑娘的恩客是个不识字的粗人，仗着有几分祖产，成日脏话不断，瑞霞姑娘唱的曲儿也听不懂，只知道听个乐子，还净讲些粗俗笑话，又只得赔着笑，好不烦人。

鸾儿也笑道：“恩客哪有能挑的，有恩客给赏钱，那就是幸事，人还是须知足方能常乐。我家姑娘那些老头子成日里只知道引经据典，好不酸腐。”

这时秋儿道：“姐姐说的很是，咱们的姑娘都正当红，赏钱多多少少自是比别人强些，若像是西柳姑娘那样，不饿死也得瘦几圈，倒也不怪月季跑了。”

鸾儿道：“就是说呀，整日里连个恩客也没有，倒是不知道西柳姑娘这几日喜从何来呢！倒也可怜见的，月季走了，丫鬟到现在也没给配上，整日自己梳洗，好不辛苦。”

咦？西柳姑娘的那个富有恩客，莫不是她们一墙之隔，都没见过？

可是只有一墙之隔，那个恩客又是一副引人注意的富豪打扮，不像是不打眼的。

也许只是没有遇见过吧！我这么对自己说，本来嘛，鸾儿伺候自家姑娘的恩客还来不及，肯定不会像我一样有空四处乱晃。

歇够了，我唤过瓜片准备换个地方，这时又听见鸾儿一句：“许是西柳姑娘孤寂得受不了，近来倒是常常听见西柳姑娘说梦话呢！可怜见的，这一天，鲜少一个说话的人。”

“哦？西柳姑娘有说梦话的习惯不说，怕是脑袋受了点刺激，有一次晚上我送我家姑娘恩客回府，都丑时了，我困得泪水涟涟，只想快些睡了，一上楼却见到一个雪白的人影站在走廊尽头，吓得我差点从楼梯上跌下去，壮着胆子仔细一看，竟是西柳姑娘，她还边直念着什么士之耽兮，尤可说也，女之耽兮，不可说也，边回房了，也没有理我，回房跟我家姑娘讲，我家姑娘叹口气道许是走火入魔，梦游去了！你瞧瞧，不得意的姐儿日子多难过！”

秋儿忙附和说是，现在只盼西柳姑娘能有熟识恩客，从良了倒好，管它填房小妾，也比在这里受尽煎熬得强。

我心里自是一沉，只觉得没有梦游那么简单，不会，也是碰到牡丹姑娘那种惨不忍睹的事了吧？

我采够了柳芽，决定等晚上送夜宵，再查探一下那个丝绸商人。

不出所料，西柳姑娘天天在订芋头酥，说明那恩客天天都来。

这诡异的事情不是西柳姑娘的问题，便是那丝绸商人的问题。晚上送芋头酥，务必得把那商人的事情问出来。

好不容易盼到送夜宵的时辰，我赶忙挎着食盒去了，夜里风冷，娘又唤我戴上白狐围脖。

来到西柳姑娘屋里，却见西柳姑娘梳妆完了，围着紫貂毛的兜帽，要出去的打扮，我忙问：“姑娘今夜可要出局？”

恩客不来，唤姑娘上恩客家里去，被称为“出局”，赏钱给的是更多的。

西柳姑娘含笑点头：“朱大爷唤我去他家，说是陪着看堂会。”

我忙问：“可远吗？姑娘可要雇马车？”

西柳姑娘笑道：“远倒不算远，说是朱霞街槐树巷子，离着紫玉钗街只隔三条街。横竖朱大爷遣童儿来接我，不大时候也就到了。”

正说着，一个穿牙黄底月白撒花锦袍子，梳两个圆髻，苹果脸，有两颗尖尖虎牙的少年过来，恭恭敬敬地说：“姑娘请，我家主人设好了宴，恭候多时了。”

西柳姑娘应了站起身来，拿起那芋头酥，少年忙接了，又伸手搀起西柳姑娘，扫我一眼，忽然像是怔住了，又开口对我说：“姑娘可愿意同去吗？”

我愣了一下，西柳姑娘道：“若是方便，可否陪我一起去？”

虽说这么跟去稍稍有些不妥当，也许人家就是句客套话，但是为了查出妖气的事情，我决定就厚着脸皮跟去好了。

当下便点点头：“梅菜最喜欢看戏了，如若方便，梅菜就打扰了。”

那少年听说，忙引路去了。

出了烟雨阁，一辆金碧辉煌的红木小车套着两匹骏美的枣红大马，早等在路边，旁边还立着一高一矮两个戴黑帽，着青衣的长须仆人，甚是气派。

少年引我们上了车，车内倒很宽敞，杏黄团花纹坐垫，上好青纱罩在车窗，车内飘着淡淡甜香，原来车中还置有一个个奢华的青玉狮子香炉。

看这光景，那丝绸商人资产不可小觑呢。

我对西柳姑娘又庆幸又担心。

马车轱辘转动起来，一路甚是平稳，不多时，听见那仆人喊道：“请姑娘下车，宅子到了。”

我先忙跳下，又扶西柳姑娘下车，抬眼望去，只见好大一栋宅子，朱门灰墙，门口两个大石狮子，在大红灯笼映照下张牙舞爪，栩栩如生。门口早有青衣婢女迎出来，有提灯笼的，有搀扶西柳姑娘的，礼数周全，教养森严。我跟在人群后面进了大宅，宅上挂着好大一个黄木匾，上面写着斗大的“朱府”两个字。

进了朱府，庭院深深，宅子里有好大一棵繁茂的大槐树，直遮蔽夜空，透过粗壮的枝杈，勉强能看见点点星光。

沿麻石小路进了中庭，便听见袅袅歌声，后园更是火树银花，只见戏台子早已搭好，现在正唱着一出《游龙戏凤》。

院子里只有朱大爷一个人坐在黄花梨木太师椅上，四边围满仆从，竟还有不少碧眼胡姬，肤色微黑，妖妖娆娆，我忍不住多看了几眼。

朱大爷忙起来相迎：“西柳姑娘来了，路上可还好走，可累了？”

西柳姑娘含笑摇头：“很好，不曾累。”又转向我，“妾身独个过来未免无聊，拉了相熟的妹妹过来一同看戏。”

朱大爷忙向我点头致意，我回了礼，仆人过来引座，我便与西柳姑娘右边坐了，婢女奉上香茶，竟是出名的霜翠雪芽，味道香得了不得，想必水也很是讲究。

接西柳姑娘来的少年跟朱大爷耳语几句，奉上芋头酥，朱大爷假装不经意地看了我一眼，西柳姑娘忙道：“我那妹妹倒是好人家女儿，这芋头酥便是她家点心铺子的佳品。”

朱大爷一笑：“原来是点心铺千金，失礼了。”

我忙回礼道：“梅菜年纪小，有礼数不周全的地方，还望朱大爷海涵，此次应邀，当真感激不尽。”

朱大爷道：“姑娘不必多礼，西柳姑娘的朋友，即是本人朋友，如蒙不弃，还望下次再来赏光。”

我忙说不敢当，看着这后园，戏台上正唱得热闹，大理石雕牡丹花的桌子上几个玛瑙盘摆着各色鲜果，又有数样细点心，当真豪奢至极。

趁朱大爷和西柳姑娘听戏，我谎称更衣，往内庭去转悠一圈，想看看这朱府到底还有什么人。

七拐八绕地甩掉了跟着的仆人，我细细地打量这个宅邸，屋内豪华无比，干干净净，纤尘不染。

但是相当冷清，除了后园不绝的丝竹管弦之声，竟一点人世间的生气也不闻。

客厅里铺设着奢侈的波斯织锦地毯，紫檀桌椅，壁上悬着山水丹青，八宝橱上都是名贵瓷器。屋子两侧的回廊外应该是月明如水，但在那棵几乎笼罩了整个宅院的大槐树阴影下只见黑魆魆一片，很有些瘆得慌。

我往后面一看，还有好几个小径，四通八达地围绕着这个主屋。

我有些奇怪，这个朱大爷这么有钱，家里除了仆人和胡姬，好像没有朱大爷的亲人，嗯，还是说他旅居在外，家人还留在西域？

“嗡……嗡嗡……”

什么声音呢？声音并不大，但是在寂静的屋子里掉根针都能听见。

我循着声音，发现声音来源于一间内室。

闯入人家卧室是非常不礼貌的，不过声音来得怪，朱大爷又有点疑点，我吞了一下口水，四顾无人，我还是打算打开门瞧瞧。

“嗡……嗡……嗡嗡……”

门是桐木，门把是紫铜，却契合得非常紧密，似乎在里面被插住了，离门口越近，声音越清楚，我犹豫起来，里面会是什么呢？

要不要撞开？

不行，撞开未免太失礼了，何况我也没有那么大力气。

正犹豫不决，突然一个声音在身后冷冷响起：“姑娘，你在做什么？”

我吓了一跳，转身一看，是一个青衣仆人。

我忙说：“贵宅实在过于庞大，小女去更衣，却与带路的走散，不想迷路了，这里不能盥洗吧？”

那仆人道：“姑娘随我来。”就要引我走。

我忍不住问：“恕小女多嘴，这个声音是……”

那仆人没有说话，只是直直引我回到后庭。看来我实在不知分寸，这个问题不该乱问。

待这仆人告诉了朱大爷，看来没机会查探了。

朱大爷和西柳姑娘看戏看得聚精会神，倒是没有什么异色。

戏台上圣德皇帝犹和凤姐拉拉扯扯，那凤姐身段眼风真不错。

西柳姑娘赞那唱凤姐的伶人嗓子好，朱大爷回道："这是这里最出名的旦角。"

西柳姑娘问："叫什么名号？"

"名唤琉璃春。"

戏唱得实在无聊，我看着看着居然睡着了。

猛一睁眼，日头高照，我已经在家里了，我忙掀开被子跳起来，连声唤娘。

娘气势汹汹地推门进来："娘忙得很呢！你还没梳洗，嚷什么？"

我忙问："娘！我怎么回来的？"

娘怒道："还好意思提，你在西柳姑娘屋里睡着了，还是莫先生送你回来的！送个夜宵也能睡着，不知道的当你天天累成什么样了！"

"几时？"

"可不就是你送夜宵半个时辰后啊！"

不可能！我在朱府就有一个多时辰！

这到底，是怎么回事？

哪个地方不寻常呢？

我苦苦思索着。不如直接去问西柳姑娘吧？

梳洗好了下楼看见爹在忙活，赶紧问："爹，西柳姑娘今天来过没有？有没有订芋头酥？"

爹回头："没有来！想是吃腻了吧！西柳姑娘天天来订，再好吃的东西，也不会没有厌烦的一天。"

"这也是……"

我想了想，昨天那个情况下，难道真的是我睡得太沉，被人送回家都不知道？

可是时间上的错位又是怎么回事呢？即使我睡着了，也应该在出门送夜宵一两个时辰之后回家，但是娘清楚地说我出门半个时辰就被莫先生送回来了。

那西柳姑娘，现在在哪里呢？

“杨树花穗差不离长好了，梅菜，快快去采来。”娘说。

“哦！”我应了一声，挎上篮子出去了。

到了后园，瓜片早在一棵杨树上等着我，远远看见我直嚷：“龙神爷不高兴啦！龙神爷不高兴啦！”

我愣了一下，一拍脑袋，哎呀！昨天忙着查探西柳姑娘，忘记了给龙井送杨柳青。

我忙把篮子挂在树杈上，托瓜片给我衔花穗，赶忙往龙神祠去了。

龙井仰面朝天地躺在地上一动不动。

我忙问：“龙神爷，你怎么啦？”

龙井翻个身，给我一个后背。

“不要闹别扭呀！龙神爷！”我忙跑到他面前，“梅菜我呀！昨天查探妖怪去了！”

龙井还是闭着眼睛不说话。

“你想如何，龙井大人？”我无奈地问，“今天已经来采花穗啦！一会儿给你供奉上可好？”

龙井一下子坐起来：“倒也不是为着这个。”

“不是为了吃？你会为什么生气？”

明明就跟纠缠大人买糖被拒的小孩一样。我也经常这样闹别扭逼迫娘买喜欢的东西给我，所以感同身受。

不过龙井一个大人，为这么个小事，何至于就这样了。

“是你不遵守承诺。”龙井噘着嘴说，“这让我想起以前一些事情。”

哦，原来不赖我啊！我松口气，又问：“什么事情啊？”

龙井躺下打了个滚，趴在地上，一副被人欺负的样子：“多说无益。”

我也不懂什么有益无益的，只捡起要紧的说：“龙神爷，西柳姑娘的那个事情，到底谁是妖怪？我看那个朱府啊，事事透着不寻常。”

“嗯嗯，卖丝绸，还真是有趣。”龙井听我把事情讲了一遍，倒是突然精神百倍，刚才那个颓废的样子一扫而光，真怀疑他是不是被什么附体了。

“晚上去朱府打扰一下吧！杨柳青和芋头酥你打算什么时候供奉？”

“晚上晚上！”

好不容易熬到了晚上，我带着龙井和瓜片悄悄来到西柳姑娘房间外面隐蔽起来。

西柳姑娘的影子映在窗纸上，犹在梳洗打扮，估摸昨天那个时候差不多到了，也许今天还会出局。

过了一会儿，昨天那个少年来了，依旧是扶着西柳姑娘要出门的样子。

西柳姑娘一出去，我抬脚就要跟，龙井把我拉回去，一副不耐烦的样子：“干吗去？”

我不解地说：“不是去朱府吗？我们不用跟去吗？”

龙井翻个白眼，用力敲了我脑袋一下。

“咦？你打我作甚？”他从来不以神仙的派头自居，我倒是也不大拿他当神仙看，也不甘示弱地要踢他一脚。

龙井轻松闪过，再一指西柳姑娘她们。

“啊？”我瞬时就给看愣了。

西柳姑娘明明在屋子里睡得正香。

我忙又看向少年，竟然是个灰色的蝼蛄拉着变成苍蝇那么大的西柳姑娘——的魂魄？

“这这这……”我可从来不曾见过这样的场景，可一下就说不出话来了。

“好了，现在它们看不见咱们，走，瞧瞧去。”龙井两只桃花大眼闪闪发光。

蝼蛄领着西柳姑娘上了一片由两只大红蚂蚁拉的香桉树叶，两只灰色蛐蛐随侍在侧，场面虽然有点让人毛骨悚然，但是又奇趣无比。

它们走啊走啊，来到后园一棵大槐树下。

顺着槐树粗糙的纹理，它们进了树干中的一个树洞里。

“咱们也去！”龙井说着，我感觉身边的一切都变大了，转眼一看，龙井和他肩上的瓜片已经走出去好远，我忙跟上去，这，应该是在车里时走过的那段路吧？

果不其然，跟进树洞，正是那个宅邸，那个宅邸是好大一个蜘蛛网，层层叠叠，布满灰尘，蜘蛛网中心——想必是那个中庭，里面坐着一只硕大无比的酱黄色蜘蛛。

蜘蛛周围有不少绿头苍蝇，想必就是那碧眼胡姬的真身。我往后边一瞧，有个蜜蜂被蜘蛛网裹住了，正振翅发出嗡嗡嗡的声音。

真相原来是这样。

只见蜘蛛迎了西柳姑娘，请她坐在蛛网上，蝼蛄衔来挂着露水的松针，西柳姑娘接了，正在慢慢啜饮。

蝼蛄还衔来一些不知哪里寻得的干果，布在西柳姑娘的面前。

一只绿蝈蝈——那就是琉璃春吧，振翅发出悦耳动听的声音。

这个宴会麻雀虽小，五脏俱全，我昨天虽也来过这里，从别样角度看来，一切倒是宛如梦境。

“哎呀呀，原来这里是虫子的宝窟。”龙井摇头晃脑地说。

“我昨天就是在这里做客，还吃了这里的东西……”有了这种怪异的经历，我有点担心自己会不会也变成虫，入夜爬进去鸣叫，可不是什么光彩的事情。

“嚯嚯嚯嚯，那谁知道！也许明天你就长出翅膀来了！”龙井用宛如唱歌般的奇怪语调幸灾乐祸地说。

瓜片忙叫：“明日一同飞！明日一同飞！”

这时，那个大蜘蛛突然吐丝把西柳姑娘包裹住了。

“快救救西柳姑娘！”我大吃一惊，赶忙抓住龙井，“这大蜘蛛要吃了她！”

“你怎生知道要吃了她？”龙井像赶苍蝇一样对我挥挥手。

“那，蜘蛛吃虫子，不都是先吐丝裹起来吗？”我不服气地说。

“谁说这是要把西柳姑娘当虫子了？”龙井若无其事地说：“看看你就知道了！再吵下次不带你来看热闹了。”

我不高兴地噘着嘴，但是转念一想，龙井毕竟是龙神爷，想来不会见死不救，便鼓着腮不再说话。

西柳姑娘一副很开心的样子，和大蜘蛛依偎着，真搞不懂还有什么热闹好看，直接把西柳姑娘救出来不就好了吗！

龙井稳如泰山地席地而坐，还从怀里掏出一串风干栗子，神态自若，大吃大嚼。

瓜片也忙过去吃了起来,龙井居然大方地分给瓜片一把,真是罕事。

只有我手心都攥出汗来了。

“对女人来说，什么才是最幸福的？”龙井突然问。

“这个嘛，姐儿之间也经常谈论呢，她们的意思大概是，嫁个好男人吧。”我想起秋儿和鸾儿的对话。

“那不就是了，其实对西柳姑娘来说，做人许还不如做个蜘蛛。”龙井吃到一片栗子皮，噗的一声吐了出来。

“做人不如做蜘蛛？无论怎么想，还是做人比较幸福吧？蜘蛛这种东西，天天在阴暗潮湿的地方生活，吃恶心的苍蝇维生，轻易就会被人捏死，这种东西，真的会幸福吗？”

“你懂什么，这叫自由，不管做什么，放在第一位的还是自由，做人若是什么都没有，还不如返璞归真呢。”

我是看错了吧？龙井，他会这么落寞？不会，只是他失望于风干栗子这么快就吃完了吧。

蛛丝里面的西柳姑娘像是睡着了，龙井站起来拍拍屁股，大手一挥做出再见的手势，推着我回去了。

“咱们就这么回去？可西柳姑娘怎生是好？”我抬头看着他。

“她自己选的，就尊重她的意思，”龙井说，“有些时候，装作看不见，是对当事人最大的帮助了。”

回到家里，我像那日在朱府瞧《游龙戏凤》时一样，睡得很沉。

迷迷糊糊里，西柳姑娘来了，她笑道：“梅菜，你可要贺我一个喜了。”

我忙道：“敢问西柳姑娘什么喜事？”

西柳姑娘面色酡红：“我的恩客朱大爷，偏巧前些年没了夫人，愿意赎我回去续弦，你说这可是喜吗？”

我忙说：“是喜是喜，恭喜姑娘了！梅菜多嘴一句，朱大爷人品如何？”

西柳姑娘笑道："对我是极好的，虽大我一些，倒可贵的忠厚。熬了这些年，总算拨云见日，得了这样一个归宿，我还是多谢龙神爷护佑，烦你帮我谢谢龙神爷。"

我忙点头："姑娘何时的好日子？"

西柳姑娘说："已经来接我了，我寻思着，我素来不善交际，只和你道一个别，横竖朱大爷的宅邸离得不远，朱大爷还嘱咐我，寂寞了可接你去玩玩。只不过，许过一阵子，我们便要回西域去了，到时候天各一方，须各自珍重了。"

我忙说："谢姑娘，姑娘自己也要多加珍重。"

西柳姑娘摇摇晃晃起身像是要走，突然又回头说一句："朱大爷说，教你自己多加留意，你身边，有了不得的东西。"

"什么？什么了不得的东西？还望西柳姑娘明示。"我奇道。

西柳姑娘往我身上一指，刚要开口，不知哪里的雷声滚滚，我睁开眼睛，原来不是雷声，竟不知是谁在重重敲我的门，我忙起身开门，居然是鸾儿，还杏眼含泪，呜呜咽咽，我忙道："鸾儿姐，你这是怎么了？"

鸾儿哭道："是，是西柳姑娘，昨日里没了……"

我心里一沉："什么？"

鸾儿抽抽噎噎地说："先生说是心力交瘁，油尽灯枯，但是我们瞧着，脸上还浅浅笑着呢。烟雨阁里，都是苦命人啊。咱们也算交好一场，青楼女子也就葬在乱坟岗，葬礼都不得一个像模像样的，西柳姑娘平日里孤苦，咱们几个，且去送她一程吧！"

我呆了一呆，点点头。

西柳姑娘苗条的身上换了一身水绿色纱衣，双眼紧闭，脸上犹自笑着，有个淡淡的酒窝。

在朱府,西柳姑娘想必过得很高兴吧？终于,不用看那些怪脸色了。

也许，鸾儿和秋儿大概是兔死狐悲，感怀身世，个个哭得梨花带雨，我叹口气，希望一切都好，大家，一切都好。

而我，自此以后，但凡见到蜘蛛，也总要盯着多瞧上一会儿，疑心保不齐什么时候，见到的，也许就是西柳姑娘呢！

第6章　二月雨

烟雨阁来了一个自恋的丫鬟瓣儿，同时烟雨阁里出了怪事，龙井认出，是一个自己的灵物，叫作太平猴魁。

杏花开了，这个季节端的是细雨霏霏。阳春时节自然要吃阳春面。

我们家的阳春面是取新麦子磨粉过筛，以猪骨高汤和面，切成细细面条，入鸡汤煮开，打一个荷包蛋，撒些青葱，简简单单却滋味绵长，我虽不懂什么叫阳春白雪，但这清爽面条自是时下新宠。

但是面条不好长时间浸在汤里，不然面条劲道程度会大打折扣，爹正在琢磨搁碱的量。

我百无聊赖地趴在窗台上看着铺子窗户外面的杏花细雨，从房檐流泻到窗上，打个水花，再溅到地上，跟地上的泥水混在一起往东流去。一切都雾蒙蒙潮湿湿，有点杏花的花粉味，很不爽气。

“吱呀”关着的门被人打开了，我回头一看，是烟雨阁新来的姐儿晴韵姑娘的丫鬟瓣儿。

瓣儿五短身材，五官也都短小，一张暗黄圆脸上有三层下巴，时常油腻腻地顶出几个红疙瘩，倒有些像油酥烧饼。

她粗胖的腰肢上穿一件秋香色绉纱裙子，一件酱色背心，进门先把伞豪放地用力往屋里地上甩甩，道：“什么天气，偏叫我出来买点心，一点主仆情分不讲不说——把人往死里使！人家的丫鬟都受着娇惯，偏生我这跟着不得意的姐儿做不得意的人，梅老板，一盒子桂花松子糖，一盒子胶片糖。”

边说边坐下来，用沾满春泥的飞云鞋用力往别的凳子上来回蹭。

爹搭讪着笑道：“难为姑娘了，这个天气还出来。一会儿我用牛皮油纸包好，管教这糖沾不上水。”

瓣儿鼻子哼口气：“这倒是梅老板会做生意！不跟我们那姐儿一样，不会看人下菜碟儿，空凭着一张脸，什么出息。”

爹边麻利地把糖放进牛皮油纸包成八角包，边用麻绳系起来：“是嘛，那晴韵姑娘还得凭着姑娘指点了。”

“那可不，本来嘛，会个琴棋书画，有什么厉害的，还不是破落户出身，若论人才，只怕我还比她强些——这养在深闺长大的，什么都不知道！”

“那可幸晴韵姑娘有您这么一个好丫鬟！”爹把糖交过来，“姑娘收好！”

瓣儿却不接：“不是有梅菜吗？叫梅菜陪我送过去，反正她本也是送这个的人，这细麻绳勒得姑娘我这手可受不了，”说着边打开她腊肠一样的五根肿胀手指，“人都说，女人这个命，也就看个手，我这手，也确实好看。可是人人都赞，丰美不说，还显得富贵呢！勒了我的手，谁不心疼？”

爹也不愿意让我下着雨出去跑，忙赔笑道：“姑娘受累了，店也小，梅菜一会儿得帮我擀面条，实在走不开，这样吧，我再送姑娘一盒春饼尝尝，不计在账上，可行？”

铺子里提供给姐儿的东西一概记账，到了时间莫先生再一并核账，并把银钱归到姐儿的月例银子里，不记账，就是白送她。

瓣儿飞个媚眼：“倒是梅老板客气。”拿起三个盒子，故作金贵地“哎呀”了一声，爹忙从柜台里起身相送，看着她扭着圆滚滚的腰身走到雨里了。

她走远后爹叹口气：“看来这晴韵姑娘的日子可不好过，怎生还有这样的丫鬟。”边啧啧地回去和面了。

我心想，这个瓣儿，估摸着可不简单啊。

晚上送阳春面，偏巧雨就停了，我挎上篮子去烟雨阁，黄昏的雨后初晴很是清爽，天边被晚霞映成淡淡红色，非常漂亮。

进了烟雨阁，这晴韵姑娘住在以前西柳姑娘的屋子，走过楼梯正好经过，却听见有人吵嚷起来，我忍不住探头一看，竟是瓣儿跟鸾儿，瓣儿一手叉着腰，一手定定地指着鸾儿的鼻子，道：“死过人的屋子给我们住，你们怎么不住？我们家姑娘是个不知道事的，但也别当老娘好欺负！今日把房子让出了也就是了，不然大家就耗着，大不了一拍两瞪眼！横竖你们姑娘生意好，看谁吃亏！”

鸾儿虽然是个脾气好的，但也被气得满脸通红：“瓣儿，哪个姑娘住哪个屋子，原就是莫先生定的，现在就这一间空房，不住这里能住哪儿？再说这是什么地方？哪个妓院没有死过姐儿？偏你就这么掐尖要强，可没听别的姑娘嚷过！”

瓣儿呸了一声：“我偏就要跟你们换！知道鸳鸯姑娘有贵客撑腰，我们姑娘就没有个把的恩客了？你等着，你们不搬，我把你们家具弄出来！”

说着撸起袖子就要冲进去，吓得鸾儿忙拦住她，但鸾儿细瘦身材，挡不住蛮牛一样的瓣儿，被一下撞倒，后脑勺儿磕在柱子上，只听咣的一声好大响，我听着都疼。

我忙去扶起鸾儿，对瓣儿劝道：“瓣儿姑娘，这排房子的事情真的是莫先生管，你若是强行要搬，少不得莫先生知道了责怪，何苦来为难鸾儿呢？”

瓣儿大概是碍着那一盒春卷的面子，哼了一声没有理我，这时莫先生早听小厮说是打起了，呼哧呼哧跑了来，吼道：“我管烟雨阁这么些年，没见过吵架的，你们怎生这么没有分寸，还是卖了安生！”

鸾儿本来就委屈，这一听，心里更是又气又怒，竟哭了起来。

瓣儿忙说：“莫先生不要动气，谁想惊动了莫先生，正是我的不是，我是听人家说了，我们这屋子不干净，死过人，原也想问问鸾儿姐怎生情况，谁晓得鸾儿姐欺生，硬说我们姑娘生意清淡，原就该住这闹鬼屋子，我替姑娘生气，这才有了口角，莫先生大人有大量，全怪瓣儿我不知分寸，惹了鸾儿姐！”

莫先生今天耳朵出奇地好使，居然全听清了，登时大怒，说鸾儿不知轻重欺负新人，罚了鸾儿月银。鸾儿争辩，莫先生懒得细听，竟挥袖走了，瓣儿撇嘴笑笑，回屋去了。

气得鸾儿只想撞柱，我忙拦下来了："莫先生一时心烦，懒得理会也是有的，今日本就是姐姐受了委屈，待哪天莫先生心情好，我去跟他说。一会儿鸳鸯姑娘的恩客也该来了，红着眼睛恩客多心岂不是更不好。"帮她擦了眼泪，扶回屋里。

这瓣儿，还真的不是什么寻常人物。

送鸾儿进屋，恩客还没来，我忙帮着鸾儿打水洗脸，鸳鸯姑娘问："你在外头和人吵嚷什么？乱哄哄的，恩客要是瞧见多不好。"

鸾儿又是一阵委屈，我忙替鸾儿说清楚刚才的事。鸳鸯姑娘蹙眉道："我听莫先生说，这个瓣儿是新买来的，上一个主家是个绸缎庄，只说价格低廉，莫先生看着倒也强健，没细问便抢着买了，本来就是给西柳姑娘配的，谁想到西柳姑娘碰巧没了，就配给了新来的晴韵姑娘，倒是个这么不省事的。"

我可以想象卖她的绸缎庄的人想尽快脱手的心情。又顺口问鸳鸯姑娘："听瓣儿讲，这晴韵姑娘原是深闺小姐呢？"

鸳鸯姑娘叹口气："据说也是书香门第，不外乎得罪权贵，给抄了家，父母都给流放了，天上掉到地下，也是个可怜人。"

人生在世，一切都是不由自主，随波逐流，这晴韵姑娘本来就孤苦无依，还遇到这样的丫鬟，真是命犯太岁。

晚上送了夜宵，我挎着食盒走光亮的大路绕远回家，龙井带着瓜片去蓬莱山赏桃花了，说叫李绮堂送我，我怎生敢劳烦人家，便每日多走几步路，横竖天气暖和，只当散步了。

走着走着，看见一个圆滚滚的身影跑进树木森森的后园，我仔细看看，好像是瓣儿，这么晚了，独个去阴森森的后园，她想干什么呢？

我决定跟上去看看。

后园现在应该是非常危险的时候，本来龙井账册妖怪就四处乱跑，加上新来的妖怪，在里面肯定凶多吉少。

我悄悄跟着那个像是瓣儿的身影，她虽然两条短腿，不想跑得很快，加上后园灯影幢幢看不清楚，我一下子就找不到她了。

晚上这里太吓人了，我决定见好就收，还是回家吧！上次被铁观音差点吃了，实在心有余悸。

第二天早晨，爹叫我看看桃花开了没有，要采花瓣泡桃花甜酒，我应了一声，挎着篮子去了后园，远远看见黄伯两手拎着什么东西，气呼呼地往外走，腰带随着肚子上的肉一颤一颤的。

我迎着黄伯过去，问黄伯好，黄伯应了一声，却很不自然地把双手往后一藏。我更加好奇了，直绕着黄伯打转，想看看他拿的什么。黄伯慌张地说："小孩子家家的，一边去，不是你该看的东西。"

我鼓起腮，道："不看就不看，我这就告诉莫先生，去年那棵百合根本没死，是被谁卖了。"作势要去账房。

黄伯忙拦着我道："不给你看是为你好！你当是什么好东西。"赌气双手往前一拿，却是几只被什么东西咬掉脑袋又剥了皮的光溜溜的动物，我仔细一看，不禁"咦"了一声，攥在黄伯手里那细细的尾巴——是老鼠吧。

黄伯见我没害怕，倒是颇有几分失望，说："只怕是猫头鹰还是狐狸吃剩的，你看也看了。"

我心下有点疑惑，小时候家里养鸡，时时有狐狸过来偷吃鸡，我记得狐狸吃鸡是叼住咽喉，然后一口一口褪毛吃进肚里，若是吃老鼠，为什么咬下头，剥了皮，反而把肉留下了？

至于猫头鹰，姥爷倒跟我说过，是连皮带骨一起吃的。猫就更是吃得干净。

目送黄伯拎着那几条光溜溜血淋淋的老鼠扔掉，我费尽脑子，也没想到，到底会有什么动物只剥皮不吃肉。

边想边走到桃花树旁，桃花含苞待放，应该再晚几天来采，倒是木兰开花早，一朵一朵俏立在枝头，粉妆玉琢甚是漂亮。

突然呜呜咽咽，听见有人在哭。

我循声望去，是一个身着鹅黄春衫，长发散乱的姐儿，仔细一看，这拭泪的，不是晴韵姑娘吗？

我走上前去问道："姑娘可是初来乍到，有什么委屈吗？我与账房莫先生算是相熟，可以代你告知与他。"

晴韵姑娘抬眼看是我，泪盈于睫但又低下头去："谢谢姑娘，我只是思念家乡父母，未曾有委屈。”

这个时辰，姐儿应该还在睡觉，为什么晴韵姑娘完全是一夜未睡又不曾梳洗的样子？

我抬眼看看晴韵姑娘的房间，纱帘还低垂着。我顿时明白了几分：“敢问晴韵姑娘，瓣儿怎么没有在身边伺候啊？”

晴韵姑娘犹豫了一下，说道：“她也累了，伺候一晚上，歇着呢。”

“那姑娘为什么没有歇着？晚上还得待客，形容憔悴，只怕客人也不会高兴啊。”我故作老成地说。

晴韵姑娘勉强笑一笑：“姑娘说的很是，我且回去了。”

看着晴韵姑娘纤瘦的背影，甚是可怜，一定是身为主人，反被丫鬟欺负了吧？

说起来龙井不知道回来没有，不如去龙神祠瞧瞧。

龙神祠的香案上陈着各色鲜果，远远看上去甚是气派，我推门进去，龙井和瓜片正在狼吞虎咽地吃桃。

龙井一边吃一边招呼：“梅菜来来，蓬莱山的桃，人间可吃不到。”

瓜片连桃核都吞下肚去，噎得捶胸顿足。

我说：“倒是没太想吃桃，但是你们可知道有什么动物只剥皮不吃肉的？”

龙井和瓜片都停下嘴，定定地看着我，异口同声道：“你说的，是太平猴魁？”

不用多说，看他们这他乡遇故知的样子，就知道这是久违了的账册妖怪。

龙井像吃到什么苦东西一样咧着嘴：“冻顶乌龙不在，这可怎么好……”

敢问冻顶乌龙又是何方神圣？

瓜片说：“是饕餮大人的哥哥，主战之神，叫作睚眦。”

牙渍？不会的，不会是这两个字，肯定是我想错了。

“这个睚眦，莫不是很厉害吗？”

瓜片郑重其事地点头：“几乎战无不胜。”

看龙井的样子，这个太平猴魁必定很难对付，如果没想错的话，上次还是被他哥哥封印的。

“那现在怎生是好？那太平猴魁到底是个什么妖怪？”我着急忙慌地问。

瓜片抢着说：“哎！你是不知道，太平猴魁是我们账册妖怪里面灵力最高的几个之一，但是他好血腥，最不喜活着的人和动物，偏爱剥皮、断头，他在的地方必定生灵涂炭，可危险得紧。上次若不是睚眦大人出手，只怕饕餮大人一个人真的不好对付呢！”

“那这次不能去请睚眦大人过来？”我忙问。

瓜片摇摇头：“不好说呀！睚眦大人上天宫拜觐述职，不知何时回来，若是现在去寻，那饕餮大人账册被毁，妖物四下逃散的事东窗事发，只怕会受到很重的责罚。”

欸！我忙问：“可不可以找李绮堂想想办法？”

龙井眼睛一亮：“天罡箭？大概也能试试！太平猴魁的妖气，李绮堂应该很容易就发现了！”

“等一下，有点不对劲，”我看着龙井，“你说太平猴魁妖气冲天，那你自己怎生倒是不曾感觉到？”

龙井咳嗽一声，掩饰尴尬：“这个嘛，他现在应该是刚刚醒来，妖气较弱，外带他擅长伪装掩藏，不大好找。”

我暗想，说出这种话的，真的应该是气吞山河的龙神爷吗？竟然还要人来帮忙，可实在不大有面子。

算了，不要讲出来了，惹恼了他也没什么好处。

这下可就看李绮堂的了。

偏生，李绮堂去考试了，要被关在考场三天，龙井说怕是来不及。

正当我们一筹莫展的时候——龙井已经自称食不下咽，早起只吃了三个猪肘塞牙缝。

一个道长一甩拂尘，仙风道骨地来了。

我一看这个道长，倒是给愣了，也不是旁人，竟然正是碧螺春那件事情上，卖豆浆刘奶奶找来的道士。可他不见有何真本事，倒是吓得吐了白沫。

“李厚德？”龙井倒是也认识他，“你儿子不来，你这个老儿怎生来了？”

李厚德，我是听过这个名字的，可没想到，这便是李绮堂那位辞官不做、一心修道的父亲！

他们两个，可长得一点都不像。

“这个妖怪贫道倒从道典中见过，或许可助龙神爷一臂之力。”李道长打了个千，一捻鼠须，扬扬自得地说。

龙井瞥了一眼这个既无仙缘亦无仙骨只余一腔向道热血的道长，先皱起鼻子哼了一声，接着摆出一副目中无人的样子说：“你？”

我倒是赶紧行礼说：“梅菜想听听道长有何高见。”

李道长虽然有几分尴尬，但忙正一正脸色，道：“若是贫道没有记错，这个妖怪的原型，原是一个仙家的皮袋子，号称混天斗。”

龙井傲慢地点点头：“你这老儿知道的倒不少。”

李道长又忍不住开始飘飘然道：“毕竟贫道乃是道学世家，老祖宗留下的典籍，贫道倒是日日苦心钻研，不敢懈怠。”

龙井来了兴趣，催他继续说。

李道长挺挺瘦弱的胸膛，接着说：“这混天斗乃是采集各种灵兽皮毛，以仙法缝制而成，故可大可小，可装世间万物，但物久成妖，何况混天斗久染仙气，便下界为妖，二百年前涂炭生灵，剥了人和生灵的皮，吸取精气，壮大自身，是睚眦大人收服此妖，封在大人护佑的龙神妖簿之中，此妖现在应该元气大伤，必得剥皮补气，现今剥的仅是老鼠，可知此妖尚无多少灵力，若趁此找到混天斗的原型，贫道以家传琉璃灯里面的三昧真火焚烧，必可降服此妖！”

我暗想，这位道长虽说胆子小点，可毕竟是仙人之后，还真是个靠得住的人呢！

龙井高高在上地点点头：“这倒也不妨一试。”

李道长忙说：“那事不宜迟，还望龙神爷指示妖气所在方位！”

龙井答应了。

虽说他表面一副威风凛凛，公事公办的样子，但是明显正在为自己的好运气窃喜不已。

进了后园，龙井却怔住了：“这妖气，怎生又没有了？”

瓜皮也大叫："闻不到！闻不到！"

这时看见瓣儿晃晃荡荡地过来，手里拈着一枝杏花，瞧见我们，倒是双眼放光："哟，这不是梅菜吗？旁边这位，是哪家公子？"

我愣了一下，随即想起龙井今天为了见李厚德道长，是化成人形了。

龙井懒得理她，抬眼看树枝上的雀儿。

瓣儿见状，拉过我问："这个公子可是烟雨阁的贵客？倒是真真一表人才，你且帮我问问，他可有收丫鬟姬妾的意思。"

我笑回说："许是没有，这个公子不过是我家点心铺子的客人，要瞧瞧点心原料，才来后园。"

瓣儿掐我一下："你这鬼精灵丫头，有这种客人，何不早早告知我？倘若他瞧中了我，姐姐我也少不得给你些好处。你且告诉他我的名字，不愁他不来寻我。"

又偷偷塞给我一条绣着荷叶鸳鸯的丝帕："这个与了他，我瞧他不敢看我，许是害羞呢。"又对龙井抛个媚眼，往南边去了，边走边回眸一笑。

我憋着笑，把手帕交与龙井，龙井挥挥手："什么东西？一股子铜臭味道。"

瓜片大叫："关关雎鸠，在河之洲，窈窕君子，淑女好逑！"

龙井没有理我们，往园子深处去寻，倒看见虫子搬家，道："这朱大爷也闻得血腥气，要回西域去了。"

这便是朱大爷他们？可我看了许久，看不出哪个像是西柳姑娘。

李道长干咳两声："龙神爷，这妖气……"

龙井叹口气："晚上过来瞧，待这太平猴魁剥了皮，看我闻不闻得出他那股子妖气！"

到晚上，我提了食盒匆匆往白鹅卵石小径上走，打算着送完阳春面好帮着找找妖气，虽说龙井叫我莫要过去，可我这心里总惦记着，还是打算偷偷过去瞧瞧。

远远看见瓣儿又在外面闲晃，手里掐了一大把的花，我寻思着她可能不知道黄伯惜花如命，不如告诉她一声，免得起争执。

偏巧黄伯除了假山上的杂草正走过来，看见瓣儿手中的花，不由大怒："你来就告诉过你，莫要糟蹋这点子花，你这是做什么？"

瓣儿冷笑一声："你一个看园子的，倒管起我来了！这园里的花可是你的？你算的了哪根葱，管得着吗？"

黄伯一怒："我看园子这么些年，没有哪个姐儿对我大声说过话！你一个丫鬟，怎生这么没有教养？"

瓣儿呸的一声往地上吐口浓痰："老娘在哪儿都一样，想怎么着就怎么着，你能把我怎么样？"

黄伯气得把草撒了一地："你这丫头怎么胡搅蛮缠？"

瓣儿撇嘴："哟，瞧你这样子，且是要欺负我这弱女子吗？什么花，谁稀罕！"说着把花直丢到黄伯脸上去。

黄伯大吼一声，作势想撸起袖子冲上去。

瓣儿见状大喊："哎哟！大家且来瞧瞧，这虎狼男人要非礼我呀！"小声道，"敢动我？不信你这鸡吃核桃羊上树！"

黄伯气得满脸通红，但显然也知道人言可畏，跺了跺脚走了。

我打出生以来，可还真是头一次见到黄伯败下阵去，可当真稀罕。

瓣儿看我瞧见了，伸手叫我过去："怎么样？做人就得有姐姐这种手段！管教没人欺负你！"又笑道："我问你，今日那公子怎么说？"

我尴尬笑笑："那公子没有理我。"

瓣儿把小指抵在腮上点了下："这公子器宇轩昂，不想倒是个脸皮薄的。准是心下有意，只没好意思说。"

我点点头说："姑娘说的很是，我且送夜宵去了。"要脱身。

"等等！"瓣儿叫住我，我回头看她，她笑道："那公子问起我，只叫他来寻晴韵姑娘，我便在。"我忙点点头走了。

夜宵送到晴韵姑娘屋里，但见她正弯腰擦茶几。我一愣："晴韵姑娘，恩客们许是快来了，怎生姑娘还在打扫？"

晴韵姑娘忙挽了一下凌乱的发丝："闲着也是闲着，恩客还得晚点到呢。"

我看见晴韵姑娘白皙纤细的指尖红肿肿的，像是有泡。忙过去细看，却不想看见里间姐儿住的大红木幔子床底下，似是有什么毛茸茸的东西。

我正要过去瞧瞧，瓣儿却回来了，直嚷饿了，要我拿夜宵出来。

我忙说："莫先生说了，这是给恩客们备下的，姑娘爱吃，我另送些姑娘喜欢的。"

瓣儿哼一声："当了事了，我吃怎么了？横竖这里的恩客，是为吃夜宵来的吗？不如与了我，倒比冷了好些，免得糟蹋吃食，要造孽。"伸手要拿。

我没办法，把阳春面往茶几上一放，瓣儿像是有些失望："这是什么！一碗白面？只一个鸡蛋，连虾仁鸡肉也不放！这梅老板生意大了，倒开始店大欺客！"

我忙说："今日夜宵是莫先生点下的，说恩客要点清淡的。"

瓣儿悻悻地说："人道是，宁吃鲜桃一口，不啃烂梨一筐，我虽是个丫鬟，可也不是不讲究的，算了，谁吃这劳什子白面！"

边坐在床下，托着腮看院外。

我看瓣儿这样子，不知道会不会憋出什么事端来，赶紧提起脚走了。

入了夜，赶紧去龙神祠，龙井他们却都不在，我也不知道什么是妖气，只好四下里乱转。

走出龙神祠，天已经黑透了，找不到龙井他们，还是先回家好了，被妖怪吃了没人救我，爹娘以后没人照顾。

顺着小径抄近路回家，路过那口青石井，不知道那位蜃还在不在。井后面是一排矮树，后边有个什么小动物飞快地蹿过去了，好像是只兔子。

不想烟雨阁还有野味，下次看见了，不如叫莫先生抓了炖肉。

我心里正寻思着，突然好像那兔子撞到什么东西上了，发出"噗"的一声闷响。

我大喜，难不成我似是守株待兔里一样，眼瞅着兔子撞树上了？真好运气，倘拾了回家，少不得爹娘夸我。

我赶紧过去拨开树丛，借着黯淡月光，看见树丛底下一堆黑东西，定是那兔子，我伸手要摸，却被一个什么东西抢先一步拖过去了。

抬头一看，好像一棵矮树上被什么东西蒙了一层皮，那皮紧紧包住树干，慢慢蠕动起来，渐渐皱着的皮变成眼睛、鼻子、嘴巴，居然形成了一张人脸。人脸一副挣扎的表情，挤眉弄眼地不知道想表达什么，接着在嘴的部位渐渐凸起，一个光溜溜的东西从那嘴里挤出来，果然是个被剥了皮断了头的兔子。

我一身的鸡皮疙瘩可全起来了，这莫不是那太平猴魁？

兔子的血腥味刺进鼻子，这场景像是一场噩梦。

我想喊，可是喊不出声，唇齿说不出的麻木，嗓子眼儿也直颤，倒是勉强吞了下口水，一片寂静里，能清楚地听见喉间“咯”的一声。

那个人脸样的皮嘴部左右翘起，做出让人毛骨悚然的一个笑脸。

我想回家……这么浓的血腥气，难不成龙井他们全闻不到吗？

这时那个人脸突然表情抽动，看着我，变成害怕的表情，接着像是渗进树里，消失不见了。

咦？莫不是在龙神祠待久了，我也染了仙气？

还是说，我背后，有让那太平猴魁都害怕的东西？

我不敢回头，寻思着还是后者可能性较大。

前有狼，后有虎，螳螂捕蝉，黄雀在后，山重水复疑无路，柳暗花明又一村……我心里胡思乱想，混成一锅粥。

可这么耗着，也不是办法，还是看看吧！人不能死得不明不白，要死也得知道谁杀的，我努力迈动哆嗦的腿，回头一看，我身后正是那青石井，井边站着一个翩翩公子，我一下高兴了起来，龙井？

不，这个人，比龙井还要好看，是个陌生少年，但跟龙井一式，是贵公子打扮，湖青长衫，头戴翡翠冠，腰缠八宝带。

这人冲我慢慢走过来，突然就伸手点住我的脑门儿，接着连珠炮似的说：“叫尔莫要出来尔非要出来饕餮哥哥说尔说话不算数尔还真是任性胡来净给人添麻烦尔说尔这么做可对么小孩子家家还是女孩子尔没有能力就不要逞强若是尔被剥皮吾少不得被龙井哥哥骂办事不力到时候全都要怪尔尔还不知道吾是谁吧吾乃蜃是也也算龙中贵族尔可称吾为正山小种正山也可若不是吾变出睚眦大哥的幻象那个太平猴魁早把尔吃了说起来到现在尔还没有感谢吾……”

这个人，怎生比我娘还要唠叨？而且半文不白的秀才腔！我心下想着，也许他能和我娘做朋友。

等他说完了，我发现我已经没什么要问的了，这不就是过年的时候来探亲戚的蜃吗？变的幻象可吓坏了我和二虎哥。说是叫正山？原来他还没走。

我瞪着眼睛看他，他也瞪着眼睛看我，然后他说："尔一个黄毛丫头被太平猴魁吓成这样说不出话来也不是什么罕事毕竟太平猴魁吾都是第一次看见不过尔难道真的没有什么要问的吾可以一一解答吾生平最爱传道授业解惑而且吾上知天文下晓地理话说回来尔有何疑问？"

我摇摇头，正山好像很失望，又开始喃喃道："吾知道尔实在是有千言万语只是郁结于胸说不出来这样吧吾给尔一刻考虑吾相信吾能解决尔一切疑问。"

我估摸着他实在是太久没和人说话，莫不是憋得难受？

想了一会儿，我指着那个兔子说："不知道那个兔子还能吃吗？皮和头都弄干净了，正好可以熏兔子。"

正山摇头晃脑道："此兔倒是无毒吃了倒也无害不过人都是自己剥皮何况兔头没有了倒也有碍观瞻据说人讲究色香味俱全只怕不喜食之尔莫非要食此吗……"

看来是可以吃了，我一边听一边动手摘了树上的葛藤缚住兔子后腿，打算拎回家。

绑好了对依旧滔滔不绝的正山行个礼道个谢，提着兔子就往回走，这后园实在危险，不能久留，正山说得对，我什么能力也没有，只会碍手碍脚，龙井闻到妖气，定会和李道长合力收服太平猴魁，犯不上我担心。

这个正山看我要走，倒是很失望，一个劲吾啊尔啊似乎想留我说话，我答应下次再来，他还是有点失望，走出去了一阵再回头看他，他那个长身玉立的身影已经消失在了井边。

似乎还叹了口气。

回家之后，爹娘见我竟然提了一只光兔子，倒是也大吃一惊，连声问我这兔子是何处来的，我敷衍着说捡到的，因为我从不说谎，爹虽然疑惑，可没疑心，答应给我糟了吃。

早起先闻到一阵香气，我坐起身来，揉着惺忪睡眼，梳洗好了下楼，预备吃糟兔子肉。

没承想爹喜滋滋地忙着收拾手里的鱼肉，洗净剁碎，砂锅里又煮着米，像是要做鱼片粥。

我忙问："爹，怎么想起熬鱼片粥了？"

爹笑道："你还不知道，准是龙神爷显灵，烟雨阁外面的胭脂河边都是宰好褪鳞的鱼！大家都去抢了！今年年景还真是不错，人都说'桃花流水鳜鱼肥'，这春天桃花一开，鱼给花瓣滋养了，味道是再好不过了！你娘拾了鱼拿回家又去了！你也快去瞧瞧，去得晚了，只怕都给人捡走了！"

鱼可不会自己脱皮，龙井更不会没事显灵，难不成，是太平猴魁，还没被龙井抓住吗？又剥了这么多鱼的皮，这下想是大事不妙！

我赶紧跑出去，不知道龙井他们怎么样了。

到了龙神祠，只见龙井满面愁容，瓜片安安静静，李道长正在打坐，也像是睡过去了。

我忙问："龙神爷！梅菜我昨天也瞧见太平猴魁了！你可曾闻到了那妖气？"

龙井摇摇头："不曾，正山也说瞧着了，但我闻不到分毫妖气。"

这也奇了，太平猴魁到底是以什么方法隐藏了自己的妖气呢？

第7章　三月桃

太平猴魁四处捣乱，梅菜本想找李绮堂帮忙，可李绮堂考试去了，梅菜急中生智，借助瓣儿用琉璃灯制服了太平猴魁。

正想着，突然瓣儿推门进来了，瞧见龙井在，不由大喜过望，一边用手轻轻松开领口，一边满口嚷热：“进了三月，桃花才开，怎生就这么热了，人道是香汗淋漓，偏生我生就也有一股子体香，总嫌不庄重，却也没有办法……”

龙井本来就很懊丧，此时更加低头不语。

我忙道：“姐姐新来的，你可知道这正殿平时不许人来的？”

瓣儿一屁股坐在龙井旁边，搔首弄姿地说：“你是龙神使者，我倒也听说了，可是龙神我可没见过，看不见摸不着，谁知道哪有什么龙神不龙神，他又没钱给我发！还是人啊，实实在在，就在眼前……”说着挨着龙井更近。

龙井越发烦躁，一转身去供桌后面不见了，瓣儿起身去寻没有寻到，口里念着：“这可奇了，一个大活人，怎生就寻不着了？莫不是读书人家的公子吧？怎生这么知道礼法避嫌？”又转向我：“他们家可是大户？我只待他来问我，却一直不来，我也知道公子喜欢矜持，倒不如我先问他姓甚名谁，住在何处？”

瓜片大嚷起来：“李绮堂！李绮堂！”

瓣儿眉开眼笑：“还是这鹦鹉乖觉！我道是谁！李公子的大名我也听过，可不是官宦人家的哥儿嘛！若是跟了他，想是一辈子吃花不完。”

李道长则依旧闭目打坐，对瓜片的胡说八道和瓣儿的夸赞竟然充耳不闻，搞得我也不晓得说什么好，索性啥也不说。

说着，瓣儿站起身来往外走："我得了空，且去他家宅子瞧瞧，这大户人家徒有虚名的也多的是，虽说瘦死的骆驼比马大，若是破落户，他再要喜欢，我也是不许他的，现如今春日短，须得睡一觉再商议。"

不知道瓣儿到时候真的遇到李绮堂会怎么想，横竖不是我骗她的，不过若是她失望，估摸还是会来找我的，我也跑不了。

今天已经是李绮堂赶考第二天，太平猴魁吃了那么多鱼皮，不知灵力恢复了多少。附近倒也再没什么动物……想到这里不禁打了个寒战，再继续任由它剥皮，只怕该轮到人了。

龙井那个样子，似乎已经听天由命，李道长也不以物喜，不以己悲。

我站起身来，打算去遇到太平猴魁的矮树那里瞧瞧，若是运气好，少不得会有些头绪。

瓜片见我起来，也飞上我肩膀。

矮树底下尚有一摊黑血，树皮上倒了无痕迹，附近杂草也没有被踏过的样子。

想来也是，太平猴魁一个灵物，本事大，不大可能会踏着东西走。

现在去哪里寻它呢？真教人一筹莫展。

突然，我想起来瓣儿和晴韵姑娘的房里那团毛茸茸的东西，莫非，这行为怪异的瓣儿，跟太平猴魁有关？那天不是她夜里跑去后园，第二天就有老鼠被剥皮吗！

刚才瓣儿说是回去睡觉，我赶紧带着瓜片去了晴韵姑娘的房间。

房里门正紧闭着，我找了个窗缝，仔细往里瞧着，但见床上躺着个人，外间也伏着一个，盖着被子看不清面目，且瞧那身段，床上的倒像圆滚滚的瓣儿，外间本是丫鬟睡的，可那身影纤瘦，估摸便是晴韵姑娘了！

看来晴韵姑娘有危险，我轻推一下，门竟然没闩，竟吱呀一声开了，趁现在来得及，我得把晴韵姑娘带着，不然瓣儿若是真的被太平猴魁给附上去了，一旦灵力恢复，必是晴韵姑娘遭殃！

我悄悄潜进去，掀开晴韵姑娘的被子，想偷偷把她叫走，但是我不禁吓呆了，那里面哪有晴韵姑娘，而是一个毛茸茸，看不出来历的东西！

那个毛茸茸的东西蠕蠕地动了起来，像是带着笑意，一个粗哑，好像长指甲在划木板子的刺耳声音响了起来：“瓜片，故人相见，一切可好？”

瓜片大叫道：“太平猴魁！”

这个东西在眼前由里到外，翻了个个儿，转瞬之间，变成了素日里弱不禁风的晴韵姑娘，她妩媚一笑，道：“你可看得出，我是昔日的太平猴魁？”

太平猴魁，居然是楚楚可怜的晴韵姑娘？她是如何咫尺之隔，瞒过龙井，隐藏妖气的？

瓜片叫道：“妖气呢？妖气呢？”

晴韵姑娘妩媚一笑，道：“你早忘了我是谁？当年包罗万物，名震三界的，可不是我混天斗吗？我只要反着把自己一包……”

她做出一个束起来的手势：“何愁妖气露出来？倒是你，还跟着那饕餮做什么？起个什么鸟茶名，呸！从妖簿里出来了，谁还要做什么太平猴魁！你也跟着我吧！成就一番霸业，窝在这小小龙神祠，什么出息！”

一个熟悉的、懒洋洋的声音忽然响了起来：“抱歉抱歉，跟着我且是委屈了你！想来那天你是趁晴韵姑娘在园里哭泣，委屈和怨念把你唤出来了？”

龙井来了！

“哈哈哈哈……”晴韵姑娘嘴角一斜，道，“那个小姑娘恨天恨地，怨气冲天，抽抽噎噎说什么受了冤屈，本就不甘，更何况被人栽赃，贱命事小，名节事大，已经委身勉强卖身，现在又被人欺凌，虽说身体发肤，受之父母，可如今之计，还是死了干净！本就不想活了，我好歹做做好事，吃了她的皮，要不然，哪有力气化了人形。若不是昨日见了睚眦那厮坏事，早连这个娃也吃了，还至于吃鱼皮？腥臭难当！”

看来现在太平猴魁已经恢复得差不多了，不显山不露水的李道长一马当先地冲过来，拿出一盏金碧辉煌的琉璃灯，琉璃灯里火光闪闪，想必就是那三昧真火了。

太平猴魁面露怯色，往后一闪，龙井趁机掏出账册，谁料到晴韵姑娘抢先一步，纤纤玉手化作一条快如闪电的毛皮，竟把账册卷了过去，龙井一惊，那太平猴魁已经咧嘴笑着，脸孔化成一个大洞，把账册丢进去了。

不光我给愣住了，李道长甚至保持把灯往前送的姿势定住了。

瓜片大叫："吞了！吞了！"

龙井呈现一副怒容，让他看上去非常可怕："给本神交出来！"

晴韵姑娘笑得花枝乱颤，道："我混天斗吞进去的东西，你叫我吐出来？哈哈哈哈，龙神爷，混天斗最大的能耐就是吞！这三界之内，没有我装不下的东西！龙神妖簿已经被毁了一次，现在又被我吞了，看老天如何处置于你！"

龙井攥紧拳头，咬牙切齿，忽然浑身蒸腾一阵白雾，白雾散去，化作了一个很像龙的大头神兽。

瓜片喊："龙神大人现形啦！"

龙井张开大口往太平猴魁扑去，太平猴魁以快得让人眼花的速度闪开了，笑道："我忙着吃皮，没空与你纠缠，我也不和你争斗，没有了妖簿，自有你的下场，守护妖簿也得看看自个儿的斤两，你这种纨绔子弟，倒还是回龙宫陪老龙王得好，哈哈哈哈。"说着化成一张薄皮，顺着窗缝溜出去不见了。

龙井变回人形，面色铁青，咬牙道："拿不回妖簿，还做什么龙神！"

李道长早吓得瘫软在地上，琉璃灯倒还死死攥在手里。

我忙说："我瞧着那三昧真火颇为有用，只是时机不对未曾烧到，你且不要泄气，下次还可一试！"

瓜片嚷道："烧她！烧她！瓜片的灵力得夺回来呀！"

龙井颓然，我突然想起床上的瓣儿，想是早遇了害，赶忙过去掀开被子瞧瞧。

瓣儿流着口水，脸上白茫茫干了一片，犹自微微打鼾。

“欸？为什么瓣儿还好好的？”

龙井丧气地看了一眼，道：“你可有听过这么一句老话说没脸没皮吗？太平猴魁吃动物的皮，是吃动物的灵气，吃人的皮，则是吃人的羞耻心，太平猴魁吃了晴韵姑娘，因为晴韵姑娘顾念礼义廉耻，三纲五常，而这瓣儿，天生没长出羞耻心，太平猴魁剥皮也没什么好处，反倒会对自己有所损伤呢！这瓣儿也真是奇了，连我也头次瞧着这种羞耻之心干干净净的人。”

我想起太平猴魁说晴韵姑娘被什么栽赃，才萌生轻生之念，莫非，是瓣儿……

我忙摇醒瓣儿，瓣儿抬眼望去，竟一屋子人，忙起身以被子掩胸：“这是做什么？这公子且是等不及聘我，想先与我做夫妻？还是……”

我忙打断她：“我且问你，前几天我见你晚上去后园，是做什么去了？”

瓣儿一愣，冷笑道：“你看见了？那有什么，不过一个翡翠镯子，恩客说与了晴韵姑娘，偏生那破落户倒一副官家小姐架子，说是不收，恩客好生没趣，丢在桌上。我寻思着，她不要，我倒喜欢，便趁乱拿了来，又估摸着放在身上怕得惹出事端，别人追缴，不如藏起来稳妥，便趁夜埋了，怎么？是晴韵姑娘告诉你她受了冤屈？哈哈，说了好笑，恩客道是她收了，以为她喜欢，她偏生不认，倒惹恩客说她爱财如命又故作清高，还打了她一巴掌。”

到头来，晴韵姑娘居然也算是瓣儿间接害死的。

现在太平猴魁已经跑了，不知道谁会遭殃，龙井丢了账册，一副天怒人怨的样子。

我问：“现在太平猴魁的能耐恢复了几成？”

龙井没有理我，倒是李道长作势掐指一算：“据贫道所知，已有六七成，想那太平猴魁必去寻人剥皮了。”

我忙说：“那她可能去剥哪些人的？”

话一出口我就明白了，太平猴魁喜欢礼义廉耻，也就是好面子的，莫非，会去寻考试的秀才书生？这些人不是最讲究什么仁义道德嘛！

李道长还没回答，我忙抓住他："李绮堂去考场，想来不曾带着天罡箭吧？"

李道长点点头："博取功名，不合带那个。"

李绮堂，怕不是要有危险吧？

瓣儿听了"李绮堂"这三个字，刚才就一副想插话的样子，这会儿更是迫不及待："你说李绮堂？原来这公子不是吗？"

我可算是能说真话了，撒谎瞒谎可真真不舒服得很，立马答道："这公子家徒四壁，端的是个破落户，哪儿是什么李绮堂，姐姐莫听那个鸟瞎说。"

瓜片很不高兴地叫唤了一声，我也假装听不见。

"怪道呢！"瓣儿愤然作势要打瓜片，"劳什子鸟胡吣，差点坏了姐姐的终身大事！"

瓜片慌了，赶紧躲到了龙井后领子上。

瓣儿知道了龙井"家徒四壁"，瞬时对龙井也没了什么兴趣，只是转头看向了我，热切地问道："那真正的李绮堂，又是在何处？你可是去瞧李公子不是？"

我点头："瓣儿姐是聪明人，我确实正要去找那位李公子呢。"

"那可甚好，"瓣儿忙道，"梅菜，你可须得带姐姐上李公子那个劳什子考场看看去！本就想与他见上一见，可不是心想事成吗？若是李公子见我人才，一见钟情，瞧上了我，到时候买鞋钱可少不得你那一份！"

所谓的买鞋钱，便是与媒婆的谢媒礼了，这词是怎么来的呢？便是因着媒婆东家跑完西家跑地传递消息，鞋子穿着费，这礼与了媒婆买新鞋。

一寻思，俗话说卤水点豆腐，一物降一物，现如今太平猴魁唯独怕瓣儿，一听瓣儿这个意思，我也来了主意，忙答应了下来："去是可以去的，但是瓣儿姐姐须得帮我一个忙，我便带你去！"

"你这小丫头，还知道要挟起人来了，"瓣儿腊肠似的手指头便在我鼻子上刮了一下："莫不是眼看着姐姐要成了李家的少奶奶，你也要跟着做个陪嫁丫头受受富贵去不成？便你是个小人精！"

别说，瓣儿手指头粗，劲头大，这一下刮得我鼻子火辣辣的像是要破皮，我赶紧揉了揉鼻子，答道："这倒不是，梅菜我将来可是要招赘的，深宅大院，梅菜所不欲也。"

"那你只管说，"瓣儿一听我这么说，倒是放了心，问道，"到底是何事要请姐姐帮忙？"

"便是这个。"我答道，"姐姐若是答应帮我在一个人身上洒灯油，我便带姐姐上李绮堂的考场去。"

李道长瞬间就知道我是什么意思了，连龙井也立刻拍了手："倒是好主意！"

"洒灯油？"瓣儿莫名其妙，"你个小丫头，央姐姐帮你跟谁恶作剧？"

"这个人姐姐不识得，见了便知道了，"我接着便问，"姐姐应是不应？"

"事情是不难做，不过为何……"瓣儿话还没说完，李道长立时拍着胸口便说道："但凡姑娘能给梅菜说的那个人身上洒了灯油，那贫道乐意做主，包管你能跟李绮堂见上面！"

"你个老儿拿什么打包票？"瓣儿不知道李道长跟李绮堂的关系，哂笑道，"一身肋骨叉子吗？"

"姑娘你不知道，李绮堂正是贫道犬子，我们家住在西郊的李家大宅，左近的人都是知道的，京里也有做官的亲戚可以做证……"李道长指着我，忙道，"这位龙神使者也可以做证！"

我赶紧点头："梅菜我从不说谎，整个烟雨阁全晓得，这位李道长，确实是京官告老，那位李公子的父亲。"

"哎呀，我当是谁，便是公爹，可不是我没看出来！"瓣儿大喜，忙扶了扶鬓角，"公爹在上，受儿媳妇一拜……"

李道长吓了一跳，赶忙去扶瓣儿："姑娘不是只见过一次犬子而已吗？贫道受不起啊……"

"只一见，便足够教李公子误终生了，"瓣儿得意忘形道，"我是个富贵命，谁都知道，保不齐，这次便要发你家，好了好了，不过是灯油，我洒就是了。"

李道长还是不大明白瓣儿到底是个什么理儿，只明白现在能把三昧真火倒在那太平猴魁身上的，也就是这位太平猴魁都不敢碰的瓣儿了，就喏喏应声，连称确实富贵。

瓣儿见又得了“公爹”称赞，可就更高兴了，立刻越过了晴韵姑娘的被衾去翻晴韵姑娘的衣服头面：“这个时候她又上哪儿去了？整日只知道瞎跑，难怪不讨客人喜欢，活该破落了没福气。”

我想起了晴韵姑娘，禁不住又是一阵同情，这会儿便急不可耐地抄起琉璃灯，待瓣儿梳洗打扮，瓣儿对衣衫妆容犹豫不决，我忙敲边鼓：“瓣儿姐，去得晚了，怕李公子考完试回去，咱就见不到了。”

瓣儿点点头：“料想我这人才，不管穿什么，李公子也不会看不中。”

我忙拖了瓣儿往考场去了，又唤过瓜片落在我肩膀上，跟着同去。

龙井和李道长自然也紧随其后。

考生们还在考场内，外面挤了些童仆，还有一些年龄各异的书生，大概是私塾先生，跟着来陪考的，瓣儿四下瞧瞧，看一棵桃树上桃花开得正好，折了枝在手里把玩，又摘下一朵插在鬓边，问道：“这位李公子相貌人才，比那位破落户公子何如？”

说的是龙井，我一边应付着：“有过之而无不及。”一边打量周围，可有太平猴魁的迹象。

瓣儿又笑：“那倒也算配得上我。若是公子厚爱，我做了正室，他日公子加官晋爵，看如今这些人，可都得称我声夫人了。”

我敷衍道：“姐姐说的很是。”

瓣儿抓过我：“我这人眼里可容不得沙子，公子爱别的姐儿姑娘，要讨了做妾，我可不依。以我的人才手段，管教那公子对我服服帖帖。”

我点头道：“料那公子不敢造次。”

“你说是要给谁身上洒灯油，便是那个灯？”瓣儿也留心了我手里的琉璃灯，“与我瞧瞧。”

我一边答应，一边把琉璃灯放在她面前。

瓣儿忙拿在手里细看，道：“这灯火长明不灭，端的是个宝贝，谁家的？”

我老实回答："便是李家的。"

瓣儿眼珠又一转："便是他们李家的宝贝，又怎生在你手里？"

我忙道："这灯是李道长托付的，本来梅菜是想自己帮忙给那人洒灯油，可梅菜没有那个本事，只有姐姐有，可不是便央求姐姐了。"

"原来是自家的事，难道得罪了我公爹，才要浇他一身灯油？那我不去谁去？能者多劳，准没错的，"瓣儿得意地笑道，"好你个梅菜，不想你小小年纪，倒是颇有识人的眼力见儿，待我做了夫人，少不得提拔你当当好差事，教你做内总管吧！"

我边谢了瓣儿，边继续找太平猴魁的踪迹。

过了一刻钟，还是未见，瓣儿倒是兴致盎然，我心下却是滚油煎着般焦急，倘若是我想错了，太平猴魁已经在别处剥皮，那岂不是错失良机，禁不住便想找龙井商量，可要上旁的地方寻一寻，再转念一想，别处更没头绪，横竖也找不到她，四处乱碰还不如守株待兔多几分希望。

伸着脖子看得累了，我向后一退，靠在身后一棵两人合抱粗的大梧桐树下。

俗话说凤凰栖梧桐，为了讨吉利，考场左近都有梧桐。

可这会儿，只觉得头顶有几滴雨落下，我伸手一摸确是湿了，莫不是露水？

可是这万里无云的晴天，有露水也早蒸干了，抬头一看，不想正是太平猴魁那张脸出现在了梧桐树上，我头顶正在它的嘴下，滴下来的原是它的口水。

这太平猴魁似乎忌惮瓣儿，狠狠地瞪视了我一眼又撇嘴移开了，正好树后还有一位四十来岁的先生，那太平猴魁便顺势贴上先生的后背，而先生浑然不觉。

我忙唤瓣儿："瓣儿姐！我说的，便是那个人！"便伸手一指那先生。

瓣儿一看，立刻道："待我便浇了他去！"

说着，瓣儿理理鬓发，噔噔噔地快步赶过去，把那灯往背后趴着太平猴魁的先生身上一倾，还未说话，只见琉璃灯里的火瞬间喷出来包裹住了那个先生，瓣儿握着琉璃灯愣住了。

先生顿时成了一个火人，那太平猴魁被烧得嗷嗷乱叫，从先生背上滚下来。先生是人，那火不烧活人，倒是安然无恙，只是吓得魂飞魄散，跌倒在了一边，被我扶起来了。

那火却依然围着太平猴魁不灭，只烧得它满地打滚，叫嚷："我再也不敢了！龙神爷！饕餮大人！且放我一条生路！太平猴魁愿意此后安心修炼，只求饕餮大人可怜我一个皮袋子修成此间不易，看在我集三界灵兽精气于一体，莫要赶尽杀绝啊！我只是贪恋人世间精气，以后我一心向善！"说着吐出账本，"饕餮大人救命！"

龙井这才姗姗来迟地出现，一伸那修长的手，账本便飞回他手里，太平猴魁那个火团也不见了。

龙井喃喃道："天地万物均衡，方才是正道，你一直贪婪于精气，只知道一句人要脸树要皮，可不晓得二皮脸也不是好事吗？"

人群聚拢来，瓜片扬声道："走水啦！走水啦！"

可那火已经灭了，没什么热闹可看，也没什么可救，都关心那位摔倒了的先生，那先生只道是没事，只是迷迷糊糊，说不出火到底是怎生起来的，希望他把所见所闻，且当成一场噩梦吧！

这会儿考场开门，众人要迎人，也就散去了，瓣儿这会儿如梦初醒，紧握着琉璃灯，直指着龙井："你……你！"却也昏倒在地。

天不怕地不怕的瓣儿见龙井展了神威，竟然也会吓成这样，倒是让我始料未及。

李道长同样始料未及："这……这不是还要见犬子的嘛，这可怎么见？

"龙神爷、父亲、梅姑娘，你们怎生在此处？"一个清越的声音响了起来，我一回头，原来是李绮堂来了。

把原委一说，李绮堂倒是有些窘迫："竟有此事？"

李道长顾不上解释，只费了好大力气，才从瓣儿紧扣的手指里抠出琉璃灯，累得大汗淋漓。

龙井收起账册，一副若有所思的样子，望着那些书生，道："礼义廉耻，可也不是什么好吃的东西……寡廉鲜耻，今天倒是派上用场了。一个耻字，真真是大有文章。倒像是人甫一出生，赤身裸体浑然不觉，但成人后若是说起人来，虽说他本还是一个身体，却不能没有衣服了。耻，就是这件衣服吧。”

那是自然，不穿衣服，谁会不羞呢？可是穿多了，又重又热，也不是什么美事。

“你便把这个……这个奇女子带回去，我要去喝桃花酒了，”龙井就算对这件事情不曾出什么力，也怡然自得地说道，“我可忙得很，没空在这里虚度韶华。”

说着，带着瓜片，隐然不见了。

作为龙神，不继续收其他的灵物，反倒是去喝什么桃花酒，才是真正的虚度韶华吧？

我叹了口气，在李道长和李绮堂的帮助下，带着瓣儿上了李家的清油马车，往烟雨阁去了。

马车上的帘子已经卷起来了，春风送暖，桃花瓣纷纷打着圈落在地上，这一阵子，夹袍也该换成春衫了。

第8章　四月诗

梅菜经常跟隔壁癞痢头少年小三子一起玩，这天遇上了小三子的私塾老师顾先生，顾先生像是在等一个姑娘，可是谁也没见过那位姑娘，街谈巷议，说恐怕顾先生被狐狸精给迷住了。梅菜去帮忙，却发现并非如此。

天气慢慢暖了起来，娘给我做了碧色绉纱裙子，我很是喜欢。但是龙井说我穿着不像梅菜，倒像莴笋。

胭脂河边的芦苇碧色连天，长得又高又茂盛，高高耸立的蒲棒上偶尔落着蜻蜓，风吹起，河水一皱，蒲棒一晃，它便赶忙飞走了。

下个月便要端午，现如今已经是四月末，须得提前预备过节要包的粽子，我挎着篮子来胭脂河采摘苇叶。

粽子的原料为上等珍珠糯米，馅料分甜咸两种，甜的是沧州金丝蜜枣馅、蜂蜜豆沙馅，咸的是牛肉馅、野菜馅、咸蛋黄馅。

粽子须得挑选大小均匀的珍珠糯米，再挑得宽阔碧绿的新鲜苇叶，焯水后包裹，塞入调制好的馅料，以竖着撕开成条的细苇叶系上，小巧玲珑，甚是精致。再入屉蒸或下水煮，便可一享口福。

今日又是蓝天碧水的好天气，采完了叶子，不若去寻阿月姐丢沙包吧。

我正想着，突然听见有人吟咏："蒹葭苍苍，白露为霜，所谓伊人，在水一方……"

回头一看，是个书生，正背对着我，不知看什么呢。

这个书生二十岁上下，穿一件洗旧发白，却干干净净的青色长衫，不经意回过头来，我见他长得五官端正，面色白皙。

便问道："先生，您在和谁说话？"

那书生不知道芦苇荡有人，狼狈得红了脸，忙道："仅是胡乱吟诗，姑娘莫怪。"

说是这么说，他的眼睛却痴痴望着刚才自己对着的方向。

据说文人墨客都是要触景感怀的，八成起了诗兴，我倒是没往心里去，正要回家，那书生却又叫住了我，面红耳赤道："姑娘，刚才那边那位小姐，你可认识吗？"

"哪边？"我望过去，根本没人，便道，"先生，赶巧我没看见您说的小姐。"

那书生失望地应了一声，又抑扬顿挫地吟起诗来。

许是看见哪个出来游玩的姐儿了吧，胭脂河本就绕过烟雨阁，春暖花开，有姐儿出来看景也是有的。

我没有再理会那书生，只收拾好了篮子回家，顺路又掐点艾叶，这几日家里忙得很，须得速速帮忙去。

莫先生安排今日要三百个粽子，爹娘忙不过来，把隔壁的小三子唤了来。

小三子长手长脚长指头，做事很利索，正在给粽子绑绳子。

我忙招呼道："三哥哥也来了！私塾今日没事情吗？"

小三子笑着点点头："下了学了，横竖没什么旁的事情，我就来了。"

娘听说，也把包好的粽子往筐里一扔，又拿起粽子叶，道："你们那先生可是那个顾生吗？果真年过二十岁还未娶亲？"

小三子边包边点头："梅婶说的是，先生说书中自有颜如玉。"

娘啧啧有声，用牙齿把长出的细苇叶咬断，道："人道是，不孝有三，无后为大，现如今他那老母亲都六十多岁，还抱不得孙子，岂有不着急的？"

我放下筐子边整理苇叶边问："那顾先生母亲岁数恁地大？"

娘边填馅边道："他上面四个姐姐，他算是顾老太太老来得子，疼得了不得，就这一惯，惯得眉眼不正。"

我把苇叶长短比比，剪整齐，又问："怎生一个惯法？"

娘边包边道："这个顾生嘛，自小倒也聪明，秀才考得，皇粮早有的吃，今年考试，倒也有些希望，不过我倒听说，他必要先立业后成家，不得高官厚禄，不让姑娘跟他吃苦。”

小三子点点头：“是了，先生家我也去过，真真是一个家徒四壁，先生爹爹在世时，常见种地种菜，家中时时有瓜果，如今师公已然是没了，先生从未事从农耕，光靠我们一些学费，只怕日子实不好过。”

娘笑道：“小三子一个孩子家家都看得出来，更何况四处的媒人，虽说是清白人家，家境贫寒，到底也没有书香门第，家境小康的姑娘不愿意嫁来，村姑野妇更不要提，他自视满腹经纶又瞧不上，倒称之为庸脂俗粉，倒是听说有些个富人要他入赘，可他一个独子，又要去供养老娘，实难成行，高不成低不就，也便迟迟不娶，左不过为了面子，便放话要先立业后成家。”

我边听边偷偷往嘴里塞了一个蜜枣，娘看见顺手往我头上敲一记，又问小三子：“今日你们先生放假，可也买粽子吃？”

小三子摇摇头：“昨日里周大夫因孩子淘气，给先生一袋糯米做赔礼，早起我还看见先生往胭脂河采苇叶去了，想来先生许是自己包吧。”

哦？我忙问：“可是穿青色长衫，面色白净的？”

小三子点点头：“你去采苇叶，想是赶巧碰上了。”

我回说：“便就是那位先生，直自言自语什么蒹葭苍苍。”

小三子笑道：“是《诗经》呢！许是先生遇到所谓伊人了。”

我点头道：“他实是见了一人，偏我没看见，还直问我可否见到他看的那小姐。”

娘抚掌道：“若见的是烟雨阁的姐儿，可是作孽了。烟雨阁的姐儿身价这般金贵，想来那顾先生也只能望洋兴叹了。说什么先立业后成家，若是考不得状元，岂非要打一辈子光棍吗？”

爹从后厨出来，直说水烧开了叫煮粽子，我们各自去忙，也就忘了提这顾先生。

晚上小三子与我同送粽子，却见那顾生正在烟雨阁后庭外徘徊。

小三子上前行礼，顾生见是小三子，问是往哪儿去，见我面熟，也笑了一笑。小三子据实说了，顾生笑道：“可惜了，我倒也想进去却进不成。”

我忙问：“先生有何事？我可代为通传。”

顾生眼睛一亮，随即又沉下去：“不妨，说来可笑，我竟不知想见之人姓甚名谁。”

我转念一想，莫不是他在胭脂河芦苇荡里见过的那姑娘？

八成是，以顾生家境，想也无法在此一掷千金，故徘徊不定，也可怜见的。便也别了他，直往烟雨阁去了。

送完粽子出来，夜已经深了，小三子笑道：“近来倒是听见一个传说，你可要听？”

我忙道：“什么传说？”

小三子道：“你常走夜路，还是不说与你了。”

我笑道：“三哥哥这是故意吊人胃口，这区区夜路，梅菜也是走惯了的，怎生就怕了。”

小三子道：“你要听，便告诉你，怕得不敢走夜路，可不要怪我。”

我忙催他讲。小三子清清嗓子，道：“我听卖豆浆的刘奶奶说，烟雨阁这一带，原是龙神庙，这你可知道？”

我忙点头，我如何不知道，大概说的是龙井被拆的那个家。

小三子继续说：“据说呀，这一带之所以建造龙神庙，只为连连闹鬼，才请龙神爷前来护佑，但前些年，有个豪客，竟打通上下关系，生生拆了龙神庙，以地皮盖了烟雨阁，烟雨阁姐儿多，阴气甚重，本就不太平，这下子，就算重修了龙神祠，这一带晚上，也经常有怪事呢！”

我倒是也记得，瓜片讲过这边是个劳什子玄阴地，何况龙井又失了那个账册呢？

敢是又有他的账册灵物出来作乱了？便忙问：“什么怪事？我天天在此深夜行走，不曾见过。”

小三子笑道：“你丑时可来过？”

我一愣：“自然不曾。”

小三子笑说：“我看也是，这件怪事，可是在丑时发生的呢！”

我忙问：“丑时到底发生什么怪事，三哥哥快讲。”

小三子扑哧一笑：“看把你急的，我听说呀，丑时上，但凡有人在这小径上行走，只听见有女人呜呜的哭声，回头却没有人在，接着便是唤人的：救我，救我……只要这时回头，便见芦苇荡里，伸出一只白生生的女人手臂来，还戴着一只金钏。这人若是不去，那声音便唤：先生莫怕，我不是歹人，只是弱女子不幸被人掳来，我家本是殷实人家，若救了我，必定重谢，便把金钏摘下来道：若是不信，这是订礼……此人想英雄救美，只要过去拉住那手……”

小三子见我听得入迷，故意不讲了，直急得我忙唤好几声三哥哥，才得意扬扬地道：“这手呀……”

我还在凝神听下文，小三子却冷不防作势要掐我脖子：“便把这人拉进河里做替身咯！”

这一下子直吓得我跳了起来，虽天气热了，脑门儿仍是一层冷汗，便佯怒道：“三哥哥故意吓梅菜，看我不告诉杨婶去！”

小三子本姓杨，杨婶正是他娘，他一听说，忙央道：“好妹妹，下次不吓你了还不行？告诉我娘，少不得一顿爆栗，到时候一脑袋包，可没法帮忙包粽子了。”

我也笑了。正这时冷不防一瞧路边，怎生真像躺着一个人？

我心头一跳，忙拉住小三子，把那人指给他。这会儿月亮被云挡了，四下黑魆魆一片，那人倒像鼓包一样，蜷缩在草丛里。

小三子把我护在身后，壮着胆子，哆哆嗦嗦地喊道：“谁？谁在那儿？”

那人不应，我心下害怕，拉着小三子要走，小三子虽说两股战战，偏要逞英雄，仍不死心地喊：“谁？再不应，看小爷叫差役来锁了你去！”

那人仍是不应。我小声道：“三哥哥，那，别是死人吧？”

小三子听说，也觉有几分道理，竟踮着脚走过去，踢了那人一下，那人挨了踢，“哎哟”一声呻吟起来，直吓得小三子一蹦三尺高，又逃回我身边。

我们俩紧紧靠着一起哆嗦，只见那人慢慢起身，揉了揉眼，此时月亮出来了，洒下一片清辉，那人原是顾生！

小三子也吓了一跳，忙问道："先生？这半夜，您在这里做什么？"

顾生听说，抬眼一看是我们，狼狈地以手加额，笑道："这下可丢了脸面，我原是等人，不想白日里累了些，不知不觉，竟在此间睡着了，可不是被抓个现行。哈哈……"

边说边也就笑了起来。

小三子问道："先生等谁？

那顾生像是红了脸，支支吾吾道："我说了，你们可不许告诉别人，左不过白日里见到一位小姐，我倒颇想结识，心下想着，若是晚上她出来，我尚可见上一面，问个姓名，谁知等来等去，竟睡着了，且不知错过没有，真是该打。"

说着往自己头上作势虚晃一拳。

又是芦苇荡那位佳人。

小三子笑道："什么姑娘大晚上还会出来，先生快快回家吧！师婆独个在家，岂不冷清？再说，听闻此间夜里闹鬼，先生还是小心为好。"

顾生忙跳起来："可不是嘛，我娘还等着粽子呢！我今日可是浑浑噩噩了，你们切不可向外宣扬啊！"

小三子和我忙点头应了，顾生急慌慌站起来掸掸长衫，且回去了。

我和小三子笑过一会儿，也回家了。

过了几日，杨婶来家里串门子，见了娘，忙问道："那小三子的先生顾生，你可知道？"

娘点头："自然知道。不是先立业后成家那位吗？"

杨婶拉过娘，小声道："我听说呀，他被狐狸给迷了！"

"什么？"娘陡然大声起来，随即意识失态，忙捂住嘴，"还有这事？"

"是有！是有！"杨婶点点头，继续小声道，"我听说呀，他天天下了学，都去胭脂河那片闹鬼的芦苇荡子去转悠，有人早看见了，似乎还独个念念叨叨，不知道一个人说些什么，有时候呀，天黑都不回家，我家小三子也说先生课上老打哈欠呢！可不是被狐狸迷了嘛！”

娘低声道：“那顾老太太怎么办？”

杨婶摇摇头：“顾老太太最近刚好去有钱的二女儿家住啦，还不知道呢！说起来，这二女儿可没少给娘家接济！不过各人过各人的日子，总不能蜗牛似的背着娘家呀！二女婿也是有情有义的，没少给顾生说亲，可一个没成，心可不也冷了，现在也不提了。”

娘点头道：“是呀，这狐狸偏去迷这么个顾生，真是造孽！”

娘和杨婶接着说些旁的逸闻，我却听不进去，心想，莫非那顾生看上的小姐，不是烟雨阁的姐儿，而是小三子说的找替身的女鬼？抑或真是捉弄人的狐狸？

晚上去送夜宵回来绕了胭脂河小径，果然看见顾生还在上次睡着的地方痴痴等待，我忙走近招呼，顾生倒还记得我，笑吟吟地点头。

听闻被鬼狐迷了的人，不都是苍白憔悴，神魂颠倒吗？不想顾生硬是双眼炯炯，面色红润，倒比前些日子精神多了。

我心下疑惑，忙问：“先生，这几日您天天晚上都来吗？”

顾生点点头：“与人有约，所以前来等待。”

我心下更加疑惑，问：“先生是与何人有约呢？”

顾生腼腆笑道：“不瞒你说，正是端午那天芦苇荡的那位小姐，我日日等待，不想真个遇上了，这才结为知己，约好了丑时见面，我娘不在家，我自个儿在家也是一样，便先来等候。”

这可奇了，若是烟雨阁的姐儿，再清淡的生意，丑时也自是待客时分，断不能外出游玩的。

我忙问：“先生的那位小姐，可是烟雨阁里的人吗？”

顾生点头：“虽是青楼女子，可她却别具一格，不是爱财如命的。”

说着，他白净的脸上微微笑了起来，似是有甜蜜回忆。

我又问：“梅菜与那些姑娘个个相熟，却不知哪个姐姐？”

顾生蹙眉道：“她很以身份为耻，虽已有交情，却未曾告诉我花名。”

我心下纳闷，到底是哪个姐儿呢？

想来小三子说过，丑时这里要闹鬼的，忙又问顾生：“先生，丑时这里可是有不吉利的传说啊！先生不怕吗？”

顾生朗声笑道：“子不语怪力乱神，世上哪有那么多神神鬼鬼，再说伊人在侧，就算有鬼又如何？不做亏心事，不怕鬼敲门。”

“那先生这几日次次丑时来见，可有什么异常？”我问。

顾生想了想，道：“不曾。”

我又问：“那小姐来时，黑灯瞎火，你怎知便是小姐呢？”

顾生笑道：“小姐自是携着丫鬟提青灯而来，不然天黑路滑，小姐的三寸金莲怎可消受？”

我虽不大，但鬼狐传说自未少听，这不论怎么听，都像极了传说中的狐仙呢！怪道那些人传言顾生被狐狸迷了，还真有几分道理。

可是见他这样子，可未必听劝，盼是真有那么个小姐，托言是姐儿来与他结交才好。

以后这几天，紫玉钗街上关于顾生的传言越来越多，还有人说狐狸已经附在他身上了，别的我倒不知道，只是偶尔走那条路，总能见他痴痴等候。

这天上街买蜜枣，偶然见杨婶挎着篮子讨价还价买鸡蛋，我忙上前行礼，杨婶直喜得捧着我脸笑道：“不必不必，还是我们梅菜最知道礼数。”又低声问，“这几日夜里送吃食，你可走过胭脂河边那条路？”

我摇摇头说不曾走。

杨婶忙道：“这便对了，杨婶跟你讲，万万不可走那条路，那条路闹鬼不说，不是杨婶吓唬你，可还有狐狸迷人！”

我问：“您可是说那顾先生吗？”

杨婶忙抚掌道：“原来你也听说了！正是呢！现在那顾生已然给狐狸迷得神魂颠倒，他二姐知道了，忙把他娘顾老太太送来管他，不教他晚上出去游荡，顾生又孝顺，顾老太太涕泗横流，他便不敢再去，但脸色端的是一天比一天消瘦了，我家小三子也说先生整日恍恍惚惚，书也教得丢三落四，好几个家长都不叫孩子跟他念书了，好端端成这样，不是给狐狸吸了阳气是什么？你说这不是可怜见的，他若是有个三长两短，他那老母亲可真是要活活哭死了！”

听杨婶这一番话，大概顾生前些日子真真是给那个姑娘搞成一团乱了，不过男女之间，不都说什么生死相许吗？不知道那个姑娘到底什么来头？

夜里从烟雨阁出来，倒甚是凉爽，我哼着歌走着，不料黑暗里一只手搭在我肩上，直吓得我周身一震。

回头一看，竟然是顾生！

只见他眼窝深陷，脸色在月光下更加青白，虽说还穿着那件旧青色长衫，却也变得松垮垮的，不过数日不见，竟成了这般模样，莫非，他那位小姐真是妖怪，把他害成这样？

我忙问："顾先生，您这是怎么了？好端端的，怎生成了这般模样？"

顾生凄凉一笑："日日思君不见君，便是这般模样。"

君不君我倒不懂，但必和那姑娘脱不开关系。

顾生用瘦骨嶙峋的手往怀里掏了掏，拿出一封信来，道："姑娘日日出入烟雨阁，可否帮我把这信带到我那知己手中？"

嗯？难道真的不是妖怪，只是个姐儿吗？

我忙道："自然可以，敢问那姑娘芳名？"

顾生无力摇头："那日别得匆忙，自家母回家，便再不让我出门相见，大丈夫一诺千金，却无法赴约，我只怕她误以为我背信弃义，只好修书一封，以明心意，可惜未曾问她芳名，只在之前听她唤她那丫鬟一声容容。"

烟雨阁有一个叫容容的丫鬟？我怎么不知道？是怕泄露行踪，唤的假名？还是那丫鬟和姑娘，本就不是烟雨阁的人？

我答应帮他寻寻，顾生千恩万谢地去了。

这信要交给谁呢？不如明日且问问莫先生。

次日到了烟雨阁找莫先生问容容的事，莫先生摇头表示不知道。

这对小姐婢女，到底是何方神圣，为何要冒着姐儿之名来骗顾生？难道，真是狐狸吗？

退一步讲，不是狐狸，但一个普通人家的姑娘，何必丑时出来相见呢？其中满是不寻常的地方，现在这封信交到哪里才好呢？

烟雨阁时有恩客托人送信，白日里不方便，时间久了有了不成文的规定，总会搁在黄伯房里一个竹篮子里，每日都有识字的丫鬟过来瞧瞧可有自家姑娘的情信，我便也瞧瞧那封写着“蒹葭小姐亲启”字样的信，心下想着，倒不如搁在这里碰碰运气。横竖黄伯日日守在这里，丢是丢不了的。

晚上送完夜宵，顺路到黄伯那里瞧瞧，不想真有一封淡绿色的信封，在篮子里分外扎眼。

我拾起一看，确是“顾生亲启”，我不由又惊又喜，可不是个化名的姐儿吗！哪里来的狐狸？我高高兴兴地带回家，瞧着小三子家灯倒还亮着，院门也没关，赶紧敲了里间的门，免得第二日小三子上学早，赶不及送他。

杨婶开门，见是我，笑问：“可是刚送完夜宵吗？”

我忙道：“是啊，有信托我三哥哥送人，不知他睡下没有？”

杨婶道：“没有呢！还在念书，这几日倒颇长进了。”便把我领到楼上去了。

小三子正伏在案上就着豆油灯看书，一见是我，不由笑道：“妹妹怎生来了？这么晚了，怕是走到半路害怕，求三哥哥送你？”

我笑道：“梅菜胆子哪里那么小了，三哥哥明日上学去，把这信交与顾先生吧！”

说着便掏出信来。

小三子忙接过去，笑道：“可是那位伊人？”

我笑：“三哥哥是聪明人。”

小三子得意扬扬：“瞧着是你送来，定是烟雨阁的姐儿了，大家议论纷纷说是狐狸，没得可笑。”

我忙道：“可不是嘛，那就有劳三哥哥了。”说完，便辞了杨婶一家回家了。

不想第二天，小三子却愁眉苦脸地将信还与我了。

我忙问怎么了。

小三子叹口气，道：“你不知道，先生他……丢了，不见了。”

“啥？”好好一个大活人，丢了？

小三子点点头："是真的，今日到了学堂，先生还没来，等了个把时辰，那顾家来人讲顾先生自个儿离家，不曾回来，叫我们莫要等了。"

我吃了一惊，那顾生，莫不是去烟雨阁寻那蒹葭小姐了？

怀着满腹狐疑，我先去了黄伯那里，黄伯正闭目养神，我上前小心翼翼地问道："黄伯，昨日可有哪个丫鬟过来取信？"

黄伯不耐烦得紧，半睁开一只眼睛道："昨日来人那么多，我怎么知道是哪几个？"

我噘着嘴出来了，看来黄伯这里问不出什么东西。

正出来，却见鸾儿正吃力地迈着小脚跑出去，我忙唤住她："鸾儿姐姐，这急急忙忙的，是要往哪儿去？"

鸾儿见是我，捂着胸口气喘吁吁道："可不得了，前庭来了一位少奶奶，正大闹着找人，偏小厮们见是白日里，估摸着没事，都跑出去耍，此时一个不见，我只好去寻莫先生来了！"

我听说，忙去前庭，且看见一个年约二十七八岁，水蛇腰，杏核眼的少妇，穿金戴银，正挑着眉毛，叉着腰骂人。

只听她对着一屋子人骂道："你们这帮小浪蹄子，天生的下贱坯子，钓不来豪客，倒会勾引清白人家子弟！今日如若不把我弟弟跟勾引他的那臭狐狸精交出来，看我不掀了你们这烟雨阁的屋顶！一个个狗眼看人低，知道我娘家清贫，欺负孤儿寡母，连带着也不把你顾二姑奶奶放在眼里！狐狸嫁给黄鼠狼，一个个什么东西！"

这位少奶奶的声音又脆又快，真真爆竹一般。

早有管事的婆婆赔笑好言相劝："姑奶奶，我们这儿正儿八经做生意，本来干的就是卖笑这门营生，姑奶奶弟弟走失，可我们这儿百十来个姑娘，是一个不少，莫不是姑奶奶有什么误会，莫不如去别处找找，许是跟别的院儿的姐儿出去也未可知啊！"

正好秋儿也出来看热闹，我便忙拉住秋儿小声道："姐姐，这姑奶奶好生威风，是哪家的夫人？"

秋儿小声道："你还不知道？这是附近几条街有名的女泼皮，绰号叫马蜂窝，见谁刺谁，哪里有人敢惹？"

我便问："烟雨阁这些年倒也没见怕谁，可为何对这姑奶奶百般退让？"

秋儿贴近我耳朵道："这你可有所不知，本来这顾二姑奶奶家徒四壁，私塾那位最近传说被狐狸迷了的，正是她亲弟弟，可是这顾二姑奶奶命好，嫁得紫金街恒顺祥绸缎庄老板的续弦，家里颇有家产不说，不知怎的还被沈尚书认作干女儿，可不是更没人敢惹吗？这顾二姑奶奶正是天不怕地不怕，在哪里都掐尖抢上，颇不省事，这次又说弟弟离家，准是烟雨阁的姐儿勾搭的，正要索人回去呢！"

这时莫先生也来了，一见面忙要把顾二姑奶奶往雅座请，想不到顾二姑奶奶眼睛一瞪，道："少来这一套！交不出我弟弟和那狐狸精，看你们做不做得生意！"

莫先生道："奶奶这不是说俏皮话嘛，这烟雨阁虽说卖皮肉，可不卖皮毛！哪里有什么狐狸？更何况，我们这儿不曾少一个姐儿，令弟一个大男人，何至于会自己藏在烟雨阁？奶奶行行好，今日沈尚书可还要来听鸳鸯姑娘唱戏，您扰了他老人家雅兴，可不都是我们不是了！"

这顾二姑奶奶闻听干爹要来，气焰低了一半，仍袖子一甩："今日姑奶奶还要去别处寻寻，找不了来，横竖你们跑得了和尚跑不了庙，迟早跟你们没完。"

说着，且气呼呼地走了。

那蒹葭姑娘若真是烟雨阁的姐儿，这顾二奶奶一闹，不会不知道。可那孝顺的顾生，怎会突然离了老娘出走呢？莫先生和管事婆婆都说烟雨阁不曾少了姐儿，难道顾生自己走的？私奔倒是可想而知，自己离开又为了什么呢？

顾生自诩一诺现金，并不想辜负了那姑娘，现在想来，我周身一冷，莫不是遇上小三子说的丑时出现找替身的那女鬼了？

我本怕自己多管了闲事给人添麻烦，可现如今这事情，是等不得了，莫不如问问龙井。

我提了粽子去找龙井，龙井正和瓜片抢什么，走近一看，原来龙井满怀是不知哪里摘的，早熟的红润润的山杏，瓜片今日倒是人形，正和龙井抢得不可开交。只见龙井满脸杏肉，口角也直淌下杏汁，瓜片跳着嚷着抢，他还直往嘴里塞，当真狼狈之至。

我把粽子放在供桌上，坐了蒲团瞧他们打闹。

瓜片先看见粽子，忙过来拿，龙井见状一把将瓜片衣领提起，竟把山杏往瓜片衣襟里一倒，自己来抓粽子了。

瓜片抢不到，眼看要哭出来，我忙拉过瓜片，把私藏的几个偷偷塞给他，他只怕龙井还抢，忙扯开粽子叶直丢进嘴里，沾了满口满脸黏糊糊的糯米。

龙井吃完了，把芦苇叶一丢，懒洋洋地躺在供桌上，道："又有妖怪出来了吗？"

我忙说："这次也不知道是不是妖怪，只是丢了一位先生，大家传言是被狐狸迷了。"

"狐狸？"龙井突然翻身坐起，一脸惊愕，但瞬时又摇摇头躺下了，"这里的狐狸没有能迷人的，都是些幼兽，哪有化作人形的本事。"

我忙问："那这先生，可是和烟雨阁的姐儿私奔了？"

龙井枕着胳膊，悠然道："你说的，可是那思君不见君的酸秀才？"

我忙点头："正是，他是顾生，离了家尚未找到，可别是妖怪摄了去吧。"

龙井想了想，道："不如丑时过去瞧瞧。你可去吗？"

我犹豫了一下："丑时，怕爹娘不会放我出来。"

龙井笑道："不妨事，到时候我派瓜片接你来。"

我忙点头，且盼着晚上了。

正睡梦中，突然觉得脸上凉飕飕的，睁眼一看，这不是那胭脂河边的芦苇荡吗？

身旁正站着龙井和瓜片。

丑时的夜黑的如墨汁一般，龙井打了个响指，居然在河边慢慢升腾起许多绿莹莹的萤火虫，美丽的如梦似幻。

远远两个绿色的萤火虫居然渐渐变大，我仔细一看，原来是一前一后两盏青灯。

两盏青灯越来越近，果然是一位美丽的小姐和一个娇俏的丫鬟，两人身着绿衣，青丝飘扬，当真仙子一般。

那两人仿若见不到我们，只听丫鬟问："姑娘，真的还要等那顾生？"

小姐道："他未曾收到信，想必早晚有一天会来见我。"

丫鬟笑问："小姐不是说最重承诺，怎生这次一等再等？"

那小姐笑而不语，轻抬皓腕绾青丝，映着萤火虫的微光，我清楚地看见白生生的胳膊上，戴着一枚金钏。

她，莫不是那天小三子说的那个拉替身的女鬼吧？丑时，金钏，相似的地方实在太多了。

接着那丫鬟像是耐不住寂寞，又问道："姑娘，可不知姑娘是看上那顾生哪一点了？"

那小姐莞尔一笑，道："自从端午那日他在芦苇荡见着了我，不知道苦等了多长时间，只看这一点，便知道他是对我有心，甫一见面，倒是觉得跟以往的男人不同。"

丫鬟又笑问："哪里不同？"

小姐也笑："可意会不可言传，等你遇到，才会知道。"边又问："容容，这次过来，你可见到路边有人吗？"

那被唤作容容的丫鬟答道："不曾，已然做了法术，这条路不会有人经过。但是，姑娘，这几日丑时，都只在等顾生，怕是姑娘修道大事……"

那小姐笑道："不妨事，等到了他，修道不修道，还有什么要紧。"

正说着，却见顾生蹒跚着脚步，打西边来了。

容容忙笑迎上去："顾公子，今日可来得迟了，教我们姑娘好等。"

顾生却不答话，只直直望着那小姐。

小姐也笑道："你托人给我的信我看了，我也回了一封，怕是没等交到你手上，你却急急赶了来。你的心意我知道，咱们之间，你信我，我信你，哪里那么多误会，瞧你急得满头是汗。"便掏出丝绢要给顾生擦汗。

顾生却把头一偏躲过去，只望着那小姐，半晌，才问道："你究竟是谁？”

那小姐收回要擦汗的手，不由一愣：“我颇以身份为耻，姓名不可告知与你，不是与你说了？怎的此番又问？”

顾生咬着牙，慢慢道：“你信我，我信你，何故有所隐瞒？你我之间，还有什么可隐瞒的？”

那小姐也觉出顾生的不寻常，淡然一笑，道：“你今日，可是听了什么话来？”

顾生坚持说：“我只要知道你究竟是谁，你说，我就信。”

小姐道：“你若真的信我，何苦有此一问？”

容容忙打圆场：“想是公子听了谁嚼舌头，我家姑娘，待公子可是一心一意，为了公子……”

那小姐扫了容容一眼，凛声道：“不许多嘴。”

容容只得退回小姐身边。

顾生惨然一笑：“莫不是，他们说的是真的？”

小姐挑眉道：“你信谁，谁就是真的。”

我虽然还不太懂男女之情，可倒是也看得出来，恐怕小姐说的不过是一句气话。

顾生突然哈哈大笑：“这便是所谓知己？只你知我，我并不知你。”

小姐道：“事已至此，到底没什么可说，咱们缘分算是尽了，相约在此之事，从此一笔勾销，你我，只当是未曾见过。”

说着，小姐便拉着容容，提起青灯要走，容容拉了拉小姐衣角，小姐只是不理，竟径自去了，容容只好回头瞧了顾生一眼，赶紧跟上。

顾生颓然坐在地上，未曾挽留。

我瞧瞧龙井，龙井抱着胳膊，一副饶有兴趣的样子。

我低声问：“那小姐不是人吗？”

龙井笑笑：“这得看那酸秀才怎么想。”

到底那小姐是不是人？龙井卖关子不答，只管笑，看小姐走远，顾生仍在原地不动，龙井伸个懒腰，道：“今日已然没有了热闹，不妨下次再瞧。”

说着，修长的手指倒是在我头上打了一记，我刚护住脑袋，才发现已然回到被窝里。

第二日，小三子来我家玩，跟我说："我们先生给找回来了。"

我明知故问："在哪里？"

小三子笑道："还能是哪里？左不过那片芦苇荡。"

我又问："先生可有什么异常？"

小三子道："人是糊涂了一会儿，但大夫给拔了火罐，说是有些阴气，除了便是了。"

我道："那先生可去上课了？"

小三子摇头："听说先生的姐姐给在绸缎庄找了事做，大概不再教书了吧。我们也有了新来的先生。"

"是吗。"我点点头，"总之先生现在好了，便是好事。"

小三子点点头："据说人已经大好，再也不去芦苇荡了。"

我又笑问："那丑时的女人手呢？"

小三子笑道："这样的事情，只有你信。"

我们玩笑了一阵子，也就不提了，但我心里总有点疑惑，那小姐究竟是什么人呢？顾生走失那天显然并未和小姐在一起，他又到底去了哪里？

那封淡绿色的信，小三子还了我，还在我手上，可是不知道现在去给顾生，应不应该。

我去紫金街，买蒸包子时铺在箅子上的细麻布或者别的碎布料，路过恒顺祥绸缎庄，总能看见顾生倚着门框，脸色苍白消瘦，又是那被母亲禁足时的样子，只见他呆呆地望向街上，偶尔有绿衣女子，他眼睛不由得会亮一下，但随即又暗下去了。

顾生好像很是失意，我也不知道该对他讲什么，索性与他笑过便不多话。

但我还是拿着信去问龙井："你说这还该不该给顾先生呢？顾先生好像郁郁寡欢，一副失意相。"

龙井拿起信抛着玩，笑道："我看这酸秀才倒恋恋不舍，只不知道那绿衣女怎么样了。"

我道："横竖两人说好不见面，我瞧着还是莫多事了。"说着，便伸手要抢过来。

谁知龙井抛高了，硬是不给我，笑道：“你说戏台上，是有情人终成眷属多，还是劳燕分飞的多？”

我想了想，道：“细算下来，倒是有情人终成眷属的多吧？”

龙井摇摇头：“张生还是弃了崔莺莺，司马相如差点负了卓文君。”

我奇道：“戏里面，他们可是终成眷属了啊？”

龙井笑道：“那是骗小孩子的。”

我又问：“即使是骗人的，那不也是男负女，顾先生和那小姐，可是小姐要断绝往来的。”

龙井撇撇嘴：“你一个小丫头知道什么，这种事，不是那双男女，外人可不好多说什么。”

看意思，倒好像嫌我多嘴多舌。

奇了，事情明明是你先提起的，又赖到我头上。

我只好鼓腮不语。

龙井用修长的指尖把信旋转得陀螺一般，因笑道：“此次，不若我来做做月下老人吧。”

说着，便把信一抛，不见了。

我暗想道，这龙井，总是嫌我多事，其实他自己，也是不遑多让，真是只许州官放火不许百姓点灯。

第二日，我起来泼水，在铺子门口看到了顾生。

他红肿着一双眼，苍白憔悴自不用说，见了我，倒像见了救星，忙对我鞠下一躬：“求姑娘帮我一个忙！”

我忙扶起他：“顾先生的礼，梅菜可不敢受！莫不是送信吗？梅菜给您送去便是了。”

顾生千恩万谢地走了，我知道以前把信放到黄伯那个竹篮，自会有人来取，但现在那小姐会不会来，可就不知道了。

丑时，龙井又叫瓜片带了我来芦苇荡。

顾生早在这里等候，来来回回，走来走去，靴底只怕都要磨下一层。

龙井嚯嚯地笑将起来，道：“此刻若是给他套上石磨，管教磨豆子比驴还强些。”

瓜片深以为然，抚掌大笑，我没有理他，只等青灯来。

半个时辰过去，丑时已经尽了一半。

龙井早不耐烦了，扫兴道：“原来那青衣女气性这么大，这雌的嘛，总得矫情些，生怕不矫情了，雄的嫌她无趣。”

我问：“我也知道小姐以出身为耻，可这顾先生不过问问，何至于气成这样。”

龙井道：“人道是女人心海底针，你长大了就知道了。”

我心下想着，这大人当起来这么麻烦，还真是不当为妙。

青灯来了！

果然一前一后，一大一小，分明就是那对小姐丫鬟！

原来这小姐，也对顾生念念不忘呢！

我高兴起来，只盼这两人破镜重圆。

顾生早急着前去，像是要握小姐的手，小姐向后退了一步：“公子唤我，我便来了，公子有何见教，听完我也就去了。”

看来小姐尚未完全消气，还是冷淡淡的。

顾生急得直搓手：“我对你的心，你不是不明白！上次一场误会，我……”

小姐打断顾生，冷笑道：“你不怕吗？”

顾生脸上变色：“怕什么？”

小姐道：“你心里不是早就怀疑，我不是人吗？”

但见那顾生抓了小姐的手：“一个方士的话，怎生信得？”

小姐冷笑：“我若真的不是人呢？”

顾生忙道：“那我也不管，不管你是姐儿，是妖，是鬼，我只要你。”

小姐似是笑了，道：“现在你可也不怕了？”

顾生道：“伊人在侧，何惧之有？”

小姐道：“你不怕，自有人怕。”

顾生笑道：“怕？理那些世俗眼光做什么！但凡和你在一起，我是什么都不怕的。”

小姐一派凄然之色：“怕是迟了。”

顾生忙问："迟什么？"

小姐道："你的心，我明白，便已足够，不枉我们相交一场。"

顾生大惊："什么足够？什么相交一场？我此生只认你！"

小姐眼睛亮亮的，似是含着眼泪："不论如何，缘分到了，这也是命。"

顾生坚决道："我不信那个，此生无你，死亦何苦，待我服侍母亲终老，滚滚红尘又何恋之有！"

小姐破涕而笑："足矣，足矣……"

顾生要去拥那小姐，小姐偏又躲开了："实不相瞒，我确非人类，只不过见你恋慕，便痴心妄想，愿意随你做个凡人，只可惜造化弄人，偏偏迟了一步，但，我心无悔。"

说着，便摘下金钏，道："如今你卖了金钏，能聘一房妻子，你有官宦之命，我毕竟苦于出身，确是没有这个福气，从今往后，你只当与我相交，只是一场梦吧！"

话说完，便转身要走。

顾生忙拉住小姐衣角："我不管你是什么出身，我此生非你不娶！"

那小姐回眸一笑，竟然和丫鬟一齐消失了，只有金钏叮当一声，落在了地上。

我看见一尾青鱼在水里翻了个身，撞得一支未绽放的荷花花苞微微颤了一下，不见了。

顾生大喊："我尚不知道你的姓名！"

只听一个淡淡的声音回道："溪鱼……"

从此，不论顾生如何呼唤，再也没有声音了。

我忙问龙井："为什么溪鱼小姐明明跟顾生心心相印，却还是要走？"

龙井道："只怕那溪鱼活不久了。"

"什么？"我大吃一惊。

龙井道："那溪鱼夜夜吸人精气修炼，我倒也知道，但都是些贪财好色之人，我便未曾追究，她本该修炼圆满，偏生有此一劫，她本意是弃了修为，愿作为普通人，只可惜被这顾生一气，左不过出了什么意外，竟泄了精气，只怕命不久矣，现在这样子，也是命该如此。”

我拉住龙井：“你不能救救她吗？”

龙井道：“这溪鱼倒只执着一个信字，未免可怜。不过，万物因缘，我怎生好去搅乱，且随她去吧。”

原来这就是那句“等到了他，修炼不修炼，什么要紧”。

我又问：“那日顾生走失，到底去哪里了？”

龙井笑道：“你只去问李厚德，准没错。”

看样子，是顾生送完了信，遇到李道长了吧！定是李道长告知他溪鱼的身份，他才吓得躲起来，又鼓起勇气去问，谁知道溪鱼如此刚烈，生生错失一段好姻缘。

到底该怪谁呢？

过了些日子，我见小三子去上学，便打招呼，小三子笑道：“我跟你说，我们那顾先生又回来教学了！”

“咦？”我奇道，“绸缎庄的事情不做了？”

小三子道：“说是以后要考试，不能丢了学问，而且呀……”

小三子靠近我，道：“据说还忘不了那狐狸，天天都要去瞧瞧那胭脂河芦苇荡呢！”

不知道顾生，可是在等那溪鱼姑娘吗？

夏天一来，荷花的清香顺着风吹的沁人心脾，不知道顾生可还拿着那只金钏吗。

第9章 五月花（上）

梅菜遇上了一个叫惠甜的傻姑娘，出奇的是，这个傻姑娘能变出金银财宝。梅菜担心她这个本事不是吉兆，去请龙井帮忙。

初夏到，胭脂河开满了粉红艳艳的荷花，荷叶亭亭，随风舞动，飘的哪里都是香。

粳米在砂锅里细细熬了粥，碗中铺嫩荷叶，将粥倒入，粥便会成为淡淡绿色，还飘着轻轻荷香，加入蜂蜜，点上山楂糕，在冰窖取冰水一镇，便是夏日抢手甜品，与酸梅汤并驾齐驱的消暑荷叶粥。

暑热炎炎，深闺里的姐儿，吃腻大鱼大肉的客人，最爱点一碗冰镇荷叶粥，说爱那一缕夏日才有的清香。

天未大亮，我便趁着凉快去采些荷叶来，荷叶上滚着点点水珠，水下偶尔有鱼翻出点点水花，煞是好看。

采够了嫩荷叶，天已大亮，我摸摸衣裳里还有几枚铜钱，寻思着莫不如去刘奶奶那里喝碗甜豆浆。

走到街上，早起的小贩们都已支摊做买卖，远远瞧见刘奶奶正用围裙擦着手，笑脸迎客。

刚要过去，突然有人抓住了我，我回头一看，是个跟我岁数差不多大的女孩，正瞪着溜圆的黑眼睛瞧我，看穿衣打扮，倒像是烟雨阁的丫鬟。

我回身道：“小姐姐，可有事吗？”

那丫鬟直勾勾地盯着我，道：“我认得你，你是点心铺子的梅菜。我跟你说话，你会信吗？”

我笑道：“小姐姐这话说得好生奇怪，可是烟雨阁新来的丫鬟吗？”

那丫鬟不答，只是攥着我的衣服不撒手："我若跟你说，我看得见别人看不见的东西，你可信我吗？"

我一愣，别人看不见，只有她看得见的，是什么东西？

刚要问，突然一只大手把她拉走了，我抬头一看，是烟雨阁的管事婆婆，管事婆婆对我笑笑，指了指脑袋，道："这丫头脑袋有点问题，你莫要理她。"

说着，便拖着那丫鬟走了，那丫鬟直瞪着我，乌黑大眼仿佛要跳出眼眶，直看得我泛起一身恶寒。

过去刘奶奶那儿，刘奶奶见是我，忙笑着把我按在竹凳子，道："今日点心铺子千金怎生出来喝豆浆啦？可要甜的？"

我笑着点头："娘给我几个大钱，寻思着来找刘奶奶解解馋。"

说着，侧过头去看那丫鬟背影，那丫鬟走出老远，头仍冲着我，眼睛也依旧眨也不眨。

刘奶奶见我瞧那丫鬟，随手抓点桂花糖给我，叹道："那丫头也可怜见的，她娘生下她便病了，自小便被卖了，给她娘凑药钱，如今在这条街，便不知转手了几回。看人总是直愣愣的，说话也颠三倒四，人都说她天生是有点不大正常。"

"哦？"我奇道，"原来她自小就这样？"

刘奶奶悲悯地点点头："可不是嘛！常说些怪话骗人，也不知道这呆病是怎生得的。"

边说着，边叹气边盛豆浆去了。

也确是奇怪了些。

天色擦了黑，我以拳头大小的青瓷荷花瓣浅底杯盛了荷叶粥，撒上冰糖和干白菊花，又以粉嫩荷花苞点缀其间，装满食盒，便往烟雨阁去了。

没料到甫一进门，却被飞跑过来的一个人迎面一撞，我便被撞倒在地，只听哐啷一声，我起身一看，但见满篮子的荷叶粥被甩出食盒，砸了个稀烂，汁水洒满了前庭。

接着便是一声斥骂："惠甜！你这死丫头！看我不打你个不长眼的！投胎去吗？没头苍蝇似的瞎撞什么！打碎了恩客的夜宵，你可赔得起吗？扰了恩客兴致，看我不剥了你这猴崽子的皮！”

我抬眼一看，却是管事婆婆拎起白日里那奇怪丫鬟的耳朵，时不时又往她身上掐一把，正横眉立眼地叫骂着。

想是她撞了我。

但见她虽挨着打骂，倒一声不吭，面不改色，仍直勾勾地瞪着我。

我忙劝下婆婆，道：“不妨事，婆婆勿打这小姐姐，横竖家里还有，只怕我自己装来不及，莫不如让这小姐姐陪我去，将功折罪可好？”

婆婆恨恨地松开手，道：“你且带她去吧！在这里待着，瞧着都费劲！”

我忙谢过婆婆，婆婆狠狠白了一眼惠甜，一迭声地喊小厮：“小叉！把这稀烂东西收拾了！”

有个白净面皮的小厮忙跑了来，手脚麻利地收拾起来，我趁机拉着那惠甜的手回家取粥。

出了大门，我道：“惠甜姐姐，今日是怎么了？为何突然跑来撞我？”

惠甜嘴角一动，似笑非笑道：“我不撞你，你可有空和我说话吗？

我忙道：“姐姐白日里就说有话告诉我，不知何事？”

惠甜脸色一变，道：“你可和别人说了？”

我忙道：“没有，姐姐有话，只管告诉梅菜，梅菜当尽力帮忙。”

惠甜突然嘿嘿嘿地笑起来：“你若是相信，也就罢了；你若不信，嘿嘿嘿……”

然后她非常突然地用拳头用力敲打自己的头：“咚咚咚……”

我一下子呆住了，忙拉住她：“姐姐，你这是做什么？”

惠甜一颤一颤地笑起来，胸口上下起伏，好像很得意的样子：“我的脑袋瓜里啊！其实住着一个人呢！你等一下，我把他叫出来给你看！”

说着又“咚咚咚”地敲起头部来。

我吃了一惊，大家都说她脑袋不太正常，还真是如此！

接着惠甜用力掏耳朵，用力张大嘴，搞得满面狰狞，接着失望地说：“那小人啊，许是睡着了呢！”

接着，又嘿嘿嘿地笑起来："我改日里，介绍你们认识！"

我忙道："改天好，改天好，惠甜姐姐莫要再敲头了！"

惠甜突然抓住我的手，道："你信，是不是？"

我一时语塞，不知道怎么讲，只好点点头。

惠甜突然又大力把手甩开，咬牙切齿道："你不信！我今日务必要叫他出来！你们没人信我！"

说着，又开始用力敲头，我忙抓住她的手："姐姐莫敲，我信！"

"嗯，"她露出痴痴笑容，"我知道你能信！"

装满了食盒，我小心翼翼地不再跟惠甜聊到她想告诉我的事情上，惠甜只是直愣愣地盯着这儿看那儿看，倒也没说什么。

待送好夜宵，我自是松了一口气，惠甜没有跟我告别，自己晃晃悠悠地去了后厨，我正待收拾食盒回家，那个被管事婆婆唤作小叉的小厮过来了，偷偷问我："梅菜，你可认识她吗？"

我回道："只是今天早上见了一面，倒听说她也是个可怜人。"

小叉点点头："可不是嘛，我听说她本是本地人，家里穷苦，辗转卖了几家，都给主人嫌弃不好使，又便宜卖了，莫先生一向是爱选价钱低的使唤人，这就买了来，谁知道活计没怎么干，祸倒没少闯，管事婆婆气得只管跳脚，真真的急大了脑袋。"

边说着，他边叹口气。

我暗想，莫先生好便宜，人人知道，当初瓣儿也是价格低廉，便急急买了来，现在倒好，瓣儿日子过得赛过姐儿，现在又是这怪怪的惠甜，算来算去，不若买个伶俐的省事。

我又问道："小叉哥哥，这惠甜现在可跟着哪个姑娘？"

小叉笑道："你瞧她那样子，哪里可以拉出来见恩客，左不过在后厨做做粗使丫鬟，还摔碗碰墙，搞得一塌糊涂，现如今，粗使都不敢用她，管事婆婆咕嘟了嘴，要让莫先生转卖出去呢。可莫先生心疼损失的钱财，硬叫养养再说，没准什么时候就养好了呢！管事婆婆不爱收拾烂摊子，也只得天天四处去都带着她，倒像婆婆自己使的管事丫鬟了。"

我又问："这惠甜说话办事，确实不大寻常。"

小叉道："似是小时候发烧，并没有钱给医治，虽说捡到一条命，从此也就疯疯傻傻了。"

大概也只有疯傻之人，想得出有什么小人住在自己脑袋里吧。

不过这惠甜也确是个可怜人，长此以往，只怕在烟雨阁过不上什么好日子，若有能帮她的地方，我可须得留意一些。

这天娘给我点散碎银子，教我去熟识的店肆买些鲍翅火腿，明天晚上有个豪客要来，须得炖道上得台面的粥。

这粥由上好粳米，洗净以紫砂锅细火熬煮，看好火候加入发好的鲍鱼、鱼翅、火腿等金贵食材，再佐以冬笋、香菇、虾仁，细细以高汤调味，价格高昂，是暴发户大爷常点的粥，一般人不常吃，所以绰号叫作富贵粥。

我忙答应着去了，路上见到一个耍猴的好生有趣，耍猴人一声令下，猴子或翻筋斗，或跳火圈，或抱拳行礼，好不热闹。我瞧了一会儿，觉着甚是有趣，也跟着人们鼓起掌来

待看了半晌，想起还有东西买，只好恋恋不舍地去店里了。

店主徐老板一向爱逗我，见我来了，笑问："点心铺子千金此番前来，要何上好食材？小的这店子一应俱全！但凭您挑选。"

说着便把手巾往肩上一甩，弯腰伸手，做出小二迎客的姿态。

我笑着行礼，道："徐伯伯还是爱开玩笑，折死梅菜了，梅菜过来是请徐伯伯称些平时做富贵粥的鲍翅火腿，有劳徐伯伯了。"

徐伯伯笑应了，唤伙计挑些上好的来。待称好了打包交与我，笑说了数目："还请姑娘打赏了！"

我笑道："掌柜的拿好！"

说着，便要从荷包里掏银子，不想掏了个空，我大吃一惊，这银子去哪儿了？

徐老板见我一脸慌张，只当我忘了带钱，摆手笑道："不妨事，下次带来也一样的。"

说，便要把东西交与我。

我好生心慌，那可不是一笔小数目，丢了这钱，不知道爹娘要白忙碌多少活计。我忙先向徐先生道了别，东西也没拿，赶忙顺原

路找那钱去了。

银钱若是丢在路边，想是找不到了，我懊丧地想，若是给人偷了去，更是无可奈何，我又急又心疼，几乎哭了出来。

这时有个人戳我额头，我抬头一看，却是惠甜。

惠甜依旧是那直勾勾的眼光，她瞪眼道：“你在作甚？”

我被她那个眼神一慑，外带心慌，不由回道：“买东西的银子给我弄丢了，惠甜姐姐，你怎生独个在外面？”

惠甜面无表情道：“管事婆婆回家看孙子，又没人拦我，我就出来了。”

我忙着找钱，本来心里就又急又乱，也就没有好好招呼惠甜，继续循着路找。

惠甜一声不吭地拉住我。

我忙道：“惠甜姐姐，这银子不是小数，我此番找不到银子，只怕……”

惠甜打断我：“银子嘛，我给你。”

我登时吓了一跳，这惠甜，岂非又在胡言乱语吗？她一个小小粗使丫鬟，又初来乍到，月钱想必还没有到手，哪里来的银子呢？

惠甜见我不信，又咚咚咚地敲起脑袋：“我叫他跟你说，叫他跟你说……”

我看着都只觉头壳痛，想来又犯了疯病，忙拉住她道：“惠甜姐姐，梅菜失了银子，本就焦急，下次再陪姐姐玩，可好？”

惠甜敲得更用力了：“不不不，叫他出来告诉你，叫他出来告诉你……”

眼看着若是不信她，她便没完没了，我只好道：“梅菜信姐姐，姐姐莫要叫了！”

惠甜停下手，痴痴地笑了，拉起我的手，道：“你且跟我来，我有银子给你。”

眼看我这失了的银子必是找不到了，我叹口气，这也没有办法，只好随着惠甜走了。

惠甜拖着我，一路直往胭脂河去。

胭脂河边芦苇深深，几只水鸟被我们惊着，扑啦啦飞进芦苇荡深处。

看来这惠甜果然是不正常，居然到这种地方来寻银子，想来可怜又可笑，一会儿不晓得是不是捡块石子做银子呢，可不是跟孩子过家家一样嘛。

惠甜走近河边，河边几会亭亭玉立的荷花娇俏可人，但我也无心观赏，只在痛惜失了的银子。

只见惠甜要往河里走，我忙拉住她，道："姐姐，水里危险，莫要过去！"

惠甜甩开我，伸手攀下一支荷花花苞，顺手交与我："拿去吧！"

我啼笑皆非，果然是过家家一般，可也只好接在手里。

惠甜看我接了，催促道："把花打开，打开。"

已然到了这个份儿上，她说什么我便只好听什么。

待一片一片地把没绽开的花瓣拿掉，我顿时张大嘴巴，瞪大眼睛，呆住了。

这花苞本应该有个嫩莲蓬的花心，可这个花苞里，竟然是嫩莲蓬大小的，一块银子。

我犹疑心自己看错了，忙揉揉眼睛，又拿下银子掂一掂，却真是崭新的一块银子，半点不掺假。

我还是不信，又放到嘴里咬了一下，硬邦邦差点硌掉我的牙。

我忙问惠甜："惠甜姐姐，这银子哪里来的？"

惠甜不解地看着我，一字一句地道："你没瞧见吗？花里剥出来的！"

这，这实在不可能啊！本来荷花苞里有银子就不可思议，更不可思议的是，惠甜是怎么知道的？

我只好又问："惠甜姐姐，那你是怎生知道这银子在这花里？"

惠甜"嘿嘿嘿"地笑起来，敲敲自己的脑袋，道："是他告诉我的呀！"

惠甜的脑袋，究竟是怎么回事？若是她真真的只是痴傻，何故真能找到银子呢？

我忙又问惠甜："惠甜姐姐是只知道这里有银子吗？"

惠甜掰着指头道：“好几个地方有银子哪，都是些旁人不知道的，无主的银子，一个大坟堆，一个地窖，一个树窟窿，一个佛龛……”

若是平时，大概也只能笑一笑，但是现如今，她说的九成九是真的。既然惠甜知道这么多银子，为何还会被转卖受苦，何不赎身呢？

想到这儿，我忙道：“姐姐不若拿出那些银钱，赎身回家去吧！我也听说管事婆婆要卖你呢！若卖远了，那可就晚了！趁现在赶紧赎身，定能回到爹娘身边！”边拉着她要去取来。

惠甜却不动，道：“我若取来，可会被打呀！不想被打，不想取来。”

我疑道：“姐姐不是说那是无主的银子，何故会被打？会被谁打？”

惠甜嘿嘿地笑起来：“他们说呀！银子呀！肯定是偷来的呀！他们拿走银子，问我哪里来的，我说脑袋里的小人给我的呀！他们把我吊起来打！疼啊！疼啊！”

说着，她便挽起袖子，果然见上面的一道道疤痕触目惊心，疑当初是皮开肉绽才留下的。

没错，惠甜这样的人，拿再多的钱来，只怕也无法为自己赎身，那些人，只会以为是惠甜偷来的。

就算信了惠甜有找银子的本事，那些贪心的主人，估摸也会还想从惠甜身上榨取更多银子，更不会放她自由，也难怪惠甜生怕我告诉别人关于“脑袋里小人”的事情。

但是惠甜到底怎么看到找到这货真价实的银子的呢？莫非，她脑袋里当真住着一个那样的小人？

这件事情实在太诡异了。

惠甜犹望着我嘿嘿地笑。

且说我手中这块银子，会是人间之物吗？我不相信有人会把它藏进荷花花苞。

“惠甜姐姐，咱们走。”我牵了惠甜，直往徐老板的店里来，徐老板见我回来了，笑道：“取了银子回来？”

我点点头：“是，徐伯伯。”

边拿了银子出来，心下想着，若非人间之物，惯拿银钱的徐老板一眼便能看出。

谁料徐老板用小秤称了分量，便把刚才打好的包交与我，居然还找回些银钱。

我忙道："徐伯伯，那锭银子，可是普通银子？"

徐老板一愣，随即笑了："梅菜也来和徐伯伯说笑话，这不是普通银子，还是涂了银子的金子吗？即便这是涂了银子的金子，不是我自夸，你徐伯伯一生跟银钱打交道，摸了这许多年，什么分辨不出？能瞒过我这双眼？你啊你，人小鬼大，居然还考起徐伯伯来。"

他边说着，边大笑起来。

这银子，果然是真的。

我回头望向惠甜，惠甜犹是一副得意扬扬的样子，仿佛在说："怎么样？我没骗你吧？"

惠甜果然有这样奇特的本事，既然是无主的银子，我何不帮她赎身呢？

但转念一想，赎身又怎样？哪里都是认钱不认人的，倘若惠甜的本事给别有用心的人知道了，少不得受一番摧残。

她这本事是如何来的，而她那疯病，且不知跟这本领有何关系？她这样不会护自己周全的，从烟雨阁出来后，哪里才是她容身之处，也是个问题。

惠甜犹在敲击脑袋："出来和梅菜见见，见见。"

我叹口气，心下想着，如若真有那么个人，我倒也真想见见呢！

不论如何，惠甜今日可真真是帮了我的大忙了，我跟她诚心诚意道了谢，可她满不在乎，只是还在不住敲击头部。

我带着敲头的惠甜回了烟雨阁。

管事婆婆见了，一阵风似的跑了来，抓住惠甜的衣领就要打，惠甜不躲闪，只瞪大眼睛直直望着管事婆婆，倒把管事婆婆盯得毛骨悚然，手扬到半空，却也并没有落下来。只恨恨推了惠甜一把，问我："这死丫头趁我不留心跑出去，可又闯了什么祸吧？"

我忙摇头："不曾，婆婆，惠甜姐姐今日乖觉得很，跑出去也只是找梅菜玩玩罢了，望婆婆莫要怪她，都是梅菜引她出去玩的。"

管事婆婆道："梅菜，没事莫要跟她一起厮混，这种疯疯傻傻的痴儿，没少给人找麻烦。”

她边说边把惠甜赶到后厨去了，惠甜不再敲脑袋，而是回头冲我咧开嘴笑了一下。

我叹口气，这惠甜自是可怜人，若是头脑正常，也是个好姑娘呢。但她这寻银子的双眼，到底是天生的，还是在她身上，有什么不寻常的事呢？

我回家去送食材，倒在烟雨阁门口见到了李绮堂。

李绮堂身材颀长，着一身素色缎子长袍，委实风度翩翩，路上不少姑娘媳妇经过都会偷偷瞧他几眼。

我忙上前去道个万福，李绮堂见是我，笑道：“刚才还想说不定能遇见梅姑娘，可不是真的遇上了嘛，这一阵梅姑娘可好吗？”

“好是很好的，”我忙问，“李公子来烟雨阁是……”

李绮堂眼睛一眨，白净的面庞顿时就给红了，忙道：“梅姑娘可莫要多想，在下是追着一股妖气来的，这边不怎么太平。”

边说边拿出一个指针乱转的紫金八卦盘与我看：“偏生追丢了。”

烟雨阁确实不是什么太平地方，我也看不懂八卦盘转的什么东西，叹口气打算跟李绮堂告别，李绮堂却叫住了我：“梅姑娘，且等一下。”

我回头看他，李绮堂笑道：“这里最近一阵，恐怕都太平不了，你又经常出入这里，在下且帮你一下，见到不寻常的只管躲着走，莫冲撞了妖怪。你且闭上眼睛。”

我依言闭上，耳边响起了脆脆的“叮”的一声，还有一股子，李绮堂身上树叶子似的清香。

“好了。”

再张开眼睛……我却愣住了。

这个世界好像变了一个样子。

多了以前看不到的一些……什么呢？

街边，有个长着三条腿的老头子左摇右晃地逛着，好似一个叉麦子的叉子，时不时坦然在摊子上挑些喜欢的东西吃。

匍匐在地上的大蜥蜴长着美女的脑袋，爬得飞快。

猪肉摊子上的大猪头冲我一笑，露出一排猪牙。

几个侏儒只有人的膝盖高，正在找机会把靠近自己的人绊个跟头，还有很多虚虚的白影子飘来荡去，可是大家必是看不到，都还和平时一样，忙着手里的活计，照看自己的摊子，即使那飘浮的东西就在自己耳边、眼前，大家也视若无睹。

这真的是我平时生活的地方吗？

我惊恐万状地望向李绮堂，李绮堂眨眨好看的大眼睛，道：“见怪不怪，其怪自败。只要尽量躲着这些东西走，准保没事。放心吧！”

我心下想着，倒不若什么都瞧不见得好。

眼看着普普通通的街上突然出现这么多妖异的东西，我的脚步也跟那三条腿的老头子一样，开始摇晃起来。

李绮堂见我的神色有变，像是觉得有趣，英俊的脸上也含了笑，道：“梅姑娘只当跟往日里一样就是，这附近灵气重，白日里能出来的灵物都是不害人的，晚上则须得小心了，虽说人有神明护佑，于此地也万勿冲撞……”

话还没说完，只见紫金八卦盘指针又动，他似是觉得这紫金八卦盘动的不是时候，有些不舍似的，但还是辞了我去寻妖气了。

这些灵物奇形怪状，有的可怕至极，有的倒甚是可笑，我一路走着看着，也就到家了，还真不曾出现什么异状——有一些，倒是有点忌惮我哩。

娘见我回来，劈手夺过篮子，吼道：“怎生这么晚才来？拿着大笔银子，教人好等。”便拿到后厨给爹料理了，我见时间尚早，又跑去楼上继续瞧野景去了。

川流不息的人群里，总杂着些新奇东西，看久了倒也不怕了，只觉得自己仿若在另一个世间一般。

站着走路的两只狗正谈笑风生，一队敲锣打鼓的老鼠们抬着一只拿着烟斗吞云吐雾的大蟾蜍，没有长嘴巴的尼姑正和生了翅膀的和尚手舞足蹈，用一支光秃秃的拂尘四处摇晃，还有各式各样怪异的东西，委实有趣极了。

不知不觉便暮色四合，不少看不清形状的东西往外飘了出来，甚是可怖。

我心下害怕，便下楼来，娘正装好了食盒差我送到烟雨阁，我犹豫一下，还是拎了出门。

外面平素的静谧现如今已经变得分外阴森森，跟白天不大一样的灵物成群结队往外走，我小心翼翼，屏息凝神地从他们身边经过，装作一副什么也见不到的样子。

前方却又有个怪人，正横躺路上，伸胳膊蹬腿，颇似一个树根。

我犹豫起来，常人再放浪形骸，断然是不会这样横躺着等马车碾，八成是个灵物，装作看不见跨过，还是小心为妙绕过呢？

想起李绮轩那句“万勿冲撞”，我决定绕过去。

可偏偏这怪人瞧我一眼，居然悄无声息地跟在我后面，一路随我往烟雨阁去。

夜色深重，路上又寂静无比，我毛骨悚然地踮起脚尖快走，这怪人偏生紧追不舍。

虽说是夏日，我还是全身浮起一层冷汗，这怪人，是看出我能见到他，要对我如何？

到了烟雨阁，我已经上气不接下气，侧头假装不经意往后一望，那怪人果然还阴魂不散，呼呼地在我身后徘徊。

好在烟雨阁还是灯火辉煌人声鼎沸，我赶紧钻进门去，由窗子往外偷偷一瞧，那怪人一副扫兴的样子，想进又不敢进，只好退回去了。

想必这怪人也害怕热闹，我自是松了一口气，往里面走。

尚在前庭，且听见一阵子吵嚷声，男男女女一群人正围成一团，声嘶力竭喊着的，听着倒像是瓣儿的嗓音，我疑心瓣儿又在兴风作浪，便往人群里凑过去。

果不其然，只见瓣儿仰面八叉躺在团花地毯上，手脚舞动，嚷道：“我可不要活了呀！那公子玷污了我的清白，叫我一个黄花大闺女还怎生做人哟！快来人瞧瞧这负心汉，不知心肠是黑是红……”

有人欺凌了瓣儿？我心下好奇，赶紧便去瞧到底是何方神圣能做出这番大事业。

第10章　五月花（下）

原来惠甜身上有一个叫聚宝盆的宝物，正是因为聚宝盆，惠甜才会变傻，而聚宝盆为了重新让惠甜变聪明，牺牲了自己。

只见瓣儿虽躺着，圆滚滚的手犹紧紧抓着一个公子的衣角，这公子周身绫罗绸缎，端的像是有钱人家的少爷，神色慌张，一副百口莫辩的样子。

面无表情站在一边的，居然还有惠甜。

到底出了什么事？

我忙四下找熟人打听，正巧看见鸾儿往嘴里丢了一颗话梅，和秋儿一起笑着瞧热闹呢！我忙挤过去，问道："姐姐们，瓣儿姐姐这又是怎么了？那公子是谁？惠甜怎生也混在中间？"

鸾儿和秋儿对望一眼，两人不由得捧腹大笑，鸾儿怕噎着，直拿出手绢把话梅吐出来，秋儿则笑得直弯腰揉肚子，且笑够了，鸾儿方道："你瓣儿姐姐啊，这次可真真的钓到金龟婿啦！"

我莫名其妙地看了一眼那位狼狈的公子，问："可是那位吗？"

秋儿点点头，笑道："你可不知道，这烟雨阁，眼见着要有喜事。不晓得那公子何时三媒六聘，将你瓣儿姐姐娶走呢！"

我忙催她们讲。

鸾儿收了笑，道："这位公子姓崔，家里颇有些钱财。本是以前牡丹姑娘的恩客，牡丹姑娘没了的时候，公子出门做生意，碰巧没在。回来之后，这公子得了牡丹姑娘的悼信，禁不住想念，过来睹物思人。"

秋儿接口道："不想走过前庭，刚好遇到惠甜，那崔公子想问问惠甜牡丹姑娘葬在何处，想凭吊一番，谁想到惠甜正犯了疯病，一头把崔公子撞出去老远，可巧瓣儿出来寻富贵恩客，崔公子正倒在瓣儿身上，瓣儿哪肯放过，哭喊清白被玷污，嚷着要崔公子娶作夫人，崔公子哪里肯应，这瓣儿这不也撒起泼来，围了这么些人看。”

只听瓣儿还在叫嚷：“我这颜色人才，哪点配不上你，我犹不怕埋没自己，你倒不应，可知皇子贵族，都不入我的眼，你一个区区少爷，走了这等好运，还推三阻四？大家来评评理呀，这公子占了我的便宜，就想一走了之，我本想忍辱负重，打落牙齿肚里吞，嫁便嫁了，这公子偏生眼高过顶，可教我一个弱女子怎么办哟！”

崔公子面如土色，忙拖过惠甜挡在身前：“不才当真并非有意冒犯，实属这位姑娘撞了不才，不才哪里敢对姑娘心怀不轨呢！撞人的姑娘，你且替不才说一句吧，只当救救不才！”

惠甜直勾勾盯着瓣儿，倒像是看傻了眼，瓣儿看惠甜神色，知道多说无益，不由也泄了气，一骨碌从地上起来，一把拨开惠甜，道：“没得碍事！没有了你，莫非公子就不会瞧上我了吗？”

瓣儿力气大，惠甜登时被推到墙上，脑袋直磕得“砰”了一声，我心头一痛，不由得冲进去扶起惠甜，对瓣儿道：“瓣儿姐姐，你怎生推人呢！”

瓣儿翻了个白眼，道：“她一个傻子，横竖脑子已经坏了，多撞一下又怎样？”

我气得发抖，又不知道说什么反驳，瓣儿掀起鼻孔哼了一声，谁料一转头瞧见那崔公子已然跑远了，忙撒腿追上去，一迭声要给自己的清白讨个公道。

大家意犹未尽地散开了，鸾儿和秋儿赶紧过来帮我扶起惠甜，惠甜像是撞晕了，一双乌黑大眼睛中眼神直散。

鸾儿道：“当心磕坏了脑袋，不若请先生瞧瞧。”便要帮我搀惠甜走，可是我转念一想，夜宵没送，鸳鸯姑娘那恩客也快到了，又须得人伺候，便谢了鸾儿和秋儿的好意，托她们帮我送夜宵，这惠甜虽说撞得不轻，倒能扶着走路，我便自行扶她去瞧大夫了。

外面的灵物群魔乱舞，我咬了牙只做瞧不见，待到了无人的街上，惠甜突然把低垂着的头抬起来了，也不走了，直望着我笑，我忙问：“惠甜姐姐可是好些了？”

惠甜没有应声，只不住抬手挖耳朵。

想来又犯病了，我忙扶她找了块干净的青石，甫一坐下，惠甜冲我伸出攥着的拳头，笑问道：“你猜，这是什么？”

我忙道：“想是银子？说起银子，今日姐姐助了梅菜，梅菜当时心慌意乱，还没有好好谢谢姐姐……”

我话还没说完，只见惠甜张开手心，那手心里，赫然站着一个比花生仁大不了多少的小人。

虽说今天是开足了眼界，我还是吓得呆住了，惠甜的脑袋里，真真住了一个小人不成？

正巧月亮出来，倒也亮堂，但见那小人依稀眉眼俱全，穿一件杏色道袍，戴着方帽，宛如道士模样。

我转念一想，犹疑心是做得精致的假人，凑近一瞧，那道士居然开口笑道：“贫道问姑娘好！恭喜发财！”

那声音细如蚊蝇，可在这一片寂静下，居然清楚得很。

我吃了一惊，一屁股坐到了地上。

那掌中道士犹笑：“姑娘莫怕，贫道并不是歹人。”

我唇齿打战，勉强出声问道：“你……那你究竟是……”

那道士用欢快的声音答道：“贫道呀，不过是个灵物而已！”

灵物……我还没反应过来，那道士笑道：“咱们可不是头一次见面啦！前几次姑娘未开天眼，也瞧不见贫道，今日姑娘既然能瞧见，贫道也便出来一见。”边说边行了个礼。

我忙还礼，壮着胆子问道：“道长是灵物，恕梅菜多嘴，可是吃精气的？”

那小道士摇摇头，道：“贫道是乃要一心修仙的，哪里敢做伤天害理之事？然需人间烟火气，便时常寄于人身。左不过贫道有一点微末本事，倒是颇可以惹麻烦，是以历来不敢现于人前，怕这些微末本事，倒枉自断人性命呢！”

我忙问：“道长的本事，可是寻觅银钱吗？梅菜上次丢了银钱，可多亏道长相助。”便行一礼。

那道士得意忘形地摇头晃脑：“岂止是银钱，但凡金银珠宝，值钱物件，任它入地几尺，均瞒不过贫道的双眼。”

想来这道士的本事，倒是能救济贫困。

我因问道：“道长要修仙，必得积德行善，可有使钱像帮梅菜一样帮别人吗？”

那道士摇头：“贫道也不是没想过，奈何人类贪欲，得一望百，坐吃山空，帮来帮去，反倒弄得人愈加贪婪懒惰，与贫道初衷背道而驰，终不是什么好事。”

我想起惠甜被主家殴打，逼迫说出银钱下落的事，觉得道士确是说得有理，但凡能得到无数无主之财，只怕不会自食其力，古往今来，败家的都是有祖产的。

但是道士为什么会寄生在惠甜脑袋里呢？

我忙问了，那道士道：“那些自诩聪明伶俐的，我倒不喜欢，惠甜天真纯朴，确是好宿主，姑娘不知道，有些宿主发现了贫道，先拿贫道当奇货可居，待发家致富，再得陇望蜀，全然不如惠甜心无城府，说来贫道的微末本事，已害了不少人，不若跟着惠甜，好歹她无欲无求，也不会逼迫贫道，加之她天生痴傻，说些什么，横竖是没人信的。不过，教她受了委屈，确是贫道的不是。”说着叹口气。

看来这小小道士，心肠不坏。

惠甜犹自嘟囔着：“小人见梅菜，小人见梅菜……”

我便问道士：“道长，惠甜这痴傻可有办法医治吗？她现如今这样子，委实教人心酸。”

那道士刚要讲话，却瞧着我呆住了，接着一溜烟地钻进了惠甜的耳朵。

我一愣，回头一看，一个生着巨大的青白色头颅的怪人，披散着满头凌乱黑发站在了我身后，用一双没有瞳仁的白色浑浊眼睛瞪视着我，还伸出长长的舌头舔了舔嘴唇。

透过这个头颅，隐隐能看见遥远的北斗星。

我一颗心就算擂鼓似的撞得胸口疼，也大气不敢出，假装瞧不见，边故作镇定地跟惠甜道：“惠甜姐姐，今晚北极星倒真真很亮，不过天色也太晚了，姐姐若是头不痛了，莫不若咱们回烟雨阁吧！”

惠甜笑道：“不痛！不痛！”

我伸手扶起惠甜，脚却直打战，勉强走起来，感觉那怪人仿佛就在我脖子后面，正死死盯着我的后脑。

我心里念着阿弥陀佛，惠甜似乎真是好了，蹦蹦跳跳地走在前面，我忙拉住她，尽量躲开那些散落各地的灵物，平日那短短的小径，今日走起来竟然分外漫长。

那个怪人倒比先前那个跟着我的“树根”知情识趣，看我们像是没瞧见它的样子，径自走开了。

我兀自松口气，将惠甜送回去，眼见倒是走到龙神祠附近，心想夜路实在太难走，倒不如找瓜片或者正山送送我，横竖给瓜片一顿点心或者陪正山聊半个时辰当作报酬也就是了。

今日是十五，龙神祠的院子里正有姐儿供奉了消夏的西瓜、甜瓜、羊角脆，龙井吃了一嘴的籽，噗噗吐到地上摆出三个大大的字：龙神祠，还点头沾沾自喜地欣赏自己的书法。

龙井见我进来，瞪我两眼，挑着英挺的眉毛便不大高兴地问道：“你怎生给开了天眼？我倒爱看你见到妖怪时问这问那的傻相，现在这样，好生没趣。”

我没有理他，问道：“瓜片呢？请它出来，我想问它可愿意送我回家？”

龙井不屑道：“你见到的灵物，不过是一些杂毛子，就算要找你麻烦，最多教你发烧拉稀，送不了命。瓜片嘛，我派它给我送封信，顺带放它玩两天。你开了天眼，可见了多少灵物？嚯嚯嚯，怪不得带了身灵气回来。”

“灵气……只要见到灵物就有灵气吗？我平时大概也能和灵物擦身而过吧，只是不曾发觉而已！”我不服气道。

“傻瓜，你不和灵物交流，怎么会有灵气，想必你没见过世面，看见灵物就上前攀谈吧！嚯嚯嚯……”龙井又胡乱吃了一嘴的瓜子，这次吐出“龙井”二字，跟刚才的“龙神祠”并排相映成趣。

这么说来，龙井感觉到的，是那道士的灵气。

横竖那道士一心修仙，也不是坏人，我看龙井那样子，断是不会送我的，不如去找正山好了。

龙井见我要走，忙道：“见到灵物，可莫要多管闲事！有热闹要叫我一起看。”

刚才还说这里的灵物都是杂毛子的，真是个颠三倒四的神。

在青石井找到满面寂寞的正山，正山一听我说，自是乐意送我回家，回家路上正山滔滔不绝地指着那些灵物便道：“此灵物一身怨气怕是不祥那灵物倒是慈眉善目偏偏喜欢食人脑髓这个不是灵物是个普通的狐狸尔不必怕他不过此狐狸最喜追人不理它就是了这个是烟雨阁常客吾也见过以附身为乐嚁嚁嚁此灵物倒是个有趣的吾给尔讲讲它的逸事……”

一路听正山聊着这些妖怪由来，倒也很是有趣，快到家了，正山恋恋不舍不想让我回家，硬拉着我还想跟我讲讲那树根灵物，正瞧见李绮堂走了来。

李绮堂见了正山忙行礼，正山问道：“尔这是意欲何为莫非来捉灵物的吗瞧着伤天害理的捉也就捉了人畜无害的还是留下吧偶尔吾还能找它们聊上一聊……”

好不容易待正山停顿，李绮堂这才行礼道：“龙神爷，在下方才遇见了不祥的灵气，整追了一天也未曾追上，这才到了这里。”

说着，瞧着我倒似是吃了一惊：“梅姑娘身上，倒是有些不寻常的灵气……”

“啥？”我吃了一惊，莫非是那道士吗？

李绮堂道：“梅姑娘今天可和哪个灵物交谈过？”

“有啊。”我点点头，“但不是什么坏灵物，只是个想修仙的。”

李绮堂掏出紫金八卦盘给我看，只见那指针一动不动地指着我的方位。

我向右一闪，那指针也便向右，我再向左，指针也滴溜溜地向左，一定要直指着我，真真奇妙之至。

正山笑道：“想不到尔如此爱玩此乃仙家宝贝指示灵气绝无偏差定是尔惹来灵气尔有所不知这紫金八卦盘萦绕上天灵气万无一失……”

李绮堂收了八卦盘，道：“梅姑娘，却不知那灵物现在何处？不祥之兆，须得尽快祓除。”

我忙道：“我可以带你们去找惠甜，但是那个灵物不是坏人……”

没等我说完，正山先把我拖走：“来来吾愿同往捉灵此灵气方位于此可速去……”

李绮堂紧随其后，我叫嚷道：“先让我跟爹娘说一声……”

“捉灵物为重尔毋庸再提吾届时会与尔父母言说！”正山一脸正气凛然，真的是英姿飒爽，但我暗想他肯定只是想打发时间趁热闹罢了。

我们一行到了烟雨阁，迎客的几个姐儿见了正山和李绮堂，喜不自禁地甩手帕过来缠住他们的胳膊，道：“二位小爷真真玉树临风，倒面生得很，可是头一次来吗？来了可就不想走了，赶紧里边请，咱们这儿别的不敢夸口，姐儿可是包小爷们满意，精通诗书礼乐，爷可得进去谈谈风花雪月，春色定然旖旎无比……”

李绮堂紫涨了面皮，倒是正山听了“谈”字，一马当先往里走：“吾正想讲话何处可谈且带吾前往……”

我忙拖住正山，跟迎客的姐儿道：“姐姐勿怪，这几位恩客要找熟识的姐儿，梅菜带去就好了！”

李绮堂少年老成，伸手掏出锭银子交与姐儿，那姐儿喜不自禁，跺脚道：“如此大方的客人，你怎生不早告知与姐姐呢！下次定来捧捧奴家的场啊，来了只说找桃花就是了！”便俏生生抛了个媚眼。

我忙拖他们辞了那姐儿，直往后厨去。

惠甜正一个人蹲在灶前，用枯枝在灰堆里面乱拨，管事婆婆倒是正巧没在，想是今日正是上客人的时候，往前庭忙去了。

惠甜抬头看见我尚且一笑，看见正山他们，却面颊抽动，一脸惊惧，直拉过我，道：“他们不是好人……不是好人……他们要钱……他们要打惠甜……惠甜什么也不知道……”

边说边捂起耳朵："叫他们走……叫他们走……惠甜好怕……好怕……"

我忙握住惠甜的手，道："姐姐莫怕，他们不是来要钱的，你教小人出来一见，证了清白就是了。"

惠甜放下手，用怨毒的眼光看着我，道："你告诉他们了吗？"

我一时有些窘，还没说话，惠甜便突然俯下身咬住了我。

李绮堂反应快，忙上前推开了惠甜，惠甜犹自恨恨盯着我："说话不算数，不算数……"

我吃疼把手抬起一瞧，手背早已鲜血淋漓，牙印触目惊心。

惠甜擦了一下嘴边的血，嘿嘿嘿地笑起来，然后突然一纵身，往后窗跳过去，撞破了窗子，跑远不见了。

我忙道："你们说的灵气，可是她身上的？"

谁知道他们两个却茫然摇头，异口同声道："这可奇了……"

什么奇了？

我忙问："她身上没有灵气吗？我今天只和她身上那个灵物讲话了啊！"

李绮堂掏出紫金八卦盘，那指针只是乱转，不见稳定的，便道："梅姑娘身上的灵气，并不是刚才那个姑娘身上的。"

我忙问："那这个灵物……"

李绮堂还没开口，正山挺胸抢过话头："此妖名字叫聚宝盆乃是盈财之奇物得此当能看到世间一切宝物可惜它虽旺财却会损智寄主灵气会被其吸走变的痴傻尔未见暴富之家往往有个傻子吗聚宝盆损福折智空留钱财只能说得其利弊均沾并非必是好事且其往往财随祸至虽暴富而遇天灾人祸家破人亡比比皆是……"

我忙问："这么说，虽然会带来灾祸，却不是它本意吗？"

李绮堂道："在下读过典籍，这聚宝盆原是仙家可怜凡人穷孤苦劳碌，便赏与凡人脱贫致富的，但只要得到聚宝盆的，均好吃懒做不说，还骄横狂妄，不可一世，仙家震怒，认为凡人贪婪无耻，便降灾于聚宝盆，教使用聚宝盆者福祸双至，懂得福兮祸之所伏的道理，偏这聚宝盆依旧流落人间，是人人争抢的宝贝，我虽听说，但这罕物也真真是头一次见到。”

那聚宝盆化作的道士，真的只是想修仙脱离凡尘，让人们免予受到你争我夺的苦吧？这次，真是误会惠甜了。

我忙要出去找惠甜解释，李绮堂却拉住了我，我回头瞧他，他却面色凝重地把食指竖在唇上教我莫要出声，并直指破了的后窗。

先前在路上一直跟着我的那个怪人，正以一种奇怪的姿势攀爬进屋里来。

李绮堂不知道从哪儿拿出了天罡箭，道：“这不祥的灵气，就是他！”

难道看见他躲着走也算是交流吗？龙井不是说附近的灵物都是杂毛子，最多害人发烧拉稀的吗？

那个怪人似乎粘在了窗户上，以蜷缩的姿势倒挂在门框上。

他全身青白，倒有一张血盆大口，既像人，也像是只苍白的壁虎。

那怪物伸出鲜红色的舌头探来探去，我吓得浑身僵硬，赶紧躲到正山后面。

正山笑道：“尔真是胆小如鼠区区一只守宫也吓成这个样子看吾吓它一下让尔开开眼界。”

说着伸手拉起一道烟幕，随着烟幕出来一条大蛇，满身金鳞，昂着头吐着芯子，煞是威风，想来是正山的专长——幻象了。

但那壁虎妖丝毫不怕，还继续向前，似乎在嗅着人的味道。

李绮堂道：“龙神爷，依在下愚见，这个守宫灵物，怕是目盲。”

“什么竟然是个瞎的枉费吾特意变出幻象真是扫兴。”说着正山怏怏不乐地一甩袖子，那幻化出来的蛇不见了。

那守宫灵物似是闻到人气，但又忌惮什么似的，踟蹰不前。

李绮堂拉开天罡箭，那守宫灵物甫听到破风声，居然以快得让人眼花的速度攀爬出去不见了。

李绮堂见状，忙先道声失礼，往妖怪离开的方向追了出去，我忙请正山帮忙，正山狼狈地回答：“吾虽是龙神也只会变变幻象那守宫灵物既然目盲吾去了倒也没什么意思。”

然后，他环顾左右，很少见地闭口不语，怕感觉甚是丢脸。

我忙道：“不碍事，想必李家公子定能降魔除妖，你不妨跟我去找找惠甜和那聚宝盆，我误会他们，心下甚是不安，梅菜想着寻得他们，把话说开，莫让他们伤心梅菜背信弃义。”

正山忙道：“甚好甚好尔随吾前往那聚宝盆本有灵气寻得他易如反掌……”

跟着正山，竟走到了胭脂河畔那芦苇荡，正山一指前面，道：“远远便瞧见珠光宝气像是聚宝盆之灵光尔且随吾……”

没听他讲完，我赶紧跑了过去，但见惠甜躺在地上像是睡着了，身旁却有一条水桶粗的大蛇，蛇肚子被划开，里面流光溢彩，满满的金银珠宝，惠甜手里，还抓着一个脸盆大小的黄盆子。

我赶忙跑过去扶起惠甜，惠甜给我一番乱拍，悠悠醒转过来，我忙问：“惠甜姐姐，你这是怎么了？”

惠甜一副不认识我的样子，迷迷茫茫，什么话也没说，又合上眼睛睡去了。

我忙又轻拍惠甜耳朵，喊道：“道长！道长！道长在吗？梅菜误解道长，并不是存心泄露道长行踪……”

正山拍拍我，道：“尔莫再叫了那灵气已然没有了吾以为那聚宝盆已经给打回原形怕是见不到了。”

“原形？”我抬头瞧着正山，正山悲悯地指了指惠甜紧紧抱在怀里的盆子：“那即是仙家宝物聚宝盆这个大名鼎鼎……”

“行啦！絮絮叨叨，实在烦人。”一个声音打断了正山，原来是龙井不知道么时候来了，还翻给正山一个白眼，挥挥手做出赶苍蝇的手势。

正山乖乖闭嘴，但似乎口服心不服，咕嘟了嘴退去了。

“那聚宝盆化作了人形，想来也修行甚久，一朝居然舍弃自己的灵气，倒好生不易。”龙井抱着胳膊道。

我忙问：“那道长确是要修仙的，为何突然舍弃自己的修行？”

龙井一副恨铁不成钢的样子，道：“你怎么这都瞧不出？是为了这惠甜啊！”

“惠甜？”我瞧了一眼尚在沉睡的惠甜，“怎么回事？”

龙井道："虽说聚宝盆附身会让人痴傻，但是这惠甜却是天生疯病，聚宝盆怕给正常人添麻烦，就特地附在惠甜脑袋里。"

我忙点头表示知道。聚宝盆确是提过，因为惠甜天真烂漫，才附身于她的。

龙井叹口气，接着道："惠甜因着聚宝盆带的祸患，从小一直饱受折磨，聚宝盆还有十年方能成仙，所以想先修仙再报答惠甜，但是今天聚宝盆误会你们是去夺他的，生怕惠甜因此遭来横祸，惠甜说，死也不会交他出来，这聚宝盆心下愧疚，怕是真真误了惠甜性命，便索性将灵力和这许多年吸到的凡人慧根，都给了惠甜，自己又化作没有生命的原形了。"

按凡人的说法，聚宝盆，死了。

我心头猛然一动，抓着聚宝盆哭起来，一遍一遍喊着："道长，你出来呀！梅菜不是带人捉你的！道长！出来呀……"

那眼泪落到盆里，化作滚圆的珍珠。

龙井踢了踢那死去的大蛇，道："聚宝盆真真是心细的，怕这惠甜恢复成普通人，已没有了取钱办法，还生生引出这条财蛇呢！这种蛇以吃金银珠宝为生，一条蛇就是一个宝库，被方士追杀已经快绝种，也只有聚宝盆知道这么大的财蛇哪里有，是特地留给惠甜的谢礼呢！你也莫再哭了，惠甜有了聚宝盆的慧根，待她休整恢复了便是常人了，许比常人还要聪明呢！事已至此，都是命中注定，你哭也没有用。"

我哭道："这聚宝盆当真再回不来了吗？你不能想想办法吗？"

龙井点点头："聚宝盆留在世间，终是祸害，此番，我帮他了却心愿。"

便掏出妖簿，写了"金骏眉"，那聚宝盆变成账册中的一员，再也不会流转世间了。

荷花瓣一片一片落在映着圆月的水面上，荷香越发浓郁了。

就这样，惠甜突然成了一个精明强干的女孩，她收下那笔巨额财富，攒起来，找到可以信赖的人给自己赎了身，惠甜看着瘦小，其实也已经十六岁了，烟雨阁的小厮小叉哥哥一向怜她，此番她大好了，两人居然情投意合，又有了婚约，以惠甜的那钱开了一个酒馆，羡煞旁人。

惠甜慢慢忘记了聚宝盆道士的事情，变成一个聪明的普通人。

而我，倒经常闻到荷花香，便想起这件事情，黯然神伤，禁不住总会垂下泪来。

龙井若是见了，时时便要笑我："哭了半天不知谁死了——自作多情。"

我便噘着嘴不理他，眼看着荷花开得越来越好了，想必，有生之年的每一个夏日里，我都不会忘记那聚宝盆道士，还有那荷花荷叶大圆月。

第11章　六月雷

龙井带着梅菜去逛罗刹海市，在罗刹海市之中大开眼界。其实，这个龙井是假冒的。

六月，天朗气清，嫩莲蓬已经下来了。

嫩莲蓬摘下须现剥开了生吃，时间久了会变锈黑，入口嫩嫩的非常鲜甜。若是煮，便要老莲蓬，才粉糯糯的，入砂锅与银耳桂圆红枣花生，以及时下的鲜栗子等同煮，待熬作半透明黏稠状，再加以红糖，则是出名的八宝莲子羹。

采莲蓬倒是乐事一桩，杨婶家有一条小船，小三子下了学，便带我去划船摘莲蓬，两人吃吃玩玩，不亦乐乎。

今日小三子带来一个捞虾的篓子，说要捕点虾来做炸虾吃。我一听高兴极了，莲蓬也不采了，只探头瞧小三子捞虾。

虾篓中放了香油点过的饵，往水里一沉，那虾闻到味道便争先往篓里钻，捞起来，青色虾身水晶一样，两条长须舞动，小脚拨着，煞是可爱。

这时节青蛙也正肥美，水煮或者油炸都不错，不放作料也鲜甜，若是有螺蛳捞了来，剪开了壳，加辣椒青蒜酱油爆炒，更是一道下饭美味。

只是上个月李绮堂说这里灵气太盛，怕我常走夜路，冲撞了灵物，便给我开了天眼，现如今时不时看见一些怪模怪样的东西，心下还是慌张，眼不见为净，熬过这一阵子太平了，可得赶紧找他给我合上天眼。

这便瞧见水下泡着个白白的怪东西，黑发水藻一般飘散着，只是瞪着鱼泡眼瞧我们捉鱼逮虾，我装作瞧不见，回身叹口气。

“梅菜！你瞧！”小三子指着水下，“那鱼可真不小！看三哥哥给你抓来吃！”说着要脱衣服下水。

那鱼就在那水底怪人脸上浮着。

我忙拖住小三子：“三哥哥莫要去了，那鱼跑得快，想来不太好抓到。”

小三子只要逞英雄，道：“瞧好吧！”便一纵身跳了进去。

我惊得大气不敢出，只见小三子双脚一蹬，正踹那怪人面上，那怪人伸手一抓，握住了小三子双脚。

我立马站起来，嚷道：“救命啊！有人落水啦！快来人啊！”

旁边洗衣服的、捞鱼的纷纷赶了来，那怪人恨恨瞪我一眼，不见了。

小三子浮上水面，莫名其妙地问：“谁？谁落水了？”

我忙跟众人道谢，拉小三子上来。

那众人只当我恶作剧，白了我几眼散去了。

我忙问小三子：“三哥哥，水下可有什么异常？”

小三子边用力拧水淋淋的衣角边问：“什么异常？那鱼倒快得异常，险险就抓到了。”

话虽如此，这附近想必也不太平，我忙央小三子回家，只道莲蓬采够了，一并求他莫要再下水。

小三子依依不舍地看了看那游鱼，一撑篙子，小船轻快地滑向了岸边。

思来想去，不如找找龙井，他定有办法护佑众人，免得让灵物四处跑来跑去吓人。

如今龙井和瓜片正在龙神祠围着金黄色的炸小鱼，吃得不亦乐乎。

我道：“龙神爷，这里四处遍是灵物，你想想办法吧！”

龙井哼了一声：“怎么啦？将近七月，本就要到中元节了，哪怕有点灵物出来溜达溜达什么的，也是在理，管那么多作甚？”

我气道：“身为龙神，不护佑百姓吗？今天小三子差点就被水底的灵物拉下去了！”

龙井笑道：“那是他时运低，你可莫要多管闲事，否则给灵物记住了，晚上去找你。”

这龙井，可真真是大言不惭。

龙井看我生气，不耐烦道：“万物均有万物的活法，谁也不应该插手，你这天眼，速去找李绮堂合上，叽叽喳喳，实在烦人。”

身为龙神爷，见死不救，简直丧尽天良。

我气鼓鼓地出来，且听龙井嚷道：“我要带瓜片和正山回海里给家中老爹过寿，这一阵子你有事情去找李绮堂就是了！”

整天连龙神祠也不待，只知道四处乱走，真是枉费那么多供奉。

我没有理他，直直走出去。

眼看下个月要中元节，街上已经遍是祭祀用品，花圈、莲花灯、黄纸钱、一串串的纸糊的金银元宝。

送完莲子羹回来，街上静得一个人都没有，我听着自己踢踢踏踏的脚步声，硬着头皮穿梭在各种灵物里。

“哎哟……”身后一声呻吟，我回头一看，一个白发苍苍的老妇人跌在路上，我忙回身跑去扶她，心下纳罕，这么晚了，怎生这老太太腿脚不便，还会自己出来呢？

那老妇人鹤发鸡皮，脸色枯槁，一嘴牙齿稀稀拉拉，瘪腮说话也漏风：“多谢姑娘……这老身板算是不行啦……”

我撑起她的胳膊放在我肩上，问道：“老太太这么晚了怎生独个出来？”

那老太太咧开嘴笑了：“呵……呵……呵……晚了啊，有晚了的好处……”

我因问道：“老太太说话好生奇怪，有什么好处呢？”

老太太张开大嘴，像张开剪刀一样，呜呜地含混不清道：“这样晚了，就有你这种嫩肉送上门来了，吃了你，也没人知道呀……”

我后心一凉，啊！这就是那种冲撞不得的灵物吗……

老妇人带着腐臭的气息就在我鼻子前萦绕，我也不知道哪里来的勇气，软绵绵的腿突然一下子弹起来带着我跑远了。

那老妇人妖怪可能当真腿脚不便，嗷嗷地号叫了几声：“不甘心啊……”

那声音便渐渐被我甩到了脑后去了。

跑到家里，还是惊魂未定，进了屋插了门，按住狂跳的胸口，这一路，跑的我呼哧呼哧直喘。

“你回来啦？”这一声吓得我险些跳起来，回头一看，原来是爹。

爹手里拿着一罐糖莲子。

我忙道：“爹……可吓死梅菜了……外面真真黑得很，又是快到七月，路上连个人都没有……”

爹笑起来，道：“走了这些年夜路，今天却害怕起来了？”

我不好意思地笑笑：“这些日子倒是听了不少鬼怪故事，胆子都吓小了。”一转脸，没瞧见娘在做女红，因问道：“爹，我娘呢？”

爹笑道：“你娘回姥姥家了。”

奇怪，今日没听说娘要回姥姥家啊！每次回姥姥家，娘都带我的。

我忙问爹：“娘这么匆匆忙忙地回去，是不是姥姥家有什么事情啊？”

爹敛了笑脸，道：“小孩子家家问东问西做什么？速速上楼睡觉。”拿着糖莲子走了。

爹今日脾气怎生这样大？我心里嘀咕着，还是自行上楼去了。

第二天还没起床，先听见了娘的吼声：“梅二！这是怎么回事？”

哎哟，娘怎么这么急就从姥姥家回来了？我赶紧起床去瞧爹又怎么得罪了娘。

到了楼下进了后厨，我直大吃一惊，厨房里平素干净整洁，因为爹坚持吃食一定得干净，是他做一辈子点心的守则，但是现在，白面大米撒了满地，案板上杂乱地堆着调料，昨日里采的莲蓬横七竖八丢地到处都是，还有锈黑的被踩踏的痕迹，莫不是招了贼！

爹这会儿，也两手抱头蹲在地上：“哎哟，这是怎么回事？”

娘拎起爹的耳朵，嚷道：“叫你贪嘴灌一肚子黄汤！准是你半夜起夜，给我弄成这样！”

爹疼得直哎哟，却也不敢躲，直嚷委屈说道：“冤枉！我虽是喝了些，可也没醉到这个地步！再说这厨房是我的命根子，我何苦给自己添乱！”

娘气呼呼地松开手，道：“不是你，还能是谁？莫非家里闹鬼不成？”

我忙过去劝住娘：“娘，你刚回家，莫发这么大脾气，昨日里爹分明清清醒醒的，我从烟雨阁回来，爹还好好的呢！说不定是闹贼了吧？”

娘听说，伸手摸摸我的额头，自言自语道：“不烧呀……”又疾言厉色道：“你这孩子是还没睡醒吗？怎生也来添乱？什么是我刚回家？我刚刚醒来便见厨房成了这个样子，何曾出去过？”

我顿时愣了，问：“您昨日里未曾去姥姥家？”

娘白我一眼：“你们梅家，大的小的都颠三倒四，真真是一对父女，我何时去姥姥家了？”

我指着在娘淫威下颤抖着的爹，道：“是我爹昨日里晚上告诉我的。”

爹结结巴巴道：“你可不是做梦了吗？昨日晚上你去了烟雨阁，你徐伯伯来了，我们喝了几杯，我不胜酒力，吐了不少，你娘照应我早早睡下了，晚上何曾见过你？”

咦？这可奇了，莫不是爹喝醉了，不记得了？

昨夜明明口齿清楚得不得了，倒像是我胡说一样。

我只得闭上嘴，着手收拾厨房，娘还在不依不饶地斥骂爹，爹可怜巴巴地瞧着我，我可不敢跟娘对着干，只好假装没看见爹求助的眼神。

收拾好了厨房，也就把事忘了，心下想着不若去瞧瞧烟雨阁后园那架葡萄熟了没有。

烟雨阁后园栽种着不少果树，黄伯时时打理，而果树倒比花草管理得严密些，黄伯没法子拿出去卖，我倒是可以借口家里做点心用，时时饱饱口福。

据说那架葡萄是以前一个西域恩客特地栽种给某个姐儿的，但年代久远，早不知那个姐儿是从良还是转行了，青楼女子的生涯也仅仅有那十几二十年，只能在那些年为人生的后续做好打算，或嫁人——往往是填房或者小妾，或自立门户——那须得积累毕生所得，且要看如何经营，经营不好，一无所有而转作老妈子的也大有人在。

像烟雨阁这般成功的青楼，毕竟少之又少。

那架葡萄在龙神祠左边不远，枝干粗壮虬结，挂着一大串一大串让人眼馋的紫黑色葡萄。

我仰头往上瞧，打算爬上去弄几串来吃，再偷偷拿些给小三子，横竖龙井回家去给父亲过寿，不必供奉给他。

正在我犹豫从哪边爬时，龙井飘然而至，我“咦”了一声，问道：“龙神爷不是过寿去了，怎生突然回来了？”

龙井笑道：“过寿不过寿，什么要紧，眼见着马上要到中元节了，百姓还须守护，怕闹出乱子来，我这龙神岂能弃黎民百姓于不顾？”

我心下大喜，这龙井刀子嘴豆腐心，说灵物横行不干他的事，还不是惦记百姓，又回来了，看来我是误会他了。

龙井一伸手，几串葡萄轻轻落下来，便到了我手上。

我受宠若惊：“龙神爷今日好生大方！”

龙井笑道：“梅菜喜欢，我多摘些与你。”

我忙道：“够啦够啦，多谢龙神爷。”

龙井微笑道：“这几日倒甚是想吃糖莲子了，晚上送夜宵时可否带些给我？”

我笑道：“那还不好说，龙神爷等着，梅菜这就去采些新鲜的做！”

龙井点点头微笑。

今天龙井倒真真是一副神的样子，十分少见，活脱脱变了一个人。

他要是天天这样就好啦！我暗想，便收了葡萄去采莲蓬了。

晚上送完夜宵，带了糖莲子来，还没进龙神祠，只见龙井高高地坐在葡萄架上，衣袂飞扬，神采奕奕，在暗夜里几乎发出光芒来。

我忙走过去，觉得心下好生敬仰，恭敬地双手奉上糖莲子，龙井微笑着一张手，糖莲子飞到他手上。

吃够了莲子，龙井飘然而下，突然远处有淡淡的人声音乐，我不禁侧头听听，这不像烟雨阁平时的舞乐声。

龙井微微一笑，对我伸出手，道：“想看吗？这罗刹海市，一年里只有六七月有。”

罗刹海市？

龙井笑道：“是神仙的集市，可带你去开开眼界。”

我忙牵上龙井的手，奇怪，虽说夜凉如水，可怎生龙井的手这般冰冷？

不过那可是龙神爷的手啊！我高高兴兴地随他去了。

穿过葡萄架，龙井手一挥，仿佛泛起了一层迷雾，拨开迷雾，只见一片繁华热闹的街市。

街市里摊位上各色珍宝大放异彩。

有磨盘大的砗磲，人头大的夜明珠，大树似的红珊瑚，成堆的各色宝石，铺路的砖都金光灿灿，好像是纯金打造，空中有若有若无的仙乐，还有穿着素衣丝带的仙女在半空里飞翔，时不时撒下人间未曾见过的奇花异草，馥郁香气扑面而来。

我不禁看呆了，这，是仙境吧？

龙井看着我目瞪口呆的样子，微微一笑，便带我走进集市。

集市很亮，但不知道哪里的光，像是白天却没有太阳。

在摊子旁边的人也都异常俊美，穿着宽袍大袖的衣服，讲话声音委婉动听，我看着那些珍宝，眼花缭乱，只觉得两只眼睛怕是不大够使，简直不知道把眼光停在哪里。

各自美丽的珠宝、皮毛、药材，都是看上去价格高昂的奢侈货物。

龙井指着一枚通透的翡翠镯子问我：“好看吗？”

那镯子流光溢彩，不像世间之物，我忙点点头。

龙井问那摊贩价钱，摊贩瞧我一眼，附在龙井耳朵边低语几句，龙井点点头，居然拿起镯子套在我手腕上。

我吃了一惊，忙要往下摘，但是镯子像是长到了我手上，完全拿不下来。

摊贩看着我的样子哧哧笑了，道：“这东西是你的就是你的，摘不下来的。”

我惶恐不安地望向龙井，道：“我家没有钱买这个……摘不掉，莫非得砍了梅菜的手吗？”

龙井笑道："你这孩子怎么如此傻呢？龙神大人送给你的，你且戴着吧！算是赏赐你替我捉灵物时鞍前马后的辛劳。"

虽说我肯定买不起这个，但摘不下也没有办法，只好给龙井行礼致谢，心下想着，这龙井怎生突然如此大方，不禁起了疑心。

但龙井确是龙井，和平时一丝一毫的差别都没有。

我突然想到，这不会是正山的幻象吧？

我忍不住偷偷掐了自己一下，但，却真是疼的。

但这里的一切，美丽得，近乎虚假。

龙井依旧笑眯眯的，牵着我往更里面走，我心里莫名就害怕起来，偷看了龙井一眼，越发觉得龙井不对劲。

他自私，贪吃，刻薄，懒惰，但绝对不会温厚，大方，更不可能会给我买东西。

眼前这个龙井，莫不是什么妖怪变的吧？

想到这里，我不禁问道："龙神爷，瓜片呢？"

只见龙井神态自若道："去龙宫替我给父王过寿，我不是跟你说了嘛。"

我还想问下去，但是马上闭嘴不语了。

因为我清楚地看见龙井背后有一条尾巴。

一条藏在长衫里，若隐若现的尾巴。

我不敢多话，低了头只管走。

龙井笑道："你可饿了？我带你去吃仙界的美食。"

我手心出汗，只得点头。

美食吗？不会，是吃了梅菜我吧？

龙井带我来到一家，呃，应该是饭馆吧？

跟尘世里的饭馆大不相同，居然是摆满各色美食，任人自取。

一个肥头大耳、满面流油的人正在吃小笼包。

与其说是吃，不如说是倒。

他把一屉一屉的包子翻到嘴里，而那嘴也开的如同昨日要吃我的老妇人妖怪，像张开的口袋，上颚和下颚完全分开，竹筒倒豆子一样的光景。

只怕……不是人吧？

龙井波澜不惊地拖我坐下，取来食物放在我面前。

那是真正的珍馔。

碧玉碗里是胭脂色的米饭，象牙箸前摆着不知名的果子，玛瑙盘里是从未见过的金黄油亮的块状物，堆放得整整齐齐，还有一个白玉盘里似乎是绛色碎肉条。

我壮着胆子问道："这个……都是什么食物？梅菜没见过世面，从没吃过见过。"

龙井笑道："美食当前，最应该做的是吃它，而不是问它，快尝尝看。"

这个，真的可以吃吗？

龙井似乎看出我的犹豫，自己先夹了些吃了，还喝了一小杯紫红色的汁液。

事已至此，我横了心，也吃了一小块碎肉。

这东西一入口，一股异香简直让人发蒙，我心里不禁就想，这个真的只有仙界才有吧？柔滑鲜甜，一嚼又劲道十足，这到底是什么肉呢？

龙井瞧出我爱吃，笑着又夹了些来。

我狐疑地瞧着他，心下想着，这假龙井到底为什么要骗我到这里来，这里又是哪里呢？

四下看看，早不记得回去的路，他说只有六七月开市，莫非过了六七月，我便要给这里关起来吗？我要怎么逃出去呢？

这时身边来了一个身材非常宽大、横着走路的怪人，他正站在我们桌前，却伸长手去抓我们身后的碎肉。

那胳膊如同风筝线一样，一直伸长到房间另一边。

那龙井饶有兴致地欣赏着，我则吓得肝胆俱裂，趁那龙井分神，我钻到那怪客身后溜走了。

留在这龙井身边实在太危险了！谁知道他究竟是带我来做什么的！

待我跑出去好远，回头瞧着那龙井像是未曾追来，且松了口气。

这市集依旧熙熙攘攘，人川流不息。我心下想着，不若问问路好了，既然有办法进来，就必定有办法出去。

仔细观看那些人，个个仙风道骨，似乎都不像是坏人，最后我选中了一个卖糖人的老头子。

那老头子鹤发童颜，一把白胡子拖到地上，长长的寿眉也直垂落脸颊。

他面前摆着金色的仙鹤、猴子、小兔，此刻正鼓着腮在吹一只爪子往前伸着的猫。

这些动物俱是栩栩如生，我心想这老头子肯定不会是坏人。便上前行礼，问道："老丈，我迷路了，可否请您给我指出离开这罗刹海市的方向？"

那老丈停下嘴，打量我一番，慢悠悠道："你是如何来的？"

我答道："是有人带我来的。"

老丈又问："那你那同伴呢？"

我随口扯谎道："失散已久，这才问路的。"

老丈笑道："你可知道这是什么地方？"

我答道："可是仙人们的集市——罗刹海市吗？"

老丈仰头大笑，才凑近我耳边小声道："这哪里是什么仙人们的集市，你不知道中元节将到了吗？这里啊，"那老丈得意扬扬地笑道："可是鬼市啊……"

鬼市……这里是鬼市……

我瞠目结舌，那老丈笑道："怎么样？你是灵魂？还是灵物？倒没见你有什么灵气，来这里，是想买什么？"

如果说我不过是个凡人，会被如何？

我忙搪塞道："我……我是新来的，所以没什么灵气……"

老丈细细打量着我，问道："那你来到底所为何物？"

我只好道："没什么，横竖随便逛逛……"

老丈又问："那你手里有多少钱？"

他越问我越慌张，瞎编道："新死而已，家里烧的纸钱还没到。"

老丈又仔细闻了闻，狐疑道："怎生，还有一股生人气……"

糟了，偏生我还有生人气，看来我再问下去会暴露身份，忙扯谎要走，道："欸，那不是我的熟人嘛，我要过去了，老丈，就此别过！"

拔腿要走。

但那老丈却伸出枯槁的手，一把抓住了我的肩膀把我拖回来，他的鼻子如同被拉扯的面条一样伸得老长，直伸到我脖子旁边，道："你，瞒不过老头子，闻着这味道，你怕是活人吧？"

我眼瞅着死到临头，还是死鸭子嘴硬："老丈闻错了，我怎么会有生人气的……"

那老头子嘿嘿笑了，小声道："不要紧，不要紧，不过若你是生人这事情被旁的灵物知道，那可不好说了，这样吧，老头子今天积德行善，带你回阳世，如何？"

"此话当真？"我望向那老丈，心说难道还真遇上好人了？

"不假不假。"老丈长袖一挥，便把偌大的摊子收入袖中，真真看得我目瞪口呆，好似前年来紫玉钗街上卖艺的变戏法人。

"来来来。"老丈把我往路上一引，我犹豫一下，要跟过去吗？

那老丈似是不耐烦，道："来是不来？被灵物吃了，可莫要怪老头子袖手旁观。"

我只得跟上去，遇事情，也只能随机应变了。

老丈带我一路走过各种摊位，卖华丽衣服的，金丝银线，极尽奢靡之能事，有卖美酒的，那酒是稀罕的透亮蔷薇色，香味馥郁，仿佛能传到十里之外，各色物什，全都非人间所有。

路上似乎借了那老丈的光，倒没人盘问我的由来。

但是走着走着，我发现，这并不是我来时那条路。

"老丈，这里的摊位，我怎生没有见过？似不是我来时的路啊？"

老丈忙"嘘"了一声，道："不可讲话，讲话泄出生人气，灵物嗅到，定会把你生吞活剥。"

我忙闭上嘴，但仍心下疑惑。

那老丈偷眼瞧瞧四处像是无人注意，且松口气，道："回阳世的入口可不止一个，你只要不出声，老头子把你带到阳世去，呵呵……"

这奇特的笑声让我越来越疑心这老丈可是要带我到僻静处吃了我，又不敢出声怕引来其他的灵物，实在害怕极了。

眼看着这摊位越来越陌生，我萌生了逃跑的念头，可是就算逃跑了，也会有旁的灵物来吃我吧？我捏着裙角，实在不知道怎生才好。

这时，突然一只手抓住了我的衣角，我不禁吓了一跳，回头一看，却是个不认识的矮个子老头，身后是一个摆满了衣服的摊位。

这矮个子老头见我，奇道："这不是梅菜吗？怎生你会在这里？"

我吃了一惊，刚想问是谁，那卖糖人老丈倒是警惕，先问："这就是你那走散的伴儿吗？"

未等我回答，那矮个子老头儿嚷道："可不是嘛，人便是我带来的，你这是引她哪里去？"

这老头子矮矮的个子，论身量倒真真有些像戏台上的三寸丁谷树皮武大郎。

他一张熟褐面庞，上面沟壑纵横，弯眉笑眼，嘴角也微微向上翘，总是喜乐模样。身穿团花万寿字深紫缎子袍，头戴同色软帽，脚上一双崭新皂靴，腰带里插了一支翠玉嘴烟斗。

我定定瞧着这老头儿，却实在想不起在哪里见过他。

他伸手拉我道："不见你许久，原来跑到这里来了！真真小孩子脚力，我是追不上了。"边说边咳嗽起来。

卖糖人的老头疑惑地瞧着他，道："你是这娃儿的什么人？"

那矮个子老头啐了一口，怒道："管天管地，管得着人拉屎放屁？我带这娃逛鬼市，还要跟你禀报吗？"

卖糖人老丈道："鬼市里混进生人，本就坏了规矩，若是你执意如此，我倒要跟大家说道说道。"说着，作势要喊人。

矮个子老人忙拉住他，拨开他寿眉往他耳朵低语几句，只见那卖糖人老丈脸色巨变，看也不看我一眼，慌慌张张逃也似的走了。

矮个子老人拉着我，道："快跟我走吧，免得在这里扎眼。"

边说，边把我拖到自己摊子前。

我瞧瞧人们各忙各的，便不由得低声问道："敢问老丈是……"

矮个子老人瞪我一眼："怎生连我也不认识了！好生想想！"

倒真是一副备受伤害的样子。

可我绞尽脑汁，却真真想不起这矮个子老人究竟是谁？

瞧着他摊位上，遍是些皮毛衣服，有些是珍奇兽皮，有些则轻薄透亮，看不出材质。

我只好道："老丈，梅菜当真不识得老丈，可否请老丈提示一二？"

这矮个子老人瞪眼道："几个月不见，居然不认识我了！当初你使那没皮没脸没法吃的怪物用三昧真火烧我时，你怎生识得？"

我顿感天旋地转："你……莫非你……"

那矮个子老人撇撇嘴，道："看样子你想起来了？可不就是我太平猴魁嘛！"

"这这这……"我结巴起来，忙按住嘴巴，小声问道，"你不是被封在妖簿里面了，怎生给放出来了？"

那太平猴魁咕嘟了嘴，道："怎生我就不能出来了？饕餮大人去海里祝寿，这六七月里有鬼市，可不慈悲为怀，放我们出来玩玩。"一指摊位上的衣服道："这可都是皮里的精品，我特地拿些出来，也好换点旁的宝贝。"

我忙问："在这里支摊子和买东西的，莫非都不是人吗？"

太平猴魁双眼一翻，道："可不是嘛！这个地方，本就不是人来的地方。"

我又问："那刚才那卖糖人老丈……"

太平猴魁挥挥手："不过是个积年老怪物罢了！没什么厉害的，一提饕餮大人，可不吓得提起脚就走了！也只有你会信他的，待你跟他到了外面，连皮带骨吞了你！说起来，你时运倒高，不想竟碰到我了！"

我顿感安心，虽说太平猴魁当初甚是凶险，好歹也是个熟人，加上龙井这层关系，想必和瓜片一样，倒是靠得住的。

我摸摸他那衣服，因问道："这衣服是有什么神通，竟能在聚齐奇珍异宝的地方卖？"

太平猴魁得意忘形地笑道："我这衣服，但凡穿上，便能变作那皮原本的模样，好比披上这熊皮，可化熊貔，若披上这人皮，便是人的模样。”

“当真好宝贝……”我点点头，原来那看不清材质的竟是人皮，我故意只做一副司空见惯的模样，心里着实吓得不轻。

太平猴魁见我发愣，问道：“你究竟是怎生来的？这里可不是活人能进来的。”

我忙道：“是个灵物，化作龙井的样子，说祝寿回来，见这里开了神仙集市，带我来的！”

太平猴魁奇道：“为何你知道那是灵物？”

我道：“梅菜瞧见他身后有一条尾巴！”

太平猴魁稍愣了愣，突然抚掌大笑，道：“我说是谁，原来是他！”

“他？”我忙问：“谁啊？”

太平猴魁笑而不语，摇头晃脑只顾翻弄那些皮，忽而拿出一张递与我，道：“穿上这皮，保管没有生人气！”

那是一张鹿皮吧？我依言披到身上，只觉头上痒痒的，伸手一摸，竟摸不得，原来已经化作蹄子，落在地面上，我用支摊子的桌子蹭蹭头，头痒的地方竟然长出来了两只角。

我忙要说话，却只发出一种奇怪的“呦呦”声。

原来我已变作了一只鹿。

四条腿着地，倒是轻便无比，腿也极其有力，以鹿的眼睛看世界，当真大有不同，我小跑几步，蹄子踢踢踏踏落在金砖地上，甚是有趣。

太平猴魁道：“怎么样？化作鹿，跑起来可当真潇洒，对了，若想化作原来人形，在地上打三个滚即可。”

我忙俯身打了三个滚，鹿皮从身上飘然而落，我又变回以前的梅菜了。

这皮好生神奇。

太平猴魁得意扬扬道：“怎么样？可是好宝贝？”

我忙点头：“梅菜从未见过如此神奇的东西，您法术当真高强！”

太平猴魁听说，更为高兴，笑道：“你且披着这皮挡挡生人气，想逛未免危险，只在这里站着，倒也能瞧个痛快。”

我忙应了，依言披上皮化作鹿的模样，站在摊位这儿瞧这鬼市的热闹。

站在摊边这一阵子，便有不少买皮的，有个美丽的女客人相中一件凤凰羽衣，看那凤凰羽衣流光溢彩，华丽之至，不想那客人竟然仅仅拿出一小块灰扑扑的石头塞到太平猴魁手里，我暗想交易只怕是不成，不想太平猴魁竟然如获至宝，小心翼翼地收入怀中，双手把凤凰羽衣奉上。

看来那石头价值连城，果然这地方的东西不能用常理推断。

还有一个客人拿出一个晶莹剔透、璀璨夺目，一看就价值不菲的水晶雪莲花想换去一张灰兔子皮，我只当太平猴魁赚了，没想到他竟然咬死了不肯换，那客人只得悻悻去了，我目瞪口呆，更是难以理解。

“摊主，这鹿可是货物吗？”一个熟悉的声音，我抬眼一看，竟是那假冒的龙井！

我忙躲到太平猴魁身后，可惜他身量太矮，挡我不住。

太平猴魁笑道：“这鹿是替别人看管的，并不是我的货物。主人不在，老头子可不敢擅卖。”

那龙井笑道：“既是托管，那它的主人又是何许人也？”

太平猴魁道：“这咱可没必要告知与你，总之是个有主的，客人还是到别处瞧瞧，想来有更加合适的。”

那龙井逼近太平猴魁，道：“你可知道，在这地方里，偷窃可是大忌啊！阴差若是发现了，可得教老丈吃不了兜着走。”

太平猴魁笑道：“这话说来可笑，你倒是说说看，我何曾偷窃过？”

那龙井道：“还不认吗？这鹿，原是我的！”

太平猴魁哈哈笑起来，道：“她是你的？你好好瞧瞧，莫不是我也是你的？”

那龙井脸色大变，像是认出来了太平猴魁，忙闪身要走，说时迟那时快，只见太平猴魁伸出看不清模样的手把那龙井卷了起来，那龙井反应也快，立时便嚷道：“这里有生人！大家快来看啊！”

行人与摊贩纷纷侧目，太平猴魁见状，悻悻松开那龙井，那龙井一溜烟不见了。

太平猴魁啐了一口，道：“偏生没有捂那家伙的嘴，就这么给他溜了，没得可惜。若是抓住他，饕餮大人论功行赏，少不得再多放我几天自由。”

我赶紧打滚脱下鹿皮，道：“就是他！不想穿上了鹿皮，还给他认出来。”

太平猴魁问道：“他可给过你什么东西？”

我抬起手腕：“给了我这个摘不下的镯子。”

太平猴魁一瞧，道：“怪道能透过鹿皮认出你，这不是子母镯吗！”以手挡了我眼睛，拿开手时，再瞧那镯子，当真是有一条光线连接到那龙井消失的方向。

我大惊：“这是……”

太平猴魁笑道：“如同人用锁链拴爱宠，他是把你当宠物啦！”

我忙问：“可摘得下吗？”

太平猴魁摇摇头：“只有给你戴镯子那人有办法。”

我急得泪水只在眼眶打转，道：“这可怎么好？”

太平猴魁摆摆手：“无妨，在这里动手不便，虽说我不怕阴差，但在此地闹事委实麻烦，若是坏规矩添了罪名，饕餮大人定会罚我。出去了我把他捉来就是了。区区一个毛贼，怕他什么？”

我忙问：“怎生能出去？”

太平猴魁道：“我收了摊子，带你出去吧！横竖倒也换了些宝贝！但凡那毛贼出去，看我不剥了他的皮！”便收了摊子，带我顺着那金砖路往外走。

待到了那卖珠宝的地方，我喜道：“就是从这里来的！”

太平猴魁点点头，拉着我就往墙上撞，只见太平猴魁穿墙而过，我忙也依样画葫芦，谁知却咣当一下结结实实地撞到了墙上！

太平猴魁觉出有异，回身往后一瞧，半个身子从墙后透出来，见我这样子，不由“咦”了一声。

太平猴魁忙从外面回来，仔细嗅嗅我，道：“你可吃了这里的东西？”

我点点头：“是吃了一点酱红色碎肉，在一个人人自取的饭馆里。”

太平猴魁想了想，拍手道：“好个毛贼！原来给你吃了三花灵雀的舌头。当真奸诈。”

我忙问：“那是什么？”

太平猴魁道：“此间是鬼市，那三花灵雀是一种冥鸟，阳世里的人吃了阴间食物，便被划为阴间人，这是回阳世的入口，自是出不去了。”

我急道：“莫非梅菜要被关在这里一辈子吗？这可如何是好……”

太平猴魁笑道：“急什么？这是阳世入口，你现在算是阴身，灵物走灵物的路，死人走死人的路，你随我走走阴身路口便是了。”便拖我向另一个路口走去。

只见那路口把守着怪模怪样的牛头人，赤膊持着三叉戟，把守在一个洞边，好不威风，莫非他就是传说中的牛头马面里的牛头吗？

太平猴魁低声道：“你只做了我的鹿，随我过去就是了！万不可脱下鹿皮，也不可东张西望，不然下场堪虞。”

我忙点头披上鹿皮，生怕在这里被闻到生人气，哪里还敢东张西望，被发现了不也是作死嘛！

我化作了鹿尾随太平猴魁后面，只见那牛头人昂着头，看都不曾多看我一眼，我正庆幸呢！突然一只手抓住了我的短尾巴。

我回头一看，又是那假龙井，只听他大叫道：“阴差大人！有人盗了我的货物！”

那牛头人往这里一望，那龙井举起手里的镯子，光线正连到我前蹄上，只听他扬声喊道：“有子母镯为证！”

牛头人举着三叉戟过来了，喝问道：“是谁这么大的胆子，敢在这里捣乱？”

只听太平猴魁低语道：“这毛贼，真真难缠，这下子麻烦来了！”

这下子糟了！若是被牛头人判给那假龙井，怕是难逃一劫。

我眼巴巴地望着太平猴魁，看看他可否有办法。

可太平猴魁眼见证据确凿，也支支吾吾无话可说。

牛头人喝道：“老头子不懂规矩吗？这里岂容偷窃？速速把货物还与人家，不然违反规矩，必将严惩不贷！”

“我瞧着也是，必得将那违反规矩的严惩不贷！”这声音……我从太平猴魁身后一望，竟然是李绮堂！

只见李绮堂穿着一身官服，头戴乌纱帽，竟似阴司官员！

奇怪，不是不许活人至此，为何李绮堂竟在此管起事来？

牛头人行礼，指着我道：“大人，此货物两两相争，还请大人裁夺！”

李绮堂看看我，道：“刚巧这客人和货物我都识得，倒不若让货物自己开口。”

边向我拱手道：“梅姑娘可否现身一见？”

太平猴魁点点头，我便伏下滚了三滚，鹿皮脱落，我便爬起来对李绮堂行了一礼。

李绮堂道：“梅姑娘，你可知这地方不许活人来的？你怎生到此？”

我忙指向那假龙井，道：“是他！是他化作龙井骗我来的！说什么神仙集市，还给我套了这劳什子手镯说是给我的礼物，那卖镯子的当可做证！还骗我吃下阴间食物害我出不去，当真可恨至极！”

那龙井脸色大变，潇洒之气荡然无存，行为也猥琐可厌起来，与真的龙井大相径庭。

李绮堂看看那龙井，问道：“她说的话，你可认吗？”

那龙井见无可抵赖，只得点点头，道：“我原也没存坏心，不过带她来玩玩……”

太平猴魁截口道：“就是这毛贼坏了规矩，带梅菜这生人至此，大人可勿要饶他！”

李绮堂因问道：“你是何人？为何化作龙神爷模样诱梅菜至此？给她戴子母镯，又给她吃三花灵雀舌，到底是何居心？”

那龙井听了，忙摇身一变，成了一个年岁与我差不多的青皮少年，身后拖着一条毛尾巴，回道：“我那日化作老太太想吃这女孩，偏生给她跑了，我瞧她有趣，便趁龙神爷不在，想戏弄于她，才化身龙神爷，想养她做宠物玩玩，便带来这里……”

我忙问：“莫非那天化作我爹，把厨房搞的一团乱的也是你吗？”

那少年低眉道：“那倒不假，你家糖莲子着实好吃，正翻弄着，你便回来了，我便化作了你爹……”

又忙向李绮堂拱手求饶道：“大人，且饶我这一次，我本不是坏心……”

李绮堂虽年少，倒是甚有官威，果然世家子弟，且听他道：“念你年幼，修行又甚浅，即是中元节大典，本官也愿为此地积个善缘，且饶你一次，若有下次，定严惩不贷！”

那少年直喜得摇头晃脑，手舞足蹈，直跪下磕头如捣蒜。

那牛头鬼差道：“大人开恩，咱也不敢多说什么，但此地一向以公正严明著称，才有今日之众灵物谨遵规矩之势，还请大人酌情考虑。”

李绮堂略一沉吟，道：“你说得倒也在理。”便面向又惶恐不安的青皮少年道：“看来不罚你，无法服众……”

“这样吧，且罚你待到开市结束，清扫整个市场吧！”李绮堂道。

“多谢开恩……”黄鼠狼精磕头如捣蒜，喜得泪如雨下。

李绮堂又对我笑道：“梅姑娘当真受惊吓了，可有大碍？”

我笑答：“不妨的，敢问李公子为何会在这地方做起官来？”

李绮堂道：“今年这里监理官缺人，龙神爷跟城隍爷举荐说我李家世代为官，又是修道之家，便每晚由差人接了我，到此帮忙监理，龙神爷说这一阵子他不在，凡事只教我来替龙神爷降妖除魔。”

原来如此，看来李绮堂名声真是响彻三界，当真佩服。

李绮堂道：“时候不早，梅姑娘可要回去？”

我忙点头：“李公子说的是，梅菜早该回家啦！”

李绮堂跟牛头人吩咐几句，那牛头人便让了我，从洞里过去。

我回头望望太平猴魁，行礼致谢道：“此次多亏您，不计前嫌，救下梅菜，梅菜才逃得一命，梅菜多谢猴魁爷爷！”

太平猴魁挥手道：“不妨，是龙神爷临回龙宫走时，放了我们，留给灵力，吩咐但凡见到小梅菜，定要护你周全。”

龙井怎么会凡事早都了然于胸的样子，倒处处都安排妥当了。

想起太平猴魁跟这青皮后生似是熟人，忙又问：“您可识得这少年？”

太平猴魁点点头，道：“这小东西在烟雨阁有段日子了，修为浅得很，变什么都拖条尾巴，空有吃人的心，倒没吃人的能耐，也就在后园吓吓人罢了！”

怪不得太平猴魁道一声“原来是他”。

不过龙井真的会这么好心托人护我？我还是觉得没什么可能。

这么寻思着，便作别太平猴魁与李绮堂，出了那洞，过了迷雾，顿时豁然开朗，原来一脚踏到了烟雨阁的后园。

夜空雷声滚滚，像是要下雨了，我赶紧回家，娘骂我贪玩回来得晚，听了一顿训，爹正给我求情呢，外面方电闪雷鸣，噼里啪啦下起雨来。

次日去龙神祠一看，龙井已经回来了，带了不少奇珍异宝，尽是些鬼市里面一般的豪奢摆设，将龙神祠布置得珠光宝气。

而且不知道哪里淘换来的糖莲子，吃得满口满脸都是糖渣。见到我，突然扑哧一声笑出来，喷出一大口渣子，嚷道：“梅菜，你要不要听故事？”

我奇道：“什么故事？”

龙井笑道：“有一种鹿，叫作狍子，这种狍子虽说跑得快，可四肢细长，遇到大雪天气，四只腿就会全陷入雪内，跑不得，人一来，它便把头往雪里一塞，当自己瞧不见人，人便瞧不见它，是以人拔萝卜似的，就能给它拔走了。所以啊，也有人唤傻子不唤傻瓜，而唤傻狍子，我们这龙神祠，可不也有一只傻狍子嘛，嚯嚯嚯……”

龙井定是听说我在鬼市的遭遇，故意取笑于我，这种人，怎么会托账册灵物护我周全？我撇了撇嘴，定是太平猴魁人前给主人争面子。

雷雨过后，后园被雨水冲刷得分外干净，我出了龙神祠，踏上滑溜溜的青石，却瞧见一棵大树似是被雷劈开了，露出一个树洞。我往里一瞧，一只小黄鼠狼在树洞里睡得正香，却见尾巴尖好像烧焦了一块，莫不是被雷劈了吧？

风里带着一股燥热，蝉鸣的可更响亮了，吵得人心里发闷，这夏天，可是真正地来了。

第12章　七月蟹

梅菜终于见到了烟雨阁的真正主人，而这个真正主人，是一位绝美的女子，并且，好像跟龙井有斩不断理还乱的情缘。好像，三界的大乱，就跟这个真正主人有关。梅菜对龙井尘封的过去更加好奇了，同时，梅菜自己的前世今生，似乎也牵缠其中。

一转眼，到了七月底，盛夏转衰，这烟雨阁的栾树上结满了果荚，随风哗啦啦响，娘也从衣柜里拿出入秋的衣服，提前洗好了，晾在外面竹竿上。

秋天流行贴秋膘，苦夏之时，人们大多不思饮食，身体偏虚，渐渐瘦弱，秋高气爽，大家倒渐渐有了食欲，正趁此补身体。

夏日里清淡淡的粥汤、菜卷如今淡出视线，螃蟹出现到餐桌上来了。

本地螃蟹脑满肠肥，仗着铁青色硬壳张牙舞爪。

稻田里河边上爬了不少，蟹吃法众多，清蒸蟹是直接把活蟹洗刷干净上屉，水煮蟹则是丢入滚水，加去腥的葱姜蒜，待颜色变红，香味飘出，剥开了盛出蘸酱油香醋麻油吃，蘸料最好再加上暖性的生姜末，不然螃蟹性寒，恐伤及肠胃。

炒蟹是道家常下饭菜，螃蟹切块，大火入猪油，加葱姜蒜等作料，入蟹炒熟，再加入胡萝卜片和青椒片，最后少撒一点白糖，汁浓味美，可以拌米饭，蟹黄蟹膏溶在菜汁里，吃起来尤为鲜美。

醉蟹据说有人喜欢活的，螃蟹投进酒里，待其醉倒，可直接剥了生吃，我倒没敢尝试，小三子却直称鲜美。

烟雨阁的恩客样样要时鲜，此时自不例外，夏日到来螃蟹肥，有客人专门点考究的蟹黄汤包。柔嫩嫩一兜馅，进嘴是说不出的鲜美醇香。

蟹吃就吃个鲜，所幸胭脂河芦苇荡也不少出产，随抓随有，爹吩咐多要三角脐的公蟹，恩客多好蟹膏。

螃蟹看上去就威风凛凛，两只钳子也确实能夹得指头鲜血直流，我用带叉的小木棍仔细翻开螃蟹，用心找着三角脐。

找着找着，不想竟碰到了另一个人的脑门儿，我吃痛地捂起脑门儿，一瞧却是朵儿，乃是汀兰姑娘的丫鬟，朵儿也揉着额头，倒笑了，问道："又来捉螃蟹吗？"

我点点头，笑问道："姐姐这是哪里去？"

朵儿道："今日姑娘说荷花落了，赏赏荷叶倒也清雅，带了我来，不想我丢了银丝镯，这可不又回来找了！你捉螃蟹时，若瞧见了告诉我一声。"

我忙应了，笑道："汀兰姑娘真真风雅，居然放着园里花不赏，赏起荷叶来了。"

朵儿也笑道："可不是嘛！说是要作诗呢！因嫌菊花俗，硬要作荷叶咏。我瞧着菊花倒好，金灿灿的一片，这劳什子荷叶，什么看头？"

作诗我倒是不懂，便问道："怎生汀兰姑娘想起作诗来了？"

朵儿笑道："还不是跟满堂红的姐儿争客人！"

满堂红虽说规模不及烟雨阁，但以姐儿的风采著称，满堂红收姐儿，必得琴棋书画歌舞才艺俱全的，自称雅斋，近来大大地出风头，尤其是有个叫林萝的姐儿，被称为京师第一花魁，本来莫先生想用知书达理的晴韵姑娘来力挽狂澜，不想偏生在太平猴魁那事上给没了，眼见这风雅名头被满堂红抢走，莫先生经常气得长吁短叹，大吼大叫。

我便问："莫不是又有恩客不来，去满堂红了？"

朵儿点点头，道："是那好事的柳公子，说什么倒想瞧瞧两家姐儿比一比，不知道哪家的姐儿更风雅，要自掏腰包，在胭脂河请一个画舫，带两家姑娘赛赛才艺呢！”

“哦？”我忙问，“听上去倒有趣得很，要怎生比赛？”

朵儿哼一声，道：“邀请了两个院里的花魁，再各选十个姑娘，以琴棋书画诗酒花做题目，以歌、舞、诗、画等细分个高下，赢的一方，自然就是真真的天下第一花魁了！名头传出去，可全然影响着今后生意了。”

我又问：“什么时候比？梅菜也想在岸边瞧瞧热闹。”

朵儿笑道：“知道你爱看热闹！就这几天了，二十八吧，说月不圆星星多，众星捧月，共襄盛举什么的。”

我笑道：“姐姐倒定能随汀兰姑娘上船，好眼福呢！”

朵儿撇嘴道：“她们唱些什么乱七八糟的，又听不懂，白站一夜，没得腿疼。”

又抱怨两句，朵儿便回去了，又托我寻镯。

我忙应下，笑送她回去。

已经到了七月底，中元节已经过去了，外面少了横着走的灵物，倒清净得很，不若送完了夜宵，到时候我也去胭脂河畔瞧瞧热闹吧！

一回家，爹正在做点心，是杏仁酥和桂花胶片糖，见我回来，偏巧也笑道：“二十八胭脂河赛花魁，你去瞧吗？”

我忙道：“爹，莫非那画舫订的咱家点心？”

爹笑道：“你消息倒也灵通，那柳公子要了姐儿爱吃的糕饼，二十八你去画舫送，可不就有热闹瞧了嘛！到时候去得起画舫的，必是挥金如土又附庸风雅的公子哥，你乖觉点，嘴甜点，少不得给你些赏钱。”

我喜道：“这倒真真是个巧宗，能上船瞧热闹了！”

好容易盼到七月二十八，夜凉如水，碧空如洗，半明半寐的月亮在轻纱似的淡云包裹下，朦朦胧胧，分外迷人，漫天都是星星。

远远便瞧见那金碧辉煌的画舫张灯结彩，在澄净的水面上浮着，被流光溢彩的倒影一衬，星光下宛如仙境。

我兴冲冲地提着篮子跑跳过去，心下想着，今年真真好运气，自己竟也能上船观赏盛事。

船上雕栏画壁，极尽奢华，摆设着文房四宝，时令鲜花，此时丝竹管弦，正吹打得热闹，姐儿们穿了层层叠叠的轻纱华服，头上插着金银首饰，有抱乐器的，有挥毫作画的，看来个个身怀绝技。

烟雨阁的姐儿我个个认识，一瞧来了可不止十个，不认识的是满堂红的，也比预想得多，只怕姐儿们为个上船名额，也争个不相上下，加了几个塞。

只见姐儿有冷若冰霜的，有风情万种的，有温柔贤淑的，有落落大方的，仪态万方，个个美艳不可方物，直看得人眼花缭乱。屋里还焚着甜丝丝的藕荷香，委实让人如痴如醉。

画舫上年轻公子也不少，有猥琐的，有清俊的，中间太师椅子上，果然又有那位力捧鸳鸯姑娘的沈尚书。

这位沈尚书倒真真的对风花雪月独爱，场场不落都来做贵宾。

我走到客座紫檀木桌椅边，忙着把杏仁酥在粉彩小碟里摆成花朵形状，又把配点心的白菊花点缀其间，正掏出食盒下一层的桂花松子糖，不想有人手快，闪电也似的先拿了那桂花松子糖去，我抬眼一看，吃了一惊，想不到竟是龙井，带了瓜片鹦鹉状在肩上，飞快地把糖塞进嘴里。

瓜片嚷着："给我！给我！"

旁边有人道："这鸟倒真真的有灵性。"

龙井故作谦虚道句哪里，其实满脸洋扬扬自得的神情。

我忙低声问："为何你不在龙神祠守着，跑到这里做什么？"

龙井撇撇嘴，道："龙神祠冷冷清清，什么意思，难得有这热闹事，不来瞧瞧倒可惜了的。不说美人，美食也够吃的了。"

说着，修长的手一指那宴席上，只见山珍海味，佳肴杂陈，公子伴着姐儿，觥筹交错，好不快活。

我又问："这画舫可不是谁随随便便就能上来的，你使了什么法子？"

龙井左手背过去，右手唰的一声打开不知道哪里来的折扇，道："龙神爷想做什么是做不成的，就凭我这翩翩少年，不用什么法子，想必也是大受欢迎的。"

我翻了他一眼，但见确有姐儿直望着他暗送秋波，龙井一副见惯风月的样子点头致意，那姐儿俏脸即是一片粉红，我顿时不吱声了，龙井真是有龙井的能耐，当真佩服。

待上齐了点心，我退到后边，瞧着那些姐儿轮番上阵，八仙过海各显神通，龙井倒是大模大样地坐在我前面的紫檀椅子上，跟别的公子对姐儿品头论足，倒像个见过世面的。

“铮……”只听一阵清幽的琵琶声，我循声望过去，是个陌生的姐儿，肤白胜雪，貌美绝伦，垂着乌黑长发，穿一件绛色单衫，真真让人惊为天人，听她的琵琶，一会儿如泉水叮咚，一会儿又仿佛气贯长虹，真真出神入化，我不禁呆了，饶我是在美人堆里行走这么些年，可也不曾见过这样好看的人。

能在这一般美人之中鹤立鸡群，我心下想着，既然是生面孔，这大约就是那位大名鼎鼎的林萝姑娘了。

曲罢，那姑娘且收了琵琶，却无人叫好，我四下一瞧，才发现公子们都看着别处，却没有一个人的视线是停留在了这个姑娘身上的。

这可奇怪了，平素那些公子瞧见了好看的姑娘，眼神可都跟用黑漆给定住了一样，一错也不错开的，今日里对这样的绝色美人倒是熟视无睹，当真让人有点为那位美人叫屈。

不过，我看得见，别人看不见……我心头一紧，该不会，又是因为这双天眼，看见了不该看见的东西了吧？

我赶紧看向了龙井，而龙井也只顾着低头吃东西，满口的花生咯吱咯吱直响，对那个美人，居然也跟没看见一样。

这可就不对劲得很了，我看见的东西，龙井不可能看不见，我便立刻去摇龙井：“龙神爷，你可瞧见了刚才那个美人了？”

龙井带着满嘴的糖渣子不耐烦地看我：“什么美人？”

我伸手要给他指，可手点过去，美人刚才坐着的屏风前面，已经空了。

龙井把手给缩回去，继续吃糖：“跟你没关系的人和事情，最好少问。”

这可奇了，平素龙井在我面前，对灵物之事，从来不曾遮掩过什么，怎的现在倒是不能问了。

而这会儿，满场里都是叫好的声音，我一抬头，瞧见这个喝彩，是对着一个题诗的姑娘，这个姑娘也是个倾国倾城的颜色，那诗词我不懂，字体我也不懂，只瞧着那风摆荷叶似的身上，着一身梨花青色的衣服，在满眼花团锦簇之中是出离的淡雅，反叫人过目难忘。

这个姑娘我也不识得，自然是满堂红的人。

满堂红看来真是风头正盛，随船来的莫先生大约也不甘示弱，忙吼道："鸳鸯姑娘上场！"

鸳鸯姑娘着一身大红纱衣，当真雍容华贵，只见她敛衽唱了一曲《春江花月夜》，倒也博得满堂彩，沈尚书尤其捧场，倒真真是位好恩客。

突然听见一个陌生丫鬟唤我再添一份桂花糖，我忙过去奉上，但见那丫鬟吊梢眼睛，一副目中无人的样子，正侍立在刚才那位着梨花青色衣服、提笔作诗的娇柔姑娘身边。

我想起那个弹琵琶的姑娘便疑心，笑着搭讪道："想来姑娘是满堂红的人了，不知道刚才那位弹琵琶的，可是名噪京师的林萝姑娘吗？"

那丫鬟哼了一声，道："弹琵琶的？不曾见过，也没听说我们满堂红有弹琵琶的，许是烟雨阁的吧，这乐器俗得很，有什么厉害的。"

果然，她们也不曾见到过。

正想着呢，那姐儿出声制止道："云朵，怎生这么没有规矩？"

那云朵未曾言声，倒也一脸不服。

我笑道："姑娘莫怪姐姐，我只是瞧刚才那姐儿才貌双全，只以为是满堂红的林萝姑娘了。见识短浅，姑娘莫怪。"

那云朵倒是笑了，道："什么林萝姑娘，这才是林萝姑娘呢！"

原来这位清丽脱俗、气质出众的，才是林萝姑娘，果然好涵养。

我便又问："我只听是满堂红与烟雨阁的姑娘竞争花魁之名，会不会还有别的院里的姐儿过来？"

云朵奇道："确是只有满堂红与烟雨阁啊！别的院的姐儿哪儿够格过来？"

那可奇了，我望向台子中间，已不见那姑娘身影，既不是烟雨阁又不是满堂红，旁人又全看不见，到底是何方神圣？

布好了点心，回到龙井后面站着，便见各位姐儿争妍斗艳，使出浑身解数来博恩客青睐。

只听一个公子跟龙井低声道："这鸳鸯姑娘固然是好嗓子的，可这年龄未免长了点，依在下愚见，还是那满堂红的胜算大些。"

龙井装模作样地点点头："阁下说的很是，在下也看烟雨阁的个个庸脂俗粉，不若满堂红，兰心蕙质，腹有诗书气自华。"

俗话说吃人的嘴软，但龙井丝毫不给天天供奉自己的姐儿说话，着实让人齿寒。

转念一想，说不定龙井此行来这画舫，便是为收灵物而来，且有一阵不曾看到他那个账册上面添新人了，怪道一个天天躺在供桌上一动不动的神，能出龙神祠，来瞧尘世里的浮华。

姐儿的才艺虽说着实惊艳，奈何梅菜我只能外行看热闹，无法如同沈尚书般眯着眼睛，打着拍子欣赏，便忍不住出去透透风，瞧瞧星星月亮。

却刚出去，背着月亮，在暗处倒瞧见一个眼熟的背影，倒像哪里见过。

好像，是那个久违了的红衣小女孩啊！她怎生也会到这画舫上来？

但见她蹦蹦跳跳地在月光照不到的阴影里穿行，快快活活的，我马上跟上去，看看这个神秘莫测的小女孩是什么来头，几次见到她都跟灵物有关，着实不寻常。但前头几次，都跟丢了，这次不妨悄悄随她走，横竖画舫也就这么大，看她这次能躲到哪里去！

我尾随不敢太近，便隔她一段距离，但见她往画舫后边供人休息的客房去了。

虽说她蹦蹦跳跳，但见脚步虚浮，倒像脚尖未曾着地一般轻盈，比我可快上不少，我心下越发狐疑了，传说中脚跟不着地的，不是鬼吗？

那画舫客房更是幽暗，远远瞧见那小女孩轻车熟路地进了一间，我赶紧跟了去，从外面往里望，似是黑灯瞎火，像并没有人，身后又是热热闹闹的乐声，越发衬得这里幽暗无比。

我蹲在墙根下，听里面似是没有一丝动静，犹豫一下，便心下一横，站起来戳窗纸一个窟窿，瞪眼往里瞧。

初始眼睛什么也瞧不见，稍过片刻，适应了里面的光线，就着微光，瞧着那客房倒像个小姐闺房，梳妆台上设着铜镜，摆着几个香粉盒、胭脂盒，墙壁上有一幅秋水长天一色美人图，睡榻前挂着浅藕荷色幔子，正轻轻晃荡着，果然，窗户是开的，灌进来些秋风，但偏巧方位背着月亮，我四下也看不见那小女孩的身影。

正懊恼着，突然隐约听见"咯咯……"的笑声，我转头一看，心猛地揪紧了，只见那红衣小女孩就背对着我，在我身后，身体犹一颤一颤，仿佛在忍着笑。

我们刚才一直背对背吗？

我顿时觉得身上冷汗直流，手心也攥得潮乎乎的。

这小女孩是我看着进门的，现在怎么可能会在外面？而且她挨着我这么近，我不可能一点都察觉不到。

我现在只觉得毛骨悚然，懊悔没有带瓜片一起出来壮胆。

咬咬牙，心下想着，事已至此，倒不如先发制人，这小女孩虽说神秘莫测，可最多也就是个灵物，梅菜我什么灵物不曾见过，什么地界不曾进过，也是见过世面的，怕她什么？

想到这儿，我便壮着胆子开口问道："敢问姑娘是何人？为何屡次三番在烟雨阁附近神出鬼没？"

那小女孩只是强忍着笑，身体颤颤地。

我见她不答，只好又问："你和那些灵物，可有什么关系？"

那小女孩依旧只管憋着笑发出哧哧的声音，并不回答。

虽说已经有些腿软，但我还是坚持又问一句："姑娘，你到底在笑些什么？"

我越想越怀疑这小女孩来路不正，但她又为何不回答呢？还只吃吃笑个不停，她到底在笑什么？

满肚子的疑惑让我已经顾不得害怕了。

我忍不住伸手搭在她的肩上，想把她扳过来对着我，这才发现我面前有一大面铜镜，那铜镜映着淡淡反光，照出来一个我，还照出来我的胳膊正搭在前面另一个穿红衣的我的肩上。

我不知道自己是不是还在呼吸，只觉得胸口憋得生疼。

“哐当……”刚才那间屋子里传出一声巨响，我手一哆嗦，便离开了那另一个我的肩膀，转过头来，可是那另一个我却不见了。

七月底是秋高气爽，但我只觉得冰凉刺骨。

我犹在那呆站着，早有丫鬟小厮听见声响，过来查看，见了人来，我犹僵硬着身子，直到那丫鬟问我：“刚刚那是什么响？你可知道？”

我舌头打结了一般，讷讷一会儿还是没说出来话，丫鬟不解地瞧着我，我虽说看见人来心安不少，但还是未从惊吓中恢复过来，只空张着嘴，唇齿打战。

小厮见状，对那丫鬟道：“偏巧是个哑巴，她能知道什么？横竖就针鼻大的地方，随便找找看看有什么东西不寻常也就是了。”

但见他们四处瞧了瞧，打开了那客房的门，丫鬟嚷道：“小默！准是你没有关窗，把窗台上一个花瓶刮下来摔了！”

只听那被唤作小默的小厮答道：“今日里这客房并没有人来，早上确是我关上了！”

丫鬟啐道：“谁知道你是哪天关上的！忘了关还要抵赖！”

那小默笑道：“许真是我忘了吧！姐姐莫怪，姐姐不说，这儿又只有个哑巴，谁会知道，横竖一个花瓶罢了，主家问起来，偏巧今天有这盛事，人多手杂，哪里追究的出什么，也卖给我一个面子，下次有什么事，咱们做下人的，难免通气连枝。”

丫鬟笑道：“偏你这小猴油嘴滑舌，倒会推脱！只这一次，下次可再没人帮你瞒！”

小默忙涎着脸道：“还是姐姐疼人！”

那丫鬟撇嘴扬手脆生生打他一下，也就闹着笑着走了。

我瞧见了人，身上渐渐回了些暖意。

僵着脖子回头瞧了一眼那空荡荡的房间，不由得毛骨悚然，赶紧跌跌撞撞地回到前堂了。

龙井见我回来，哼了一声，道："上点心的不上点心，四处跑什么跑？还不速速拿糖莲子给大爷！"

龙井旁边那公子听说，便伸手赏了我一块银子，道："给我这哥哥挑上好得来！"

方才还听这位公子称龙井为"兄台"，不大一会儿，已经变成"哥哥"了，龙井的交际能力，真是个不容小觑的。

我忙应了，便拿出一罐，对龙井低声道："大爷，可否借一步说话？"

龙井摇摇头，道："这可是最最精彩的时候，我可不舍得离席，有话说便说，不说我倒正懒得听。"

那公子笑道："岂不是哥哥光华难当，这小丫头都想跟哥哥借一步说话呢！"

两个人得意扬扬地取笑了我一会儿，气得我说不出话来。

瓜片见状，便纵身飞来我肩上，我顺势把瓜片带出去了。

瓜片低声道："有熟人！有熟人！"

我一听，好呀，果然是账册灵物出来作乱了，忙道："可不是！竟然又是一个我出来了！"说到这里我脑子一转，问瓜片："可是那爱化身戏弄人的黄鼠狼吗？"

瓜片问道："尾巴呢？尾巴呢？"

我一个激灵，没错，我一直尾随着那小女孩的背影，若是那小黄鼠狼，早露出尾巴被我瞧见了。

这个跟我一模一样的红衣小女孩，究竟是谁？

我便问道："你跟龙井来画舫所为何事？"

瓜片晃晃脑袋，道："有灵气！是熟人！"

那个红衣小女孩，当真是妖簿上的角色吗？我越发起疑，龙井明明说过，他的账册里并没有一个红衣小姑娘的灵物啊！

这个小姑娘出入烟雨阁，好像正是龙井出现之后的事情，必定跟账册灵物有千丝万缕的联系。

我忙向瓜片问："你说的熟人，到底在何处？"

瓜片听说，振翅往那后面的客房飞去，我忙追上去，果然，瓜片飞到刚才我碰到了红衣小女孩的客房门口。

这里，依旧空荡荡的。

我望向瓜片，想起了刚才的际遇，不由得咽了一下口水，不过有瓜片做伴，胆子倒是能壮上不少，此时，瓜片正往墙上努它的鹦鹉嘴。

是要教我瞧那墙上的美人图？

我对着美人图仔细一看，方才后知后觉——先前没有留意，那美人图上画的，竟然正是刚才那位弹琵琶的美人。

这次来收的灵物，是她？可她分明就出现在了花厅之中，龙井的面前，龙井为着她来，何故假装看不到？

我忙问瓜片："龙神爷可是来抓这位美人的？"

话音未落，瓜片忙低声道："莫出声！莫出声！"

回过头，我更是吃了一惊，但见一个美人，凭空出现在刚才还空无一人的房间里，坐在了梳妆台前细细装扮。

而那幅画上，已经空了——只剩下了秋水长天了。

我瞪大眼睛，那另一个我，是想把我带至这里看灵物吗？她为什么要这么做？

那美人穿戴整齐，越发妩媚动人，此刻正对着镜子嫣然一笑。但在此情此景，只让人胆战心惊。

美人站起身来，我忙侧身怕被瞧见，谁承想她却未曾向门走，而是到前堂了。

我忙望向月亮，此时大概已经子时，前堂评选花魁，大概快要赛出结果，我甚至突发奇想，这美人莫非是想加入花魁之争吗？

若这个美人真的出面，那其他的姑娘在她面前，可全然是毫无颜色的，饶是我一个小丫头，也看得出来。

我忙带了瓜片往前堂跑去。

可前堂并没有那位美人。汀兰姑娘正在奋笔疾书，朵儿在她身后磨墨，一众公子指点着："这荷叶咏倒不落俗套，不想烟雨阁竟也有这等人才……"

朵儿听说，便得意地笑了。

我环顾四周，烟雨阁的姑娘我自是熟识的，满堂红的姑娘里，也确没有那一位。

龙井还在和那公子交头接耳地议论着什么这个姐儿高，那个姐儿美，而现场似乎根本没有发生一点异事。

那美人去哪儿了？

龙井悄悄回头对我眨眨眼，大概是表示他什么都知道，让我莫要多管闲事的样子。

那个美人到底打算做什么？也罢，横竖龙井就在这里，想来没什么好担心的。

我正发呆呢，一个浓妆艳抹的妇人走向沈尚书，俯身不知道说了些什么。

只见沈尚书点点头，心领神会的样子。

眼见着各位姐儿都登台献艺过，沈尚书捋捋胡子，站起身来，道："此次天下第一花魁之争，老夫也见证了烟雨阁与满堂红姐儿的切磋……"

大家正都伸着脖子听着，突然毫无预兆的，灯灭了，画舫上登时一片漆黑，有姐儿吃不住吓，登时尖叫起来，画舫里乱作一团，有撞上桌子角的，有打翻茶碗的，叮叮当当响个不休，一时间人声鼎沸。

这可奇了，画舫上连灯笼，带八宝灯，带蜡烛油灯数不胜数，是怎生一齐灭掉的？

方才，也并没有一丝风。

星光照进来，也只得勉强瞧见近旁的人。

忙有小厮丫鬟掏出火折子点上灯，渐渐这画舫上又灯火通明。

只见姐儿都吓得花容失色，连沈尚书也面色苍白。

大约大家也都觉出灯同时灭掉的奇异，面面相觑，说不出话来，我望向龙井，但龙井已经不见了，只有刚才与龙井称兄道弟的那位公子大张嘴巴，不知道说什么好。

四下一片寂静，只听那沈尚书哆嗦着嘴唇，道："蹊跷……蹊跷，这么多盏灯，怎生会同时灭了？"

那浓妆艳抹的妇人忙道："这七八月里原就有风，赶巧吹熄了也是有的。"

沈尚书摇摇头，道："那也不能灯烛不晃，一齐吹熄！莫不是什么不祥之兆吧？"

大家也议论纷纷，我看这个氛围，只怕没人要吃点心，也用不着我，赶紧带着瓜片找龙井去了。

龙井定是去那间挂着美女图的客房了。

那客房依旧是漆黑一片，凑近听倒有人低声细语。

一个女声道："我请你来，你为何却不肯来见我？"

哦？原来竟是这位邀龙井来画舫的，怪道龙井肯挪窝呢！

我还没听到过这么好听的声音——清冽甜美，却凛然不可侵犯，带着点倔强。

男声我倒听得出，果然是龙井。

只听龙井笑道："哈哈，你确实相邀，但我可未曾许你什么，见不见你，也是我的事，不至于齐齐灭灯，吓唬凡人吧。"

刚才那些灯，原是这么灭的。

"再不相逼，你还要假装不曾看见我，自然也只能出此下策。"那女声似是不高兴了，声音寒冽了下来道，"早先你是怎生待我的，心里没数吗？现如今，你反悔了？"

龙井依旧是玩世不恭地笑："我待哪个人，都是一样的。你若非要往那里想，难道我有办法？"

我瞧瓜片一眼，瓜片道："是美人，是美人。"

我便知道是那美人——没有那般容颜，可配不上这个声音。这可奇了，龙井不收灵物，居然还和灵物聊起天来，真真罕事。而且，龙井跟美人的交情，像是平等的一般，绝不似对太平猴魁和我、瓜片等一般颐指气使。

这个美人，像是跟龙井之间，有一笔陈年旧账——跟那妖簿一般经年久远的陈年旧账。

只听那美人又道："妖簿被毁，当初也是因着你薄情寡义，怪不得别人。"

龙井笑了笑，没答话。

怎么样，这美人果然跟妖簿还有几分关系哩！

见龙井不理，那美人似是急了，怒道："你还不后悔吗？早知如此，何必当初，若是你一早就好好做你的龙神爷，何至于今日如此狼狈。"

龙井道："这可是你想多了，我何曾狼狈过，现如今龙神祠虽不大，可也未必比当初差到哪里去。"

那女声冷笑道："当年威震四方的吞天神兽饕餮，如今成了秦楼楚馆的土地神，可当真差不到哪里去。"

这似乎是在说龙井的过去，我越来越好奇了，这个美人，到底跟龙井有什么纠葛？

龙井却还是满不在乎地答道："说了这许多，我也知道你做了什么，连你都不后悔，我后悔什么？左不过收妖不慎，给你反咬了一口，除了算我那时时运走低，我也怨不了谁。"

那美人声音气得发抖："你……已然失去了一次，你不怕再失去一次吗？若是你愿意跟我重归于好，妖簿的事情我来助你，你若还是一意孤行，少不了还跟上次一样，教你无家可归，长眠不醒。"

果然，以前的龙神祠被毁坏，龙井被封，确实跟这个美人有关！

龙井笑道："那有什么怕的，从头再来罢了，偏巧我这命长得很，正愁没什么由头打发呢！慢慢来慢慢来，好东西总得细嚼慢咽仔细品，一口吞下去的，不过是填肚子的蠢物罢了。"

那美人冷笑道："我倒不知道原来你已经成了这般模样，阴阳怪气的，我可不认识这样的饕餮。"

龙井道："道不同不相为谋，说起来，我那兄弟正山倒是喜欢有个伴儿，有话，你可以找他絮叨。"

那美人哼了一声，屋里再没有了声响。

过了片刻，龙井推门出来，瞧见我和瓜片，微微一笑："不看花魁的热闹，跑到这里做什么？"

我探头往屋里一看，屋里已然空荡荡再无人影。

我忙问："那灵物，你可收了？到底是个什么灵物？"

龙井笑道："小孩子家家，管这么多做什么？"回头望了望舱外的群星，叹了口气，往前堂去了。

今天的龙井好生奇怪，一向故作洒脱惯了的，怎生今天如此落寞？那个灵物，若真是害他沉睡的元凶，按理说龙井该好好算账，怎么反倒是像他自己亏欠了美人什么似的，实在不合常理。

正思忖着，龙井已经走远了，我忙跟上，回到前堂。

前堂乱中有序，沈尚书正在主持大局，只见他捋捋胡子，道："今日不祥，定是上天恨列位奢靡，才灭灯警示之，依老夫之见，莫不如祭祀众神，以求平安。"

大家交头接耳，议论纷纷，但无疑俱被吓得不轻，点头整齐，毫无异议。

那浓妆艳抹的妇人向我招手，我忙过去，只听她低声吩咐道："速速选些干净糕点，与上好螃蟹准备祭祀。"

我忙应了，好在点心螃蟹装得多，宴席上图精致，一碟子仅装几小块，故犹有剩。

摆好盘子，倒见刚才误以为我是哑巴的那丫鬟和小厮也来了，布上鲜花线香。

沈尚书念念有词，讲些什么神明的，我也听不懂。

转头看向龙井，他正云淡风轻地啜着香茶，问他什么都不理，我只好赌气闭上嘴，却一瞪眼，发觉祭台上，真的有一些方才没见过的人，过来享用祭祀。

这是个船，周围又没有小舟，能上来，只能是从天而降！

先是一位赤膊虬髯的壮汉，不客气地抓起螃蟹连着壳子大吃大嚼，接着是位仙风道骨的白须老人，文雅地拔下蟹腿吸吮，接着又是一位文弱书生，弃了蟹腿蟹肉，只取蟹黄。

我看的目瞪口呆，瓜片叫道："云游经过，云游经过……"

别的人只顾着看瓜片叫唤，显然看不到那些享受供奉的人，而桌上螃蟹也并不见少。

那老神仙见我瞧他，不由得对我微微一笑，道："这小丫头倒是好福气，陪着饕餮大人，可享尽人间美食了。"

接着又看向了龙井："来也来了，饕餮大人，可有须我们助上一臂之力的地方？”

龙井低声笑道：“取笑取笑！这里也没什么劳烦上仙的，上仙吃个酒足饭饱，也就足够了。”

书生走过来，道：“据凡人说，吃人嘴软，拿人手短，享用了祭祀，怎好就这么回去了？这画舫上与您相见的这个灵物，可不是与人为善的，奉劝饕餮大人，还是收了清净。”

龙井苦笑道：“上仙有所不知，我有我的苦处。”

我心想，事情真是越来越扑朔迷离了。

所幸人们都在议论纷纷，倒没留意龙井低声说话，不然少不得以为他犯了疯病，自言自语。

那虬髯汉也答道：“降妖除魔，本就是咱的本分，既然这灵物跟饕餮大人有些渊源，不若咱就睁一只眼闭一只眼算了！相信饕餮大人自有分寸。”

其余两位神仙点点头，待吃饱喝足，便辞了我们，跟来时一般，隐然消失了。

那个美人看来并没有被龙井封回妖簿，是以才说什么睁一只眼闭一只眼的话。

为什么龙井对那位美人优柔寡断到这种程度？

我偷偷问瓜片：“那美人跟龙井什么关系？”

瓜片摇摇头，道：“不能说，不能说……”

我又问：“那变作我模样的红衣小女孩呢？”

瓜片依旧摇头：“不知道，不知道。”

我百思不得其解，这妖究竟是什么来头？难不成瓜片也要瞒着我吗？还是说这曾经害龙井沉睡不醒的美人，凶险胜过太平猴魁，龙井不好下手呢？

我望向龙井，他眉宇间显然是一股忧色。

我低声问龙井道：“那变作我的红衣小女孩，跟那美人可有联系？”

果然，龙井避开我的眼睛，没有答话。

可能她们还是一伙的呢！

这时沈尚书似乎看是祭祀圆满，重新宣读起花魁之争的胜者，莫先生大气也不敢出，那浓妆艳抹的妇人亦捏紧了衣角。

只听沈尚书宣读道：“花魁者，兰心蕙质，才貌双全，通诗书，精丹青，能管弦，胜者，满堂红林萝姑娘也！”

只听四下里掌声雷动，叫好声四起，除了烟雨阁的姐儿个个斗鸡一般红了眼睛，咬牙切齿，恨不得上去与那满堂红的厮杀一番，莫先生更是捶胸顿足，一屁股坐在椅子上大声哀叹那句说了上千遍的老天爷不赏饭吃。

公子们倒嚷着实至名归，那龙井新结识的公子更是逢人就说他早瞧出来了，一副春江水暖鸭先知的得意劲儿。

满堂红的姐儿更是志得意满，犹如凯旋的将士，只等人喝彩，偷眼瞧着烟雨阁姐儿的模样，只是捂着嘴痴痴地笑。

林萝姑娘倒依旧安安静静地坐着，面带微笑，波澜不惊的样子，莫非早已胜券在握？那丫鬟云朵早公鸡似的翘起尾巴，嚷着：“本来嘛，这天下第一的花魁，除了我们姑娘，哪里轮得到别人！”

说来可惜，我跑去跟那另一个我，林萝姑娘的其他才艺倒没眼福瞧见，不知是怎样的技惊四座。

此时只见那浓妆艳抹的妇人大叫：“我们林萝，自是名副其实的天下第一，别的地方，再大有什么意思，姐儿还是贵精不贵多……”

林萝姑娘犹笑道：“妈妈谬赞了，莫要教人笑话了。”

看来那妇人便是满堂红的老鸨了，她得意忘形地笑道：“怕什么！还请各位大爷勤勤地去捧我们林萝的场了……”

那公子们忙道：“届时一定叨扰，有幸与天下第一花魁结交，岂不是天下第一乐事！”

眼见着生意即将财源广进，那老鸨更是笑得合不拢嘴。

莫先生面如土色，如同斗败的公鸡，低头不语，像是在痛惜即将被抢走的恩客。

我突然想起来，早也听人说过，烟雨阁的主人，便是名动天下的第一美人，想必也是一位花魁吧？

为什么我出入烟雨阁这么久，竟只有莫先生和管事婆婆处理内外事务，却未曾见过一次烟雨阁那位主人呢？

这么重要的时候，主人依旧不出现，就算全权托付给莫先生和管事婆婆，可如今这不像托付，倒像让位了。我想不通为何会有主人舍了自己的产业给别人经营。

不过这世间我梅菜想不通的还有许多。

比如龙井今天的怪样子，他既然不肯捉那美人，究竟来这画舫作甚？瓜片支支吾吾什么也不肯说，那红衣小女孩又为何偏生变作我的模样？

画舫里歌舞升平，各位公子和姐儿吟诗作赋，好不风雅，谁也没空去瞧那星星月亮。

不知怎的，我突然想起先生教的那句“人有悲欢离合，月有阴晴圆缺”。

现如今，也只能“但愿人长久，千里共婵娟”了。

花魁择出来了，烟雨阁惨败，从鸳鸯姑娘到华薇姑娘，个个愤愤不平，丫鬟们也一副恨公子们有眼无珠的样子，俱翻着白眼，尤其是朵儿。

莫先生带着些许无奈，随姐儿们回去了。满堂红作为赢家，要在画舫上通宵达旦地纵情玩乐。

龙井也不见了，我懒得去找，横竖他什么也不肯告诉我，何必自讨没趣。

这画舫上的一切都让人想不通，我又不敢再去查探，只好咕嘟了嘴待在窗边瞧星星。

“烟雨阁此次不过是个败选，怎生你一个小丫头，也黯然神伤的？”

我循声回头一看，倒是那跟龙井聊天的公子。

我忙行礼，随口胡诌道：“谢公子垂怜。那烟雨阁本订的我家点心，我家向来依靠烟雨阁维生，若是烟雨阁生意一落千丈，那我们家铺子难保不受波及。”

那公子笑道：“看不出你小小年纪倒是很会持家，本公子在满堂红也是有几分面子的，今日这螃蟹与点心也俱是佳品，与那汪妈妈说一声改用你们家点心，倒也不是什么难事。”

我忙谢过，道：“谢公子美意，我家铺子请不起伙计，两家院，怕我爹一个人是忙不过来的。”

那公子说风凉话似的，道：“你且等着吧！瞧那烟雨阁还能订多久。”

这时沈尚书不知怎的听见了，踱着方步过来，道：“烟雨阁不过输了一次，什么要紧。老夫倒瞧着这满堂红也就是一时的风头，难以长久。”

那公子忙行礼，道：“不想区区愚见，竟惊动了沈大人，晚生委实惭愧惭愧。”

沈尚书笑道：“不妨，你才入风月之所，狂妄放浪倒也寻常，不过老夫在脂粉堆里这些年，倒也不是虚度。”

那公子抱拳道：“沈尚书有何高见？”

沈尚书道：“烟雨阁，可不是寻常的地方……”

“哦？”那公子双目放光，忙道，“还请沈大人明示！”

沈尚书朝我抬抬下巴，我忙扶沈尚书坐下，又奉上香茶与松子桂花糖。

沈尚书慢条斯理地拣了糖吃了，又拿起盖碗啜饮，方才赞了一声：“好！”

那公子与我俱不敢插嘴，心下却火急火燎想听听烟雨阁的逸事。

沈尚书吃喝满足，方半眯着眼睛道：“今日这天下第一花魁，你们看着如何？”

那公子忙道：“不才认为精彩绝伦！鸳鸯姑娘好嗓子，而那汀兰姑娘亦是笔下不落俗套，更别提那林萝姑娘，诗歌舞乐俱佳，更是才貌双全，真真难得一见啊！”

沈尚书听了，不由得哼了一声，道：“你这眼皮子，见过多少世面？若说花魁之争，这些年来，总不若那一次……”说着似又沉浸在回忆之中，轻轻摇了摇头。

许是人老了都这样啰唆吧，我与那公子只好待他回忆。

半晌，沈尚书终于开口了，道：“那是一个大雪天……满园子里都是鲜红的梅花，不过即使那样的梅花，也比不过姐儿们腮上的胭脂娇艳，那一年老夫还未做官，仅仅是个世家子弟，年岁倒与你相仿。”

那公子道声惭愧，继续竖着耳朵听。

沈尚书摇摇头，道：“那时的风雅，便是煮酒赏花，朗月寒星相伴，美人在侧弹一阕曲子，何似在人间！嗯，那一年的花魁之争是在烟雨阁后面的梅园。老夫当时年少轻狂，自认万花丛中过，片叶不沾身，是以一行姐儿里，老夫谁都认识，偏偏老夫却对一张生面孔心悸不已。”

沈尚书说着，眼睛竟是异样光彩，想必是追忆起了那一段年少的日子。

“虽说老夫少时有些才名，倒也不乏姑娘的追捧，偏偏那一晚，一位姑娘在雪地里，披着大红的斗篷，肌肤赛雪，笑靥如花，仅仅莲步经过，却让人心悸至今。”沈尚书叹道。

“入得了沈大人的法眼，那位姑娘，想来就是那一年的花魁？”那公子忙问。

“不，她不是寻常烟花女子，而是烟雨阁的主人，”沈尚书捻须微笑道，“那一年，在她面前，没人敢露面去选花魁——谁都知道，自己比不上她，露面，只是露丑。”

烟雨阁的主人，是那位——第一美人？

那公子也笑道：“以沈大人的眼光，不休说，自是万里挑一。”

沈尚书叹道：“世上再无那样的美人，倾国倾城，遗世独立。”

那公子忙道：“可时至今日，为何再不见那位美人？烟雨阁不才去得也熟，一向只有账房的莫先生和那管事婆婆处理各项事宜。”

沈尚书道：“这就是烟雨阁不寻常的地方。那美人只惊鸿一现，就将大权交由莫先生和管事婆子，再也未曾露面。似乎，只把烟雨阁建好了，就不见了。”

难道那个主人的出现，只是为了建造烟雨阁？

那公子也道：“这可奇了，那之后，沈大人也未曾与那美人相交吗？”

沈大人隐隐有些笑意，道：“不曾，不过老夫素善丹青，念念不忘，便描绘了一幅她的画，说句不自谦的话，那画端的宛如她就站在眼前，实实可解相思之苦。”

那公子笑道：“虽说未做眷侣，也是邂逅一段了，跟那种美人有这等缘分，晚生羡慕。”

沈尚书笑道：“那美人图，我便挂在这画舫中，时时过来瞧。若不是我那外甥借了这画舫做选花魁之所，我觉得倒也是个缘分，这才答应了，不然，老夫只当这画舫唯她与我共有，真真舍不得教人踏这画舫呢！”

这就没错了，那弹琵琶的美人与烟雨阁的主人，俱为同一个人，沈尚书年轻的时候，也是几十年前了，那美人的美貌，可丝毫未变。

沈尚书犹道：“若是烟雨阁生意出了困难，料想那烟雨阁主人也不会冷眼旁观，少不得，老夫还能再见上那主人一面。只不知道几十年过去了，美人迟暮，是个什么光景。”

说着，嗟叹起来。

而那公子也瞪了眼睛陷入沉思，许是猜测那神秘美人究竟怎生动人。

莺声燕语之中，独独我们三个各怀心事。

说起来，那前些年跟我爹定下给烟雨阁要送点心的，莫非也是她？

我心下想着，事情总不会太简单，那美人与龙井是旧识，而龙井被封印，妖簿被毁，听那美人的意思，倒像与她有关，现在听沈尚书一说，那美人身兼烟雨阁秘而不宣的主人，还有，那红衣服的另一个我，到底跟烟雨阁还有龙井的灵物有什么联系呢？

事情串联在一起，我一点头绪也摸不着。烟雨阁以前是龙井的龙神庙，听说还是个规模不小的，那龙神庙被拆，才有后来的烟雨阁，又是那主人与我爹定下的点心，我才得以进出烟雨阁，与龙井结识。

龙井说过我有仙缘，真的只有仙缘那么简单吗？

龙井和瓜片事事瞒着我，看来还需我自己查探出来。

只不过，连云游经过的神仙都说那灵物不是与人为善的，究竟会有多难缠呢？龙井与她有旧，会把她收服吗？

我望向月亮，这个七月便这般过去了，留给我一肚子的疑问。

不知道那位烟雨阁主人，下次，会在什么时候回到烟雨阁呢？

第13章　八月星

烟雨阁之中，两位姑娘因为趋吉避凶的事情吵了起来，其中的缘故，竟然是一种龙井口中的“家养灵物”——压吧虎子。

过了中秋，一天比一天凉，树叶子落满地，踏上去有露水。

因着中秋节败给了满堂红，姐儿们大受打击，纷纷去求先生要些美颜滋补良方。

近来又传说新下来的核桃滋补头发，红枣补气色，于是爹绞尽脑汁，想出一个枣泥核桃糕来。

晒干的红枣虽说皮皱巴巴，但咬在嘴里香甜得很，牙黄色果肉掰开能连着糖丝丝，加上软糯的红小豆，即可调作蜂蜜枣泥馅。

新麦子磨细粉，掺上核桃碎，做出的糕蓬松柔软，香甜不腻，配上石磨磨出的浓香黑芝麻糊，街上开医馆的黄先生说确是滋补养颜的上品。

烟雨阁这一阵子点心虽未裁减，但莫先生要的花样可少多了，我问是不是烟雨阁真正的主人回来安排的？莫先生也一如瓜片和龙井，只摇手不答。

龙神祠这几日也清静得很，我去了几次，龙井都食不甘味的样子，连最喜欢的鲜花月饼都吃剩下了，委实教人疑心。

龙井面对我的一堆问题，摆了摆手，道：“自古美人皆是为情所困，你哪日寻得你命中扣肉，方可明白。”

瓜片摇摇头，道：“扣肉不若肉丝面！扣肉不若肉丝面！”

说来说去，还不跟恋上姐儿的恩客一般，借酒装疯的有，寻死觅活的有，倾家荡产的也有，我寻思着那往日花魁的手腕，定是不同凡响。

出了龙神祠，瞧见后园一棵柿子树挂满了红彤彤、沉甸甸的柿子，不由得心下大喜，若是制作柿饼想来定是佳品，便绾了裙角，爬上去摘柿子。

“你这个浪蹄子！做的是人事吗？”一声又脆又尖的嗓子喊起来，我往那方向一瞧，却是个姐儿披头散发叉着腰，背着我，正在骂人。

只听又是一个炸雷似的声音：“你还说我？你个贱人，你良心被狗吃了？若不是你先做了这没皮没脸的事，我何至于此？寒门小户出来的，不懂规矩就算了，不知道什么叫没脸吗？”

“放你的驴屁！老娘小户出来，也是干干净净好人家的闺女，哪像你，不知羞耻，勾搭主家，好个下作的东西……”

开始我疑心是瓣儿，可是一听不像，烟雨阁的姐儿和丫鬟，都是好生教导过，温文知礼的，何故大动干戈至此呢？

我爬下树来，跑进楼里，打算去瞧瞧出了什么事。

两个姐儿似乎已经撕扯了一番，只见烟烟姑娘身上的绿丝绦已经皱巴巴丢在地上，苜蓿姑娘云鬓散乱，发钗也歪斜得几乎坠下来。

几个丫鬟正害怕地躲在一边，瓣儿捧着不知哪里来的一大把大红枣，边看边吃，不住噗噗向团花波斯地毯上吐枣核，似乎对两个姐儿吵架斗殴看得津津有味。

她见我来了，竟破天荒大方地给了我一颗红枣，我受宠若惊，忙接下，低声问：“瓣儿姐姐，这两位姑娘为何如此生气，怎生好端端的，竟打起架来？”

瓣儿哈哈大笑：“哎哟，我的妈呀……你是不知道……咳咳……”

瓣儿笑得过于豪迈，枣核卡在她喉咙里，登时噎得直翻白眼，双手直握住脖子，一捧枣也撒了满地，连那两个怒目而视的姐儿也被引得看过来了。

我忙去寻水，瓣儿已忍耐不住，撒腿跑向前堂，抄起茶壶对着嘴直灌下去。

“嗝……”瓣儿打了一个悠长的嗝，揉揉肚子又十分响亮地放了个屁，方笑道，“哎哟，噎死人家了……没事没事，你莫怕，响屁不臭。”

招手叫我过去，道：“那两个姐儿的事，说出来真真把人笑死，你来，我说与你听。”

我瞧瞧那两个姐儿还在回廊里剑拔弩张，便过来听瓣儿讲。

瓣儿问：“你可知那两个姐儿都是怎生来到烟雨阁的？”

我道：“听别的姐姐提起过，那苜蓿姑娘是筹措至亲的药费自愿卖身，烟烟姑娘好像是家生丫鬟，主人没落了，方卖来的。”

瓣儿学着戏台上的李凤姐，竖起粗短的食指晃了晃，道：“你只知其一，不知其二。那苜蓿姑娘本是至亲无钱医治，便许给当地一家土豪做妾，谁料那土豪纳妾当天夜里竟然暴病死了，土豪那虎狼也似的大夫人直嚷是苜蓿姑娘克夫，叫她家里还了彩礼，休回家去，苜蓿姑娘家早穷成堵不满的耗子洞，何来还彩礼的钱？这般无奈，便被大夫人卖来了这里，什么自愿卖身，都是拿屎壳郎当药丸子卖，自个儿给自个儿脸上贴金。”

原来一直与世无争的苜蓿姑娘还有这般苦痛经历，也真真可怜见的。

瓣儿又咕嘟咕嘟灌下茶水，接着道：“那烟烟姑娘，更不是什么省油的灯，她区区一个丫鬟，无事生非，竟勾搭起他们家大少爷来，不想竟顺利有了身孕，便想着母凭子贵，做起当少奶奶的美梦来，你说那太太岂是好打发的？”

我忙问：“莫非那太太还能不认孙儿吗？”

瓣儿冷笑道：“你倒是跟那烟烟姑娘一样傻，有了珍珠，谁还要那臭蚌壳？孩子自是有这主家的血脉，大夫人待她产后，直直使车拉来卖与了烟雨阁，哭天喊地有什么用？熬到最后，一样出来接客。”便啐了一口，又用舌头舔舔门牙上沾着的枣皮。

哎，这两个姑娘也俱是可怜人啊。

见那两个姑娘依旧你一言我一语地叫骂，我忙问瓣儿：“瓣儿姐姐，何故那两个姑娘叫骂得这么凶呢？莫非是互揭了老底，恼羞成怒？”

瓣儿哼了一声，道：“在这几个地方的人，有几个是清清白白的？

谁没有点子陈芝麻烂谷子的旧事？这也没有什么寒碜的，你瓣儿姐姐我，还不是也被不少主家追着占便宜？人但凡有些人才，总还得多应付许多麻烦。”

我看瓣儿把话扯远，忙道：“那这次争吵，头破血流的，到底所为何事？”

瓣儿白了我一眼，道：“看把你急的，听姐姐慢慢告诉你。”

我忙点头，顺手奉上余下的枣泥核桃糕。

瓣儿一口吞下，微笑点头，道：“你还乖觉。这一阵子，烟雨阁败给满堂红，好多熟恩客都去捧满堂红的姐儿了，你晓得吧？”

我忙点头，画舫上的事情我可是历历在目，烟雨阁一败涂地，满堂红声名鹊起。

瓣儿道：“恩客来得少，自然姐儿的日子也不大好过，你想，通共那么几个不离不弃的恩客，给人家抢走了，谁心里舒坦？且不说别的，连各色花样吃食，也少得多了。”

我忙点头，瓣儿说得没错。

瓣儿叹了一声，道：“你可知道，在这个地方，说是和睦相处，还不是须得争风吃醋，钩心斗角地争客人。有捧的熟客还好，若是看天吃饭，岂不是得活活饿死，首饰头面，衣衫锦缎，哪个是伸手就来的？不花样百出地留客人，谁与你什么好处！”

瓣儿讲出这番道理，委实让人刮目相看。

瓣儿接着道：“近来可好，争恩客争得更厉害了，本来嘛，这苜蓿姑娘和那烟烟姑娘，都由一个段大少捧着，可是近来段大少来得少了，两个姑娘互相猜忌，本来就面和心不和，也是偏巧，烟雨阁这地方本来就不怎么太平，这其中也就出了怪事。”

怪事？我忙追问：“什么怪事？”

瓣儿瞧了那两个姐儿一眼，低声道：“人都道我住的那间屋子接连死了两个姑娘，不怎么吉利，谁知道苜蓿姑娘与那烟烟姑娘住的，也不是什么风水宝地，正好与我做伴！”

我忙伸了脖子细听。

瓣儿笑道：“先要从她们俩本就是对门说起，来来回回的恩客送什么东西，人多眼杂，谁也瞒不了谁，近来生意不好做，谁都看谁得了便宜。这苜蓿姑娘得了金头面，转而烟烟姑娘就要金镯子，两人也不是暗里较劲一天两天了，恩客们有钱的可以捧，这手里紧凑的，也就不敢来了。怪事，这不就因着东西起来的。”

我便问：“可是又攀比起来？”

瓣儿摇摇头痛惜道：“攀比倒好的，偏生可惜了的，原是丢了东西引起来的，想想那些好东西，莫不如与了我呢！哎。”

我问：“有贼吗？”

瓣儿又哼了一声，翻个白眼道：“有贼能进得了烟雨阁？这东西丢得蹊跷，那些心眼子脏的，倒怀疑有内鬼呢！”

这也合情合理，烟雨阁日夜颠倒，人也不断，倒不易来贼。

我问：“到底丢了什么好东西？”

瓣儿答道：“堂子里的好东西，左不过就是姑娘们撑门面的，金银首饰、绫罗衣服了，开始，是苜蓿姑娘丢了一支翡翠莲蓬簪，慢慢地，又不见了几件精绣的衣服，这苜蓿姑娘心下起疑，叮嘱丫鬟在她休息的白日里看着些，不想却发现了闹鬼的事情。”

哎呀！终于能听到正题，我急不可耐地凑近了瓣儿。

瓣儿道：“事情原是这样，这苜蓿姑娘的丫鬟狸儿白日看守，晚上一清点，依旧是少了东西，苜蓿姑娘责问，狸儿脸色发白，只说说了怕姑娘不信，苜蓿姑娘叫她直说，她居然说是闹妖怪了，妖怪把东西偷走的。”

我吃了一吓：“什么？”

瓣儿道：“这话一说，谁能相信？苜蓿姑娘疑心是狸儿监守自盗，要去告诉莫先生处置，狸儿害怕，连喊冤枉，并说让苜蓿姑娘到下午了自己装睡瞧瞧，苜蓿姑娘半信半疑，便依言，到了下午合了眼睛假寐，在帐子里细看。”

我忙问：“可看到了？”

瓣儿幸灾乐祸道：“自然！烟雨阁总不会独我一个屋子闹妖怪，让她们也尝尝厉害！”

我赔笑道：“那苜蓿姑娘到底瞧见了什么？”

瓣儿笑道：“说起来，倒也让人冷森森的。据苜蓿姑娘说，她躺着躺着，只觉得浑身像是压了千斤大石，丝毫不能动弹，勉强半撑起眼皮，想喊也喊不出声，倒真真是苦不堪言，这光景，便瞧见门外悄悄踅进一个矮东西，膝盖高毛茸茸一团子，灰扑扑的，进来便盯着苜蓿姑娘瞧，苜蓿姑娘吓得快没了魂，那玩意儿瞧苜蓿姑娘起不来，便咕噜噜笑两声，在屋里东摸西摸，翻出来个金镯子，喜得翻来覆去地看，便套在脚上，又踅出去了。这苜蓿姑娘方才能动，喊人进来，吓得面无人色。”

这听上去，倒像是人们口口相传的那鬼压床啊！

瓣儿看我惊惧，得意忘形地笑道：“谁知道那是个什么东西？总之连丢东西的那苜蓿姑娘都瞧见了，总不能有假了，偏生苜蓿姑娘怕耽误生意，硬生生把这事捂了下来，我也是刚才听说，哈哈！比吧比吧！这才叫一个活该！”

我忙道：“这苜蓿姑娘倒也真真是个有胆识的，这种事情，竟然都不说出来，那可如何是好？”

瓣儿笑够了，瞧了一眼那两个几乎打得头破血流的姑娘，道：“这才是正题，那苜蓿姑娘偷偷去请了道长，道长来看，直说屋子里邪气冲天，交与了苜蓿姑娘一个法宝，教苜蓿姑娘端挂在门口，保准把邪气驱出去。”

我听了，便问：“什么好法宝？”

瓣儿捂着肚子笑起来，道：“端的可笑，我道是什么桃木剑、纸灵符，原来竟是一块破木牌子，上面写着‘飞熊’二字。你说滑稽不滑稽？哈哈哈……”

“飞熊？这是什么意思？”我总觉得怪耳熟的。

“能有什么意思？左不过那道士胡写乱诌，骗些钱财罢了。”瓣儿满不在乎地说道，又放了个屁。

我又问：“那这和那烟烟姑娘有什么关系，为何烟烟姑娘会跟苜蓿姑娘打成这样？”

瓣儿笑道：“这烟烟姑娘也是一个蠢货，瞧见那飞熊牌子，居然误以为是哪个恩客送的古董，道这苜蓿哪番得来，竟挂在外面炫耀，便绞尽脑汁也未曾打听出来，正怄气呢，偏生她的屋子也开始零零碎碎丢东西，不消说，准是那怪物没驱走，倒是跑到对门烟烟姑娘的房里。”

“烟烟姑娘发现了，倒跟那苜蓿姑娘想到一处去，按下不表，也给请了道士瞧，道士瞧出端倪，只说挂个八卦铜镜在门口，自可驱妖。”

“烟烟姑娘照做，结果那怪物又跑进苜蓿姑娘屋里，苜蓿姑娘瞧见自是害怕，去问道士只说驱魔之术被对门铜镜破了，方那怪物才回来，这苜蓿姑娘只道那烟烟姑娘故意捣乱，上门理论，这烟烟姑娘也不是什么善茬儿，一听怪物原是苜蓿姑娘屋里跑出来加害自己的，哪肯善罢甘休，这不厮打起来，倒正让你姐姐我闲得无聊，瞧个好热闹，哈哈哈。”

怪道两个姐儿互相骂得那么凶，原是为了趋吉避凶之事。

那个怪东西，莫非是账册灵物吗？

正想着，只见那两个姑娘休息够了，一言不合，又厮打起来。

但见烟烟姑娘紧抓着苜蓿姑娘的袖子，直伸出三寸金莲踢上苜蓿姑娘下腹：“有娘生没娘养的，自己屋子出来怪物，只想着脏水泼到别人家，别的样样不及我，只害人有本事！”

苜蓿姑娘怎会屈服，甩手给了烟烟姑娘一个耳光：“你个骚货还敢说别人，不知廉耻的东西，怪物是烟雨阁的，我驱它可有错吗？跑进你屋子是你活该，还敢赖到老娘头上！”

苜蓿姑娘农活做惯，自是有些力气的，只一下把那烟烟姑娘打出去退了好几步，我忙要劝架，瓣儿把我往后一拽，笑道：“她们俩有什么能耐，拉她们作甚，正好给姐姐瞧个不要钱的戏，烟雨阁整日里死气沉沉，难得有个新鲜事情瞧。”

我刚要挣脱，便看见莫先生气喘吁吁地赶来了，瞧见这光景，大吼道：“反了天了！打人本就不对，竟还打起脸来！教导你们多少次，全一耳朵进一耳朵出了吗？耽误了生意，准教管事婆婆把你们吊到柴房里扎针！”

一边忙来了小厮把还欲厮打的两人分开，烟烟姑娘打架落了下风，被小厮拉着，还不住吐唾沫，挣扎道：“你这个乡野村姑，这事老娘跟你没完！你且等着吧！”

苜蓿姑娘冷笑道：“你个外强中干的贼婆娘，老娘打你都嫌不称手！”

烟烟姑娘闻言不由大怒，还想冲过去却被小厮死命拉住：“你这贼心烂肠子的！拖出来狗都不吃！你做的这事，损人利己，雷劈了你都不够解恨……”

莫先生忙教小厮将烟烟姑娘拖走了，转头对一脸不服的苜蓿姑娘吼道：“你也是烟雨阁的老人了，怎生做出这等事来！罚月钱不说，且教管事婆婆好好料理你！”推苜蓿姑娘走了。

瓣儿见了，忙提脚跟上去瞧管事婆婆怎生罚人，笑道：“这可是死人要账——活该！姐姐得先去瞧瞧了！”便紧随莫先生身后一扭一扭地跟去了。

我见狸儿单薄的身体吓得落叶似的直颤，便过去道：“狸儿姐姐，莫怕，莫先生是个公道人，定不会让姑娘受委屈。”

狸儿摇摇头，眼眶泛湿，道：“姑娘那头我倒不怕，在烟雨阁这她好歹有几分人情，我怕的是……”

我见她迟疑，道：“可是那闹妖怪的事？”

狸儿吃惊地瞧我一眼，仿佛在问我怎么知道的。

我忙道：“两位姑娘吵嘴，人多口杂，好歹听了一耳朵，知道个大概。”

狸儿苦笑道：“这事情，料想便是瞒不住的。”

我道：“烟雨阁本就不太平，大家都心知肚明，不过没捅破窗户纸罢了，姐姐莫担心，莫先生会想办法的，我也尽力跟龙神爷祈愿。”

狸儿抓住我的手，道：“梅菜，那可多谢你了！这事情，委实诡异得很……”

“诡异？”我道，“那妖怪也却不寻常，竟然偷起人的东西来了。”

狸儿摇摇头，四顾无人，便悄悄道：“我说与你，你只跟龙神爷祈愿便是，可莫要告诉别人。”

我忙点头道：“姐姐但说无妨，梅菜嘴巴很紧的。”

狸儿这才偷偷道："那妖怪，不仅让人动弹不得，能操控人心呢！"

"啥？这妖怪居然如此厉害？"我不由得倒吸一口凉气。

"是真的，"狸儿害怕地说，"那天下午，我刻意喝了浓茶，醒着看屋子，谁料到，光天化日之下，那妖怪竟然探头探脑就进来了，我当时一见那灰溜溜的一个小团，实在吓呆了，浑身僵硬，舌头也打了结，那妖怪可大摇大摆得很，绕着屋子转了一圈，突然就看着我，咕噜噜直笑，可瘆人了！

"但这下子，我手脚顿时都不受用，竟自个儿去开了箱笼，拿出我家姑娘的珍珠项链，还弯下腰来给那灰妖怪套在了脖子上，那妖怪喜得原地打转，捧着项链细瞧，似是极其中意，咕噜噜笑了半晌，这才蹑手蹑脚出去了，待它走了，我身体方恢复，可吓得我浑身发软，一下子跌到了地上……

"晚上姑娘问起，我不敢说是自己开的箱笼，只说闹鬼给鬼偷了，姑娘不信，还要找莫先生罚我，我实在没办法，才教姑娘自己瞧瞧……"说罢浑身筛糠也似的哆嗦起来。

我忙问："那妖怪只是笑，倒不曾说什么吧？"

狸儿摇头道："那笑可就够吓人了，若是说话，我可能早吓破胆死了……"

这灵物确实不是什么善茬，偷盗财物也就罢了，毛贼之流也不必怕它，但它操控人心，指示狸儿拿东西已经很可怕，万一让人杀人放火，岂不是险恶得很吗？

不如我下午藏在这里，静观其变，有了眉目便可告知龙井，说不定还能探到一些他瞒着我那些事情的蛛丝马迹。

到了下午，我偷偷来到烟烟姑娘和苜蓿姑娘房门外，苜蓿姑娘门口果然挂着一块书有飞熊两个墨字的陈旧牌子，再一瞧那烟烟姑娘门口，可不也高悬着一块八卦铜镜，正对着飞熊牌子，交相辉映。

既然那妖怪跑回了那苜蓿姑娘屋子里，不若我先进去瞧瞧。

这般沉静，想必两间屋子都没有人，定是还在管事婆婆那里挨罚。

苜蓿姑娘的屋子里挂着秋香色纱帘，我便藏到纱帘后面。

秋日里的风自是吹得人昏昏欲睡，我坐在窗台上，脑袋也困得点了很多次头。

“咕噜噜……咕噜噜……”迷迷糊糊中，倒听见猫打呼噜的声音。可我的眼皮像是给用糨糊粘住了，怎么也抬不起来，费了吃奶的劲，终于睁开，便透过纱帘的缝见到屋里有个像西瓜大小的灰色毛球满屋子乱滚。

我吓得一下子困意全无，心像是揪到嗓子眼，再仔细一看，这毛球倒不是在翻滚，原来它毛蓬蓬的肚子下居然还有两条短腿，飞速交替着在跑。

毛球满是慌里慌张的样子，东摸摸西看看，原来这家伙还有两条短手，倒婴孩的手一般又短又粗又胖。

我屏住了呼吸，只仔细瞧它。

且不知它生没生眼睛，倒是没有脸，抑或毛太长，把脸捂住了。

只见它钻进苜蓿姑娘床下，老鼠打洞似的用力往外刨什么，费劲地抛出一些陈旧的杂物，接着捧出一个紫檀木盒子。

这紫檀木盒子上自是挂着黄铜梅花锁，但见这毛球三下两下一摆弄，锁便乖乖开了，只见盒子里面珠光宝气，竟全是值钱的首饰，想必是苜蓿姑娘存了许久的私房体己。

这毛球只喜得直跳脚，把那盒子举过头顶便要出去。

我心下想着，那可是苜蓿姑娘不知费了多少辛苦才得的东西，就这般给它偷去，苜蓿姑娘没得伤心，不禁壮着胆子跳下窗台，学着说书先生口里捕头的口气，喊道：“呔！哪里来的毛贼，好生大胆，还不把贼赃放下！”

那毛球不知道屋里有人，给我这一吓，手里盒子也当啷一声拿不住掉了下来，只躺下咕噜噜边叫边打滚，我看着不禁傻了眼。

那毛球滚了一会儿，不晓得突然想起来什么，突然一个鲤鱼打挺跳了起来，对着我又咕噜噜直笑。

它这一笑不要紧，我突然浑身像被绳子缚住了，顿时动弹不得，不仅说不出话，眼睛都不能眨了。

那毛球瞧着我的样子，得意扬扬地翻了个筋斗，抱起盒子，畏畏缩缩地东瞧瞧西看看，四顾无人，便跑出去了。

它这一走，我手脚才重新慢慢地能动。

我梅菜这一年多来见多识广，反应快，手脚一自由，我立刻飞跑着去龙神祠找龙井了。

龙井依旧笔直地躺在供桌上一动不动，瓜片正在啄食姐儿新供奉的鲜枣，吐得到处都是核。

我刚要开口，谁知道龙井见我进来，居然直把身子转过去了。

我奇道："龙神爷怎生又闹起别扭来？想是饿了吗？"

瓜片吐出枣核，嚷道："问世间情为何物，直教人生死相许。"

龙井一骨碌飞身起来伸手拔掉了瓜片一根绿毛，道："你这臭鹦鹉，不给你点厉害尝尝，还不知道谁是主人了！"

瓜片吃痛扑棱着翅膀飞起来，叫道："龙神爷臊啦！臊啦！"

龙井咕嘟了嘴一副委屈相，我也不知道说什么好，只好奉上枣泥核桃糕。还端正地在供桌前行礼作拜。

龙井瞧见，奇道："今日怎生如此多礼了？"

我没好气地答道："左不过龙神爷的灵物进园里闹事，姑娘们都打起来了，龙神爷倒还有心思闹别扭，梅菜不知道怎生跟龙神爷祈愿，只好拜过了再出去寻寻捕头捉贼，龙神爷心情不佳，也就不劳烦龙神爷了。"

龙井笑道："陈年往事，不提也罢，虽说这种事你不懂，我也就不提了，怎么，我近日只顾想事情，倒没察觉园里有灵物呢。"

我心下想着，这龙神爷，真是再失职没有了，但不敢表露，先一五一十地把那毛球的事情讲了。

龙井一拍大腿，笑道："这倒不坏，可不是有事做也好消磨消磨时间嘛！走，瞧瞧去！"

不知道是该庆幸还是该担心，苜蓿姑娘和烟烟姑娘还是没有回来，也不知道莫先生和管事婆婆怎生处罚，倒怪教人担心的。

丫鬟之间也传遍了闹鬼的事，都怕得躲得远远的，我们一行进出倒是方便。

龙井翘首看那飞熊牌子，"嚯嚯……"笑起来，边偷眼瞟着我，想是等我问他其中奥妙。

我只好问道：“龙神爷，这飞熊牌子和八卦镜究竟是何道术，驱妖可管用吗？”

龙井听问，摆出博学多才的样子，轻咳一声，挺起胸便道：“不知哪个道士，倒是有趣得很，竟然把姜太公的道号书在这里，驱妖倒也管用，只不过书写者的道行有限，仅仅能驱出自己门外罢了。偏生这对门又知道法子，竟挂了铜镜，这下子法术又全折回来了，那妖怪倒如同入了无人之境，当真好玩好玩。”便孩子似的，拍手笑了起来。

前来查看灵物的龙神爷，居然幸灾乐祸的比得上瓣儿，着实可叹。

我假装客气道：“两个姐儿为了这事闹得不可开交，龙神爷可得想想办法。”

龙井笑道：“不妨事，来和那灵物玩玩也不坏，只当是苦中作乐了。”

苦中作乐之前不知道是不是自讨苦吃。

龙井问了妖怪惯来的时辰，教我先去找一口锅来，我奇道：“找锅做什么？”

龙井笑道：“找来便是，到时自有好戏给你瞧。”

我在后厨也是师傅们的熟人，一提借锅，师傅们只道我有用，也没多问便与了我。

那是一口沉甸甸的黄铜大锅，主厨师傅本要教帮厨替我拿去，我怎敢带人捉灵物，便托词自己能行，竖着把锅直推着滚到了苜蓿姑娘房间。

龙井见到锅来，满意地点点头，连夸不错不错。

我狐疑地看着龙井，不知道他要变什么戏法。

龙井先是扯下纱帘，给锅面盖上一层，接着便把锅置在屋子中央，从怀里掏出几颗指头肚大的明珠，复揭开纱投回锅里。

这，可是要引那怪物来取吗？

龙井坐在梳妆台前，吩咐我站在他后面。

这也奇了，不知龙井这次卖什么关子？这灵物又是什么东西呢？

龙井只是笑而不答，我只好站在他身后不出声。

虽说天色尚早，我却总是想睡，在这儿站了一会儿，不由又困得不停点起头来。

半晌，我快做起梦来了，龙井拽着我的衣角，低声道："来了，莫要睡了，记住不许出声。"

我忙奋力睁开眼睛，还是昏昏沉沉，便一狠心掐了自己一把。

疼得我瞬时清醒，忙紧盯着门口。

果然，那灰扑扑的毛球又在门口探头探脑。

但见那毛球故技重施，又围着屋子团团转，大概龙井用了什么法术，那灵物果然对我们视若无睹，自顾自地翻滚。

突然像是闻到什么气味，径自奔向那锅，一把抓开纱帘，瞧见那些明珠，顿时喜得抓耳挠腮，发出惯常"咕噜噜"的笑声。

接着又小心翼翼地四处张望，生怕别人瞧见似的，看好了确实没人，那短手快如闪电地伸进去抓那珠子。

可是锅对它来说太深，珠子个儿又大，它的短手也实不好抓，瞧它踌躇了一下，便奋不顾身地跳进了锅里，疯了似的把珠子直往怀里塞。

说时迟那时快，龙井伸手把那锅翻了过来，那灵物自被扣了进去。

龙井得意扬扬地瞧着我，翘起了下巴，

我忙上前恭维："不愧是龙神爷，真真好身手。"

龙井一听越发得意，笑道："这算得了什么，我龙井在三界之中，那也是有名的吞天神兽……"

正听他吹嘘着，那口锅内传出抓挠的声音，伴着有几分悲伤的"咕噜噜"声，倒也教人怜惜。

龙井见状，笑道："这灵物倒㞞得很，给你瞧瞧样子。"

说着，竟对那黄铜大锅喷起火来。

我头一次瞧见龙井喷火，倒真真新鲜，像极了街头卖艺人，但卖艺人都是打赤膊浑身油亮亮的彪形大汉，龙井衣冠楚楚地喷火，倒显得很是不伦不类。

只见那火倒不是往日的橙黄色，而是蓝绿色的，像是孔雀羽毛的颜色，煞是鲜艳。

此时只听那怪物许是被烫着了，直“咕噜噜”地叫，在锅里四处碰壁，撞得叮当直响。

我忙道：“龙神爷，这怪物虽说小偷小摸，可到底没犯大罪，何苦这般折磨，梅菜替它求情，且饶了它这一次吧！”

龙井收了火，凛然道：“小惩大诫，不给它点颜色瞧瞧，必定还会侥幸地继续偷偷摸摸。”便又作势要喷。

我听着那灵物可怜巴巴的声音，委实心里难受，忙拉了龙井衣襟，龙井笑道：“你倒是个心肠软的，也罢也罢，这次且饶了它。”

我忙想找东西把锅翻过来，龙井打了个响指，戏法也似的，那锅自己翻开，犹自转了一圈才稳当停住。

只见那毛球满身毛俱被烧得焦黑，正蜷缩在地上，怀里还死死捂着那些珠子，瑟瑟发抖，好不可怜，还不住发出咕噜噜的声音，也不像笑了，倒像是哭。

我忙要抱它起来，龙井拉住我，往那毛球身上一吹，只见焦毛四散，露出来妖怪的真身。

我不由“欸”地惊叹了一声，这毛球，原来是这般模样。

这妖怪原来有头有脸有躯干，满肚皮油光水滑的花毛皮，像是穿了个围兜，圆滚滚的脑袋紧挨着圆滚滚的身体，胖得看不见脖子。

面孔看着有几分像猫，满脸狸花猫似的纹路，两只棕黄色的圆眼睛正怯怯地瞧着我们。而且，虽说是个妖怪，但又是直立着走，还长着人类婴儿似的白胖的手脚，委实奇怪极了。

“这……”我不由得看呆了。

龙井笑道：“它是一种灵物，叫压吧虎子。”

“啥？”我非常纳闷为什么这个灵物有这么个跟它形象一般古怪的名字。

龙井道：“这是很家常的灵物，莫非你没见过？”

边说，边摆出一副明知故问的架势，真是可气，我甚想反问这位怪里怪气的尊灵哪里家常了？

但是得罪龙井是不明智的，我只好回答：“梅菜见识浅薄，还请龙神爷示下。”

龙井轻咳一声，坐下用指头敲敲桌子。

我瞧那压吧虎子老老实实地蜷缩着没有要跑的样子，便找出茶叶给龙井泡了香茶，还拿过一碟待客的藕粉桂花糕奉上。

龙井吃了，才答道：“你没听说过鬼压床吗？”

鬼压床？这倒是有所耳闻，不外乎睡觉的时候明明清醒了，却怎么也动不了。我忙点头表示听过。

龙井笑道：“鬼压床这种误传，其实就是这压吧虎子搞出来的。”指着那灵物。

灵物似乎听得懂，看上去更害怕了，大眼睛流转着，似乎将要哭出来。

“这就是鬼压床的元凶？”

怪不得给它瞧见，便动弹不得，原来这小小的灵物，本事倒是很大。

龙井点头道：“就是这种灵物所为，这种灵物向来跟壁虎和燕子一样，与人类同栖，也就是所谓的家养灵物了。”

谁愿意家养这么吓人的灵物呢？但以鬼压床的常见程度来说，倒是可见这压吧虎子分布得相当普遍。

龙井道：“鬼压床算一种，家家户户都有丢东西的时候吧？”

我忙点头，那是自然，谁家的东西哪怕放得再井井有条，也会有找不到的时候。

龙井接着说：“而那丢了的东西，就是明明放在某个地方，却再也找不到，便是这种东西所为了。”

我忙问：“这压吧虎子为何要偷东西呢？”

龙井眉毛一挑：“这叫偷吗？”

方才骂它偷东西，要给它教训的不是龙井你吗？

我狐疑地问：“这不算偷？还是对灵物来说，这仅仅是拿？它们把自己当成自家人了？”

龙井笑道：“所以啊，还有一个现象，明明就是找不到的东西，突然又会出现在很显眼的地方，人就会想，怎生这么显眼的东西，却未瞧见？只当自己马虎大意，未曾看到。其实呢，便是这压吧虎子自己送回来的。”

我越来越纳闷了，偷拿了人的东西，又费劲给人拿回来，它为什么要这么做？

压吧虎子似乎对自己的所作所为非常羞赧，便把身子转回去不瞧我们。

龙井笑道：“这就是压吧虎子的天性使然了，它就是可以让人睡梦中动弹不得，也会悄悄拿人东西让人着急，待人死心了，它便又送回来教人纳闷，它就是这样的东西。”

这种家养灵物，是天生给人做恶作剧的吗？它生存的意义就是恶作剧？真是天下之大，无奇不有，梅菜我又开了眼界。

突然想起狸儿被它控制着拿了珍珠项链，我忙问龙井这件事，为何这么害羞的灵物会突然作祟吓人。

龙井瞧那东西一眼，它猛地转过身来，神情激愤地咕噜噜说个不休。

龙井点点头，道：“我还纳闷呢！这压吧虎子平日里是断不会让人瞧见的，怎生故意吓起人来，原来这压吧虎子被那狸儿栽赃嫁祸了。”

“啥？不会吧？”狸儿向来是个老实巴交、话都不多说的丫鬟，这次这些事情，还是狸儿对我和盘托出，求我跟龙井祈愿的。

龙井道：“压吧虎子喜欢人，断不会被人发现，因为怕被人驱走，所以才一直偷偷摸摸的。上次，不过赶巧给狸儿发觉了，这才平添这许多事情。”

“龙神爷是说，狸儿撒谎，偷东西赖到压吧虎子身上？这不大可能，狸儿为人我知道……”我忙想跟龙井替狸儿辩白。

龙井摇摇头摆摆手：“你这傻狍子，说你傻还不爱听，果然什么都瞧不出来。”

我咕嘟了嘴，又不敢得罪龙井，只好不吱声。

龙井看我那样，便说：“这个事情要从狸儿第一次瞧见压吧虎子说起……起初压吧虎子不过藏起来苜蓿姑娘一件衣服，谁知出了岔子，狸儿正巧瞧见了，先是害怕，又动了歪脑筋，这不才赖到压吧虎子身上，那个你见到的紫檀木首饰盒，原是狸儿偷了藏起来，却被压吧虎子找到，想还给苜蓿姑娘的，赶巧又让你瞧见了。”

我忙道：“那苜蓿姑娘也瞧见过压吧虎子啊！”

压吧虎子又用害臊似的咕噜噜声表明心迹。

龙井笑道：“压吧虎子都是趁人睡觉的时候进来捣乱，所以才有那种教人沉睡不起的本事。那日苜蓿姑娘装睡，压吧虎子总得以为人睡着了，才困住人的，就怕人途中醒来瞧见它。那次拿的金镯子，也不过是想着吓唬吓唬苜蓿姑娘而已，它自己会还来的。”

为了不被人发觉从而赶出去，压吧虎子可真是煞费苦心，真的就那么喜欢人吗？

压吧虎子发出委屈的咕噜噜声，着实教人心疼。

我忙问：“那飞熊牌子把压吧虎子赶到了对面的屋子，压吧虎子可偷了那儿的东西？”

压吧虎子又是一阵激愤的咕噜噜声。

龙井点头道：“压吧虎子被赶出去之后没有办法，只好去那烟烟姑娘房里捣乱，狸儿害怕东窗事发，便偷偷告诉了烟烟姑娘的丫鬟，那丫鬟也禀告了烟烟姑娘说丢东西是闹鬼，这不，就造成了现在这尴尬局面。”

压吧虎子急忙赞同地点头哈腰。

原来，元凶竟是那平素最老实巴交的狸儿。压吧虎子反倒是受害者，还害得被龙井喷火烧，全是我的错。

我忙道：“那这压吧虎子，龙神爷可打算怎么办？”

龙井不屑一顾道：“我的账册哪有容纳这种废材的地方，本来就是灵物，让它自生自灭算了。”

还好没有被龙井抓去关起来，我忙向压吧虎子行礼道歉，压吧虎子羞涩地晃晃身体，又蹑手蹑脚东张西望地要走。

我忙道：“你若是没地方去，可以去我们家！”

压吧虎子没有回头，晃晃荡荡地跑出门外，不知道听见没有。

我决定得好好问问狸儿，这到底是怎么回事，为什么要偷东西。

又不放心烟烟姑娘和苜蓿姑娘，便丢下龙井径自跑去了柴房。

未进柴房，先听见了乒乒乓的撞击声，心下想着，这可糟了，不知道怎么虐打她们呢！我忙踮脚往柴房窗户一张望，不由得傻了眼。

本以为管事婆婆定不会轻饶了烟烟姑娘和苜蓿姑娘，谁料到，那乒乒乓的声音原是莫先生、管事婆婆、烟烟姑娘、苜蓿姑娘四个人围着一个破桌子打起来了麻将。

这……实在太出乎我的意料之外了。

“你呀，连碰都看不见，输得活该！”

“老娘乐意留对子，你管得着吗？”

虽说还是针锋相对，到底是平安多了，我倒是很想知道她们是怎生和好的。

“你们俩的碎嘴，以后给我安分点，别的事情就算了，独狸儿的事情，假装忘了也就过去了，谁也莫提。那丫头也可怜见的。”莫先生嘶吼道。

“小点声音！”管事婆婆给了莫先生一拳，道，“你可真是唯恐天下不乱！”

烟烟姑娘笑道：“不过一场误会，那丫头脸皮也忒薄了，若是开口求姐妹们帮一把，都是苦处里出来的，谁不会伸个手！托词这些神神鬼鬼，倒添了这么些事。”

苜蓿姑娘道：“可不是嘛，给母亲治病，总是一片孝心，那孩子今日吓得不轻，本性倒不坏，不然瞧着我们挨罚，她才不会站出来和盘托出。”

原来，狸儿偷东西，也有狸儿的难处。

我突然觉得，烟雨阁虽说不是什么好地方，少不得各种各样的争斗，但其实是充满人情味的地方。

想到那压吧虎子，我不由得微笑起来，不知道它下次要去哪里捣乱？

越来越冷了，我趁着夕阳余晖还在，赶紧回家送枣泥核桃糕给龙井酬神。

龙井正用藕粉桂花糕逗弄瓜片，瓜片吃不到，急得直叫。

看到龙神祠供桌上还有瓜片那根鲜绿的毛，我想起压吧虎子的毛被烧没了，忙问龙井压吧虎子还怎生过冬。

龙井笑道：“压吧虎子本是烧了毛后的样子，那灰扑扑的毛不过是它掩护自己的道具罢了，你还以为是真毛？果然是傻狍子，哈哈哈！”

不管怎么样，我心里还是很高兴的。

夜凉如水，树叶子堆得到处都是，任风刮得四处飘散，秋天，也只剩一半啦！

第14章 落寒露

烟雨阁来了一位不速之客，一位酒肉和尚，而他能预知前世今生，在烟雨阁引起了轩然大波。

寒露到了，昼短夜长，早起不穿布袜可开始冷了，太阳没出来的时候草叶子上都积着沉重的露水，很容易沾湿鞋袜。

近来喝酒御寒在恩客来说很受欢迎，温热的花雕、女儿红、竹叶青，清冽地注入青花瓷碗，就些佐酒小菜，顿时一张张脸孔都喝得红彤彤的，全身都暖起来。

惠甜家的小酒馆近来生意兴隆，小叉做佐酒小菜忙不过来，便从我家订了些，以麻辣花生和熟牛肉订得最多。

秋收了新鲜花生，剥出仁来晒干，搓去花生衣子，香葱下猪油炸，加上大量二荆条辣椒，放入花生油炸再拌炒，香气飘的半条街都能闻到。

熟牛肉是大块牛肉沸水焯了血水，以八角大料花椒生姜大葱等香料入水佐味，待大块牛肉熟透冷却，即可切成薄片，撒酱油香醋麻油蒜末在上面，风味独特，甚是解馋。尤其那凝固了的星星点点的肥肉，已变为琥珀色，咬起来劲道得很，香而不腻，直叫馋嘴的人大呼过瘾。

牛肉和花生都是热性食材，虽不是热气腾腾，但想必秋冬季节正合适人们胃口。

我早早起来去送牛肉与麻辣花生。

花生倒还轻，牛肉很有些分量，虽说离得不远，手也被篮子提手勒出红印子，只盼着速速到了，速速放下篮子。

好不容易到了惠甜的酒馆，却瞧见门口横躺着一个人，吓了我好大一跳。

只见这个人腹部高高隆起，倒很有孕妇的模样，偏偏是个男人，而且比太平猴魁高不了多少，论论长短和肚子的搭配，像个球一样。

而且满脸胡子拉碴，看不出年龄。穿着破烂不堪苦行僧一般的肮脏灰色僧服，身边还丢着一根颜色灰扑扑的积年老禅杖。

这个和尚倒在这里，可是遇到什么不测风云？

我忙丢下篮子要去扶他，谁知这大和尚居然一跃而起，愤愤然道："居然把老衲丢出来了！你能相信吗？是丢出来！"

只见惠甜怒气冲冲地从屋里出来，骂道："哪里来的野和尚！居然跑到老娘这里白吃白喝！吃了熊心豹子胆，也不打听打听谁叫惠甜！"

那和尚怒道："老衲哪里白吃白喝了？这叫结缘，结缘你懂吗？"

惠甜哼了一声，道："老娘不知道什么叫缘！只知道开门迎客是为了赚钱过日子，你个贼秃为老不尊，居然打起在我这儿吃霸王餐的主意，真真是打错了算盘！"

我忙上前劝道："惠甜姐姐，这老和尚也可怜见的，瞧他那样子，许是饿得实在没有办法，姐姐且放他一马，只做积德行善了可好？"

惠甜啐了一声，道："今日我这妹子说情，且不与你计较，下次再来，瞧我不叫人刮下你一身肥肉！"

看这老和尚也是风餐露宿惯了的样子，偏生还是胖得圆滚滚，着实让人称奇他平素吃些什么。

这会儿，惠甜气呼呼地甩手进去，那老和尚直勾勾地盯着我，我被他瞧得浑身发毛，刚要随惠甜进去，那老和尚却一把抓住我，凑近我仔细瞧瞧，突然大叫："小施主！你有仙缘哪！"

"啥？"我大吃一惊，他是信口开河，还是瞧出来了我随龙井抓灵物凑热闹的事情？

老和尚张开鼻孔仔细嗅闻，点头道："不错，确是沾染了仙气！但是……"

话到嘴边留半句，那老和尚盯着我篮子里的吃食，暧昧地微笑起来。

我忙道："大师，篮子里的是肉，怕大师忌讳。"

那胖和尚摇头道："酒肉穿肠过，佛祖心中留，这牛已然死了，而老衲还活着，牛不是因老衲而死，但老衲没有肉就无法活。小施主，你可明白？"

大概就是吃肉没关系的样子。

我只好拿出肉。

那胖和尚一到手，原以为他会狼吞虎咽，不想竟细细咀嚼，一副品味佳肴的样子，看上去十分悠哉，着实不像没有这块肉便会饿死的样子。

越瞧越奇怪，我便问道："小女子梅菜，大师怎生称呼？"

那胖和尚边嚼肉边缓缓道："老衲法号清泉，善哉。"

"原来是清泉大师，失敬失敬。"我忙学着说书人口里那种高人相见的语气问道，"敢问大师怎生知道梅菜有仙缘？"

那清泉大师刚要作答，只见小叉出来接吃食，一见我在和清泉大师说话，不由"咦"了一声，把我拉过去了。

我忙问："小叉哥哥何事？"

小叉瞟了那清泉大师一眼，小声道："梅菜，可勿要跟这个人纠缠不清，他可不是什么寻常人物。"

我因问："小叉哥哥此话怎讲？"

小叉凑近我耳朵，道："虽说酒肉和尚不是没有，可这和尚着实怪异。你是不知道那光景，喝酒跟喝水一样，素菜一口不吃，酱蹄髈猪头肉吃得比谁都香，吃光了饭菜，惠甜去收钱，他只说是结缘的，不是来做铜臭交易的，惠甜气个半死。不想那和尚还要点菜，这不被惠甜丢出来了嘛！"

我大吃一惊："不想惠甜姐姐好臂力！"

小叉苦涩地点点头："谁都得罪不起她啊！"

这下他又发觉自己说错了话，忙岔开话题道："总之这大和尚不像是一般的云游僧，必是犯了什么戒律给寺庙驱逐出来的，还不知道是什么人物呢！你可得听小叉哥哥的话，离他远点。"

我忙点头，小叉又看了一眼那和尚，便听见惠甜在屋里喊道：“小叉！你死在外面了！赶紧接了东西回来，莫让那死秃驴钻了空子进来！”

小叉忙应了一声，便别了我赶紧拎着食盒进去了。

惠甜姐姐现在真真是……精明能干啊。

那清泉大师见小叉走了，忙贴过来，道：“这肉吃多了着实口渴，小施主家可有茶？老衲也不挑剔，有些个粗茶叶梗子也将就了。”

嗯，好人做到底，送佛送到西，这清泉大师不过是喝点茶水，想我梅菜还是招待得起的，便答应了带到铺子外，怕爹娘瞧见了啰唆，索性偷偷把茶壶抱在怀里取出给清泉大师喝。

清泉大师但见这茶，点头道：“这不是那积年茶叶末子沏出来的嘛！虽说不够清雅甘甜，还带点酸涩，但味道够浓，解油腻，正合老衲胃口。”便接过咕咕咕喝下肚去。

清泉大师豁达得很，我倒觉得他很有趣。

他喝够了茶，把茶壶交与我，随口道：“跟小施主也是有缘，不知小施主今日意欲何为？”

我略想一想，答道：“今日也没什么事情，约略便是送送吃食，干干杂活，四处逛逛。”

清泉大师大喜，道：“也是个缘分，今日，老衲对小施主一见如故，不如小施主与老衲这游方僧逛逛这偌大京城，何如？”

横竖今天也没什么事，我便一口答应。

但是，想不到这清泉大师第一个要逛的，居然是烟雨阁。

我见清泉大师对烟雨阁跃跃欲试，忙拖住他，道：“大师只去那大街市集瞧瞧便是，这里委实不妥。”

清泉大师喝道：“如何不妥？老衲云游四方，可还看不出这烟雨阁妖气冲天吗？”

我惊得松开了清泉大师的脏袖子，心下想着，这都瞧得出来，莫非这胖和尚深藏不露，竟是个绝世高人吗？

一分神，清泉大师已然昂然抬脚进门了。

别的丫鬟这会儿忙着做活，只有瓣儿正斜依在门廊舔舐一个大红柿子。

这厢瓣儿与清泉大师对望一眼，便哈哈大笑起来:“哎哟喂，梅菜，哪里认的干爹，好生体面，带来烟雨阁，可是与姑娘们炫耀炫耀吗？”

我尚未开口，清泉大师且截住我，道：“女施主，你素来可是深感怀才不遇、红颜薄命的吗？”

瓣儿和我都吃了一惊，这大师，莫非可以看懂人心？

瓣儿回过神笑道：“我这种人才，居然屈居妓院丫鬟的身份，可不是红颜薄命嘛！谁瞧不出我这金簪土里埋？”

清泉大师听说，摆手道：“女施主，恕老衲多言，你可确是上辈子积下的因果呀！”

瓣儿把柿子皮往地上随手一丢，来了兴趣，走近道：“你这秃驴还知道个上辈子？说出来给姑娘我听听。”

清泉大师半眯着眼睛掐指一算，道：“女施主前世原是猪……”

“什么？你这秃贼，敢骂姑奶奶？你是活腻歪了吗？”瓣儿撸起袖子要殴打清泉大师。清泉大师见状，忙退后几步，不想他圆滚滚的身子，倒是也称得上矫健。

瓣儿打空了，又往清泉大师处扑。清泉大师忙伸手一挡，道:“女施主勿急，且听老衲细细道来……”

瓣儿怒道：“都给你这贼秃驴说成猪了，还敢细细道来？”

清泉大师忙道：“老衲所言，乃是珍珠的珠！”

瓣儿这才勉强收住脚，道:“谅你这贼秃驴也不敢骂姑奶奶，哼，一般男子见到姑奶奶，酥倒还来不及，怎会出口伤人？你这死和尚料想也是六根不净，居然也调戏起姑奶奶来了。梅菜，姐姐早就给你讲过，这女子但凡有些人才，哪里都是些麻烦事，哎，真真是疲于应付。”说着作势掏出手绢给自己扇起风来，又随手绾了绾鬓发。

清泉大师咳了一声，道：“女施主珠圆玉润，自是上辈子修得的福分，今生必有锦绣前程，前世女施主被人奉为珍宝，今生也必有慧眼识珠之人，当可包女施主一世无忧。”

瓣儿笑道：“是了，任谁见了我，也都只说我是个有福气的，哼，他们爱慕我，我只瞧不上他们，男人，有个什么稀罕？本来我倒也有我自己的能耐，比男人可差到哪里？但细细一想，这女子太高太强，只怕压矮了男人一头，倒不若寻个好人家省事，也给自己夫君留些颜面。”

清泉大师唱个喏，道：“再没有比女施主这般知书达理、温柔体贴的了，他日夫婿觅封侯，必能成大业！”

瓣儿喜滋滋道：“不想你这贼和尚还真真有些本事，居然看我看得还算明白，也罢，到时我做了一品夫人，少不得圣驾前保你一个国师！”

清泉大师点头致谢，瓣儿居然还从袖子里拿出个柿子交与清泉大师，道：“你也是个有眼力见儿的，他日本夫人若忘了你，以此柿为信物，我倒可以念着你说了实话，赏你口饭吃。”

清泉大师接了，瓣儿便扭着腰肢去湖边顾影自怜了。清泉大师三口两口吞下柿子，皱眉道：“柿子倒是好柿子，只是铜臭气过重，实难入口。”

又呸呸吐了两口唾沫。我忙问：“大师可真能看出人前世今生吗？”

清泉大师笑道：“那有何难，老衲可不是白活了这些年！”

我笑道：“不想瓣儿姐姐前世竟然是珍珠，倒怪出奇的。”

清泉大师冷笑道：“谁说那是珍珠？老衲言下之意，是菜市场上的猪。”

“啥？”我再次傻了眼。清泉大师瞧瞧瓣儿的背影，道：“那个女施主，前世乃是一户贫苦农家为生计养的肥猪，受到精心照料，恰逢大灾之年，将将在待价而沽，以贴补家用的关口，居然跟前来觅食的山猪逃出猪栏，害主人家险些饿死，她欠着那主人家的债，以后有日子还呢。”

这就是所谓的“被人奉为珍宝”吗？若是真的，那瓣儿的前世今生，可当真充满传奇色彩，只不知那位主人，究竟现在何方？真的能教瓣儿还债？我瞧着倒难如登天。

不过我狐疑地看着这清泉大师，心下想着，他是信口开河，还是真的有瞧人的本事？清泉大师对我的怀疑浑然不觉，正大踏步地往前堂走去，还掀动着鼻子，直嚷：“好香好香！”

我忙跟上去，试图劝他回去：“大师，您可知这烟雨阁是一掷千金的地方，您一个出家人，可着实难以招架，且现在尚未到迎客的时辰，您还是赶紧随我走吧！”

清泉大师对我的苦苦哀求视若无睹，毅然踏入前堂。还好前堂没有人在，清泉大师径直抬开正对门口的紫檀木八仙桌，居然从后面的角落捧出一小坛泥土封住的酒来。

我奇道:“在烟雨阁奔波这些年,我倒不知道还有人在这里藏酒。”

清泉大师笑道：“上好的女儿红，藏在这里有些年头了，只怕物主都忘了，哈哈哈，承蒙招待，老衲就不客气了。”便一掌拍开泥封，顿时酒香四溢，清泉大师自豪爽地痛饮起来。才说了是为了延续生命才吃牛肉的，居然现在又无端喝起酒来，这个大师，真的只是普通云游僧吗？怎么想也觉得他对佛祖没有虔诚到要苦修的程度。

不过既然能嗅出这种秘藏的酒，不是积年酒鬼，就是天眼神通。

我忙问：“大师好修为，请问在哪家寺庙修行过？”

清泉大师打个酒嗝，道：“老衲自成人，便对无边佛法心向往之，自行参禅，也是人生乐事，呵呵呵呵呵。”

难道,是个所谓的野和尚？我对这神秘的大师越发好奇,又问道:“大师言说这烟雨阁妖气冲天，敢问有何依据？”

清泉大师脸色一正，道：“此地本就阴盛阳衰，方位偏又微妙，少不得犯了阴气，若是有阳刚之神镇守，想必可确保平安无虞，只可惜，这神庙虽建过，偏又给愚民拆了，还造成了最不该造的妓院，虽说又供奉神祠，却是个惫懒之神。着实危险啊危险，此地若是没有妖怪,才让人拍手称奇。看来,此番老衲又得救民众于水火之中了。”

清泉大师不仅说得头头是道，而且全中，我不由得刮目相看，这究竟是何方高人？莫非，也如同八月十五那夜画舫上吃螃蟹的云游神祇吗？

我忙道：“大师，此地确有一个龙神祠的，不如大师移步，我倒可以引大师与那龙神爷见一面，可共相商讨驱妖除魔之事。”

不料清泉大师摆摆手，道：“莫急莫急，老衲与那龙神爷相见之时机未到……”说着，便往姐儿待客的长廊去了。

我忙道：“大师留步，这个时辰，想姐儿们累了，尚在歇着呢！”

清泉大师道：“不妨事，老衲随便走走，自不会扰人。”

我忙尾随在后。

莫先生不知道怎么居然在这个时间走到前堂来了，睡眼惺忪地找茶壶，瞧见我和清泉大师，愣了一下，道：“这和尚，怎生跑到这里来了？”

清泉大师忙道：“施主这气色，八成宿醉未醒，昨日可痛饮花雕了？”

莫先生掏了掏耳朵，“啊”了一声。

清泉大师见状，又大吼着重复一遍。

莫先生可听清楚了，大叫：“你怎生知道？莫非昨日你来了烟雨阁？”

清泉大师摇摇头，又对着莫先生耳朵吼道：“施主近来生意不好，着急上火，可是犯了痔疮病？”

莫先生大惊失色，忙拖了清泉大师教他低声，且问道：“大师真乃神人啊！您怎生看出来的？”

清泉大师摇头晃脑道：“老衲区区游方僧，不过有些游方僧的本事，见笑见笑。”

莫先生忙道：“还望大师不吝赐教，你看我这病也真真是折磨人的……”

清泉大师道：“这倒不算什么了不得的。”低声在莫先生耳边叨咕几句，莫先生连连点头，一副感激涕零的样子，直喊道：“真乃高人啊……”

清泉大师自负地摆摆手，道：“施主客气，好说，好说。”

莫先生哪肯放手，忙请清泉大师坐了上座，唤小厮以茶果招待，便拉着清泉大师不松手，俨然是把他奉成了转世罗汉。

清泉大师果真是个有本事的，一转眼，居然成了烟雨阁的座上贵宾。

此时莫先生正大诉苦水，什么生意不好做，恩客被满堂红抢了，姐儿之间明争暗斗云云，已把清泉大师当成救苦救难的观世音菩萨了。

不一会儿，便络绎不绝地来了好多问卜的姐儿和丫鬟，大家排着队，翘首以望那清泉大师会怎生算自己的前世今生，或是有什么难言之隐，盼望着清泉大师能解惑。

李道长若是有清泉大师这等本事可大好了，他整日里只想造福民众，可惜没有真本领。

眼瞅着清泉大师吃得很开，我倒也放了心，不过这本领如此大的大师究竟是什么来头呢？莫非真是哪路罗汉下界？我搬个脚踏凳在清泉大师身边坐下，支着下巴听他给人拨云见日。

这一时三刻，便告知了莫先生痔疮病的疗法，也让管事婆婆得知老寒腿怎生根除，更神奇的是，清泉大师居然还能找出失物，简直就是活神仙。

排队轮到了鸳鸯姑娘，询问何时还得自由身。

清泉大师道："姐儿却是个红颜薄命的，早年只怕奔波劳碌，所托非人，很吃了一些苦头，但中年转运，必有官人娶做填房。"

鸳鸯姑娘不由得大喜，留下一包银钱给清泉大师答谢，清泉大师也不推辞，自放入袖中。

接着是秋儿，只见秋儿脸色潮红地问姻缘："大师，我自小就是烟雨阁的丫鬟，这些年来名声难免不好，不知下半生能托付与谁？"

清泉大师沉吟片刻，道："姑娘是个伶俐人，心肠也不坏，照理看，能做个能干的铺子女主人。"

秋儿一听，喜不自禁，忙谢了退下。

鸾儿排着秋儿后面，忙赶上来，也想问日后将自己托付谁人。

清泉大师道："姑娘人品也不坏，但是偏偏姻缘浅薄，不过有个显贵的儿子，自然包晚景无虞。"

鸾儿不知道该失望还是该庆幸，有点迷糊，但还是谢过退下。

人犹是不少，莫先生怕清泉大师累坏了，便喝退姐儿，道明日再来，没等到的姐儿们只得悻悻地回去了。

我见人散了，不由得问道：“大师，我听说天机不可泄露，您这般大张旗鼓，可会伤及自身？”

清泉大师笑道：“哈哈哈，有些是命中注定的，不算天机，有些嘛，老衲随口讲讲，什么要紧。”

欸？我忙道：“大师，骗人也是不对的，不是出家人不打诳语吗？”

清泉大师道：“善哉，老衲以话语使人愉悦，实乃造福民众也。”

骗人，但能让人愉悦，这是造福，还是作孽？

我望向清泉大师，清泉大师笑道：“万物皆有矛盾，实话使人哀，假话使人乐，说真话还是说假话，实乃机锋也。”

“大师，什么是机锋？”我实在无法理解。

清泉大师神秘一笑：“哼哼。”然后就没有理我。

哎，跟一个吃肉喝酒的和尚谈清规戒律，大概是我的不对。

莫先生对此视若无睹，大叫大嚷小厮丫鬟排酒设宴，以表对清泉大师之敬。

清泉大师大喜，挑着水晶蹄花、蒸鱼炖肉，就着烟雨阁珍藏的美酒大吃起来，直呼过瘾。

莫先生见清泉大师欢喜，趁机道：“大师既然云游四方，想也不介怀在何处清修，这烟雨阁虽说是个烟花之地，但向来不甚太平，近年还时时闹点异事，教人伤透脑筋。现下绝对是真心需要大师留下，也好让这些苦命女子和恩客，有些个慰藉，不知道大师意下如何？”

清泉大师不客气地说：“此地有酒有肉，老衲倒不在乎旁的，只消老衲博个饱腹，也好心无旁骛地修行，何况有些妖气，还需老衲出面方可镇压，也罢也罢，那就叨扰了！”

莫先生大喜，赶紧又添酒布菜，好不殷勤。

一时间，烟雨阁有位奇人大师，上通天文，下知地理，通晓前世今生，医治疑难杂症，无所不能，宣扬得在整个京城内都沸反盈天。

不少达官贵人慕名前往，一问之下，说大师果然神通广大，什么祖上埋的金砖到底在何处，新娶的小妾为何夜夜饮泣云云，一一得到圆满解决。

清泉大师被越传越神，甚至还有孩童在街上唱道：“恶人自有恶人磨，高人只在烟雨阁。”现如今烟雨阁生意马上恢复到与满堂红相争之前的景象，甚至更加红火，简直在京城青楼里登峰造极，势不可当。

点心花样也越来越翻新，爹日日苦心思索，现如今专给贵人做珍馔，甚至打算狠狠心请个雇工了。眼见这清泉大师名头越来越响，成了烟雨阁的座上客，据说满堂红似乎生意萧条许多，果不其然，我才上街，倒被那满堂红的老鸨汪妈妈一把抓住。

我自是吓了一跳，不想汪妈妈忙赔笑道：“丫头，妈妈知道你总在烟雨阁周旋，这点碎银，与你买糖吃。”便往我怀里塞了一个锦绣布袋。我忙推辞，不想那汪妈妈虽说瘦骨嶙峋，气力竟大得很，使那银子顶得我肋骨疼。

我忙道：“妈妈有话好好说，梅菜从小就听爹娘教导，无功不受禄，这样拿回去，爹娘要骂的。”

汪妈妈更是眉开眼笑，直说：“都说点心铺梅二忠厚老实，原来家教也是极严的，丫头从小这么知礼，长大难免能成就些女子中的大事。”

我只好也笑，且听汪妈妈低声道：“这烟雨阁近来来了个奇人，上天入地，无所不能，可是真的？”

清泉大师几近被传说成孙大圣了。

我笑道：“是有个大师，不过大师虽法力高强，倒未见上天入地，左不过知晓前世今生，且精通医道，也会瞧风水，能寻失物罢了。”

汪妈妈拍手道：“真真有这等奇人？看来所传非虚，不知那莫聋子哪里的狗屎运，怎生寻得这位大师，真真教他占尽了便宜。”又问道，“那大师在烟雨阁，你可瞧见莫聋子许他什么好处？”

听她唤莫先生“莫聋子”我心里老大不舒服，便答道：“是莫先生！莫先生终日设宴招待，未见给清泉大师什么好处，依我看，那清泉大师不过与人为善，积德造福，未必肯要什么好处的。”

汪妈妈笑道：“你倒是个有良心的，哈哈哈哈，不过你爹娘未曾教你一句，有钱能使鬼推磨？你且瞧着吧，还不知道谁胜谁负呢！”得意扬扬地走了，临了回头对我笑道，“待生意回来了，妈妈我也订你们家点心，哈哈哈哈哈。”

这汪妈妈，莫不是要把清泉大师拉拢到她的满堂红去？

晚上送夜宵，果然瞧见汪妈妈带着几个大汉，扛着什么东西进了烟雨阁。

糟了，定是来砸场子的！我赶紧跑到账房去告诉莫先生。

莫先生听说，大惊失色，忙召唤小厮同去前堂御敌。

仇人见面，分外眼红，清泉大师听说了，也捧着酒坛来瞧热闹。只见汪妈妈先开了口：“莫先生，我也不瞒你，今日，我是为清泉大师来的。这高人理应造福百姓，不能单单屈就烟雨阁这一个地方，想我满堂红，多少姐儿和恩客盼着清泉大师来度厄，且为了他们，恳请清泉大师移驾满堂红！”

莫先生不由得大怒：“好呀，你个汪妈妈。跟烟雨阁抢生意抢恩客抢花魁，居然还动起抢清泉大师的心思来，你莫要欺人太甚，当我烟雨阁里都是死人吗？来这儿砸场子，也不瞧瞧我们这儿的金招牌！那可是沈尚书亲自挥毫。再者说，姐儿和恩客盼着清泉大师救苦救难，转来烟雨阁就是了，清泉大师待得好好的，凭什么要屈就你们那小破鸽子窝！”

汪妈妈冷笑一声：“人道是，心诚则灵，我满堂红也是真心求道，来来，给清泉大师瞧瞧咱们备下的香油钱！”

那几个大汉应了一声，便打开带来的箱笼，不想是白灿灿一整箱崭新的银元宝，直教人叹为观止。可见这满堂红为了争客人，真真是下了血本。

莫先生也吃了一惊，想来清泉大师仅仅是大吃大喝，倒未给清泉大师财礼，瞧莫先生神色，似是狼狈之至。

汪妈妈得意地挺起胸膛，道：“怎么样？清泉大师？可是能商量的？”

清泉大师尚未开口，莫先生跳脚道：“清泉大师本是我烟雨阁的贵宾，你说叫走便叫走，还有没有天理了？”

“善哉，存天理，灭人欲，不想老衲竟然成了一件罕物，实在非老衲所愿。”清泉大师摇了摇头，一身肥肉随之晃动。

我想，清泉大师这种得道高僧，一定会放弃这些诱惑，转而继续云游四方，苦心修禅。

“那就价高者得，哪位施主出钱多，老衲便随着哪位施主结下一段善缘。”清泉大师脸不红心不跳地说。

欸？对出家人来说，钱财不是阿堵物吗？

莫先生大喜，忙开始叫价，生怕晚了一步，有钱请不到。

汪妈妈也不是吃素的，一副财大气粗的狂态，也跟莫先生叫起价来。

两人的数额越发巨大，仿佛不仅仅是要争请清泉大师，还要一赌谁才是京师最好的青楼。

慢慢地，烟雨阁聚满了人，大家都在争相瞧这两家堂子如何一拼高下。

事情越闹越大，这关系到面子、气势，还有生意的生死存亡。

清泉大师如同佛像一般慈祥温和，委实瞧不出竟是贪恋红尘世俗之人。

价格越来越不像话了，莫先生出了一脑门儿油汗，汪妈妈也脸色通红，这个关口败下阵去，只怕要丢人丢到爪哇国去了。

战况像是到了顶峰，开始走下坡路，两人相争的数额差得越来越少。

已经完全不像刚才一般，简直像卒子过河，勇往直前。现在果然是时候盘算是要面子还是要里子了，再争下去，只怕输的丢脸，赢的破产。

瓣儿也踅过来，偷笑道：“两个老二百五，哈哈，这么争，早晚也就是一拍两瞪眼。”

不错，瓣儿倒真真说得不假。

现在莫先生与汪妈妈势成骑虎，已然无法全身而退。

我忙对清泉大师道：“大师，再这样下去，两家妓院生意都不好做，大师可得想个办法，莫教大家两败俱伤，到时您还去何处喝酒吃肉？”

清泉大师一听，道：“也有道理。”

便正色道：“莫要争了，胜者必得倾家荡产，到时候老衲莫不要去喝西北风？出家人慈悲为怀，也罢也罢，老衲便随了两家，一天一家轮替来岂不大好？”

汪妈妈一听，自是乐得手舞足蹈，莫先生虽有些不服气自己争恩客的独门秘方要与满堂红分享，但也是暗松一口气。

我偷偷问清泉大师：“大师，这种地方真的适合参禅？”

清泉大师抖一抖腮上垂下的肥肉，道：“菩提本无树，明镜亦非台，本来无一物，何处惹尘埃……”

虽说我听不懂，但瞧着大师这副出世高人的派头，心下也不由得好生敬仰。大师如此本领通天，定不是凡人，我决定告诉龙井，教他过来瞧瞧。

龙井还是老样子，不吃东西的时候，便直挺挺地躺在供桌上一动不动。见我来，奇道：“近日为何突然没有人供奉与我？这时节不是该有花雕酒与熟牛肉吗？我一早就等，一直不曾等来。”

我心下想着，这龙井倒是消息灵通，连时下小吃都熟知，果然是个专爱吞吃的神，便答道：“龙神爷，您还在这儿优哉游哉，现下大家可都有事去求清泉大师了，您这里门前冷落鞍马稀倒也不是奇事。”

龙井一翻身坐起来，奇道：“清泉大师？何处来了这么一位大师？做什么的？”

我答道：“清泉大师可是位高人啊，云游四方，救苦救难，虽说不顾清规戒律，还时不时说些谎话，倒确是有本事的，能看出人前世今生，还有许多旁的本领，简直就是下凡的活神仙，现下满堂红的妈妈也来争人，确实是如今京城第一号的神人啊！”

龙井皱眉想了想，道：“怎生我不知道凡间有这么号人物？”

瓜片怂恿道：“瞧瞧便是！瞧瞧便是！”

龙井笑道：“好！让我这真龙神去会会那抢供奉的高人去！”

瓜片喜道：“瞧热闹！瞧热闹！”

出了龙神祠，正能从后园瞧到前庭满堂红的人风风光光地把清泉大师接走，场面甚是热闹，这汪妈妈抢到清泉大师，自是志得意满，喜笑颜开。

而莫先生白白拱手相送，正不甘心地怫然作色，背着手驼着背不住地踱来踱去。

清泉大师高高在上被人抬着，不住慈眉善目地与路边众多虔诚的善男信女挥手致意，全然不顾抬着他的大汉们不堪重负的神色。

现如今清泉大师名声在外，不少人专门来参拜，一路上俱有人跪拜，口中只嚷：“清泉大师！罗汉下界！救苦救难活菩萨！”

龙井先是呆了呆，然后抚掌大笑：“这就是那清泉大师吗？可笑可笑，哈哈哈哈哈哈哈……”边说边弯了腰捂着肚子，“这些愚民，真真是贻笑大方……”

我见状忙问：“怎么回事？你可识得这清泉大师？”

龙井笑道：“哎哟，这个老东西，哈哈哈哈，真是有趣有趣，居然跑到这里来招摇撞骗。”

这清泉大师果然不是凡人，定是那龙井的账册灵物。

再问，龙井也只笑而不语，拖着我，要跟去满堂红瞧瞧。

满堂红张灯结彩，人声鼎沸，前堂以黄绫罗布了，焚着檀香，好一派庄严景象，清泉大师于上座坐了，身边围着花枝招展的林萝姑娘等一众姐儿，虽说风光无比，可又着实不伦不类。

客人与姐儿肃穆有礼地与清泉大师行礼，清泉大师微笑致意，龙井憋着笑，发出嗤嗤的声音，十分引人侧目。

清泉大师循声看见龙井，不想竟惊得肥肉一震，险些从那上座摔下来。

龙井见清泉大师的样子，撇撇嘴，悻悻道：“被发现了啊，还想再瞧瞧笑话呢，扫兴。”说着，便转身消失了。

清泉大师一脸惊悸，忙道：“今日老衲还有要务在身，且先行告辞，列位施主，有缘再聚！”

众人还未反应过来，只见清泉大师已然连滚带爬地跑走了。

善男信女这才啧啧称奇：“不愧是清泉大师，果然是得道高僧，虽说瞧着弥勒佛一般的体态，不想动若脱兔，真真教人佩服。”

我也赶紧尾随着清泉大师跑出去，只听见汪妈妈还在身后呼喊着什么。

果不其然，远远就瞧见清泉大师径奔到了烟雨阁，然后不见了，想是进了龙神祠。

依我看，身为账册妖怪却逃逸不归，这次偏又以得道高人身份撞见龙井，必是去向龙井负荆请罪了。

我忙也跟进去瞧这神秘莫测的清泉大师究竟是个什么角色。

但见龙井高高在上地盘腿坐在供桌上，清泉大师伏下滚圆的身子正在磕头行礼。

且听清泉大师道：“老奴也不是诚心对您避而不见，本就是来寻您的，偏生老奴这脚力太慢，这才迟迟未到。”

龙井笑道：“脚力？说起你这老东西脚力倒确实不佳，不过在凡间招摇撞骗，可是我亲眼所见，你胆子不小，连我的供奉都抢起来了！”

那清泉大师慌得结巴起来：“老……老奴不敢！借给老奴天大的胆子，老奴也不敢争起您的供奉……不过是那些愚民，瞎给老奴扣个虚名罢了！怪就怪这女娃！”

边说边指向我：“带老奴去那种纸醉金迷之地，才坏了老奴名望！”

啥？不是清泉大师你自己非要去烟雨阁的，当时梅菜我拦都拦不住啊！

清泉大师接着道：“她不仅非把老奴拉去那里，还以酒肉诱惑老奴！坏老奴清修，简直罪大恶极啊！”

“清泉大师！是你自己说牛不是因你而死，你却能因牛而活的！”我忍不住辩解道。

谁知清泉大师做出一个让我噤声的手势，继续控诉道：“他们非要将老奴奉若神明，老奴推辞再三，实在是形式所迫，势如骑虎啊！”一把鼻涕一把眼泪地做起戏来，当真是说得天花乱坠，简直能把死人说活。

我忙道：“龙神爷，这灵物一肚子谎话，你可不要信他！”

“灵物？”龙井和清泉大师异口同声道，“谁说他（老衲）是灵物？”

什么？这清泉大师不是账册之中的灵物吗？

龙井哈哈大笑：“这千年修行，只被当成灵物了，哈哈哈哈哈……”

那清泉大师愤然作色：“你这女娃好不知礼数，老衲怎生成了灵物了？你出去打听打听，区区灵物，能像老衲这样大白天招摇过市，还敢接受善男信女跪拜吗？”

我傻了眼：“这，梅菜见龙神爷与大师如此熟稔，只当……”

“莫非还把老衲当成了伤天害理、被妖簿封印的灵物吗？”清泉大师怒道，“你可真真的胡言乱语！灵物能占卜？灵物能洞悉世间因果？殿下，怎可收这种无知小娃做信女？大大不妥啊！龙王爷要是知道了……”

龙井笑道：“偏生只有傻狍子才瞧着可笑，我自然收下当个乐子，哈哈哈哈哈……”

这清泉大师称龙井为“殿下”，莫非……

我脱口而出：“大师难道是龙宫来的？”

清泉大师傲然道：“你才瞧出老衲的尊贵身份吗？真是愚钝、后知后觉！在这人间也就罢了，在龙宫，老衲那也是一方海水万众敬仰的龙王爷的股肱重臣！哪个虾兵蟹将敢称老衲为什么灵物？哼！”

我忙问：“那清泉大师在龙宫是……”

清泉大师一挺胸脯，肚子也跟着颤几颤：“说出来你可听好了，老衲名声如雷贯耳，莫要震坏了你的耳朵！老衲乃是德高望重的龟丞相！”

龟丞相！原来是戏台上那晃晃荡荡伸着脖子的龟丞相！

龙井笑道：“说话就要被你岔过去，装神弄鬼、招摇撞骗也就算了，居然还信口开河，说什么被迫的，你当我是傻的吗？”

龟丞相低了头，怯怯道：“老奴怎敢欺瞒殿下，只不过，这个，老奴也好久没吃到人世的香火，不过是趁着这个机会，稍稍肆意妄为了一点，但绝对无伤大雅，未曾坏过龙宫名声啊！殿下可要明察！”

说到这里，龟丞相突然号啕大哭道：“殿下，您不知道老奴的艰难哇！这一路上奔波劳碌，老奴又走不快，真真是吃尽了苦头，险些就饿死街头啦！老奴不死也脱了层皮哇！呀呼嘿……”

这话许是真的，龟丞相在惠甜那里可是生生被丢出来的。

龙井忙道：“是了是了，龟丞相莫再啼哭，我不与你追究这些小事了，话说回来，你千里迢迢从龙宫过来寻我，所为何事？”

龟丞相听说，忙用脏袖子擦擦眼泪，喜道：“是老奴思念殿下啊！从殿下年幼，老奴便随侍在侧，这些年老奴可是眼瞧着殿下长成一代卓越的龙神，许久不见，老奴心下甚是惦念，趁着这机会，便费了好大力气，磨破嘴皮，自己请缨，求龙王爷差老奴前来的。”

“哦？父王有何事找我？”龙井蹙眉道，“不见得是什么好事吧？”

“哪能呢？殿下！”龟丞相不由得喜笑颜开，“可是天大的好事！包管殿下称心如意！”

“是吗？”龙井来了兴趣，“何等好事？想来也是，竟然劳动了日理万机的龟丞相千里迢迢送信来，必是了不得的大事，速速说与我听！”

龟丞相眉飞色舞道：“回禀殿下！是亲事！龙王爷给殿下钦定好了一门好亲事！”

“亲事？”龙井大张嘴巴，瞪大眼睛，倒像戏台上的吊死鬼，满面惊怖道，“你说什么？父王怎生想起来给我定亲事？莫不是你胆大包天，连我也骗起来？”

龟丞相满面春风道：“殿下说笑了！老奴怎敢！且听老奴道来，这可是门绝好的亲事！偏生睚眦殿下不干，真真可惜。”

说着露出一副邀功的模样道：“还是老奴给龙王爷敲边鼓，说虽然睚眦殿下是战神，饕餮殿下那吞天神兽也是勇猛无比，龙王爷便拟了殿下您的名字，殿下您才是真正的福如东海呢！”

这龟丞相果然圆滑奸诈，刚才不是还说烟雨阁供奉的是惫懒之神吗？算了，我也不去揭穿他。

龙井怫然作色：“什么？是冻顶乌龙不要了，才轮到我？我还不干呢！父王一向偏心，必不是什么好亲事，左不过为个面子，竟生生把我推出去了，这算什么福气！你且回去转告父王，我也不要那爱物，爱给狴犴给狴犴，爱给椒图给椒图！少打我的主意！”

龟丞相忙凑上前来：“殿下有所不知，您怎能尚不知道那亲家是谁，便未风先雨呢！”

龙井梗着脖子道：“任是谁，我也不捡冻顶乌龙的残羹冷炙！”

龟丞相忙凑近龙井，道：“殿下呀，什么残羹冷炙，可不要乱说呀，得罪了他们，可也是麻烦事！”

龙井皱着鼻子道：“哪个门户如此威风？连我都得罪不得？”

龟丞相笑容可掬道：“说出来殿下必定满心欢喜！”故意卖关子，见没人问他，只好悻悻地道，“那便是西海的枕梦公主。”

龙井大惊失色：“你说什么？”

“是真的！殿下！”龟丞相察言观色，瞧见龙井神色，只当龙井惊喜交加，得意非凡道：“怎么样？那可是有名的绝色倾城，老奴所言非虚吧！”

龙井脸色发青，道：“这事情怎生定下的？”

龟丞相摇头晃脑道：“左不过那西海龙王早想给枕梦公主找一个如意郎君，早瞧上睚眦殿下英名在外，本想与睚眦殿下结亲，也是强强联手，孰料睚眦殿下誓死不从，龙王陛下没有办法，现下倒觉得殿下英名远播，也是合适人选，这般才应承下来，西海自也是满心欢喜，说明殿下声望不比睚眦殿下低呀！现下龙宫已准备妥当，备好聘礼，只等殿下打点打点，赶着正月迎娶呢！”

龙井怒道：“谁要去迎娶！我就算粉身碎骨，也绝对不娶那劳什子公主！你速速回去叫父王死了这条心！”

龟丞相始料未及，不由得大惊失色，抱着龙井大腿哭泣道：“殿下呀！您可怜可怜老奴哇！呀呼嘿……”

龙井不仅没有扶起龟丞相，居然还踹了龟丞相一脚，怒道：“还不是因为你个老东西话多！不然我好好的，怎生会落得娶那鸟毛公主的下场！”

欸？看起来，龙井倒像熟识那位公主，而且，好像还有什么深仇大恨的样子啊！

我忙跟瞧热闹瞧得正欢喜的瓜片说：“梅菜我今天才知道，原来神仙也要娶妻生子呀！”

瓜片笑道：“傻狍子，傻狍子！未见土地公公身边有土地婆婆吗？未见灶王爷身边有灶王奶奶吗？未见玉皇大帝身边有王母娘娘吗？

傻狍子！傻狍子！”

“去去，谁是傻狍子。”我不高兴地嘟起嘴，不过想来也是，玉皇大帝还有七个仙女女儿呢！董永可不是那玉皇大帝的姑爷嘛！想来牛郎织女那苦命鸳鸯，现在还隔着银河，也确实没错。

龟丞相哭道：“殿下呀！西海龙王财大气粗，人多势众，万一九个殿下都不肯娶那枕梦公主，这西海龙王下不来台，可怎生了得！”

龙井愤愤然道：“那我也不管，谁爱娶谁娶，那公主的脾气性格，我可是一丁点儿也瞧不上！”

龟丞相继续号哭：“用句人间的俗语，殿下们与那枕梦公主可是青梅竹马，两小无猜呢！这又是何必呢！万一西海龙王丢了面子，与咱们龙宫撕破脸可怎么好哟……”

龙井瞪眼道：“打仗我去，娶她？还不如战死！”

天晓得这位枕梦公主是何等角色，竟然让龙井如此忌惮，肯定不简单。

不过听这话里，龙井像是与那公主是故人，见面还要三分情呢，何必如此紧张呢？

我便多嘴问道：“那枕梦公主，是什么人啊？为何龙神爷如此绝望？”

龙井叹口气，道：“什么公主，你怎么会知道，见到她，简直就是在做一场噩梦。”

龟丞相哭道：“殿下呀！话不要说得这么死，毕竟您跟那公主也有几百年未见过，现在那公主若是变得温柔贤惠，也未可知啊！”

龙井吼道：“你修仙这么些年，知道前世今生，还不知道江山易改，本性难移嘛！”

龟丞相又扑上去死死抱住龙井大腿：“殿下呀！那枕梦公主也是会女大十八变的，您可勿要一意孤行，还是顺应龙王爷的旨意，回龙宫成亲吧！也不枉老奴这风餐露宿前来报喜呀！望殿下以大局为重，就娶了那枕梦公主吧！”

龙井一脚踢开龟丞相，只见龟丞相四脚朝天，碍于那硕大无朋的肚子，怎么也起不来，急得手舞足蹈。

只见龙井沉思了一下，然后突然来到供桌前把剩余的供品风卷残云一般全吞下肚去。

这倒奇了，怎生这关头，龙井居然还有心思吃东西？

接着龙井唤过瓜片，径直走了。

欸？

龟丞相见状，又以一招兔子蹬鹰无比矫健地弹跳起来，喊道：“殿下，莫要逃婚啊！您得为龙宫想想啊！”

边喊边跟着跑了出去，不想这龟丞相跑起来也虎虎生风，果然是仙风道骨。

我跑出去瞧热闹，但没有追上，外面已经一个人也没有了。

不知道龙井要逃婚到哪里去呢？这神秘的枕梦公主又是何等人也？不想龙井今年走了桃花运，先是那花魁，又是这枕梦公主，看来我真是小觑了龙井的魅力。

天色阴沉起来，北风一刮，枯枝败叶随着旋风打转，柿子树上没了叶子，只剩下红彤彤的大柿子静静摇晃，煞是好看。

这可该冷了。

我把手缩回袖子里，决定静观其变，看龙井能不能逃过这一劫。嗯，还是先回家吃刚出锅热腾腾的糯米藕吧。

第15章　待霜降（上）

家家户户吃火锅的时候，猎户罗七遇上了怪事，梅菜特地去帮忙，却发现罗七遇上的朋友，不是普通人。

树上叶子差不多都掉光了，枝丫都光秃秃的，早起张嘴就是白蒙蒙的雾气，盛一碗热汤要赶紧喝，不然马上就凉了。

我翻箱倒柜，却怎么都寻不到那心爱的狐狸围巾。

奇了，搁在哪里了呢?

这时节手一出袖口便冷得要命，去年厚着面皮拿了李绮堂的狐狸手套倒派上了用场。

立冬是最尴尬的节气，烧炉子还嫌早，不烧炉子又太冷，只好层层叠叠穿得像粽子一样。

我吵着天冷要吃火锅，娘骂道："你少给我号叫，知不知道肉多少钱一斤？"

我咕嘟了嘴，道："素的也好，素的也好。"

爹见状笑道："什么稀罕的，又不是天天吃，煮一次便煮一次吧！"

娘怒道："不当家不知柴米贵，你们一大一小，只知道吃，快快死了这条心，梅菜生日再做不迟。"

娘向来说一不二，我的生日还有半个月，只好一天天地盼了。

想吃火锅是因为烟雨阁夜宵已经开始用独个小火锅了。

黄铜小火锅底下搁了炭火，注满猪骨高汤，撒枸杞、八角、小茴香、香葱、姜片等作料去腥，烧开了便可投入现搓的鱼丸，剥好的鲜虾肉，切得很薄的嫩羊肉片，劲道道的猪肚，加以时令的嫩白菜心，萝卜片，冬菇，笋片，还有柔韧的粉丝，滑溜溜的冻豆腐，待东西滚几个滚，鲜嫩嫩捞出，便可以蘸小碟子里的作料吃。

作料由芝麻酱、酱豆腐、韭菜花调成，喷香扑鼻，最后还能在吸尽精华的汤里下细面条，那个香气，哎……馋得我直吞口水。

娘不舍得买肉，素菜什锦锅其实清清淡淡也是很好吃的。白菜正是上市的时候，便宜得很，找刘奶奶买几块豆腐也绝对不算贵。

可怜我每天都闻着那香气送夜宵，真真折磨死人。

我只好咂咂嘴，回房里继续找狐狸围巾，不想却瞧见压吧虎子居然正站在屋里，手里紧紧握着那围巾，大眼睛濡润地瞪着我，却正瑟瑟发抖。

我又惊又喜，忙过去笑道:“原是你来我家住了，好极了，好极了。怎么？这围巾也是你拿去捉弄我了？哈哈，想来娘的针线盒子也是你做的好事吧？”便伸手要把狐狸围巾拿回来。

不想压吧虎子哆哆嗦嗦直摇头，还把围巾藏到了圆滚滚的身后，似乎不想给我。

我奇道：“你怎么啦？不是来还围巾的吗？你放心吧，我瞧见你，也不会赶你出去，那狐狸围巾我很喜欢的，还来给我可好？”

只见压吧虎子紧紧地抓住围巾不松手，不住摇头晃脑，发出“咕噜噜”的叫声，似是非常着急的样子。

欸，龙井不在，根本听不懂它在说什么啊？

压吧虎子瞧我一脸呆样，眼睛里竟然泛出泪水，急得躺下满地打滚。

压吧虎子想说什么呢？

我刚要把压吧虎子抱起来，只听娘在门外大声嚷道：“梅菜！还不快上街买菜！杨婶说今日大白菜好生便宜，你速速去挑些好的来！”

压吧虎子顿时吓得呆住了，然后不见了，狐狸围巾就这么掉在了地上。

我娘发起火来比什么都可怕。我顾不得许多，忙戴上失而复得的狐狸围巾，跑了出去。街上冷风拂面，直吹得睁不开眼。

往街上一看，杨婶正和一群人争买白菜。

我赶紧钻进人群，但见水灵灵碧油油的大白菜整整齐齐码在板车上，卖白菜的小伙子唇红齿白，倒很是清秀，无怪乎那些媳妇姑娘交头接耳偷偷议论，这白菜贩子倒长得好生周全。

杨婶好似白菜不要钱似的，装了满满一麻袋，笑道："罗七，今年多大啦？娶了媳妇没有？"

那卖白菜的未语先脸红了："十七岁……还没。"

"哎哟！"杨婶跟被马蜂蜇了一下似的，叫道："这么好一个小伙子，怎生还不娶妻？这人才，准生个漂亮娃娃！"

罗七腼腆地说："家里没有钱，我又孤零零一个人，一个人吃饱全家不饿也好，哪里娶得起媳妇。"

杨婶笑道："这么好的小伙子，哪还用愁媳妇，多少大姑娘还喜欢长得俊的后生呢！你且等着，杨婶我给你张罗，到时候有了孩子，必得认我做干奶奶！"

罗七害羞地笑道："多谢杨婶好心肠！只是我这家境，少不得委屈人。"

杨婶拍手道："你且等杨婶消息吧！勤勤勉勉过日子，白手起家的也不是没有，我倒瞧你是个有福气的呢！"

罗七还在谢杨婶，手里倒没停，白菜很抢手，我也赶紧称了半口袋。

白菜新鲜，价格还便宜，很快哄抢一空，我正打算和杨婶把白菜拖回家，不想罗七倒是乐于助人，说卖光了菜横竖没什么事，便用板车装上我和杨婶的白菜，帮我们送回家去。

杨婶满口称赞："这小伙子，真真是没挑了，长得俊，又勤奋，人也老实，只可惜家里人死得早，只剩一个单人，种点白菜又不晓得仗着菜好要高价，真真是个老实孩子。"

我瞧着罗七瘦而挺拔的背影，倒也觉得他一个人孤零零的。

罗七先送到了杨婶家，又到了我家，娘瞧见罗七，忙丢了抹布走出来，直道："这才叫个不好意思，买几个白菜，居然还劳动着你特地跑一趟，快进来，大冷天的，你梅叔刚煮了一锅红豆圆子，你也喝点暖暖身子！"

罗七红了脸推辞，早教娘给拉了进来。

但见他只喝了一碗，说什么也不肯再添，好像很不好意思似的，急急告辞推板车回去了。

娘瞧着他的背影出了会儿神，转而对爹道："这罗七也是个勤快孩子，家里又没了人，咱家又没儿子，招上门做女婿也不错。"

我一口红豆圆子还未咽下，听了娘一说，惊得喉咙一动，生生被那团子卡在嗓子里，噎得我直翻白眼。

爹把茶壶远远咻的一声推到我面前，道："谁知道那孩子愿不愿做上门女婿，孩子跟丈人姓，我估摸总也不甘。"

娘看都没看我一眼，道："确实是个好孩子，倒是不错，若是以后没有儿子，梅菜和这店，日后也可放心托给他。"

团子黏在喉咙里，上不去下不来，着实难受，我好不容易用茶水冲下团子，直吵："爹娘给梅菜招女婿，不嫌太早了吗？"

娘笑道："哎哟，我可忘了，咱们梅菜还有个青梅竹马的小三子。"

爹也笑起来，我见爹娘故意拿我取笑，便咕嘟了嘴上楼去了。

压吧虎子早就不知所终，不知道它拿了这狐狸围巾，到底想跟我说什么？

晚上去送夜宵回来，瞧见罗七正在烟雨阁门口给云朵她们一群丫鬟叫着买萝卜。

云朵笑道："罗七哥真真一表人才，可不比我家姑娘那些恩客差。"

罗七臊得脸红到脖颈，道："姑娘说笑了，我一个卖菜的，怎好跟公子少爷相提并论。"

一群丫鬟见他害臊，越发肆意调侃他起来，直说得罗七更低了头不语，只顾手忙脚乱称萝卜。

萝卜瞧上去脆脆甜甜，清脆多汁，丫鬟们买了不少，调笑够了，也就依依不舍地散去了。

我瞧见板车上有个小盘子里面盛了切出来供人尝味道的小块，也厚着脸皮自取了一块吃。

这萝卜鲜嫩嫩的也没什么渣，果然非常爽口好吃，罗七瞧着我笑道："怎么样？萝卜辣了管换。"

我忙点头：“比鸭梨还好吃！”

罗七笑了：“真真孩子话，萝卜怎么能跟鸭梨比？你爱吃，哥哥送你几个。”便拾了些匀称的给我。

我谢了罗七，笑道：“罗七哥哥好意梅菜心领啦！不过白拿哥哥的萝卜，娘可是要骂的。”

罗七笑道：“没事，横竖自己田里种的，花不得许多本钱，上次梅婶不也招待我吃红豆圆子，难不成我还得给钱吗？”用绳子系了塞给我，我还要推辞，罗七佯怒道，“莫不是嫌哥哥的礼寒酸吗？那我可不敢给了。”要拿回来，我一听更不好，便忙收了萝卜道谢了。

罗七板车上萝卜也所剩不多，便收了摊子，跟我顺路一同回家了。

我边走边问：“梅菜吃过不少萝卜，可当真都不若哥哥种的好吃，又脆又甜，不知哥哥可有什么诀窍？”

罗七笑道：“不过是寻常的翻土施肥捉虫子，哪有什么诀窍？不过万物有灵，你对它上心，它自也会好好报答你的。我家田贫瘠些，所以便得比别家更仔细些照料作物，作物虽不会说话，但它自会往好处长，就如同我爹在世就老跟我说过的，一分耕耘一分收获。”

我点点头，道：“哥哥说的确有道理。”

正说着，突然瞧见一个人伏在小路上，我和罗七对望了一眼，便大着胆子过去瞧瞧，不瞧不要紧，竟是李绮堂！

但见李绮堂手里紧紧握着天罡箭，已然昏迷过去，左肩的白衣被扯破好大一块，一个撕裂的伤口还在冒着鲜血，将衣襟都染满了。

我哪里见过这个场面，登时吓得目瞪口呆，直坐到李绮堂前面慌了神，手忙脚乱不知道怎么做好，反倒是罗七忙把李绮堂抬到板车上，风风火火地送到了这条街里面最出名的医馆回春堂。

还好这位神医黄先生还没睡，正就着蜡烛看一本泛黄的书，见我们抬进李绮堂，自是吓了一跳，忙问：“可是遇到匪徒了，怎生这少爷受得这么重的伤？”

我忙问：“先生可能医治？”

黄先生点点头：“老夫这就给这少爷瞧瞧伤口。”

便剪开李绮堂的衣服，只见李绮堂左边锁骨皮开肉绽，血肉模糊，隐隐能瞧见白色的骨头，现下他依旧毫无知觉，脸色白得毫无血色，嘴唇紧闭，睫毛在蜡烛昏暗的光下投出很长的影子，着实骇人。

黄先生喷了口酒在伤口上，李绮堂嗯的一声，似是痛醒了，慢慢睁开眼睛瞧见周围光景，目光涣散，我忙抓了他手："李公子，你可还好？这伤是怎生受下的？"

李绮堂没有回答，又慢慢闭上眼睛昏睡过去，我忙问："黄先生，这位公子……"

黄先生急着往李绮堂伤口撒药末，答道："不知道给什么利器砍下的，真真可怜见的。"

又麻利地给那大伤口包扎好，转身去后面成排的木柜子抓药去了。

罗七这才问道："梅菜，看你如此慌张，这位少爷可是你的熟人？"

我点头答道："是的，这位是李公子，人是非常好的，不晓得怎生受了这么重的伤倒在烟雨阁那边，真真教人心焦。还幸亏罗七哥哥救下，梅菜代李公子谢谢罗七哥哥！"

说着便行了个礼。

罗七忙拦下我，道："瞧着公子这样子，怕是伤得不轻，谁见了都不会袖手旁观，本就是举手之劳，没什么可谢。"

这时黄先生道："这少爷伤口虽深，且无性命之忧，不过今夜须得在老夫这里看顾看顾，他们家人何在？"

我答道："他家在城郊，远得很，这半夜来去不便，若是可以，梅菜愿意看顾李公子。"

黄先生点头同意，道："待他醒来，生肌止血药也该熬好了，到时喂上一些，待他回家，该喝些黑鱼汤。"

我忙应下了，便托罗七回家时顺路告诉爹娘，说我在回春堂照看李公子，罗七答应着去了。

爹娘闻言也过来瞧了瞧，还特地熬了一罐黑鱼汤提了来。

见我忙前忙后照顾，倒夸我知恩图报，便留下我，告别黄先生，叮嘱我莫要打盹，好生看着炭火上的药。我忙笑着应下。

到了后半夜，李绮堂似是痛醒了，睁眼瞧见我，问道："可是梅姑娘救了在下？"

我忙道：“不敢当，是我罗七哥哥救的，梅菜只是照看了公子一下。”

便把药喂李绮堂服下，李绮堂似是失血过多，没什么力气，只颔首致谢，我笑道：“李公子太客气啦！公子帮了梅菜那么多次，这算得了什么，况且梅菜也不曾出什么力，敢问公子在何处受伤，怎生如此骇人？”

李绮堂皱眉道：“近日龙神爷不在，有一股灵气时常在胭脂河附近游荡，在下觉察到这股子灵气不大寻常，便想过来收服，果见那妖物围着烟雨阁打转，在下怕它害人，便一路追逐至后园小径，谁想在下学艺不精，一支天罡箭竟射不中它，反而给它抓了一爪子，真真在梅姑娘面前狼狈不堪，贻笑大方。”

我忙道：“哪里！人在河边走，哪有不湿鞋，公子还年轻，已然如此英勇，日后定是一代天师。”

李绮堂羞赧道：“哪里！败军之将，梅姑娘谬赞了。”

我便道：“公子本就气虚，还是勿要多说了，好生休息，有何事唤梅菜伺候便是，梅菜受了李公子那么多恩惠，正是略尽绵薄之力的时候。”

李绮堂吃力地说：“梅姑娘客气，在下只怕那妖怪肆虐为害乡里，待这伤好些，还需再去除了才是。”

我道：“梅菜在这里跑得勤，大大小小事情好打听，若是有那灵物的消息，定来告知李公子。”

李绮堂这才点点头谢了我，睡去了。

不知道是什么灵物，竟然如此厉害，连李绮堂都被它伤了。我可须得留心，明日里若是有什么异事，便定是这灵物所为了。

次日我去李家通风报信，李家忙派了家丁赶了青油小车接李绮堂回去，直言要酬谢公子恩人，派人给罗七送去一坛银子，但据说罗七死活不接，只言说是举手之劳，不要酬谢。李家只好收回来，直说罗七当真是个有风骨的。

李绮堂上车时虽说依旧面色苍白，但仍勉强对我笑一笑，再次嘱托我打听异物的事情，我忙答应着跟他作别。

李绮堂没事，我心情大好，蹦蹦跳跳回家，路上又瞧见罗七在烟雨阁门外卖菜，我刚想过去道谢，不想看见罗七正对着一个姐儿的背影定定地出神，我一瞧，是琉璃姑娘。

我故意走到罗七背后用指头戳了他一下。

罗七吓得跳起来，见是我，不由得露出一股狼狈之色。

看样子，跟小三子说顾生一样，准是什么好逑了。

我清清嗓子，道："哎哟，罗七哥哥的萝卜今天卖得又不错哇！那琉璃姑娘可没少买。"

罗七一听，忙问："那绿衣姑娘，原来叫琉璃吗？"

"嚯嚯嚯……"我发出龙井一样猥琐的笑声，道，"罗七哥哥原来早有心上人啦？怪不得不教杨婶张罗媳妇。"

罗七顿时紫涨了面皮，结结巴巴道："妹妹可勿要误会了，我……我不过是随口一问，可乱说不得。"

我笑道："什么乱说不乱说，我告诉杨婶吧！"

罗七急忙道："妹妹可给我留点情面吧！千万勿要传进别人耳朵，这话若是一说出去，我可难免落个癞蛤蟆想吃天鹅肉，讨得没趣。"

我又嚯嚯奸笑起来，罗七忙掏出三个黄澄澄的鸭梨给我做封口之用。

罗七果然是个爱面子的，虽说他倒很招大姑娘小媳妇待见，不过琉璃姑娘知书达理，是那种琴棋书画样样精通的才女，不知道她对这老实巴交的罗七有没有印象。

虽说鸭梨来得不甚光彩，但却是很甜，我得意扬扬地带着诈来的梨回家了，不晓得怎么回事，总觉得跟罗七开玩笑非常好玩。

虽说净等着妖异之事，可是这些日子烟雨阁难得风平浪静，我四处打听，但连针都没听说谁有丢过一根，倒真真奇怪了。

不料想，罗七似乎真真对琉璃姑娘很上心，天天推了板车在烟雨阁附近卖菜，每次给丫鬟们羞得脸和脖子都红通通的，煞是有趣。

晚上再送夜宵，我特地瞧了瞧琉璃姑娘房里，倒不见那些萝卜。

我疑心为何吃得这么快，琉璃姑娘的丫鬟青青过来笑道："瞧什么呢？姑娘房里来了千百次，还有什么是你小梅菜没见过的？"

我笑问：“青青姐姐，前几天瞧见琉璃姑娘买了好多萝卜，怎生房里没有，这么快就吃完了吗？”

青青笑道：“你这鬼丫头倒眼尖，谁爱吃那劳什子萝卜，早给了厨房了。左不过我瞧那卖菜的后生长得倒好生俊俏，才撺掇了姑娘托言挑萝卜，上前近看，连姑娘都夸那卖菜的堪堪能唱小生，卖菜倒着实可惜。”

我点头道：“那卖菜的原住我们家不远，叫作罗七，这一阵子常来卖菜，我瞧姐姐们爱找他买，原来是去瞧人了。”

青青笑道：“那可不，平日里伺候惯了恩客，还不出去瞧瞧新鲜人，人不给自己找乐子，憋死也是生受。”

这里的女子自有自己的辛酸，成日里迎来送往，不得不八面玲珑，可还是会给人说是虚情假意，确实冷暖心酸只有自己知道。

青青见我出神，笑道：“怎么了？莫不是你想吃萝卜？”

我忙摇摇头，问：“琉璃姑娘可提起过那卖菜的吗？”

青青笑道：“这阵子谁不议论议论那俏后生，日子过得死气沉沉，但凡有点子新鲜事，可不就翻来覆去地说嘛！姑娘也夸他说，生得很俊，人瞧着也老实。”

不想罗七竟成了烟雨阁的红人了，但是以琉璃姑娘的身价，罗七哪怕再多卖些菜，只怕也不得见上一面，怪教人惋惜的，若是他收了李家送的那银子，给琉璃姑娘赎身只怕也够了，不晓得他后悔没有。

许这就是戏台上的“有缘无分”吧。

罗七风雨无阻地在烟雨阁门前守望，日子久了，别人没说什么，只瓣儿时时做出厌烦之色，绞着手绢，不耐烦道：“那卖菜的倒算得上痴情，自打迷上了姐姐我，日日来瞧我，我何尝不知道他的心？只可惜一个卖菜的，身份地位与我这命里便是享大福的端的不配，要不然，这几分人才倒也勉强过得去。”

边说，边遗憾地叹气。

我偶尔见他等到了琉璃姑娘，眼睛只是发亮，琉璃姑娘则已经对他没了兴趣，瞧也不多瞧他一眼便过去了。看着这罗七，倒怪教人心酸的。一日见杨婶来罗七板车前喜滋滋地说什么，但罗七只是摇头，我忙凑近了听。

杨婶惋惜道："那可是个难得的好姑娘，你不同意，可是可惜了的，那姑娘不嫌贫爱富，又勤快踏实，你莫不是真想打一辈子光棍吗？"

罗七腼腆地说："杨婶莫要操心了，什么人什么命，我这穷得两手只捧不着几两银子，谁来跟我，都怪过意不去的。"

杨婶笑道："你这孩子怎生这么死心眼，没有钱慢慢赚，俩人过日子，齐心协力，还怕没有翻身的一天吗？且别害臊，不论如何，改日杨婶便带她来与你见见面。"

罗七低头不语，杨婶扑哧一笑，便往家走了。

我忙跟上杨婶，问道："杨婶，可是给罗七哥哥说亲？"

杨婶笑道："你倒爱听蹭儿，左不过西山上有个猎户家女儿，和你罗七哥哥差不多大，没了爹娘，无依无靠，无钱置办嫁妆，所以尚未许人家。前日她独个在街上卖山货，我一聊倒投机，心想倒也不如给你罗七哥哥说上一说，这姑娘孤苦伶仃，也愿意尽早找个人家，谁知道这罗七倒是死心眼子，怕耽误人家姑娘，没得可惜了。"

说起来还真是般配良缘呢！但罗七哥哥心心念念那琉璃姑娘，怕是要自误了。我忍住没有告诉杨婶琉璃姑娘的事，也直呼可惜。

这日上街，瞧见一个十六七岁的姑娘也在烟雨阁旁支了摊子卖山货，细高挑身材，白皙鹅蛋脸，荆钗布裙，正叉了腰大声吆喝，杨婶也在旁边说笑，这姑娘细看之下，虽说穿着简陋些，举止粗野些，倒也算得一个美人。

我唤了杨婶，也过去瞧那干香菇、干山菜，杨婶见我笑道："又来替你娘买东西？真真是个伶俐丫头，你看，这姐姐便是那本想说与你罗七哥哥的苗澜姑娘。"

我忙唤声苗姐姐好。

那姑娘见我倒愣了一下，然后犹犹豫豫地问："你是……雪菜？"

杨婶笑道："不是雪菜，是梅菜，别看她小，这些年在烟雨阁摸爬滚打，倒也是个机灵鬼。"

我笑道：“定是杨婶又在姐姐面前抬举我了吧！梅菜、雪菜本就差不离，姐姐会记错也无可厚非。”

苗姑娘忙道：“是姐姐认错了人，妹子，不好意思了。”

我笑道：“人可未认错，这条街最出名的菜便是我梅菜啦！姐姐可见了罗七哥哥？罗七哥哥怎生说？”

那苗澜姑娘尚未开口，杨婶先嚷道：“谁知道那小子怎生如此害羞，一听是说亲来的，竟将脸臊得猴屁股一般，话也没多说几句，推着板车回家了。”

苗澜姑娘面色微红，嗓门却还是嘹亮，道：“许是我过于心急了吧，人家本就是城里人，瞧不上我这没见过世面的村野丫头，也未可知。”

听着这苗姑娘的意思，她倒是对罗七挺满意的。

杨婶犹唠叨个不停：“这臭小子，有眼不识金镶玉，口口声声说没钱娶不起媳妇，现下好不容易有不嫌他的，他倒拿乔起来了！难不成真要打一辈子光棍，把他罗家绝了后？改日我还得上门说说他！”

苗姑娘笑道：“人道是，男追女，隔层山；女追男，隔层纱。不瞒杨婶子说，我既然瞧上了他，便也就尽力让他瞧见我的好。成不成的，不试试看，咋知道呢？”

杨婶喜道：“好姑娘，果真跟城里扭扭捏捏的姐儿们不同，真真爽快好性子。人又能干，又有气力，着实和那罗七是天造地设的一对！”

苗姑娘笑道：“杨婶子过奖了，不笑话我男子似的性气，我也就很高兴了。”

正谈笑间，突然一阵酒气传过来，但见一个长着酒糟鼻子，满脸通红的公子晃晃荡荡走过来，瞧着那摊子，嘴角流涎，痴痴瞧着苗姑娘笑道：“美人，卖山货。嗝，卖身吗？”

苗姑娘未曾多说，身手矫健地把那瞧着百十斤的公子一把翻倒在地，拍拍手掌道：“瞎了眼了？烟雨阁在对门！”

那公子吓得连滚带爬逃走了，我目瞪口呆，苗姑娘豪爽一笑：“山上的野姑娘，话不会说，只有把蛮力，见笑了。”

我觉得我倒喜欢上这苗姑娘了。

此后苗姑娘日日来罗七对面卖山货，时不时嘘寒问暖，偶尔还会送些汤饭给罗七吃，罗七推辞不过也就受了，杨婶时时笑着跟我说：“过了年，准能吃上罗七哥哥的喜酒！”

但是我觉得罗七还是日日风里雨里出摊，等琉璃姑娘。不知道那苗姑娘瞧不瞧得出。

一日去烟雨阁，倒没瞧见那苗澜姑娘，只罗七孤零零地守在板车旁卖鸭梨，只见他大眼睛里满是血丝，不晓得怎么了。

我问道：“苗姐姐今日怎么未出来？”

罗七勉强笑道：“我怎会晓得。”

我见他没有精神，又逗他道：“罗七哥哥，杨婶说要吃你和苗姑娘的喜酒呢！”

罗七吃了一吓，道：“什么？我早跟苗姑娘讲，虽说没什么希望，我是有了意中人的，哪里还敢耽误别人！”

我一听心下明白几分，只怕任苗姑娘那好性子，给罗七把话说到这份上，定也不好意思再来了，实实是怪教人遗憾的。

我见罗七脸色不好，便又问道：“罗七哥哥可是没睡好吗？怎生成了兔子眼？”

罗七揉揉眼睛，笑道：“说起来可笑，昨天晚上做梦，挖了一晚上坑，可不今天还是困。”

我笑道：“罗七哥哥做梦也不忘挖萝卜吗？”

罗七笑道：“倒不是萝卜，说出来你可勿要笑话哥哥，许是人穷志短，竟梦见过世的爷爷告诉我，挖开后园墙角，有一坛子金子，我便动手去挖，整挖了一夜。可不是穷疯了嘛！梦里都不忘要发一笔横财！”

我心念一转，托梦这种事，宁可信其有，不可信其无，罗七现下正缺钱，如若真有些祖上遗产，那他岂不可以成家立业？梅菜我稀奇古怪的事情见多了，谁知这次是不是当真是祖先庇佑子孙呢！

我便撺掇道：“经常听见人家说先祖托梦，必有因由，哥哥不若去挖挖看，真有金子，也未可知啊！”

罗七道：“哪有那种好事！只有你这孩子信。”

我吐吐舌头道：“先祖托梦，居然不信，简直是大不孝啊！罗七哥哥，梅菜正闲着，不若陪你回家挖挖看？”

罗七犹豫了一下，瞧着板车道：“可是这梨……”

我拖他道：“发了财，一车梨算得了什么，挖出金子省得卖梨，挖不出再接着卖不迟！”

罗七拗不过我，只好推了板车回去。

罗七家离我家不算太远，是个老旧的土坯房子带竹篱笆圈出的小院，院里院外是整整齐齐的菜畦。

罗七放好了板车，先把我让进去喝水，只见屋子虽然破旧，却收拾得干干净净，不过瞧得出确实穷得溜干二净，什么体面家具都没有，连笸箩都是积年旧物。

突然一个什么动物闪电也似的从屋里蹿过去，吓得我跳了起来。

罗七见状，忙道：“妹妹莫怕，哥哥在外面捡了只快死的野猫，现下精神倒大好了，穷人配野猫，正好留下做个伴，也好逮逮老鼠。”便提了破壶在一个缺了口的粗瓷杯里倒了些水给我。

我谢过了，也顾不得喝水，丢下杯子先跑到后院，找了铲子挖土，罗七啼笑皆非道：“哪有那种事……”

我笑道：“试过才知道哇！先祖都告诉哥哥，哥哥还不挖，先祖晓得了，准得生气。”

罗七只好也操起锄头挖起来。

不多时，只听见叮的一声，像是锄头碰到硬物，我忙跳过去，扒开浮土，不由得屏住了呼吸，但见那土下，可不是有一个大粗瓷坛子嘛！

第16章　过霜降（下）

罗七的朋友是一个奇怪的娘娘腔，娘娘腔帮助了罗七，完成了心愿，自己却付出了生命。

罗七也登时愣住了，待回过神来，忙想抱出坛子，却抱不动，索性拍开泥封，我们两人顿时大眼瞪小眼，坛子里，果是满满的黄澄澄的金子！

我忙道："罗七哥哥，你可发了大财喽！"

罗七喃喃道："这……怎生会有这种事……"

我笑道："好人有好报，罗七哥哥，有了钱，便可买好些想要的东西啦！"

罗七依旧是回不过神来，捧了金子只是颤抖。

罗七思虑良久，红着脸道："不知这钱，可够见见那琉璃姑娘吗？"

我笑道："不止不止，估摸够哥哥随心所欲地花呢。"

罗七不好意思地笑了，又望望这土坯房，喃喃自语道："还得盖个新房子，且不知道人家锦衣玉食这些年，在这儿住不住得惯……"

他这一说，显然指的是琉璃姑娘。

不过我眼前倒浮现出那苗澜姑娘来，我总觉得，罗七还是与那苗澜姑娘匹配。

自得了金子后，罗七似乎换了个人，买了崭新的缎子衣服，添了些仆从，盖起了一个漂亮的宅邸，时时昂首出入烟雨阁，本就俊秀，此时更是显得器宇轩昂，我却再未见过苗澜姑娘出来摆摊子，倒也有些惦记，不知道她现下怎么样了。

这一日没什么事，便去瞧李绮堂，他受伤之后一直未曾出来，虽说烟雨阁附近没有什么异事与灵物有关，按说不该贸然叨扰养伤的他，但总觉得怪放心不下的，便厚着脸皮拎了点李绮堂上次赞过好吃的藕粉桂糖糕奔李府去了。

不想李绮堂虽说瘦了些，精神倒好，正在长榻上读书，见我忙坐好了，微微一笑："梅姑娘！多日不见了！"

我忙道："公子有伤在身，可千万勿要多礼，梅菜瞧着公子脸色不错，也便放心了。"

李绮堂忙笑道："多谢梅姑娘挂怀，在下已然好得多了。虽说还是挂心烟雨阁附近的异物，不过近日里似乎平安得很，旁的道友皆说未有什么灵气，也怪教人疑心。"

我笑道："没有灵气还不好？李公子倒正能趁机好好疗养了，感情那灵物也是仗义的，只知道不能乘人之危。"

李绮堂摇头道："那物可不是什么善类，灵力强得很，怕有个千八百年的修行，梅姑娘日日行夜路，可得当心。"

我道："谢李公子，这阵子烟雨阁平静得很，难得的太平，不过倒有个奇事，可以说与你听，上次救了你的罗七哥哥，本是一贫如洗，现下祖先托梦，竟真真一如梦中祖宗所示，挖出了祖产，现下变成有钱人啦！这便是人们说的祖宗有灵了，大概九泉之下，也看不过后代吃苦吧！"

李绮堂皱眉道："什么？竟有这等事？"

我笑道："怎么样？连李公子也未曾听过这种奇事吧！"

李绮堂摇摇头："凡是阴司之人向阳世托梦，必有城隍记录，不瞒姑娘说，我打鬼市之后，一直协助阴司与阳世之通，可是，并无罗氏记录。"

我一愣："记录烦琐，李公子会不会记错？"

话一出口，我想起来李绮堂是有名的被称什么过目不忘的神童。

果然，李绮堂摇摇头："在下断不会记错。"

可是，如果仅仅是罗七自己普普通通异想天开的一个梦而已，怎生会真的挖出金子呢？

李绮堂道："要么，是赶巧了真有祖产给他挖出来；要么，便是异物托梦。”

异物，但是异物为什么要送罗七金子呢？瞧他可怜？

我望着李绮堂，着实想不通。

李绮堂道：“若自己做梦，真挖出祖产的可能，微乎其微，几可忽略不计。异物托梦倒是有几分可能，但也蹊跷得很，再或者，只有可能是他自己埋下，只在姑娘面前，假托是梦里所示了。”

这可真是闻所未闻的奇事，金子是我亲眼看见挖出来，且黄灿灿货真价实，难不成是罗七自己埋下金子，骗我说祖宗所示，好教我做证，实际上这金子来路不明？

可是不论怎么想，都不敢相信那老实巴交爱脸红的罗七会是那种人，再说那批金子并不是小数，寻常百姓人家根本不会有，就算要偷要抢都只能去官府银库，瞧罗七那样子，断不会有那飞檐走壁的本事，再者说哪里失了这么一大笔金子，怎么都会吵嚷的人尽皆知，不会像现在风平浪静。

照这么想来，只有可能是灵物作祟了。

妖物不害人，反而给人金子，世上真会有这么匪夷所思的事吗？

李绮堂接着问：“这个罗七家中可有什么异状？”

我摇摇头：“只是一个普通的农家院，种了很多菜……”

李绮堂点点头：“是吗……那罗七家只有他自己独居吧？”

我道：“罗七哥哥父母双亡也没有亲戚，是一个人过活。”

说到这里，我脑子里闪出那只给罗七救下的猫来。忙道：“罗七家养了一只野猫来着！”

李绮堂奇道：“野猫？那倒也没有什么，起码并不是伤了我的那物，猫就算修成灵，亦没有那物那么利的爪子。”

猫没有问题，那罗七的金子到底是谁给的呢？

李绮堂道：“事情不对劲，在下也好得差不多了，不若同去那罗七家瞧瞧，在下尚未多谢那位救命恩人。”

我忙点头，便带李绮堂去罗七家了。

此番罗七发了财，在烟雨阁可再也无人打趣与他，反而个个换上仰慕之色，罗七可算出人头地，赏钱给得十分大方，更让那丫鬟们向往不已，只遗憾自己未曾在他未发家前跟了他。

听说琉璃姑娘自也是竭尽全力，好生伺候，温言软语诉相思，罗七美梦成真，这几日当真打算要赎了琉璃姑娘出来，风光成亲，教烟雨阁一众姐儿好不羡慕，都言说得以做正房，真真是当姐儿的最好归宿。

姐儿们自是好言祝福，个个都来道句吉利话，唯瓣儿不去，还咬着牙大骂罗七薄情寡义，不从一而终，若不是托了她的福气，一个卖菜的怎生会发了家？现下反而便宜琉璃姑娘那狐狸精，真真老天无眼，连连赌咒要让雷公劈了他们俩。

眼瞧着罗七发了横财，早有些嘴碎的人便撇嘴嘲笑道：“穷小子发了财也还是穷酸样，好人家的姑娘不娶，非要赎个婊子，瞅着吧！以后山不转水转，等着受罪去！”

还有人开始跟罗七攀亲戚论交情，整日里变着法地教罗七出钱玩乐。而那些八竿子打不着的远亲早先怕罗七借钱，一直躲得远远的，现下也来投奔，罗七一向脸皮薄、耳根软，不得不好生招待，更有甚者知道罗七吃花不尽，竟拖家带口住下了。

待我们到了罗七家，只见一群亲戚竟愤而对罗七道：“不怕你生气，听说你要赎个姐儿出来成亲，那姐儿堂子出身，不会持家过日子的，你爱她几分颜色，若是真娶回家来，我们也不好说什么，他日你难免为了钱财，与我们断了关系，到时候她独个掌握了这许多罗家钱财，你还有几分说话的底气？”

再者说，哪个姐儿不是花钱如流水惯了的，给你败光家财，瞧你哭都找不到地方！现下偌大的产业，交与一个四体不分、五谷不勤的姐儿，罗家颜面亦无光，不若听我们的，娶个清白姑娘，以你这人才，咱罗家又是出名的清白家世，什么好姑娘来不了！”

罗七急得满脸通红，这么冷的天居然滚下豆大汗珠，喃喃道：“这婚姻大事，难道还由不得自己……”

亲戚们异口同声：“你得给罗家想想，这产业那可是罗家的！你可不能愧对先祖哇！”

一个矮胖矮胖的婆婆跳将出来，道：“七儿，今天二姑婆可得说一句，罗家这么些宗亲，可也都仰仗树大好乘凉，莫不如肥水不流外人田，娶了你六表妹，倒是个识大体的……”

早有一个满脸尖酸相的干瘦妇人跳出来：“二姑！侄媳妇说句不好听的，您可不能破桌子先伸腿，好的都叫您给捞了去！您家那六儿年纪虽小，可一个寡妇，怎生能配得这小七？”又对罗七笑道：“还是我家中你三姐姐，比你只大三岁，女大三，抱金砖，可不是应了那祖产嘛！”

二姑婆冷笑道：“寡妇也比给人休回家的强！你们家小三明明是个不能生养的，谁不知道？当谁是瞎子吗？”

干瘦妇人一听急了眼：“二姑，您老人家是老糊涂了吗？怎么赶着说自家孩子不好？明明是我家小三命苦，嫁了个没能力的，还赖我们头上了！不若说小六克夫，又想克死了小七谋家产吧？”

二姑婆登时红了眼，张牙舞爪地扑上来：“你这贱妇眼里是没人了？敢这么跟长辈说话？大狗！你怎生带这种媳妇出来丢罗家的脸？”

一个络腮胡子男人闷声道：“二姑，不是我说您为老不尊，我家那小三好歹也是罗家的后，那六儿一个外姓人，又是寡妇，说不上什么肥水不流外人田！”

又一个细高个中年男人不干了，吼道：“大狗！你说谁为老不尊？你忘了小时候我娘自己省下粮食，先喂了你这狼？如今为了谋夺家产，好不要脸，居然乱起伦理来！说亲本就是姑表兄妹才是，同姓同宗，断断没有成亲的道理！”

说着说着，只见亲戚们居然你帮我，我骂你，三言两语，竟抱团厮打起来，罗七搅在里面，两下为难，差点哭出来。

我趁乱钻进去，把罗七拽出来到清静处，一瞧自己身上，还不知道被哪个踹了两脚，弄得一身土。李绮堂心细，与我清理了，便捧出八卦盘，那指针直直指向罗七，罗七尚未从那骚乱里回过神来，瞧着我们只是发愣。

李绮堂先拜谢道：“在下李绮堂，多谢阁下救命之恩。”

罗七见状如梦初醒，忙扶起李绮堂道：“少爷客气了，我本就是个爱管事的，再说少爷伤那么重，谁都不会置之不理的！”

李绮堂道：“阁下宅心仁厚，端的让人佩服，不过，时下贵宅确有异常灵气，如蒙不弃，在下愿降妖伏魔，以报阁下救命之恩！”

罗七奇道：“什么？可是我家跟平时一样，断断没有什么变化啊！”

李绮堂正色道：“在下家中几代修道，绝不会看错。”说着拔出天罡箭：“妖物就藏匿在宅子里，且请阁下行个方便，在下上次被这妖物所伤，今日必报此仇！”

原来托梦给罗七金子的，果就是那伤了李绮堂的妖怪！

罗七一句“是否误会”还没说完，李绮堂早已搭起弓，瞄着房顶，我抬头一看，一个花里胡哨的东西快如闪电般跃下来，却是软软一团，趴到我脖子上。

那东西用什么尖锐的硬物抵着我的脖子，发出一种尖锐的声音：“咱们比比谁快，你的箭和我的爪同时动手，你若是射不中我，我就把这女娃喉咙撕开。”

“啊……”只见罗七惊得张大了嘴，喉咙里发出“咯咯”的声音，居然两腿一发软，嘴里连连道：“妖？……妖……”两声，便两眼向上反插，登时晕了过去。

李绮堂青白了脸，咬牙收了天罡箭，道：“你勿要多作孽，放了梅姑娘，我饶你一死。”

那东西吱吱笑道：“嘿嘿嘿！人类只会撒谎，谁要信你？”

说着，那硬东西又往我脖子里深几分，我顿时一阵剧痛，颈子里湿湿热热似乎给那硬物扎破了流出血来。不由“哎哟”一声，心下想着，这下完了，大难不死这么多次，我梅菜终于算是要把小命搭进去了。

李绮堂忙道：“有话好说，不要伤了人命！”便丢下了天罡箭。

那妖怪越发得意，道：“女娃，走走，跟我去西山！你这臭小子可不许跟来！”我瞧瞧李绮堂，李绮堂只好点头，我便两腿战战地去了，不住地想回头望李绮堂，李绮堂果没有跟上来，我没有办法，便往西山走去。

这西山人烟罕至，看来我少不得给这怪物吃了，我心乱如麻，脑子一片空白。龙井要是在，也许还能救我一命，偏天晓得他跑到哪里去了。

哎，我那苦命的爹娘，莫不是将要白养我这个女儿了……

想到这里，我不由得呜呜哭起来。

那物绕在我脖子里，道："哭什么？你跟雪菜简直天差地别，真真是个没出息的！"

我一听，灵物居然跟我聊起天来，不若套套近乎，说不定不会吃我呢！便忙问道："大仙，雪菜是谁？"

那妖怪抓了抓我的狐狸围巾，又嗅了嗅，犹疑一下，道："哼，谁要告诉你，少说废话，许还能让你多活一阵。"

我怕得罪了它，只好闭嘴不语，这妖怪缠在我脖子上，我也逃不走，真真教人心焦。

转眼到了西山，妖怪叫我顺山路上去，我只得照做，半山腰有一棵大树，妖怪道："快上树！快上树！"

我只得又爬上了树。

上了树，妖怪教我坐在树上，我往下一望，高得人头晕眼花，摔下去滚落山下，非死即伤，便只好紧紧贴在树上不敢动弹。

不想那妖怪轻盈地从我身上滑下来，摇身一变，竟化作了一个妖媚的少年，丹凤眼，鹅蛋脸，肤若凝脂，唇若涂丹，比女子还好看几分。

我登时傻了眼："你你你……"

那少年白了我一眼，声音也由尖锐变得甜糯起来："端的没见过世面，小爷这等俊美颜色，料想你这土丫头也未曾见过。"

我忙道："是是是，大仙好容貌。"

但心下暗想，梅菜我觉得李绮堂比你这男不男女不女的娘娘腔好看多了。

那少年做出一副顾影自怜的神态，道："偏偏小爷是个公的，要不然，不知怎样的颠倒众生………"

又以睥睨众生的样子瞧我一眼："你这呆呆傻傻的，反倒好福气，竟可惜了占个女儿身，暴殄天物。”

我肚子里不由得对这死娘娘腔破口大骂，面上只好依旧装得很同意他的看法。

死娘娘腔抚摸着自己的面颊，道：“那琉璃姑娘，可有小爷颜色十分之一？”

我忙道：“琉璃姑娘美貌……”

但见那死娘娘腔狠狠剜了我一眼，我忙改口：“不若大仙美貌。”

“哼，算你没瞎。”死娘娘腔叹口气，道，“大概也算得是个人类里的美人了，阿七对她一往情深，日日只是对小爷诉说那劳什子琉璃姑娘，教小爷好不羡慕，阿七一向是个心软面善的，小爷最怕别人照料不好他，害他挨了欺负。”说着只见这死娘娘腔眼神一凛，“若是谁欺负了阿七，小爷是断断不会饶他的！”

奇怪，这灵物怎生对罗七感情很深的样子哇？

多嘴的天性让我忍不住大着胆子问道：“大仙和罗七哥哥是什么关系？”

那死娘娘腔怔了一怔，道：“小爷和阿七……算了，告诉你也无妨，料想你也知道，那个白衣少年是小爷打伤的。”

我忙点头，心下想着，这死娘娘腔确实不是什么好东西。

死娘娘腔似是没曾瞧出我眼睛里深藏不露的鄙夷，道：“那日我出来有些任务，不想碰到那个少年苦苦相逼，他的法宝端的厉害，道行也深，我定是打不过他，还好小爷最大的本事便是快，那少年一箭没有射中，小爷趁机抓了他一把，可惜当时小爷虽未被射中，却也被那怕人的天罡气伤到了，力道不够，未曾杀得了他，眼见他倒地，小爷也动弹不得，觉察那少年未死，我心下也叫苦不迭，他但凡醒来，我便只有死路一条了。”

当时李绮堂伏在地上，我也亲眼看见，却未见那死娘娘腔啊！便又问：“不知大仙当时藏身在何处？”

死娘娘腔哼道：“你肉眼凡胎，瞧得出什么？仗着开了天眼，还以为自己无所不能了？哼，小爷根本没动，而是瞧着阿七古道热肠救人，赌了一把，顺势伏在了阿七身上，随阿七回家。”

死娘娘腔脸色又变得柔情万种：“那傻阿七，自是发现小爷身受重伤，便精心照料，虽说自己食不果腹，还省下粮食熬粥给小爷吃……”

我顿时明白了：“你！你莫非便是那天那个野猫？”

但转念一想，李绮堂说这个灵物并不是猫啊！

死娘娘腔听说，登时凶神恶煞地瞪了我一眼，吓得我直暗骂自己又多话，只得死死抱住树干，闭了眼受死。

不料那死娘娘腔竟然未曾发作，只听他幽幽叹道：“哎，阿七，也只当小爷是个野猫吧！今日小爷开口说话，阿七定是吓得不轻，我们的缘分，就此也就尽了。”

我一向是个好了伤疤忘了疼的，忙问道：“那你是？”

死娘娘腔苦涩地摇摇头：“不说也罢。”又对我道，“我带你过来，并不是为了吃你，只是想让你给阿七带个话。”

我一听登时喜而忘形，没出息地差点从树上摔下，忙抱紧树干道：“大仙有何吩咐？只要放了梅菜，梅菜一定照办！”

死娘娘腔道：“想来你也能猜到，那金子，本是小爷给阿七留下过日子的。”

我忙点头。

死娘娘腔继续道：“阿七好人有好报，这些本就是他应得的。虽说不舍，可小爷的伤好了，早该离开阿七，只是，小爷实在……”

我道：“大仙若是舍不得，留下做个猫不就行了。”

死娘娘腔又白了我一眼：“你也真是笨得可以，白衣少年给小爷伤了，他岂会善罢甘休？早晚会循着我的灵气跟我寻仇，小爷不能连累阿七。”

一口一个阿七叫得倒好生亲热。此番不晓得是谁把罗七吓得晕倒在地。

那死娘娘腔接着道：“小爷早该回去做小爷该做的事，可是小爷实在离不开阿七，也放心不下。若小爷是个女儿身，定会舍弃了修行，陪阿七终老，可是造化弄人，阿七偏偏喜欢上那不适合的人。”

我心下想着，你怎生知道琉璃姑娘不适合？

那死娘娘腔像是看穿我的心思，道：“瞧你一脸不服气的样子，小爷岂是那不容人的，若是那琉璃姑娘待阿七是真心，小爷怎会不成全，可惜小爷早去探查清楚了，那琉璃早有个相好，只是没什么钱赎不出她，此番阿七得了金子去捧那琉璃的场，琉璃大喜过望，早和那相好的商议，待骗光了阿七的钱，俩人要远走高飞呢！”

“什么？”我吃了一惊，不想那知书达理的琉璃姑娘竟是有这种深藏不露的心机。

死娘娘腔撇嘴道：“所以说，人类只会撒谎，唯有阿七是个实诚的。不过一个情字，琉璃也未必是个坏人，不是都说人不为己，天诛地灭吗？各人有各人的心思，但小爷是断断不会由着她伤害阿七的。”

我忙点头：“大仙顾虑的有理。”

若是罗七给他心心念念的琉璃姑娘骗了，真不敢想他会有多伤心。

那死娘娘腔道：“小爷自担心阿七为情所困，思来想去，只得自己忍痛去拉红线，谁料阿七却视而不见……阿七此番得了金子，只怕别有用心的大有人在，你也瞧见那群如狼似虎的亲戚。万一伤到阿七，小爷绝对不依，可惜，小爷和阿七的缘分，再不甘心，也已然尽了。小爷护不了他，只能找个能护他的替小爷。”

我一听任务艰巨，忙道：“可是我哪里能拦的下罗七哥对琉璃姑娘的那份心啊！”

死娘娘腔苦涩一笑：“你只要说，那会讲话的野猫是琉璃姑娘化作的，他必会相信。到时，只怕他躲那琉璃还来不及呢！现下只有跟小爷找好的姑娘在一起，他才会有好日子过。我只托你告诉阿七，舍弃了琉璃，真正该和自己厮守的，另有其人……”

便伸手指向南边：“我带你来西山，因为她就住在……”

不承想，话音未落，一道白光闪过，死娘娘腔似乎早想到了会有此劫，犹满足地微笑着，慢慢栽倒到树下，闪耀出一团烟花也似的光，似乎变成什么东西，坠落在草丛里。

我慌地从树上站起来，差点摔下去，瞧着那妖怪坠下去，想是活不成了。

“梅姑娘！你可安好？是在下没用，没能护姑娘周全。”我望过去，是李绮堂气喘吁吁地追到了这里，一手犹按着那伤口，伤口似乎裂开了，血浸透他胸前的白衣，但射杀了妖怪，脸上倒是欣慰的。想来刚才便是天罡箭断送了那妖怪性命。

“谢李公子，梅菜无事。”我明明是被李绮堂救下了，可是却没有那逃出生天的感觉，反而心里很不是滋味，明明是讨厌那自以为是的娘娘腔，可是他死了，我却遗憾没有来得及让李绮堂放他一马，明明我应该担心李绮堂的伤势，我却对那妖怪的死备感揪心。

明明我应该笑着庆幸逃出魔爪，但我眼睛却被泪水给模糊了。

透过眼里重重的泪水，但见李绮堂从草丛里拾起一个花里胡哨的动物，摸摸它身上的毛，仰头笑道：“让梅姑娘受惊了，这修行多年的锦毛貂精皮毛甚是珍贵，不若在下教人做了小皮袄，给梅姑娘御寒，也算是个纪念吧！”

我摇摇头：“我不要。”

这件事原也怪不得李绮堂，也许那妖怪仅仅是喜爱罗七一人，放了它，伤及旁的无辜也未可知，降妖除魔，也只是李绮堂命中注定该做之事。

想来是罗七误认那锦毛貂精为野猫了吧！而锦毛貂精认准的姑娘，难道是……

不多远，便是一户农家小院，里面弯腰喂鸡的，不是苗澜姑娘是谁！

我不由得远远唤了一声：“苗澜姑娘。”

苗澜姑娘听声，看见我，奇道：“妹子，你是怎生识得我？”

苗澜姑娘不认识我，可见那日里在烟雨阁支摊的，便定是化作苗澜姑娘样子，想教罗七对琉璃死心的那死娘娘腔了。

我勉强笑道：“苗澜姑娘，紫玉钗街的杨婶，你可认识吗？”

苗澜姑娘一愣，脸色微红道：“自然认识，一日杨婶见我孤苦伶仃，要与我说亲，偏这些日子我病了，并未到城里去，你可是来报信的？”

我想了想，笑道：“现在还不知道罗七哥哥怎么想，不过我瞧着，他跟姐姐可是般配得很啊！”

看来苗澜姑娘也很为终身大事着急了，爽快笑道：“妹子倒是嘴甜得很，那就借你吉言了！不瞒你说，独个在这荒无人烟的山里过日子，姐姐可早就过够了。”

我转而送李绮堂去回春堂敷药，黄先生直咂嘴说：“少爷也太不小心了，此伤本快要痊愈，但少爷如此剧烈奔跑，伤口断断没有不裂开的道理。”

李绮堂红了脸道声惭愧，待敷好了药，我便把事情告诉了李绮堂，李绮堂一听，怔了一怔，道：“不想那锦毛貂精虽然满手血腥，倒是个知恩图报的。都怪我心浮气躁，话不多说便射出天罡箭……”

我忙道：“不怪李公子，本来这妖怪也是有错的。”

虽说李绮堂后悔自己浮躁鲁莽，但木已成舟，谁也没有办法，何况当时情景，在李绮堂看来定是凶险无比，不得不放箭杀他。

现下能做的，也只是照着那锦毛貂精的遗愿，骗过罗七。

果然，罗七得知自己养的野猫竟是琉璃姑娘化作的精怪，思前想后，冒出一头冷汗不说，自是吓得发了一场烧。

亲戚们又几次三番地逼迫亲事，罗七那人一向是逆来顺受的，眼见哪边都得罪不得，只得选了折中的办法，一咬牙点头答应了跟苗澜姑娘的亲事。

亲戚们都失望不已，纷纷骂杨婶多管闲事，插手别人的家务事，杨婶笑道：“我这亲事可比你们早得多了，人家原就是两情相悦，怎的不比这趋炎附势锦上添花的强！”

那苗澜姑娘果是个精明强干不让人的，自打跟罗七定亲，直进罗家宅子叉腰对那些打秋风的亲戚道：“人都说一人得道鸡犬升天，但那好歹也得是有关系的，我们穷的时候，你们跑得老远，生怕沾上我们一点穷酸气，现下可好，说起肥水不流外人田了！没那么容易！”

那亲戚们纷纷骂苗澜姑娘不要脸，还未过门，先当起家来了，一个野姑娘，倒不把自己当外人，真真不懂什么叫廉耻。

苗澜姑娘一生气，挥舞着一根扁担，虎虎生风把那些人全打跑了，着实教人拍手称快。

锦毛貂精的尸体，我和李绮堂好好埋下，免不了唏嘘一番，谁都只是做了自己该做之事。锦毛貂精的死，虽说不敢十分肯定，据李绮堂讲，锦毛貂精满手血腥，而罗七机缘巧合救下锦毛貂精一命，从孤苦卖菜人到得了金子，有了亲事，大概也算是善恶终有报。

琉璃姑娘眼看着罗七再不来烟雨阁，也好梦落空，失望得紧，不知道和那相好怎么样了。

烟雨阁又恢复了往日的宁静——其实这一阵本来也没起什么波澜。

天越来越冷，铅灰色的云朵低低压下来，朔风起，怕是要下雪。

家家点起红泥小火炉，火光映在脸上好不暖和。

这一日闲来无事，我正对着店门烤火，突然瞧见罗七一路走来，寻寻觅觅找什么，我便跑过去问："罗七哥哥，找什么呢？"

罗七不好意思地笑笑："虽说我不小心养了异物，还给你们添了麻烦，但不是我不相信那少爷的道行，你们说琉璃姑娘是我家养的那只野猫化成的，可是我思来想去都不对。那野猫被我救下时确是受伤要死了，可琉璃姑娘我天天去瞧，没有一天是病痛的样子，我不知道里面有什么因由，我只是还想试试看能不能找回它，跟它说，就算它是异物，还残暴些，我也不怕，我们交往这么久，深知道它一向娇气，这么冷的天气，它若是冻病了，谁来照顾它？"

我愣住了，问："罗七哥哥，你亲眼看见那灵物要吃我，怎生还是不怕？"

罗七羞赧道："它那么对你，真真不好意思，还望你瞧我面上别跟它计较，毕竟，它是我的朋友啊！"

我瞧着一片片雪花落在罗七肩膀上，罗七跟我告别，道："若是有缘分见到它，我定带它来跟你道歉。"眼看着他的背影在这空无一人的长街上渐行渐远，消失不见了。

有这么份永远不会实现的希望好一些？还是知道那妖怪已死好一些？我想不明白。

我只是跟那妖怪一样，希望罗七好人有好报罢了。

风雪越发让人冷得一阵阵发抖，冬天，真的来了。

第17章 下小雪（一）

紫玉钗街上一个无赖毛小黑突然发迹，原来他有了不寻常的际遇。

小雪时分，冬天气息正浓，日日寒风不断，为着抵御严寒，温热的羊肉开始大受欢迎。

恩客们近来总喊着要补肾气，便常来点一味淮山药羊肉煲。羊肉温补气血，当选肥嫩小绵羊，利刃切成薄片。清甜爽口的淮山药削了皮，滚刀切成雪白如玉的小块。高汤于黄铜小锅内煮沸，投入羊肉和去腥的葱姜蒜八角香料，伺水开再放淮山药，加当归和枸杞子炖煮，小碗盛出，撒暖房栽种出的碧绿香菜叶子，羊肉的浓香和着淮山药的鲜甜软糯，再加上饱含羊肉滋味的汤汁，色香味俱全。

羊肉煲最配烧饼，新小麦细细磨粉过筛，加香油、胡椒面、精盐，稍稍撒白糖，再调入浓香的芝麻酱，揉成层层交叠的面坯，滚上白芝麻，贴入泥炉烘烤成金黄色，吃一口汁浓味美的羊肉煲，咬一口又甜又咸的芝麻酱厚烧饼，在这天气里简直是无与伦比的美味。

大冷的天拎着满满一食盒的羊肉煲行走在无边无际的暗夜里，聊以羊肉浓香陪我打发这孤单行程了。

烟雨阁点着大大的火盆，甫一进门香风拂面，一面墙内，花团锦簇，跟外面宛如冬春之隔。

姐儿开始穿上精致的大毛领衣装，猞猁皮袄，貂毛大氅，倒教我想起那顾影自怜的锦毛貂精来，只好错过头不去看，免得徒增伤感。

尚在外廊，便听见有恩客大声吆喝：“六，六？六！哎哟，这可是我赢了，喝酒喝酒！”

“咯咯咯，大爷真是金胳膊玉手，哪里来这么好的手气！瞧瞧，全教大爷您赢去了，奴家这弱女子，只能陪着输！奴家不玩了！”

“美人，怎生能说不玩就不玩？大爷这儿有的是银钱，输光了再拿银票来！”

“大爷真真是大方极了，别说大爷运气好，奴家遇见大爷，也是奴家的运气！”

我进门一瞧，原是一个黝黑脸的大汉，搂着桃花姑娘正在掷骰子，只见这豪客身着上等紫貂毛袄，浑身上下的锦缎俱是流光溢彩的上佳货色，指头上戴着老大的翡翠七宝扳指，随手一挥，大大小小的碎银子满往桌子上、地毯上四散，袖里还露出大张大张的银票来，真真豪奢。

大汉喝一口羊肉煲，赞了一声好，随手抛给我一块银子，我忙收了道谢出来。却撞上桃花姑娘的丫鬟蝴蝶，蝴蝶瞧见我那银子，笑道：“小梅菜可不是也发了财嘛！”

我笑道：“托福托福，今日当真好运气呢！”

蝴蝶笑道：“可不是嘛，这豪客说是长安来的商人，口袋里银钱多得叮当响，今日里来给我们姑娘捧场，真叫一个出手阔绰！而且呀，不知怎的，这恩客手气极好，掷了这一晚上的色子，居然一次都未曾输过！”

“哦？当真好手气！”我笑道：“难怪这么高兴呢！”

蝴蝶得意地点点头：“但愿这恩客常来才好，我们也跟着沾沾光！”

“那是那是！”我忙附和道。

烟雨阁的恩客虽说出手阔绰的不少，但皆是为了捧姐儿的场，我们这些伺候人的往往都给忽略不计了，难得给这么多赏钱，我暗想，回去交给娘，定有几天好日子过，说不定还会给我炖点羊肉吃呢。

果不其然，娘瞧见那一大块银子，喜得眉眼俱笑：“我们梅菜倒是个讨巧的，这赏钱给得还真不少！”

我趁机道：“娘，不若也给梅菜煮一锅羊肉煲……”

娘笑道：“你这馋猫，待你生日，自给你煮，现下晚了，速去睡觉。”

哎，又是生日，看来娘能省且省，应下的都攒一天，接着再攒成一顿就把我打发了。

我只好咕嘟了嘴上楼去睡觉，看来我没有那位豪客那么好的运气。

“梅菜，梅菜！梅菜……”

谁在叫我？眼前是迷迷蒙蒙的一片白雾，我什么都看不清。

“梅菜……梅菜……”那声音虚无缥缈，好像在何处听到过，我着急地想拨开迷雾，却怎么也拨不开。

一个红色的身影飘过，伴着银铃也似的笑声：“咯咯咯……来玩吧……来玩啊……”

“谁呀？”我问道。

“谁呀？”却是我自己的回声。

我猛地睁开眼睛，原来是梦。梦里的背影，好像还是那红衣小女孩。说起来许久不见了，她到底是谁？化作我样子的灵物？还是，世上有另一个我？

龙井逃婚已有一个月了，多亏了李绮堂，烟雨阁依旧平静。龙井的账册灵物，不知何时能收完，我这龙神使者，还能当多久呢？

外面依旧是昏沉沉的天，但已经透出微光，天马上要亮了，我爬起来，推开窗户。

嗬，怪不得天色这么昏暗，原来早阴沉沉飘下了盐粒也似的小雪。地上铺了薄薄一层，四下白成一片。车马碾过，能约略听见雪碎的咯吱咯吱的响声。

这个日子，要是能吃到羊肉煲，该有多么幸福啊。我叹口气，穿衣下楼，看见小三子居然来了，正在铺子里陪娘说话呢。

我忙过去笑道：“三哥哥！今日怎生有空过来？”

小三子见了我，笑道：“妹妹起来了？今日学堂里先生有事情，我们便放了一天假。”

娘笑道：“你三哥哥这一阵子功课忙，难得出来玩，今日里横竖下雪不大有人，一会儿娘给你些钱，教你和你三哥哥去小茶馆听说书的，可好？”

“甚好甚好！”我高兴极了，“我最爱听那侠客故事啦！”

娘给我和小三子各装了满满一口袋松子糖，又给我些铜钱，便打发我和小三子去了。

紫玉钗街近来最出名的小茶馆要属吉顺轩了，吉顺轩地方不算太大，但布置精致古雅，茶水也不贵，因而从贩夫走卒到文雅书生，都雅俗共赏齐聚一堂。

那说书先生绰号小诸葛，倒是大大有名。

他四五十岁，白面疏须，时时穿一件青色长衫，持一把雕花点金折扇。

据说他知识渊博，上知天文下晓地理，腹中有千百个典故，来听书的断断不会听重一个故事，上次姥爷带我来听奇侠故事，红拂女只听得了一半，便被姥爷带回家了，端的遗憾。

今日下雪，大家伙都不忙，吉顺轩生了暖融融的小火炉，各人点了花生瓜子，就着香茶听小诸葛舌灿莲花，滔滔不绝地说着一个武松打虎的故事:“只听那大虫嘶吼一声，竟给那武松活活打死了……”

“好！”人们掌声雷动，不知是给武松喝彩还是给小诸葛喝彩，也许两者皆顾。

正等着小诸葛讲下一个故事的空当，一个醉酒大汉突然闯了进来，一个踉跄撞在那桌子上，把瓜子盘花生碟青瓷茶碗俱摔得粉碎。

一个小二忙过来扶起那大汉，大汉鬓发凌乱，毛蓬蓬的胡须张着，直念叨：“我要找大师……快！快叫大师！大师！大师快出来！”

咦，我不禁瞪大眼睛，这不是前几日在烟雨阁给我一大块赏银的长安豪客吗？怎生几日未见，变成了这般潦倒模样？

小二丈二和尚摸不着头脑，忙道：“客官，这间茶馆只是喝茶听书的，并没有什么大师啊！”

“不！大师就在这里！”那豪客瞪大血红的眼睛，吼道，“大师！大师！求大师再见小人一面！”

小诸葛一听，忙得意扬扬地从台子前下来，端详端详那大汉，问道：“客官莫不是来找我小诸葛的？敢问何事？”

那豪客不住摇头：“不，你怎么算得大师？快，快叫大师来！”

众人不禁哄笑起来，小诸葛紫涨了面皮，胡须一翘，用折扇用力敲敲桌子，喊道：“快来人！有人醉酒闹事，老板知道了咱们可不好交代！”

后面又来了几个小二，当这客人喝多了酒来闹事，既问不清头绪，便把他当醉汉丢到了门外。

奇怪，这豪客是喝多了，还是真的来找谁呢？

还未多想，只见小诸葛气鼓鼓回到台上，正了一正面色，清清嗓子道："今日围炉，不若讲一个鬼话，大家意下如何？"

"好！"

"小诸葛说什么书，我们大伙俱是爱听的！"

小诸葛这才恢复了些笑颜，道："大家可听说过鬼是怕人唾沫的？平素都是鬼害人，今日小可给大家讲一个人卖鬼的故事！话说南阳有个叫宋定伯的……"

我和小三子俱被小诸葛精彩的说书吸引住了，也就没看豪客怎么样了。

听了一天的书，当真心满意足，只是松子糖吃多了，心口有些堵得慌，喝了香茶，便跟小三子出门溜达溜达回家了。

经过洪福赌场，却瞧见那豪客正在门口与人争执，一言不合，给赌场里凶神恶煞的保镖一脚踢倒在地，痛殴了一番。

我自是好管闲事，想上前拉架，可小三子一把拽过我，道："赌场不比别处，在这里人命跟土渣子一样，你若上前，免不得吃亏，还是莫要插手的好。"

我只好焦躁地瞧那些人把豪客踢打得口鼻俱是鲜血，面皮也乌青肿胀，好不可怜。

待赌场的人散去，我忙过去问："大爷，您可还好？"

那豪客眯着受伤的眼睛，未曾认出我，只喃喃叨叨着："大师……大师……"说着，似是想起了什么，竟勉强爬起来，蹒跚往南边走了。

我还要跟过去瞧瞧，小三子拉住我，耐心说道："什么事都要瞧瞧热闹，怪道梅婶要我看着你，真真什么事都少不得你！这么晚的天，你一个女孩家跟着个醉汉，像什么样子，趁早回家，免得梅婶生气。"便带我回家了，我三步两回头瞧着那豪客的背影，心想，一个那么有钱的人，何至于受这种气，自讨苦吃呢？

晚上再来烟雨阁，瞧见桃花姑娘今夜没有客人，正依着窗棂看雪，我便悄声问蝴蝶："前几日那豪客未曾再来吗？"

蝴蝶点点头："可不是嘛，捧了姑娘几次场，次次大把大把花钱，今日不仅未曾过来，连句话都没捎，姑娘只说不知道捧谁的场去了，直怄得慌。"

我点点头，心下想着，那客人，莫不是遇到什么大的变故了？

过了一阵子，再也未曾见过那个豪客，许是回长安去了，桃花姑娘郁郁不乐，蝴蝶还找我订了些红枣桂圆阿胶糕给桃花姑娘补气色。

这天上街，瞧见吉顺轩茶馆锣鼓喧天，人头攒动，不知出了什么事？我赶紧跑去瞧热闹，一望之下，人山人海密不透风，也无从知道里面发生了什么事，只听见小诸葛铿锵有力的说书声。

听人们议论，像是吉顺轩茶馆不知给谁包下了，有人出钱教小诸葛说书，赶巧此时小诸葛说了一个精彩新段子，人们纷纷拍手叫好，我仗着个头小，也从大人们胳肢窝下七钻八钻钻到前面，只见小诸葛口沫横飞说得正起劲，人前则有花生瓜子茶水堆得山高，人人自取了边吃边听，难得遇见这种不要钱的好事，个个喜得不亦乐乎。

这倒也算奇事，不晓得哪个客官如此豪爽请众人听书。

我忙也抓一把花生，边剥边听小诸葛的故事。

"……但闻一阵风声，只见那妖怪断了尾巴，再也不能作恶，乖乖进了道长褡裢之中，仅露一头。"

"好！"众人纷纷叫好，可见我来得不是时候，难得的妖怪故事未曾听到，真是可惜可惜。

一偏头瞧见小叉也在聚精会神听说书，我忙凑过去，道："小叉哥哥，今日怎生不在酒馆忙活，有闲工夫来听书啦？"

小叉一见是我，狼狈一笑，道："好妹妹，可莫要告诉惠甜，哥哥出门买腊肉，瞧见有这不花钱的听书和零嘴，这不也赶着来凑凑热闹，你惠甜姐姐平素哪肯教我出来乱走？"

我笑道："不想惠甜姐姐如此苛刻。"

小叉像是遇见了知音，忙道："可不是嘛！放我出来都少，听书吃零嘴就更没可能。"

我道："真要是被拆穿，想来小叉哥哥的日子大概不会太好过呢！"

小叉狡黠一笑："机会难得，大不了骗她说买腊肉跟铺子还价消磨了一阵子，我素来老实，这次定不会疑我。”

小叉还真是可怜见的，真真像是惠甜的一头黄牛般，不过夫唱妇随，大概也是其乐融融。

我见小叉来得早，忙又问：“小叉哥哥可知道是哪个豪客包下场子？”

小叉道：“我来时瞧见一个官员模样，派头很大的年轻人带了两个随从进了这茶馆，不知道哪家的少爷。”

我点点头：“不知道那少爷遇见什么开心的事情，居然如此大手笔。”

小叉道：“什么大手笔，有钱人呢，这还不算九牛一毛……哎哟……”

我回头一看，竟是惠甜不知道什么时候来了，一手拎起小叉的耳朵，道：“说是买腊肉，竟跑到这里快活来了，丢下老娘独个在店里，累死了你好找新的是不是？”

小叉吃痛连喊不敢，给惠甜一把拖出了人群，远远还能听见小叉一口一个姑奶奶告饶的声音，引来围观众人哄堂大笑，连小诸葛都停下说书笑起来：“这酒馆老板娘还真真是个河东狮，吼一吼山三抖！”

这时茶馆里果出来一个年轻男子，周身齐整的湖水青缎子，顾盼神飞，好像踌躇满志，一脸春风得意。

身边有人窃窃私语道：“这不是今年的新科状元吗？今日请人听书喝茶，不知有何因由？”

“大概得了状元，想方设法庆祝咯，跟流水席一个道理。”

哎，要是天天有人中状元就好了，天天能过来吃零食听书，岂不美哉。天色不早，我恋恋不舍地回家了，临走也没忘往衣兜里塞满了瓜子花生。

过了些日子，出门听见人们议论纷纷，说什么新科状元犯了法，给革职处斩了。

奇怪，新科状元是犯了多大的法，何以皇上不爱才，反而给处斩了呢？难道真是十恶不赦天理不容？可是那端正正的样子，绝对不像什么恶人啊。

这也奇了，怎生这阵子出现在那吉顺轩茶馆的人都这么倒霉呢？

先是豪客变潦倒，又是那状元成死囚，世事难料，运气这种东西真不好说。

吉顺轩最近生意益发好了，时常瞧见小诸葛春风满面地去胭脂河钓鱼，时不时还拎两条鲜鱼来，靠嘴吃饭的说书人不说书时倒鲜少讲话，许是要护嗓子吧。

这天娘去了姥姥家，我和爹正在铺子里烤红薯吃，突然见一个流里流气的男人，二三十岁，一张长满红疙瘩的四方脸膛，嘴角眼角俱下垂得厉害，让整个脸好似闻到什么怪味道似的，一副不大痛快的样子，穿一件黑夹袍，束酱色腰带，大摇大摆地走进来，打量打量铺子，撇着嘴问道："这儿卖糕点？拿几块给大爷尝尝。"

爹瞧来者不善，便用油纸托了几块藕粉桂糖糕给这人。

这人嗅闻一下，皱着扫帚眉道："梅老板，这糕怎生有一股子馊味？"

爹忙赔笑道："客人，这点心是今日里新做出来的，大冷天，怎么会有馊味呢？"

这人撇着嘴，露出一口歪斜黄牙，吞下藕粉桂糖糕，咂咂嘴，道："都说点心铺子梅二小心谨慎，做点心是再干净不过的。不知是真是假？"

爹笑道："大家伙儿抬举梅二了，做生意可不就讲究个回头客嘛！做得不好，下次还怎生来客人。"

这人眼珠一转，道："虽说你名气好，可你这拿馊了的糕点出来糊弄人，传出去，可不大好听吧？"

爹一愣："客人，瞧您这话说的，我梅二怎么会拿馊点心呢？"

这人撇嘴一笑，突然抱着肚子满地打滚："哎哟……哎哟……这梅二卖馊点心，吃出人命来啦……大家伙儿快来看看啊！疼啊！疼啊！"

爹吓得慌了手脚，忙跑过去扶那客人，却被那客人一脚假作无心状，踢了个脸朝地栽在客人身上，我见状忙去扶爹，却也被那客人一把推开，客人更加来劲："救命啊！梅二见人揭露真相，还要杀人灭口啊……黑心奸商丧尽天良啊！”

爹忙起来搂过我，怒道：“客人，东西可以乱吃，话不能乱说啊，我我，何时要杀人了……”

客人犹杀猪一样直着嗓子号叫，路边行人纷纷侧目，爹也顿时明白了什么，忙低声道：“客人，客人有何吩咐，定是梅二不周到，还请客人明示下！”

那客人得意地撇嘴笑道：“想不到你这傻样，竟还是个识时务的，给大爷我包五两银子，管教你名声无损。”

爹一咬牙，便起身从柜台上拿出一块银子与了那人，那人方起身，歪着脖子对我道：“没用的小鳖孙，看什么看？看你爹给人欺负，你好瞧个热闹？哼，还不快与大爷包十斤点心，不然教你也尝尝窝心脚的滋味。”

爹气得涨红了脸，却也一时说不出什么话，只得包了点心与他，这客人才往地上啐了一口浓痰，伸手在鼻孔挖了挖，顺手蹭在我额头上，方得意地吹着口哨走了，到门口，又回头笑道：“你不是要回头客吗？你们店的回头客，大爷我当定了。哈哈哈哈哈哈哈……”

爹忙拿手帕给我擦了额头，接着丢下手帕，气得用力捶了一下桌子，却也无可奈何的样子。

我忙道：“爹，这人敲诈勒索，不若去衙门告官吧！”

爹摇摇头，叹道：“你不知道，他是城里有名的无赖毛小黑，是个赌徒，只要输光了钱，敲诈勒索，无恶不作。他就靠这个活着，一向是个死皮赖脸的主，进衙门，没多久还出来，接着作恶，可是他大罪不犯，小罪不断，又没有杀人放火，谁能关他一辈子！”

我忙问：“那他下次还来，咱们家就等着给他敲竹杠吗？”

爹摇摇头：“真是倒霉催的，居然给他粘上来了，他就是城里有名的一块狗皮膏药，不给足了好处，绝对掰扯不清，他的手段多着呢！你娘回来，也少不得头痛……”

这便是人们说的地痞流氓吗？真真教人恨得牙根痒痒！爹愁得团团转，却也想不出什么办法来。

我突然想起惠甜，忙道：“爹，惠甜姐姐精明强干，不若我找她想想办法吧！”

爹想了想，道：“不知道这毛小黑有没有作恶做到别的铺子，你去找她说说也好，三个臭皮匠还顶个诸葛亮呢！”

我得了话忙跑去惠甜的酒馆了。

到了惠甜的酒馆，却见小叉正在往外一坛一坛地搬酒。

我忙问：“小叉哥哥，你这是在做什么？酒坛子搁在外面，上冻了还能喝吗？”

小叉放下酒坛，刚要说话，惠甜出来了，招手道：“妹妹进来说话，小叉哥哥忙得很。”

小叉只好苦着脸继续搬酒坛子。

我进了酒馆，却吓了好大一跳。不想平素干干净净的酒馆居然一片狼藉，桌椅横七竖八地倒在地上，满地都是酒坛子酒碗的碎片。

我忙问：“惠甜姐姐，这……这是怎么了？”

惠甜叹口气，拎起一个凳子给我坐，自己一扭身坐在了柜台上，叹道：“近来那毛小黑不知道抽了什么风，居然跑到我这里捣起乱来了。”

什么？毛小黑也来这里了？

我忙道：“那毛小黑刚从我家出去，敲了十斤点心和五两银子的竹杠，本想来找惠甜姐姐想想办法，谁料……”

惠甜苦笑道：“那毛小黑是越发变本加厉，跟我讨钱，我不给，还把他给丢了出去。本想着该不敢来了，不想他竟偷偷趁我不注意，当着客人往我那酒坛子里撒起尿来。”

“啥？”我傻了眼，毛小黑，还真真是什么事都做得出来。

“客人们眼看着他撒尿，谁还敢来铺子喝酒？”天不怕地不怕的惠甜第一次露出这种无奈的面色。

“他怎生能做出这么多无耻的事情，惠甜姐姐，想不出什么办法吗？”我问道。

惠甜摇摇头：“一只疯狗，碰不得。得罪了他，少不得烦心，他是什么阴招都想得出来的。”

我忙问：“莫非酒馆也是给他砸成这个样子的？”

惠甜一顿，不大自然地说："姐姐心中憋气，一失手，这不……"

我当真疑心聚宝盆当初除了给惠甜聪明才智，还给了惠甜一身神力，一失手都能天翻地覆，若不是惠甜顾忌毛小黑报复，真想动手，怕两个毛小黑也不是惠甜对手。

我又道："姐姐怎生倒砸起自己家来了，莫要生气，不若找去他家要赔偿，他家里难道还没人管他吗？"

惠甜倒笑了："他？他这种丧心病狂的赌徒，父母早给他气死了，媳妇一瞧他这个样子，早也跑了，他现下一个光棍，除了赌，什么都不放在眼里。"

这毛小黑，果然是块狗皮膏药啊。

我去街面邻近几个铺子问了问，差不多都深受其害，绸缎庄掌柜扶着额头道："可勿要提他，提他老夫要犯了头风，前几天才来我绸缎庄要白拿缎子，我怎生肯应，他便偷偷拿了一把刀，竟把成匹的缎子划得七零八落，老夫损失的银钱啊……呜呜呜，海了去了……"

我忙道："若是报官呢？老爷定教他赔偿！"

绸缎庄掌柜摇头道："他？他家无隔夜粮，拿什么赔？只能关几天，放出来又会找准老夫寻衅滋事，哎，真真是城里的一害啊！"

山货店老板听了，也气愤地说："还提他呢！昨日里不知道想起来什么，非要拿了店里的老山参泡酒，老山参什么价钱？一听俺不应，竟抄起茶壶往俺那冬虫夏草上浇开水！俺心疼得肝都直颤啊！"

我道："他怎生就这么不怕得罪人？不想想恶有恶报吗？"

首饰店老板娘撇了撇鲜红的嘴唇道："嘿！他虽坏到了心，可倒不傻，赌坊都是无法无天的，自是开罪不起，给赌坊一逼，哪敢去什么豪富厉害人家惹祸，还不是挑了咱们这些老实巴交，一巴掌打不出半个屁的人家！"

几个掌柜俱点头，着实教人气愤，我真真恨不得现下就把他捆了倒挂在树上！

"你瞧，"胭脂店老板娘努努嘴，"说曹操曹操到，那可不就是他嘛！"

果然，眼见着那毛小黑晃晃荡荡贼眉鼠眼地进了吉顺轩。

“哎，又有一家要倒霉啦！”几个掌柜异口同声地叹着气。

说来奇怪，在一帮掌柜的围观下，倒没见吉顺轩出了什么大事，毛小黑居然就那么平平常常地溜达出来，吉顺轩也风平浪静，什么响动也没有。

这又是怎么回事？吉顺轩莫不是有对付那毛小黑的办法？

几个掌柜仿若看见了救星，一拥而上往吉顺轩去讨教办法。

我见状忙也跟去瞧热闹。

吉顺轩正是高朋满座的时候。小诸葛说得正起劲，茶客听得也入神，几个伙计肩上搭了干干净净的白抹布，正扫着空桌子底下的瓜子壳。

山货店掌柜低声道：“弄不好是塞钱了。”

胭脂店老板娘道：“不见得，这几个伙计生龙活虎，若是毛小黑闹事，早给推搡出来了。”

绸缎庄掌柜拨开他们俩，道：“问问不就是了。”拉过一个小二：“小二哥，老夫想讨教讨教，刚才来敲诈勒索的无赖毛小黑，你们是怎生打发的？”

那小二愣了一愣，道：“刚才……吉顺轩有一刻没来新客人了，不知掌柜问的哪一位？”

另一个小二接过话头：“毛小黑我认识啊，他今日并未来吉顺轩。”

“啥？”绸缎庄掌柜道，“老夫亲眼瞧见他走进来的啦！”

剩下几个掌柜也连连点头：“我们都瞧见他进来了！”

我附和道：“梅菜我也瞧见了！”

两个小二面面相觑，又把另一个小二叫来，那小二也连声说未曾见过毛小黑。

我们狐疑地相互对望几眼，胭脂店老板娘道：“许是人家嫌说来不光彩，各有各的苦处吧。”

几个掌柜点点头，告罪出来了。

可是我总觉得，那几个小二哥的模样不像是在说谎。可是如果不是说谎，那毛小黑明明是在我们眼皮底下进的吉顺轩，难道还能隐身不教人瞧见？真真是桩怪事。

没想到更怪的事还在后面。

再见到毛小黑，是在几日之后的烟雨阁。

而且毛小黑竟然换了一身紫貂毛大氅，戴了配套的翡翠明珠镶嵌的紫貂毛帽，在最华贵的牡丹姑娘房里听牡丹姑娘唱戏，居然还包下了苜蓿姑娘和苜蓿姑娘的死敌烟烟姑娘，以及桃花姑娘，四人凑了一桌麻将，边打牌边听戏。

一口气包下四个当红姑娘，是何等的财大气粗，这种事发生在那穷成泼皮的毛小黑身上，真真是难以置信。

只见毛小黑一如之前的那个长安豪客，堆了满桌子的银钱，还将一盒珠宝置于案上，扬言谁赢了他，即可自行挑首饰。

但见那首饰件件价值不菲，珠光宝气，几个姐儿铆足了劲头拼杀，个个红了眼睛，苜蓿姑娘埋怨烟烟姑娘道："只知道打瞎牌，点灯放炮你最在行！你愿意输也就是了，姐姐可还想要那珍珠链子呢！"

烟烟姑娘听说，冷笑道："你懂什么？拿着鸡毛当令箭，就你那臭手，我瞧着连个蚌壳都拿不到。"

桃花姑娘忙打圆场："姐姐们勿要争了，联合起来赢了大爷，首饰还不是咱们几个的，到时候一切好商量。"

毛小黑见状，乐不可支道："姑娘们可使出浑身解数，但凡赢了大爷的，除了首饰，另行重重有赏！"

便摸起一张牌，一咧嘴，顺势推倒了牌，道："东风来了，可不是大四喜嘛！哈哈哈哈……"

"哎呀！大爷怎生如此好的手气……眼见那首饰奴家也拿不着，好不心焦。"

"嘿嘿，姑娘们，只管敞开了玩，大爷高兴了，尽数有赏！"毛小黑得意忘形地嚷着。

我看呆了，秋儿她们几个丫鬟个个好似都得足了好处，对毛小黑好不殷勤。

我偷偷问蝴蝶："蝴蝶姐姐，怎生这无赖也上得这个台面啦？他哪里来的银子？"

第18章　下小雪（二）

毛小黑的运气确实来得很邪乎，似乎翻手为云覆手为雨，没有他做不到的事情。这会跟他和那长安豪客口中的“大师”有关系吗？

蝴蝶笑道：“做咱们这一行的，可不谁有银子谁就是大爷，管他哪里来的，真金白银赏着，咱就伺候着。”

我又问：“那首饰都是值钱的，姑娘们可赢过？”

蝴蝶道：“这毛大爷今日手气旺着呢！都说好牌不和前三把，可姑娘们竟一把和都没开，银子虽说是那毛大爷自己掏的，姑娘们也没赚着，尽数输回去了！可不是奇事吗？”

正说着话，毛小黑瞧见我，笑道：“呦嘿，这不是梅二家小丫头嘛！怎么着，直眉竖瞪眼的，还不把大爷瞧在眼里？哼，当今大爷可算是出人头地了……”

说着甩给我一大块银子，道：“不过是一点点心，大爷今日连同欠下的银子一并还了！微末银钱，别瞧大爷还是以前那个蹭吃蹭喝的！”

我本不想捡，但转念一想，本就是他欠我们家的，不拿白不拿，便捡起了银子，回家去了。

这毛小黑端的是跟那长安豪客一般无二的好运气，他是怎生走的这狗屎运，又是怎生成了暴发户的呢？怎么样的敲诈勒索，也断断不能如此风光。

我心下有点起疑，总觉得这毛小黑近来不对劲。

第二天，我上街买菜，经过那鸿福赌场，倒见毛小黑也抖擞着周身的绫罗锦缎，大摇大摆地进了赌场，赌场的伙计仿若见到了财神，忙笑嘻嘻地将那毛小黑迎进堂内。

我赶忙也四下瞧瞧，偷偷溜进了赌场。

赌场人声鼎沸，人们都赌红了眼，挤在赌桌前此起彼伏地大声号叫：“小！小！小！”

“大，大！大呀！”

跟夏天的蝉鸣一样聒噪。

满脸横肉的光头庄家卖力地将盅摇出各种花样，重重拍到桌上，揭开吼叫道：“豹子！”

“哎！妈了个巴子！又输了！”一个瘦猴似的年轻人输急了眼，用力拍着自己的手心。

“嘿，这下把你媳妇的私房输光了，回家跪搓板子去吧！”有人嘲笑道。

“跪搓板子倒好呢！”那瘦猴年轻人道，“老子这次把老丈母娘传给媳妇的金镯子也偷出去卖了，这下血本无归，可怎么好哇！”

有人坏笑着出主意：“反正你小子有家也不回，你那娘子倒也有些颜色，不若卖给烟雨阁算了，够你玩些日子。”

那瘦猴年轻人一拍脑袋：“可不是嘛！老子那媳妇说了几次不想和老子过了，呸！老子得防着她跑了，不若先下手为强！若赢了钱，娶个年轻的大闺女，还不好说！”说着真的起身跑出去了。

这赌场，怎生看，怎生像个人间地狱，赌徒们跟地狱里的鬼一样，真真教人惊惧。只见毛小黑端端往赌桌前一坐，熟练地掏出大叠银票，丢在赌桌上，从容道：“你毛大爷押小！”

一帮赌徒屏息等着揭盅。

果然，当真是小！一群赌徒有哭的、有笑的，毛小黑对着赢来的钱，面不改色，道：“还押小！”

果不其然，不知道这毛小黑因何手气极佳，又是小。

接着毛小黑连押了十六把小，便连开了十六把小。庄家的秃头上冒出了豆大的油汗。而一群赌徒早已以毛小黑马首是瞻，毛小黑押什么，他们便跟什么，正瞪着眼睛等着庄家拿钱。

庄家似乎已经到了承受的极限，拉起袖子擦了擦脑门儿，艰难地抖动干裂的嘴唇刚要开口，那毛小黑却先冷笑道：“怎么？别跟大爷说鸿福赌场输不起！”

一群赌徒振臂高呼：“输不起！输不起！”

那庄家道：“各位，这鸿福赌场在城里也是有些名头的，怎会输不起？不过这毛大爷，赌术端的高明……不知可有什么说处？”

毛小黑呸了一声，道：“你毛大爷是这赌场常客，莫说毛大爷发了财不照顾你们生意！当初毛大爷求爷爷告奶奶不过是想着把欠债拖一拖，你们怎生对付大爷的自己心里清楚！今日大爷得了意，凭什么讲什么说处！呸！真真是没得打脸。今儿大爷来也就是告诉你们这帮狗眼看人低的，这人往高处走，水往低处流，现今的毛大爷，赌钱，也不过为个乐呵，真要是说银两，哼，大爷也不缺这点零头。”

说着，竟将赢来的一堆银票并银子，尽数撒给了那些赌徒，好不潇洒，喜得那些赌徒山呼万岁，竟满口的“毛赌神！毛赌神”乱喊。

早有人带头嚷着：“我们欠债不还不行，你们这输不起怎生不提了？再不拿钱，大家伙把这鸿福赌场掀了！”

赌徒们素来是以不要命出名，庄家见众怒难犯，忙把银钱奉上，还是一脸咬牙切齿。

毛小黑笑道：“你毛大爷，喜欢的就是这个热闹劲！真真没意思，每把都赢，也好不无聊。”说着又将那钱撒得到处都是，在雪片也似的银票里潇洒地走了。

“这哪是泼皮无赖毛小黑？分明就是活菩萨！”众人又是一阵哄抢，还吼叫着“赌神赌神”。

我趁乱从人群里钻出来，也紧跟毛小黑出去了。

毛小黑派头十足地在街上逛着，行至吉顺轩，见他犹疑了一下，便进去了。

吉顺轩前堂进门左转有个小隔间，通着厨房和雅座，我看毛小黑进去了，忙也跟上来，茶馆热闹得很，谁也没有注意毛小黑和我。

毛小黑进去了，茶馆吵嚷，我只能隐隐听见他说话，什么大师大师的，喜洋洋地出来了，不知道是和谁说话了，过了半刻，待他出去，我走近一瞧，那隔间一个人也没有。

毛小黑独个在吉顺轩的隔间自言自语，定有蹊跷。我正寻思着往后退，不想碰到了小诸葛。

小诸葛打量打量我，皱眉问道：“你不是点心铺的小姑娘嘛，来这儿做什么？莫不是要来做什么恶作剧？”

我一时语塞，正见一只黑猫伸着爪子想抓笼子里非常漂亮的一只画眉鸟，画眉鸟吓得直往后躲，我见状灵机一动，道：“伯伯可错怪我了，我可是来英雄救鸟的！”指着那猫和鸟。

小诸葛一看，忙伸手将那猫赶走了，怒道：“可恶的畜生！惊了我的画眉鸟，看我不烹了你！”

那猫吃吓逃走了，小诸葛笑道：“伯伯可错怪了你，这画眉鸟可是伯伯的宝贝，过来过来，伯伯招待你听书。”便拉着我往台前去了，还抓了一把核桃仁给我吃。

“今日这个故事，咱们来讲讲卖烧饼的板桥三娘子！”

我一听故事便走不开了，也没有再去瞧那毛小黑。待心满意足地听了书回家，方想起毛小黑不知道去哪儿了。

大师，记得那长安豪客亦是口口声声去吉顺轩找什么大师的，不知道这吉顺轩是不是有古怪。可是转念一想，我也常去吉顺轩，吉顺轩也就是个普通茶馆，莫非只是赶巧了？何况吉顺轩根本没有什么大师。

进了家门，见杨婶正和娘聊得高兴，我打个招呼，杨婶搂我过来，接着道：“所以说嘛，这人啊，什么人什么命，你瞧瞧，这平头百姓，拼死拼活也赚不了多少钱，偏那赌棍无赖一步登天，出人头地。”

“可不是嘛！”娘激愤地点头附和，“想那毛小黑，当初敲了我们家十斤点心、五两银子的竹杠，梅菜去送夜宵，瞧见他，竟还了十两，真真是教人疑心。”

原来是在说毛小黑，我忙问：“娘，毛小黑怎生个一步登天法？”

杨婶抢着道：“你还不知道？那毛小黑不知道哪个祖坟冒了青烟，发了横财不说，居然还当上官了！”

“啥？”我目瞪口呆，“毛小黑那无赖当官？”

“是啊！”娘点点头，“他现下里有数不清的金银，不知使了什么法子，竟当成了个校尉，这才大张旗鼓地祭祖，好不威风！”

毛小黑的运气确实来得很邪乎，似乎翻手为云覆手为雨，没有他做不到的事情。

这会跟他和那长安豪客口中的“大师”有关系吗？

毛小黑自打当了官，穿着官服坐着轿子得意扬扬地游街，甚是神气活现，而且几乎日日去烟雨阁砸下重金，包当红的姑娘寻欢作乐，花天酒地。据秋儿她们说，那毛大爷的银钱似没有花完的时候，要多少有多少，甚至还有人传说他是得了传说中的聚宝盆。

毛小黑根本没变傻，聚宝盆也不会再活过来，一定另有蹊跷。

我寻思着不若找李绮堂商量一下，可又犹豫左不过这毛小黑是发了横财，倒没旁的异事。我在烟雨阁这么久，家道大起大落的，倒多的是，算不得什么稀罕，李绮堂会不会嫌我矫情？

不想还未等我寻李绮堂，这毛小黑也一如那春风得意过的长安豪客和新科状元，竟也紧随前辈其后，落下马来。

那日我出来玩，只听人们说有游街犯人，便一窝蜂地去了，我生性最喜看热闹，哪肯错过，也挤进去瞧是哪些罪大恶极的。

不料那被关在高高囚车里，头发蓬乱，衣衫破烂，满脸瘀青胡茬的，竟是毛小黑！

但见毛小黑不知所措地瞧着众人，不知是谁，竟落井下石，往他身上丢起烂菜叶来，有些人则为了解恨，竟下了血本，昂贵的鸡蛋也直直丢到毛小黑惊惶的脸上，蛋壳将那额角砸得红肿，蛋清并着蛋黄一塌糊涂地从他脸上流下来，那场面好不凄惨。

那毛小黑给人这一砸，倒像是受了天大的委屈，怔了怔，竟大声号哭起来。

我探头去瞧谁如此痛恨毛小黑，原来竟是胭脂店老板娘挎着菜篮，好像刚买菜回来，顾不得许多，掏出什么是什么，往毛小黑头上砸去，边砸还边喊着：“毛小黑你个王八蛋！占尽老娘店里的便宜，活该你流放边疆！死在外面才好！”

我身旁早有个慈眉善目的老太太讲：“这狗皮膏药不想竟是个福薄的，这才过了几天好日子，竟成了这副模样，倒也可怜见的。”

有个满脸络腮胡的大汉粗声道：“可怜之人必有可恨之处，早先他就四处耍无赖，敲竹杠，前些日子当了官，作威作福，整日花天酒地，什么好东西！落得今日下场，也是他自己找的！”

我一听这人像是知道内情的，忙打听道：“大伯，这毛小黑不知犯了哪条王法，刚当几天官，新官上任还三把火呢，怎生这么快革职查办不说，还得流放边疆？”

那大汉一听，越发得意，挺起壮硕的胸脯，道：“问俺算是问对了人，谅别人还不知道内情，这毛小黑的顶头上司是俺表弟的丈人，俺可是知道得一清二楚。”

旁边的人一听，忙也道：“莫卖关子了，快讲给大伙听听！”

大汉清清嗓子，道：“俺本是给军营里运送粮草的，这没得说，谁教俺有那铁板亲戚！有啥肥缺俺也能蹭上点油！说起来这事，也是那毛小黑倒霉，你们不知道，那毛小黑那日晚上当值，本平安无事，可不晓得粮草不知怎的，竟失火了。

“偏巧那日毛小黑料想无事，跑去了烟雨阁快活，竟未在场，俺表弟的丈人到场一看，粮草损失大半，不由得火冒三丈，教人来拿了毛小黑，谁料毛小黑竟喝得烂醉如泥，人事不知。俺表弟的丈人大怒，上书给朝廷，要查办毛小黑，但见毛小黑家中竟有异常巨资，他又说不出哪里来的，只说赌钱赢的，这话本就无人相信，赌能败家，没听说过赌能发家的，拷打一番，竟说是什么托仙人相赠了一个逢赌必赢的命。”

有人讪笑道：“这毛小黑也忒蠢了，以为官兵都是傻子吗？这种谎话，怕孩子都不会信。那钱必不是干净的！”

又有人道：“可不是嘛，若神仙显灵，咱也求个大富大贵，哈哈哈……”

我忙催问：“大伯，后来呢？”

那大伯看人抢了话头，忙又把话头抢了回来：“自然！你想着毛小黑岂还能好端端的回去做官！他倒算个机灵的，将没查抄的私房托人拿出来贿赂上面，竟免了死罪，落了个流放，保住条小命，也算好运气了。”

毛小黑依旧号哭着，眼见着走到吉顺轩门口，突然倒来了精神，像瞧见了救星，只见他两手紧紧抓了囚车的栏杆，伸长了脖子冲吉顺轩嘶吼道：“大师！救命啊！大师！这和你说的不一样……大师！大师！”

囚车转过了这个街，毛小黑犹声嘶力竭地呼喊着，像疯了一样。

众人犹在嘲讽：“怕这毛小黑，还指望着他那仙人来救他呢！到了这个时候，还扯什么皮，真是贼心不死……”

不对，毛小黑与那长安豪客并无瓜葛，都来这里找什么大师，新科状元亦是往吉顺轩请人白听书，这些大起大落的，定跟这吉顺轩脱不了干系。

我往吉顺轩门口一看，小诸葛正提了画眉鸟，边逗鸟便拈着胡子翘首瞧热闹呢。

我寻思寻思，决定再往吉顺轩那毛小黑自言自语的神秘隔间瞧一瞧，若真有妖异，也就名正言顺地带李绮堂来一并收了。

毛小黑给押走了，众人意犹未尽地边议论边散去，我瞧着小诸葛也回吉顺轩茶馆说书，便悄悄进去，打算查探一下那个隔间。

隔间依旧空荡荡的，奇怪，那个长安豪客和毛小黑寻觅的大师究竟在哪里呢？

“莫非你也是来找余的？”冷不防一个沧桑的老人声音响起来。

鱼？我吃了一吓，周身一哆嗦，为什么会有这么怪异的事情？定是那大师现身！可是回头一看，隔间依旧什么人都没有。

我四下找找，可是隔间就这么大，确实没有人——难不成，我竟然看不见？

正在我惊慌失措的时候，那声音又响起来：“你找余到底何事？”

此情此景，只闻其声不见其人，定是异物，我几乎吓得一屁股坐在地上，勉强支撑着战战发抖的腿，脑子里一片空白。

那声音道：“莫要害怕，余知道你为什么前来，你的疑问，余可以一一作答。

不知道是什么鱼如此神通广大，这问题当真怪得吓人，我想说话，嗓子却吓得痉挛得难受，拼尽周身气力，嘶嘶地吸了几口气，一手按着狂跳的心口，大着胆子却仍是结结巴巴地答道：“我……我不是来找鱼……鱼的，我是来找一个大……大师的。”

那声音呵呵笑道：“余便是你要找的大师。”

我费劲地吞了一口口水，又勉强问道：“那大师是一条鱼……鱼吗？我胆子小，敢问大师现在在何处？”

那声音依旧不疾不徐：“余就是我，我就是余，余就在此。”

我愣了半晌，待脑筋转过来，方感觉后悔得肠子都青了，就是知道这茶馆有异，还非要自己来，如此自不量力。这下撞到了鱼精，就算给妖怪吃了也怨不得人，真真是自讨苦吃。

我再不敢答话，仗着腿稍稍恢复了点气力，赶紧想跑，忙急急退到门后，不想眼见着是门，走近一看却变成了墙，门在对面，我忙又跑到对面，结果又狠狠撞到了墙上。再一回头，门依旧在对面。

这个，不是鬼打墙吗？我满脑子当真只有新从小诸葛的故事里学的一句：我命休矣。

我像个无头苍蝇似的满屋子打转，小小一个隔间现下却成了迷宫一般，出口明明就在眼前，却永远可望而不可即，教人好不心慌。

正当我惊慌失措的时候，那声音宛如看见了笑话，呵呵笑道：“你出不去，是因为余不让你出去。”

我哆哆嗦嗦地问道：“你……你究竟是何方神圣？”

那声音笑道：“余是仙人！你不是心心念念要找余吗？找到了余，又急匆匆往何处去？”

仙人？他刚刚确实也自称便是我要找的那位大师。

我愣了半晌，实在不知道说什么好，只好呆头鹅一般杵着一动不动，心说这位仙人，只怕是个隐形的。

那声音见我不吱声，便接着问道：“你要找余，余便出来了，其实余心下明镜似的，你此次前来，莫不是为了那几个突然走运的人？”

我头皮发麻，颤抖着不得不先掐了自己一把镇定，才深深喘口气，答道：“正是！”便寻思着，这虚无缥缈的声音看得出我心中所想，难不成真的是仙人吗？

那声音道："呵呵，余知道你心之所想，你莫要害怕，余是仙人，断不会伤害凡人。那几个人，也确实是余点化的。"

我一听，这才稍稍放心，但转念一想，若是给妖怪骗了，那可没得后悔，思来想去，便故作镇定地问道："大仙，那……那您点化了哪几个人？这吉顺轩来来回回这么多人，为什么偏偏是他们？"

那声音笑道："不多不多，仅仅有三个，必得是仙缘之人，余才会点化。"

"哪……哪三个？"我忙问，又仔细瞧瞧这小小隔间，其实瞧也白瞧，这隔间小的一眼就能望到底，若是有人，断断不会藏得我瞧不见，除非……会传说里的仙术——隐身法。

那声音顿了一顿，叹口气，道："都是有过人欲念的，一个爱财如命，一个想沽名钓誉，还有一个要逢赌必赢。"

我偏头想了想，那想逢赌必赢的许便是毛小黑。便问："毛小黑我是知道的，其余两个人，莫非其中有那长安豪客？"

那声音笑道："你倒很有些脑筋，不错，第一个便是那长安客，他是个跑单帮做生意的，商人者，凡事先讲究一个利字。第二个，便是那才死了不久的新科状元，是个好高骛远的。"

我一听，果然是那几个先飞黄腾达，再一败涂地的，心下起疑，便问："您说有仙缘，何为仙缘？"

那声音道："其实，余之仙寿将尽，急于求一有缘之传人，缘便是缘，可意会不可言传。"

我虽不大明白，但一听仙寿将尽，忙问道："仙人不是长生不死嘛，怎生还有仙寿将尽一说？"

那声音平静答道："长生不死的为天神，余是修道而成的地仙，地仙亦有寿，待寻得传人，余方可转化天神。"

原来这就是点化仙体的因由啊。

那声音道："你有仙缘，那三人不长进，白费了余的心血，你来做余的传人，可好？"

我登时吓麻了爪，一想那几个倒霉催的，忙道："大仙饶命呀！我日子过得很好，不敢想什么一步登天！"

那声音叹道：“你不必害怕，说来亦是可惜，既然你亦有仙缘，告知你亦无妨，仙人天职乃是惩恶扬善，孰料这三人不仅未曾因得了仙体积德行善，反做了糊涂事，才有此恶报。”便叹息不说了。

我便又问：“大仙说是点化传人，到底是做了什么糊涂事，因何那几个人全下场凄惨？”

那声音似乎无比惋惜，道：“长安客，仗势欺人，为着一个卖唱女子，夺人所爱争风吃醋，错手打死了那女子的夫君。那新科状元，一心想做驸马，却把结发妻子生生休了，害妻子走投无路，含羞自尽。毛小黑嘛，听信谗言，黑白不分，斩杀了一个被诬告的将士，个个犯下滔天大罪，怎能继续拥有仙体？”

“啥？”我吃了一惊，原来这些人全是做了恶事，自己才落得那般狼狈下场。看来我是误解了这位看不见的大师。

但是做个仙人传人，听着却实实有些教人犹豫，只好问：“我不敢受点化，但还请大仙明示，他们那仙缘是怎生结下的？”

那声音道：“说起来亦是余心软，他们三个皆以一身欲望来余栖身的茶馆，据余观看，这长安客本做生意一败涂地，家财散尽，无言面对家人，只求一死，余之念他可怜，便点化其得了仙体，本希望他替余造福人间。”

接着叹了口气，又说道：“而新科状元，原是个落魄书生，十年寒窗苦读，踌躇满志，却偏偏连个功名也未曾博到。余亦是心怀同情。而毛小黑日子清苦拮据，日日老着脸皮敲竹杠，也让余看不下去，希望他有了仙体，可洗心革面，为之前做的恶事赎罪，然仙体接二连三出事，余本想放弃点化，不料倒见你天真无邪，堪可重用，这仙体，余便点化与你吧！”

我一知半解，不大明白，又爱面子不肯露怯，只得装懂，要是带李绮堂来就好了。不过眼见着那几个被点化的如此凄惨，我可不想照葫芦画瓢。

那声音道：“呵呵，你怕了？独个来寻余，余只道你是个胆大的小姑娘，不想也如此瞻前顾后，看来你并不是与余有仙缘的。罢了，你去吧！余也不留你了。”

我一听如蒙大赦，再往门口一走，果然是能迈出去脚步了。可是我刚想走，却犹豫起来，我梅菜向来以胆大和多管闲事著称紫玉钗街，给这大师一说，倒也怪没面子的，这个大师说只和有仙缘的人谈话，那照他这么说，我放弃了仙缘，下次来岂不是见不到他了？

我脑袋里还有一堆谜团，委实又怪可惜的。

那声音果然洞察了我心中所想，道："余是见你确有仙缘，才以重任相托，这样吧，你答应余的点化，日后若有后悔，可再来寻余，余就在此间等你。"

这话我可不信，之前长安客、毛小黑他们全上这里来找过你，可全没找到，梅菜我再笨，也知道这是个肉包子打狗——有去无回。

"这样吧，"那个声音接着说道，"不提这个，若是去你家铺子吃点心，你可答应吗？"

吃点心倒是可以的，管够，我便答道："自然答应了。"

那声音呵呵笑了，道："好！可以了。"

我还纳闷呢，再喊那仙人，却没有了回应。我只得先半信半疑地回家去了。

路上路过羊肉火锅铺子，只闻到一阵子羊肉香气，我又冷又饿，勾起肚里馋虫，不由得暗暗吞下口水，心下想着，何时娘若是也能给我一顿羊肉火锅才好。

不想才到家门，也闻到羊肉香气。我进门一看，不禁愣住了，只见家里摆着一张八仙桌，黄铜火锅正冒出香喷喷的热气，好几个盘子盛了鲜红的羊肉，绿油油的白菜，嫩生生的笋片，方方正正的豆腐，还有各种时下火锅中的佳品，真真教我看傻了眼。

娘瞧见我进来，笑道："你回来啦？不是老想着吃羊肉吗？今日可算到嘴了，怎么一副呆相？"

我忙问："娘，今日怎生舍得做羊肉了？"

娘白我一眼，道："什么舍得舍不得，给你做就吃着，还这么多话。"

爹捧着糖蒜出来，道："你娘怎生会舍得买羊肉，是莫先生说羊肉买多了吃不完，差小厮给送的！"

"就你多嘴，"娘气呼呼道，"难不成莫先生不给，我便舍不得给你们大小两个馋猫吃？”

我给爹挤挤眼，心照不宣地坏笑一下，忙坐在桌边等娘放羊肉。

娘见我们服了气，才往滚开的高汤里倒羊肉，我急不可耐地等着羊肉变了颜色，马上伸筷子要夹，却被娘一筷子打回来：“水滚了再吃！瞧你这没出息样！”

我忙吞了口水，眼巴巴地等水滚，爹瞧见我这样子，便待水一滚开便用小漏勺给我捞了一勺搁在我碗里，还不忘叮嘱一句：“小心烫！”

我哪肯听说，急急把羊肉塞进嘴里，果被烫得嘶嘶吸气。

娘见状又好气又好笑：“不过是一口羊肉，竟给馋成这个样子，梅菜肚里莫不是长了馋虫吧？”

我顾不得答话，只觉得羊肉软软嫩嫩，配了酱汁，真真是好吃的几乎连舌头也给吞了下去。

爹犹怜爱地瞧着我道：“瞧把梅菜馋成什么样子了，早该给她吃一次了。”

娘瞪了爹一眼，还是那句老话：“你知不知道羊肉多少钱一斤？”

管它多少钱一斤，今日里，我可要吃个痛快！

待装了满肚子羊肉，连口茶也喝不下时，我才恋恋不舍地放下了碗，娘笑道：“怎么？教你馋嘴，撑坏了肚子更是难受！”

我笑着揉揉肚子：“梅菜我呀，就是为了这些羊肉才辛辛苦苦地活着呀！”

爹娘一听，给逗得大笑：“瞧你这点出息！”

捧着饱胀的肚子喜滋滋地上楼，今日当真好运气。

躺下来，禁不住又寻思道，龙井究竟什么时候回来呢？还有瓜片他们，怪想念的。

我正枕着胳膊胡思乱想，忽然一个黑乎乎的东西猛地一下趴到了我的被子上。

我吓得登时险些没了气。

一声尖叫尚未喊出来，借着窗格里漏出的微微月光，我才看清原来是圆滚滚的压吧虎子窜上床来。

我赶紧把它抱在怀里，压吧虎子没有反抗，咕噜噜叫着，怀里是暖暖软软的一团。

只见它两只滴溜溜圆的眼睛反射着月光，竟亮得出奇。

我忙问：“压吧虎子，你来做什么？可有事吗？”

压吧虎子摇头晃脑，咕噜噜急急叫着，两只短手只抓着我的手往外拽，好似要教我跟着它。

这大半夜的，压吧虎子想做什么呢？我忙披上衣服，戴上围巾，不想压吧虎子一见围巾，扑到我胸前又抓又咬，好似对这围巾有什么深仇大恨，还发出语气不善的咕噜噜声，宛如猫见到了狗奓了毛，我忙拍拍它，不想它死死巴在我身上不松手，我只得胸前挂着个压吧虎子，进退两难。

压吧虎子撕扯了一会儿，才仿佛意识到大局为重似的，恨恨松开狐狸围巾，跳下来，一只胖手抓着我的裙裾，引我出去。

许是子时了，街上冷冷清清，什么人也没有，月光银辉洒在青石板路上，光滑的石板上点点凹槽迎着月光亮晶晶的。

压吧虎子晃荡着两条短腿，不想跑得倒快，我追着它跑在紫玉钗街上，眼见着它径自停在吉顺轩门口。

压吧虎子回过头来，直直地指着吉顺轩，像是要引我进去，这可奇了，难不成压吧虎子也得知这里有仙人，来寻仙问道？

我蹲下身来抱起它，问：“你带我来这里做什么？”

突然压吧虎子不再咕噜噜叫，而是直直抬头死死盯着那吉顺轩的屋顶，我见状只得也盯着那屋顶看，不多时，半夜的冷风一吹，直冻得我瑟瑟发抖，只得抱紧了暖烘烘的压吧虎子。

过了一小会儿工夫，什么也没有出现，我冻得想回家，刚要抱压吧虎子离开，墙头阴暗处却出现了一团黑影，那黑影两只绿莹莹的眼睛四下飘忽，我正吓呆了，不想压吧虎子却从我怀里一跃而起，直跳上了墙头。

压吧虎子那圆不溜丢的东西，竟如此矫健，真真教人叹为观止。

那黑影瞧着压吧虎子，两下僵持住了，压吧虎子发出威胁似的咕噜噜声，步步逼近，那黑影倒没有后退，竟说起话来：“哎，谁家的压吧虎子，好大的脾气。”

我听着那耳熟的声音不禁愣住了，这，不是今天跟我说话的那个大仙的声音吗？我顿时僵住了，压吧虎子带我来找大仙是要做什么呢？那大仙又是什么来头呢？

第19章　下小雪（三）

为了逃婚，龙井被龙王爷关在了冥门受苦，正山带着梅菜到了龙宫，帮助龙井解决眼前的危难。

那大仙像是瞧见了我，对压吧虎子笑道："呵呵，那便是你的主人吗？你想把她的命运讨回去？呵呵，有趣得紧呢！"

压吧虎子挺直了身子咕噜噜叫，突然纵身扑到了那大仙身上，那大仙似是比压吧虎子矫健很多，一扭身便闪避过去了，呵呵笑道："一个压吧虎子而已，怎生如此拼命？"

我忙仰头喊道："大仙，压吧虎子确是我家的，我也不知道它深夜带我到此所为何事。若压吧虎子有冒犯大仙的，还望大仙莫要与它计较！"

压吧虎子没有理我，依旧铆足了劲头去撞那大仙，大仙腾空而起，飘然落在屋檐上。

屋檐迎着光，我瞧见了大师的真面目，登时目瞪口呆。

这不是，那只伸着爪子掏画眉鸟鸟笼的黑猫嘛！大仙，原来是只猫？

那黑猫伸着爪子悠然地作洗脸状，道："余已然和她定下了点化的交易，怎么，你是替她要反悔？真是忠心护主啊！"

"点化的交易？"我一愣，"梅菜可不曾答应！"

"两个字一出口，就是了，"黑猫呵呵一笑，"你好生想想，说过不曾？"

我一下就想起来了，但它说的，不是去铺子吃点心吗？难不成，只要我口吐"答应"两字，就中了套了？

压吧虎子犹咕噜噜地发出警告似的声音，那黑猫咧开嘴，露出白生生的尖齿，道：“你明明斗不过我，何苦来送死？”

我仿若听出了端倪，只怕压吧虎子洞察一切，苦于无法说话，便带我来讨回公道。平日里温顺的压吧虎子，今日可真是拼了命似的。

我忙道：“还请大仙说清楚，什么是点化交易？”

那黑猫舔舔爪子，笑道：“呵呵，反正交易已经完成，已然由不得你，告知你，也教你不至于跟那三个傻瓜似的，做个糊涂鬼。那个仙体，是余随口编出的瞎话，哈哈哈，不想你倒真给信了，你没有看见余，不是因为余隐身，而是余藏身在隔间柜子里，你就算开了天眼，又怎生会瞧见？”

我胸口一阵发紧，身体好似卷进旋涡里，脑袋一阵发晕：“家里做那羊肉……”

“还不算太傻，”黑猫笑道，“呵呵，那可是多亏了余，把你的运命流年改写了啊！”

压吧虎子还想冲上去，却被黑猫随手一抓，即从房顶上骨碌碌滚下来，跌在青石板路上，我忙跑过去抱住压吧虎子，压吧虎子好像动弹不得，只虚弱地咕噜噜哀哀呜叫着。

这个黑猫对压吧虎子出手，肯定不是什么好东西！我怒道：“你莫要猖狂，如此为非作歹，定是坏灵物，你伤了压吧虎子，待李绮堂来定一箭射了你！”

“呵呵，”那黑猫笑道，“余活了一千多年，吃运命无数，一个小小道士，能奈余几何？你还是担心担心你自己吧！运命改道，你的人生也就是岔路了。”

我一惊，难不成，我也会跟那三个人一样落个凄惨下场吗？一想不做亏心事，不怕鬼敲门，便梗着脖子道：“我从来不做坏事，怎么会岔路！”

那黑猫尚未答话，一个冰冷清越的声音响起：“原来这就是饕餮说的傻狍子，果然傻得可以。运命给人改写了，居然还想什么不做坏事就万事大吉，当真无可救药。”

运命给改写是什么意思？这说话的又是何方神圣呢？

我抬头一看，不知何时来了一个穿着光华绝代，在暗夜里闪闪发亮的长袍的贵公子，正倚在路边一棵掉光叶子的梧桐树上，冷眼瞧着热闹，虽看不清面容，却端的觉得气势逼人。

“吾早就说过这信女是再傻不过的吾亦是深觉其傻但其傻得可爱端的也是吾之友人……”这熟悉的声音——果然，正山从那贵公子身后探出头来，犹自絮叨不已。

“你……莫非是！”那黑猫脖子上的毛都奓起来了，“那……战神……睚眦？”

那贵公子没有答话，正山早抢过话头：“尔这老君眉倒是见过世面的这便是吾睚眦兄长尔害死那么多人不知悔改还不速速束手就擒！”

老君眉，是茶名，原来是账册里面的灵物，

那黑猫蜷缩起来，像是有些怕了，但仍一副死猪不怕开水烫的样子：“余可未曾害人，那……那些人都是自愿改写运命的。关余何事？余一心向善，只会行善积德。”

那冰冷清越的声音又响起来：“这老君眉莫非以为能骗得了傻狍子，还能骗得了本神吗？算了，弄死它罢了。”

正山忙死死拉住那贵公子：“兄长莫急老君眉改写了梅菜之运命不还回来梅菜难逃一死哇还望兄长三思……”

贵公子不耐烦地甩开正山：“麻烦死了，老君眉，把那傻狍子的运命改写过来，本神大不了不弄死你，收你进妖簿也就算了。”

那黑猫一听，自己有筹码在手，反倒得了意：“哎呀，嗜血战神睚眦也有这种有求于人的时候，呵呵，倒也真真有趣。”

正山忙道：“吾也没有工夫与尔聊天尔速速改好梅菜运命回到妖簿也就算了惹恼睚眦兄长九条命也不够兄长弄死……”

那贵公子飘然落在屋顶上，月光下一张面无表情的脸孔好看得惊人，但总让人觉得有种拒人千里之外的疏离。原来这就是龙井和瓜片口中的冻顶乌龙，真是人如其名。

黑猫明显很有些畏惧，但仍硬着头皮道：“睚眦大人，咱可是井水不犯河水，余好不容易被妖簿释放出来，饕餮大人尚没来收余，睚眦大人何必越俎代庖呢？”

睚眦道：“饕餮？饕餮是不会再来收妖了，以后妖簿本神掌管，再不改写运命，本神就要弄死你了。”

说着从宽袍大袖里伸出一只修长的手来，虽说仅仅只是一只手，却气势逼人，不怒自威，想必必是大有神威，这睚眦大人端的教人敬畏，除了面貌稍稍有些相似，真觉不出他竟是那惫懒贪吃的龙井的兄长。

不过饕餮不会再来收妖是怎么回事？我忙问正山：“龙井不来了？他去哪里了？”

正山苦着脸道：“饕餮哥哥逃去蓬莱岛偷仙桃给寿星公发现被父王拿回龙宫去了结果饕餮哥哥不服亲事父王大怒把饕餮哥哥打回原形拴在地牢里说若是再不悔改便革去他龙神之名教他看冥门……”

革去他龙神之名教他看冥门，听上去龙井的遭遇真不妙，我忙问：“莫非以后再也见不到龙井了？”

正山摇摇头，我心下滚油煎了也似的着急，但一想龙井现下倒不若压吧虎子危急，忙把气若游丝的压吧虎子捧给正山看：“你瞧瞧，压吧虎子给那老君眉抓了一下，跌下来了！”

正山看向压吧虎子，压吧虎子一点力气也没有，缓缓地眨了眨眼睛。我忙问：“不知道压吧虎子有事没事？”

正山摸了摸，压吧虎子便把眼睛闭上了，正山吃了一吓，忙仰头喊道：“睚眦兄长此压吧虎子受了伤睚眦兄长可愿救治……”

那睚眦冷冷看了一眼，道：“麻烦死了，伤成这样，弄死再换一只罢了。”

什么？我忙恳求道：“睚眦大人，压吧虎子不是普通的压吧虎子，请睚眦大人开恩救救它！它是我的朋友，不是坏妖怪……”

睚眦看着我，眼光像冰一样冷：“不担心自己还惦记什么朋友，依本神看，还是莫要救这傻狍子了，让她运命改写死了罢了。”

正山一听，忙喊道：“睚眦兄长定当救救梅菜梅菜亦是吾友人若梅菜死了谁来与吾聊天……”

睚眦不耐烦道：“好了好了，本神的弟弟一个比一个不成器，老君眉，把运命还给那傻狍子，本神最讨厌麻烦事，还是你一心求死？”

老君眉像是算计了算计，道：“睚眦大人，余自是不敢在大人面前班门弄斧，不过这丫头的运命，不知可否换余自由？那妖簿余可不愿再回了。”

睚眦微笑起来，更加瘆人：“哈哈，敢跟本神谈条件吗？那傻狍子是本神弟弟的朋友，并不是本神的朋友。”

说着那手心一握，老君眉便如同被一只看不见的手卡住脖子拎到半空，两条腿还不住地蹬着，发出似是喘不过气般的嘶嘶声，好似还吐出了血。

正山忙拉住睚眦哀求道：“兄长手下留情这老君眉杀不得杀不得……”

睚眦撇嘴松开手，老君眉无力地跌落在房檐上，噗噗吐出一摊血，嘶哑地说：“杀了余，没人给她改回运命，待好运用尽，那丫头命不久矣。”

我忙问道：“究竟什么是运命改写？”

那老君眉呵呵笑道：“那便是余的能耐，人这一生，好运坏运都有，但顺序天定，谁也估算不出自己的运命，余的本事，便是能把人命中运气顺序重排，漫长人生中所有好运集于一处，自顺风顺水，心想事成，但好运有限，待好运用尽，人便只剩下厄运，宛如云端坠落悬崖，摔也能摔死。人是一直有好运护佑的，人一旦运势低迷，余便可吞噬其余下运命，这便是那三个被点化的人短命之因由。”

原来我吃到羊肉，是提前用了自己的运气。

难道是把本来注定以后吃的羊肉先吃了，实际上那羊肉本就该是我吃到嘴的，然后我以后就没有羊肉吃了。我有了不祥的预感，莫非我今后的人生，都是一件一件倒霉事吗？

这么说，那三个人亦是被老君眉调整了运命，才会冰火两重天，少不得一个悲惨下场。

正山道：“这老君眉待人运气用完便趁人霉运连连运气衰弱之际吸食运命缩短人寿。”

怪不得长安客下落不明，新科状元死了，毛小黑流放边疆，尚不知生死，看来全是给这老君眉害了。

老君眉呵呵笑道：“其实那些人未曾作恶，不过是好运用尽霉运来临，给余吞下运命才早死早超生。余随口说说，不想你竟真信了，你也亲口答应接受点化，余已经把你运命改了，若余不给你改回去，呵呵，你便好自为之吧！”

看来我一时贪嘴想了羊肉，眼瞧着要开始走霉运了，也许还活不下去了，这老君眉打伤压吧虎子还要吞我的运命，当真可恨至极，现下又拿运命要挟自己的自由，不知道那冷冰冰的睚眦大人会不会制服它……

那老君眉瞧出正山给我求情，便贼心不死，继续道：“余确实吃了不少运命，那是余的天性，猫吃鱼，狗吃肉，都是天命注定，余只求还余自由，这丫头运命再不改回来，待好运用尽，余也救不得了。”

正山一听，忙抓了睚眦的袖子死命摇晃：“睚眦兄长本便是来收妖不若且放了它下次再捉便是了梅菜性命要紧……”

睚眦甩开正山，道：“谅你也逃不出本神掌心，你还了傻狍子运命吧！”便掏出了那熟悉的账册，撕下一张纸，在他手心里一放便化成飞灰。

老君眉两眼发亮，答道：“运命还给你！”一纵身一摆尾消失在了茫茫夜色里。

睚眦收下账册，道：“说是以后代替饕餮收妖，倒先替他放了一个，麻烦啊麻烦。”便转身要走。

我忙喊道：“睚眦大人！不知道龙井他现在怎么样了？真的再也不能回龙神祠了吗？还有我的压吧虎子，求大人救一命！”

睚眦背对着我：“龙井？这可笑的名字……本神不管这些事。蜃，跟本神回去。”

正山到我身边摸摸压吧虎子，回头道：“睚眦兄长，此压吧虎子不救怕是不行了……”

睚眦落在正山身边，伸手抓着正山肩膀：“跟本神回去，莫再和这凡尘小妖纠缠。”便要把正山带走，我一听压吧虎子不救危险，忙边搂紧压吧虎子边死死抓住正山不松手：“求求睚眦大人救救压吧虎子……”

突然眼前一花，我发觉自己已经不在紫玉钗街上了，虽说还紧紧抓着正山，可是这里水光潋滟，金碧辉煌，脚下是细细的白沙，好像也不大冷。

我放眼四处望望，各种花草建筑都是未曾见过的，虽说不觉得有风，奇特的植物却自个儿跳舞也似的摇晃，但这是半夜时分，我看不见太阳、月亮、星辰，也没见到灯，光线却不亮也不暗，端的教人纳闷，这里究竟是哪里呢？

“蜃，是你故意把她带到这里的吧？”我战战兢兢地回头一看，睚眦对我和正山怒目而视，周身散发出一股煞气，看得我浑身泛寒，赶紧躲到正山身后。

正山嬉皮笑脸道：“吾怎么会是故意的呢睚眦兄长莫要生气龙宫的规矩吾自是懂的傻狍子不过是不小心进来的睚眦兄长可莫要告诉别人呀事情泄了睚眦兄长也受牵连教吾怪不好意思的。”

这里竟是传闻里的龙宫？

梅菜我又见了一次世面，正山偷偷带我和压吧虎子来这里，定是来给压吧虎子治伤的。不过转念一想心下又颇惊惧，怎么倒不觉得有水？我会不会给淹死？

但倒不憋闷，只不知道是龙宫本便是仙境，自有个中奥妙，还是正山对我动了什么仙法手脚？

睚眦怒道：“你还敢跟本神提龙宫的规矩！龙宫难道是许凡人进来的？父王知晓了，本神可不担这个责任！你好自为之吧！”便拂袖而去。

正山忙拖住睚眦：“睚眦兄长此压吧虎子生命垂危已然到了龙宫不若顺手救下也是功德一件……”

睚眦冷冰冰地答道：“走开，本神懒得理你。”

正山锲而不舍地对睚眦一阵撕扯，睚眦一挥手便把正山打开，正山扑过去死死抱住睚眦手臂：“兄长不依吾吾便告知父王傻狍子和那凡尘小妖是睚眦兄长带来的父王必龙颜大怒吾从不撒谎父王听说不会不信……”

那睚眦的脸上由白转青又由青转绿，真真吓人，最后他只得推开正山，道：“本神也该改改运命，再不想跟在你们这些没用的弟弟身后，收拾残局了。”

听着这意思，像是许了给压吧虎子治伤，我高兴极了，但是瞧着那睚眦的面色，一句“谢谢”也低了头哽在喉咙里未敢说出口。

正山得意地冲我挤挤眼，睚眦已然转身离开了，正山忙拖了我跟在后面，龙宫行走起来轻飘飘的，仿若自身没有重量似的，我怕迷路，绮丽的景色也未敢多看，只一心跟着正山。

睚眦走到一块一人多高的大青石旁，手一挥，那青石便移开了，里面散出氤氲雾气，睚眦面无表情道：“进来。”正山忙推推我。我赶紧抱着压吧虎子跟着进去了。

里面豁然开朗，是一条隧道，隧道四壁镶嵌着绿莹莹翡翠似的石头，拼成波浪似的线条，发出柔和的光，隧道行至尽头，是一个大厅，里面有各色奇怪的，世间未曾见过的东西。

有大缸似的陶罐，丝弦缠绕在一起的琴似的东西，寒光闪闪的宝剑，威风凛凛的盔甲，各种方形、长形、圆形不知道材质的器物，顶上镶嵌各色星辰似的彩色宝石，真真教人眼花缭乱。

突然压吧虎子从我怀里飘起来，我吓了一跳，原来是睚眦伸手一挥，把压吧虎子悬空放在一个大球里。那个大球散发着柔光，但又好像一个气泡，虽说没有开口，但压吧虎子一下便融入大球后，大球内里出现一些雾气，但依旧是透明的，压吧虎子被包围其中，像是很舒服地睡去了。

正山喜道：“睚眦哥哥当真大方此九天玉球起死回生真真是好宝贝不若待吾生日赠给吾吧！”说着要摸那球。

睚眦打开正山的手：“谁要与你了！你净在荒郊野外人迹罕至的地方做幻象骗人为乐，难道用得着？莫再废话，待那小妖醒来，速速把傻狍子和那小妖送回去，本神一点风险也不想担。”

“是是是。”正山忙应着。睚眦又冷冷地看了我一眼，挥袖不见了。

他这一走，那逼得人无法呼吸的气势也就不见了，我先松了口气，忙问正山：“压吧虎子没事了吧？你们是怎生去那茶馆救我的？”

正山摇头晃脑道：“压吧虎子入此九天玉球定可平安无虞饕餮哥哥走了之后那玄阴之地总有妖气且一大股妖力在那茶馆附近出没吾求父王放回饕餮哥哥收妖父王未曾消气教睚眦兄长取了妖簿吾跟去之后便察觉有账册妖怪正等他出来不想压吧虎子把尔也带过去了。”

看来那老君眉藏身吉顺轩，必是有什么因由。

一想龙井，我又是一阵担心：“龙井现在怎么样了？”

正山叹道：“饕餮哥哥甚是可怜很久未曾进食供奉还给拴在地牢。”

那么爱吃的龙井连供奉都没得吃还给关在暗无天日的地牢里，真是可怜见的，那婚事，当真如此不堪忍受？想到这里，我便问道：“不知西海龙王知不知道此事？”

正山摇摇头：“目前尚不知道据龟丞相言说西海早已准备妥当只待迎娶。”

我问：“龙井若坚决不依可怎么好？”

正山道：“那饕餮哥哥只得去守冥门名字父王已然报给西海龙王若饕餮哥哥当真死不悔改想必西海龙王失了面子后果不堪设想。”

我叹口气，龙井着实可怜。

正山说完，来回细看各种宝物，似是未曾进过这个大厅，新奇地四处翻看，道：“此乃睚眦兄长的宝库法宝众多不若吾找些来玩平素可是难得一见啊真真机会难得……”

说着自己在这琳琅满目的大厅四处挑挑拣拣。

我一想睚眦大人那副面孔，便不寒而栗，忙躲那些宝贝远远的，万一不小心给他碰了，估摸少不得对我一伸手，然后冷冰冰地来一句“弄死算了”。

这龙井，自己被囚禁，龙神身份岌岌可危，账册也给了睚眦大人，也不知道瓜片是不是还给封在账册里？怎么样了？

正山突然问：“尔如此挂念饕餮哥哥不若吾带你去地牢瞧瞧吧？”

“欸？”我大吃一惊，“才听睚眦大人说龙宫不许凡人来的，我出去，岂不会老鼠过街人人喊打？”

正山笑道："吾跟尔说此乃睚眦兄长之宝库嘛吾找到法宝了。"

便攥着拳头给我到面前张开，是一个晶莹剔透的小珠子，水滴一般透亮。

我捏在指尖，问："这是什么？"

正山笑道："此乃雨露隐身珠含此在口便可于水中化为无形乃是父王赐给睚眦兄长之异宝。"

一听水中，我忙道："梅菜我可不会凫水，到水里一准便给淹死了。"便要把珠子还给正山。

正山笑道："何须凫水尔已然于水中也。"

"啥？"我瞪眼道，"这是水里？"什么？这飘飘然的感觉，竟然是水？

正山得意忘形地点点头："吾拔了自己的鳞片贴于尔身尔可在水中来去自如也。"

正山真真是个仗义的，我都不知道他何时贴的，料想若是龙井，定是个一毛不拔的。我忙问："那压吧虎子独个在此……"

正山道："不妨此乃睚眦兄长之宝库无人敢入尔可放心此压吧虎子自须于九天玉球内静养即可。"

我这才放宽心，忙道："那我就拜托你引路了。"边把珠子含在舌头下，凉丝丝甚是奇特，再低头，却瞧不见自己，真真完全透亮，伸出手，摸摸自己，一切宛如平时，但偏偏一个实体就水一般透明，看着自己能瞧见一切，确实是妙极了的体验，好像自己凭空消失一般。

正山已然瞧不见我，伸手碰到了我的肩膀，便顺着我肩膀把自己腰带一端递到我手上："尔触碰之物皆会隐于水中那腰带尔执于手中旁人便看不出。"

又想想，道："海底有沙怕露出足迹尔定要浮起来。"

我听说犯了难，要怎生浮起来呢？但稍一用力往上一腾，果踩不出足印了，好似在半空飞翔，着实有趣。

我忙接下腰带，不想正山如此细心，还怕我走丢。正山一走动，我腾起来，倒有些像被正山当风筝放。

正山伸手贴在墙壁上，墙壁发出微光，正山竟穿墙而过，我忙紧随其后，本来以为会撞着墙上，吓得我闭紧眼睛，不想竟畅通无阻，仿若自身全化成了水，再一睁眼，不仅瞠目结舌，这，这便是龙宫内？

成群结队的鱼虾整整齐齐行进在鹅卵石铺就的小路上，净是些我从未见过的稀奇种类，几个磨盘般的青壳大螃蟹威风凛凛地横着穿过，桌面大的砗磲悠然地半开半合，半空，不，是水中漂浮着云朵似的瑰丽水母，一种龇牙咧嘴的大鱼定定地漂浮着，以头顶上生出的灯笼样触须大放异彩，把矗立着的几丈高的红珊瑚树照得熠熠生辉，好些柔顺的长长头发似的水草在细沙上漂荡着，这真真是另一个世界，跟鬼市一般奇妙。

正山一出现，各种鱼类皆停下来大头朝下，大概是在对龙中贵族行礼，样子煞是可笑。正山昂首挺胸地过去了，我跟在后面，虽说没人瞧得见，但照样跟正山沾光，狐假虎威，好不威风。

走着走着，忽然敲锣打鼓，来了一队人马，说人马倒有些不妥，是两只大对虾敲着锣鼓开路，一对大海马驾辕，六条大鱼随侍，拖着一个金光璀璨的车，我定睛一看，哎呀，这个坐在车上肥胖胖圆滚滚的光头，倒好生眼熟。

这光头穿着金丝银线织就，镶嵌翡翠宝石的八宝罩衣，光头上一顶金冠，手持象牙笏板，神情悠然自得，十分富态。

这龟丞相现下如此体面，可跟当初的清泉大师判若两人，怪不得我一眼未曾认出来。

龟丞相瞧见正山，我本以为会滚下来行礼，不想龟丞相只淡淡跟正山点头致意，道："原是蜃殿下，老奴有礼了。"

正山一反常态地未曾说话，也仅仅是点点头便过去了。不想龟丞相现下待正山如此冷淡，倒也奇了，当初对龙井，那可是极尽阿谀奉承之能事啊。

我因为在正山后面，龟丞相只当正山走远了，小声说了一句："血统不纯，还真把自己当龙子了……"

血统不纯？正山对龙井和睚眦都是口口声声叫着哥哥，他不是龙子吗？

奇怪，我瞧瞧正山，正山也不知道听见没有，脸色如旧，我呼吸尚不敢用力，自是不敢吱声的，便硬生生把这疑问压在了肚子里。

又走了一阵，前方赫然出现了一个华丽得教人叹为观止的宫殿，黄门红墙绿瓦，闪闪发亮，门口有两个彪形大汉手持画戟把守。

走近一看，黄门倒像真金铸就，红墙竟是粗大的红珊瑚砌成，绿瓦是浓绿浓绿的翠玉，随随便便哪一块，想必就是姐儿手中最得意的头面，这龙王爷，当真好生阔气！

而那两个大汉，吓得我几近喘不过气，竟是半人半鱼，宽阔的脸上长着鱼鳃，鱼鳃上和筋肉突起的身上一样布满青色鳞片，眼睛也是鲤鱼似的往外突出，尖嘴没有嘴唇，张着嘴，露出两排白惨惨的细细尖牙。身上穿着螃蟹壳似的铁甲，也或许是自己长出的壳，真真是走在街上能吓死几个人，梅菜我见多识广，犹吓得险些叫出声来。

那两个鱼人士兵对正山俯下身，正山挥挥手示意免礼，却未曾进门，而是往城墙后面去了。

龙宫很大，周围也很有些房屋，许是龙宫居民的房子，远远也能瞧见稀疏人影。

正山走了一会儿，才把我带到龙宫后院，后院宽阔无比，雕栏画栋，抑是华美的楼台亭阁，水底种植着各种奇异的植物，有碗口大的黄花，紫色的大花苞，还有红色的牡丹样花瓣层叠的，蓝色单瓣的，出奇的是海中花都盛开在深红色的枝干上，未生叶子，不少色彩斑斓的东西游来游去，一如尘世里的蝴蝶和鸟，还发出蓝的绿的荧光。

最漂亮的是一棵有些像人间垂柳的大树，粗壮的树干是几近透明的深宝石红色，层层垂落到地的枝条却是生着密密麻麻的金叶子，光辉璀璨，华丽无比。间或夹杂着一些白色五瓣小花，教人真想摘下几朵。

还未过够眼瘾，已被正山拖到一个整块大青石凿成的大门口，上面装饰着样子怪异的兽头环，看样子厚重又肃穆。正山轻车熟路地伸手一贴门口，门轰然打开，内里是无尽的黑暗，一股子寒意扑上来，直教人一哆嗦，当真怪可怕的。

待走进去，寒意更浓，门轰然合上，我们便身陷墨汁也似的浓重的黑暗里。等眼睛适应了黑暗，方瞧见四壁有些碧莹莹的小光点，宛如一双双眼睛，我见状不禁打了个寒战。

正山似乎对路很熟，迈着不快不慢的步伐往深处走，我战战兢兢地紧握住腰带，生怕跟不上正山，给什么东西吃了。

时间一久，眼睛适应了光线，对周围越发看得清楚了些，那些碧莹莹的光点竟是游动的，倒像人世间的萤火虫。我好奇地伸手抓了抓，却是可见不可得的，许是龙宫的罕物。

在光点照耀下，勉强能看出四壁乃坚固青石筑就，只怕这儿便是那坚不可摧的地牢了。

龙井日日在此挨饿受冻，看来当真触怒了龙王，不然做父亲的，怎肯教儿子在此受苦。随着正山愈行愈深，寒冷的感觉也越来越重，我已经冻得瑟瑟发抖。正山低声道："此处已近冥门苦寒无比尔须忍忍方可。"

原来到冥门了，便是龙井要看守的地方吗？冥界……难不成是阴曹地府？我越想越怕，又怕给谁发现，不敢出声，一颗心扑通扑通仿佛要从喉咙里跳出来，真真难受不已。

不知走了多久，前面出现一道烟雾似的缥缈墙，倒很像是乌云堆积而成，虚虚实实好不阴森，正山径自穿了过去，我闭上眼睛也听天由命地跟进去了，只听正山道："尔可睁开眼睛了已至饕餮哥哥之所在。"

第20章　下小雪（四）

梅菜跟龙井以睚眦大人的更魂器互换灵魂，代替龙井相亲。

我一听忙睁开眼睛，只见幽冥昏暗里，一个难以形容样貌，世所未见的大头神兽正被成人大腿粗的铁链拴着，有气无力地趴在地上，虚弱地发出咻咻的声音，当真凄惨至极。

这大头神兽我虽仅仅在龙井大战太平猴魁时见过一次，但一眼便认出那便是龙井。当初它虽未抓到太平猴魁，但自是神勇无比，现在瞧着倒像是有伤病似的，教人好不怜惜。

我忙走近，道："龙井大人，梅菜我来瞧你啦！"

那大头神兽吃力地支起硕大的头颅，西瓜似的大眼缓缓眨了眨，发出"嗯"的一声叹息，又不堪重负似的垂落到地上。

我忙问正山："是知道龙井给关起来，可是怎生成了这副模样？"

正山道："饕餮哥哥这些日子皆未曾进食供奉是以虚弱成此般模样。"

原来是饿的，那么爱吃的龙井饿成这样，着实教人心酸。

正山道："再不松口答应娶枕梦公主只怕饕餮哥哥龙神之位不保永远只能守在冥门出口着实可怜。"

我忙劝道："龙井大人，婚事历来都是父母之命媒妁之言，凡间仙界皆如此，你瞧戏台上那牛郎织女，就算两情相悦下场也是凄惨，不若你就听了龙王爷的旨意去迎娶那枕梦公主吧！难不成在此挨饿比娶亲还要舒服些？"

龙井一动不动，合上眼睛，好像已经说不得话了，也或许只能在化作人形时说话？我叹口气，龙井这个光景，能回龙神祠在烟雨阁捉妖是够呛了。

“难道不能想办法帮帮龙井吗？”我望向正山。

正山摇摇头：“只能是松口肯娶枕梦公主了但饕餮哥哥说宁死不屈据吾看很是为难。”

哎，看龙井这副样子，干着急又束手无策，当真叫人心焦。

“哎呀，想办法这种需要头脑的事情，正山弟弟你是不行的。”说话间一个风雅的贵公子穿一身碧色长袍，摇着一柄折扇悠然而入，“这便是那傻狍子吗？正山你胆子倒不小，敢带凡人进来，给睚眦兄长知道你偷偷用他的至宝雨露隐身珠，少不得跟你发一番脾气，到时候能求狴犴哥哥给你主持公道便好，求不得，看你怎生收场。”

这个贵公子举止文雅，一副斯文相，朱唇嘴角上翘，总是含着笑似的，面色白净，剑眉星眸，头上戴着紫金翠玉冠，端的一副聪慧相，一看便是个腹有诗书气自华的。

虽说这贵公子面善得很，可如此突然出现，我还吃了一惊，自是不敢吭声，正山忙道：“负屃哥哥尔可莫要声高给人知晓了免不得尔也得沾上些责任。”

负屃？好怪的名字，看这装束打扮相貌，莫不是也是龙神之一？

正山道：“傻狍子此乃吾兄负屃尔可称其为银毫……”

那公子不屑道：“什么银毫，傻死了，不许叫这种名字。不才可是正统的龙神负屃，你这凡人叫声负屃大人也就是了。”

正山道：“负屃哥哥雅好斯文自是龙中才子梅菜还不速速出来拜见负屃哥哥聪慧过人定有主张。”

我听说忙拿出那雨露隐身珠，向前行礼。

正山因问道：“负屃哥哥怎生到此莫不是发现了傻狍子的行踪来问罪吾可未做坏事还望负屃哥哥通融通融。”

负屃笑道：“不才可没工夫管这闲事，左不过父王夸不才机敏善辩，刚才派不才来劝饕餮从命的。”

正山又奇道：“日子还早怎生今日来了前些日子不也未曾劝服父王只道饕餮哥哥骄纵过度非得磨砺一番待其自生悔意吗？”

负屃道：“想必你还不知道，龟丞相正迎那西海龙王带枕梦公主来做客相东床呢！父王急得跳脚，正不知道怎么办好，托词饕餮收妖未曾在此处，西海龙王倒不着急，只说不妨事，可以等等。”

正山慌得变了脸色，忙道：“这可如何是好负屃哥哥机智过人务必得想想办法不然……”

欸，枕梦公主亲至，龙井还在这里闹着别扭，真真教人揪心。

负屃摸了摸龙井的大头，眉头一蹙，神色很是怜惜，道：“睡过去了……一直嗜吃如命，竟给饿成这副模样，倒可怜见的，手足一场，怎生忍心兄弟遭罪？不才亦是想教饕餮应下啊。”

突然负屃眼波一转，倒露出一副有些奸诈的笑容来。

我见状忙行礼道:“负屃大人定是胸有成竹,务请救救龙神爷吧！”

负屃笑道：“此信女倒忠心耿耿，知道龙神爷危难，还肯过来相助。”

我一听，道：“负屃大人真真抬举了梅菜，梅菜一个凡人，哪有相助的本事。”

负屃那晨星似的眼睛又是骨碌碌一转，道：“想必你也知道，现如今，这饕餮若是不娶枕梦公主，必得大难临头。”

我忙道：“那是自然。梅菜也担心得很，龙神爷这副模样，真真教人同情。”

负屃道：“饕餮不过是爱面子又嘴硬，这婚事应便应了，什么要紧，跟这么重的处罚相比，就算婚事不满，也不若答应了父王还实惠些，你说是不是？”

我心下想着，跟这煎熬比，倒还真不如娶了那公主还好些，只好道：“龙神大人确不该违抗父母之命。”

负屃猛地一合扇子，一副孺子可教的样子，用扇子点着我道：“对呀！你瞧，这信女也是个聪明些的凡人，正山你倒是未曾找错。”

正山得意地点点头：“吾深受哥哥指导……”

负屃不耐烦地挥挥示意正山莫要唠叨,正山只得咕嘟了嘴不说了。

负屃走近我，悄声道：“现下倒是有救饕餮的办法，只不知道你愿不愿意出力？”

我巴不得这一声，忙道：“梅菜愿意！只要能救得龙神爷，负员大人教梅菜做什么，梅菜便做什么！”

“嘿嘿嘿……”负员得意地笑了，但总觉得他看上去怪狡黠的。

正山忙问：“负员哥哥有何办法说来一听吾亦可出力……”

负员恶作剧成功似的狡猾笑道：“所以不才就说你们没有头脑，此事还不容易办吗？教饕餮答应了不就成了。”

正山蹙眉道：“负员哥哥这是什么话若是饕餮哥哥能答应岂会在此受罪？”

负员又是一笑：“嘿嘿，你不是在睚眦兄长的宝库里拿了那雨露隐身珠吗？”

正山一头雾水地点点头，我也听得云里雾里，完全摸不得头绪。

负员笑道：“睚眦兄长宝库内另有一样法宝，唤作更魂器，你可听说过？”

正山点点头：“那不是地藏王菩萨赠予睚眦哥哥之灵器……”

正山突然开了窍似的，恍然大悟：“莫非负员哥哥想……可是……”

负员笑得更狡猾了：“嘿嘿。如此这般，饕餮出面与枕梦公主一见钟情，事成之后父王一定高兴，定会赦免了饕餮，还能怎么样？就算他不乐意，他那么好面子，定不乐意做个言而无信的，届时肯定骑虎难下，父王和西海龙王便结下亲家，岂不美哉？”

便对我笑道：“此事可大可小，饕餮失了神位，在此受罪事小，然西海若是与龙宫对峙，伤了和气，还可能引发大战，生灵涂炭哪！我们海里居民遭罪不说，海啸涨潮，凡人也定有灾厄，到时候不少人颠沛流离，背井离乡地逃灾，岂是好玩的？拯救苍生之大任，还就托付与你了。”

我还是听不明白，边怨自己笨边厚着脸皮问道：“还请负员大人明示，梅菜要怎生助龙神爷？”

负员左边嘴角一翘，端的露出几只白牙，有些邪魅地笑道：“更魂器，是上古的宝物，可以调换身体里的灵，用睚眦兄长的更魂器，把你和饕餮的灵互换，你替饕餮答应婚事，不就结了？”

“啥？”我大惊，“我？我……我行吗？”

教我替龙井，这种事，真的能做到吗？

“怎么不行！”负屃挤眉弄眼地笑道，“我们几个兄弟，届时参加婚礼，都是缺一不可的，谁都换不得，若是随随便便找个谁，又怕不忠的坏了大事。你倒是合适人选，忠诚又聪明，怎么样，再拖拖拉拉，饕餮也只是徒增苦楚罢了。替饕餮应下，再回去做你的凡人，龙宫和百姓都平安无虞，岂不皆大欢喜。”

我瞧瞧正山，正山一脸茫然：“主意自是大好的然饕餮哥哥醒来追究岂不糟糕……”

负屃坏笑道：“嘿嘿，都给你说了，事情办妥，生米煮成熟饭，饕餮能怎么样？兄弟手足和信女，还会记恨吗？”狡黠地望着我。

这事情其实是不大好办的，龙井宁愿受了这样大罪，也不愿答应，旁人本不应越俎代庖的，但是现下情势逼人，我也只能应下，在龙井身体里替他答应婚事了。哎，还不知道龙井会怎生恨我。

我想龙井如此顽抗的下场竟是给最信赖的人出卖，不知道能不能承受得住。

思来想去，也只好点点头：“只要能救下龙神爷，让他免受这些苦楚，梅菜听凭安排！”

“好！”负屃赞道，“好信女！”又对正山道：“正山，还不速去取来更魂器？务必当心，若是给睚眦兄长发现，你几条命都只得教他弄死罢了。”

正山忙应下，转身不见了。那负屃抚摸着龙井的大头，叹道：“不是为难你、逼迫你，只是形势所迫，你可勿要怪不才……”

看他们兄弟情深好生教人羡慕，我也暗暗鼓劲，一定要替龙井完成这相东床之大事。

转念间正山慌慌张张地回来了，手捧一个白色的大喇叭，直道：“速速给梅菜与饕餮哥哥更魂吧吾听虾兵蟹将他们说父王传话要教负屃哥哥速速带饕餮哥哥前往。”

负屃听了，便招手唤过我，我忙上前，负屃接过那喇叭，一头贴在我头顶，一头贴在龙井的大头上，我突然觉得我自己仿佛茶水一般，从茶壶嘴中倾泻而出，灌到什么东西里去了，浑浑噩噩中还想，自己真是眼拙，那更魂器定不是什么喇叭，倒像漏斗。

接着整个人像被卷进旋涡里，直搅得我头昏脑涨，浑身无力，好像抬眼皮都很是吃力，倒像被压吧虎子压了似的。

终于勉强睁开眼睛，却瞧见正山和负屃好像变小了不少，人偶似的正紧张地盯着我，而更吓人的是，我竟瞧见小小的自己倒在地上，人事不知的样子。

我忙想张口说话问我怎么回事，不想却发出“呜……”的一声长啸，好生吓人，想捂住自己的嘴，又发觉全身动弹不得，低头一看，生满五色鳞片的庞大身躯正给锁链捆个结实。

欸？现在，我已经进入到龙井身上了不成？

负屃瞧着我这不知所措的样子大喜过望，正山见负屃的样子，知道成功了，不由得也浮现出喜悦之情。

负屃道：“父王给了不才钥匙，现下不才便放你出来。”说着伸出手，掌心朝上，出现一个雪白的光球，光球飘飘忽忽地飞进我脖颈旁，穿过这庞大的身体不见了。

接着眼见周遭突然变大，我现下那前腿化作手臂，后腿化为双脚，五色鳞片也变成了华丽的湖青长袍，一个跟头滚倒在地上，眼前是回复正常大小的负屃、正山。

正山忙扶起我，我此时完全是龙井那高高瘦瘦的竹竿身材，比正山还高，晃晃手臂，伸出手来，修长挺拔，正是龙井成天油腻腻握着鸡腿、猪蹄的那双熟悉的手。

“咳，”我试着发声，果然是龙井那懒洋洋的声音，“我这是，换灵成功了吗？”

正山大喜：“没错没错正是成功尔可速去解救饕餮哥哥吧！”拉我出去，不想负屃拦下来，道：“你谁都不识，可勿要露了马脚，现下时间紧迫，自不能一一教你认识，你一定要少说话，耳朵灵一些，见我们行什么礼，定要照做，可记住了？”

我忙点头：“梅菜一定全力以赴！”以龙井那吊儿郎当的声音说出如此正经的话，着实别扭不已。又望向住在我身体里尚昏睡不醒的龙井，负屃道：“莫要担心，不才会把你和饕餮藏起来，你且放心去迎西海龙王和枕梦公主吧！分寸定要拿捏好，这可关乎苍生大事。”

我顿觉身负千斤重担，忙点点头，正山便引我出去了。

走了几步，也差不多适应了龙井的身体，轻盈得了不得，简直飘飘欲仙，真是难以想象如此飘然的身体，龙井竟舍不得动，天天只是躺着。

待出了那道悠长通道，眼前豁然开朗，那些怪模怪样的鱼虾忙又倒头行礼。

前番是跟着正山沾光，现下倒像正山跟我沾光了。龙井的身份，好像比正山高一些似的。

我这才神气活现地走在路上，不少虾兵蟹将夹道行礼，有个大八爪鱼，头上戴着官帽，本是一副霸气的将领模样，瞧见我和正山，忙翻滚着那八个爪子，风车一般，煞是好笑，大概是在行礼。

梅菜我长这么大，头一次有此般待遇，真真是威风极了，心下想着，这贵族身份确是有面子，不怪乎尘世里的人为了争权夺势，一个个打得头破血流。

我现在地位煊赫，自是一路上左看右看，似是乡巴佬进城，但见龙宫处处皆是凡世难得一见的丰饶美丽，黄金白玉随处可见，各种梦里都未曾见过的鱼虾皆像是有灵，事事一如尘世百姓，井然有序，只差开口说话，许是我表现得太没见过世面，正山直不时碰碰我，道：“尔须有龙神做派此番实在有碍观瞻事成之后吾定带你游遍龙宫。”

我一听忙收了心，正一正面色，摆出一副正经模样，跟戏台上的老爷一样踱着方步，一副傲慢相。

正山生怕我路出马脚，一路诚惶诚恐，小心翼翼。

待到了正门，两个可怕的鱼人士兵亦是对我恭敬有礼，我学着正山先前的模样挥手示意，这两个鱼人摇头摆尾，好不敬畏。我见状忍不住更挺起那瘦骨嶙峋的胸膛，昂首阔步，目中无人地往里走。

待进了真正的龙宫里面，才发觉外面那本来绮丽的景色跟里面相比，顿时显得分外……贫瘠。

龙宫内是一个辽阔的大庭，前方很远方有正殿，大庭内中铺满晶莹剔透的碧玉大方砖，上面镂刻着精细但看不懂的图纹，仿佛对龙宫来说，碧玉与尘世里的土坷垃一般，本就是寻常之物。

碧玉砖之间留出花瓣形状的空地，填着洁白细沙，栽种着一棵棵几十人方能合抱的粗壮庞然大树，这树端的是尘世间见不到的，树干是深深宝石蓝色，垂到地上的枝条颜色渐浅，变成淡淡透明的青色，叶子是杨树叶子般形状，却大如蒲扇，是明亮的耀眼赤色，一如一树燃烧的火，树上垂下一串一串的果实，竟五彩闪耀，像龙井化作神兽时夺目的鳞片，着实壮丽的教人叹为观止。

我看傻了眼，真真像小三子背的诗句：此景只应天上有，人间能得几回闻。几乎未曾瞧见密密麻麻的虾兵蟹将在倒头行礼。

正山忙又碰碰我，我方回过神来，只见均是些碾子磨盘般大的鱼精虾怪，偶尔还有些体格庞大的持着鱼叉的鱼人，个个有副凶神恶煞的面容，偏又表现得恭敬有礼。我忙学正山的样子教他们免礼，那庞大的鱼虾们对我满怀敬畏之色，几乎不敢抬头多看一眼，便侧身避让开路。

想我梅菜也有今天，虽说是占了龙井的躯体，但仍是一副出人头地的样子，真想教小三子、二虎哥他们也瞧瞧我梅菜的派头。

没在这夹道欢迎的阵势里走几步，却见龟丞相连滚带爬地跑了来，俯身道："哎呀呀，饕餮殿下，老奴可算把殿下盼到了，老奴早跟龙王陛下进谏，负屃殿下那出名的铁嘴定可把饕餮殿下劝得回心转意，可不是饕餮殿下已然来了！"又往我身后瞥了正山一眼，道："负屃殿下不是去接饕餮殿下了吗？不知负屃殿下现下何在？"

我不知所措，慌张地瞧瞧正山，正山低头不语，我一瞧龟丞相那狐疑的眼神，心下方寸大乱，突然想起龙井对龟丞相的姿态，便忙装出一副不耐烦的样子，信口胡诌道："你这老奴管得倒多，龙神的去向，关你何事？"

龟丞相一听吓坏了，当下忙磕头如捣蒜，哆哆嗦嗦地说："老奴不敢，老奴不敢，是老奴不知分寸，绝无以下犯上之意，还请饕餮殿下息怒，瞧着老奴自小伺候龙神殿下们一场，饶老奴一次！"

"哼。"我一甩袖子便继续往前走，龟丞相未曾蒙我说句起来，犹跪在地上颤抖不已，不敢起身。这龟丞相当面一套背后一套，真真活该。但瞧他年岁大了，我又心下不忍，便道，“龟丞相起来吧，下不为例。”

龟丞相如蒙大赦，忙爬起来追随在我身边，不知道有心还是无意撞了正山一下，正山见状便默默走远了一点。

龟丞相堆笑凑上来：“饕餮殿下这些时日受苦了，老奴可是没少在龙王陛下面前给殿下求情，得知殿下受罪，老奴的心肝俱犹如滚油相煎，日夜担心的撕心裂肺，恨不得以身相替啊……”

原来龟丞相倒是个忠心护主的，我这心里当下也便有些替龙井感动，不由得道：“劳龟丞相担心了。”

龟丞相听说，精光四射的眼睛竟泛出泪光来，一把鼻涕一把泪地哭道：“还是饕餮殿下知心啊！老奴就算肝脑涂地，也报不得万一，呜呜，老奴此生有饕餮殿下一句话足矣……呀呼嘿……”

“好了，”我忙宽慰道，“龟丞相莫再啼哭。”

我也不敢多言，只得捡着闲话说几句。

龟丞相一听，脸色登时如夏日暴雨之后的天空，瞬间又和煦无比：“哎呀，饕餮殿下，老奴真是喜极而泣呀！对了，西海龙王早已偕枕梦公主至正殿，正瞧着珍珠宫女跳碧波舞呢，老奴察言观色，西海龙王和枕梦公主可俱是含着期待之色，想必早等不及见见殿下的英姿，龙王陛下特地吩咐老奴出来相迎并传旨，请饕餮殿下务必和颜悦色些，伤了和气可是大大不好……”

我也知道不能失了分寸，心里顿时更紧张了，侧头看看正山，依旧是副谨慎模样，我怕言多必失，便直眉瞪眼道：“我还不知道怎生做吗？少来啰嗦。”

龟丞相一听我语气不善，大概只当这龙井又闹起别扭来，忙知情识趣地退开，生怕引火烧身。

这时负屃大人也急匆匆地赶来了，龟丞相忙又堆笑迎上去，还未开口，负屃只见龟丞相碍眼，不待他阿谀奉承，便不耐烦地挥手示意他退开，龟丞相见状更是摸不着头脑，但仍小心翼翼地退下了。

正山见龟丞相退下，方走近我，负屃也靠近我低声道：“你至正殿务必先低头瞧我们行礼，如有人问你什么，不才会替你圆场，若是非答不可，你只需说收妖不易，尚有些疲累，知道吗？”

我忙点头，眼见华丽威严的正殿到了，我一颗心更是跳到嗓子眼，紧紧攥着手心，生怕露出马脚，在这种神界，若是给识破了，小命不保不说，连龙井，带睚眦、负屃、正山，还有海里居民，岸上百姓，只怕都得给我连累了。

我越想越紧张，嗓子眼冒火似的发干，也几乎连口水都不敢吞。

负屃先我一步至正殿，只见大群身着水红色轻纱的宫女衣袂飞扬地迎上来行礼，个个杏眼桃腮，美艳无比，真真跟烟雨阁的姐儿一般漂亮，可又比烟雨阁的姐儿多了些不食烟火的气息。

我定睛一瞧，这些宫女与守门的鱼人一般，上身虽与凡人无异，可飞扬的轻纱下竟是红色的鲤鱼尾巴，却不叫人害怕，反而更添飘逸，真真是好看极了。

负屃怕麻烦似的挥手示意免礼，我犹瞪着眼睛发呆，早有宫女簇拥负屃身后，又有些随侍在我和正山身侧，粉面含笑，低眉垂目地微微躬身在我身侧，这便是给人伺候着的滋味？梅菜我一直是个伺候人的，此番给人伺候，倒也怪教我沾沾自喜的。

在锦鲤宫女的陪伴下跟随负屃跨进正殿，只见一股暖意袭来，正殿内似是一阵钟鼓礼乐悠扬流泻出，好一种动人心弦的声音，与烟雨阁的吹拉弹唱大有不同，可是怎生个不同，我也说不出来，只端的觉得这仙乐能荡涤人心，五内俱是受用得很。

眼前那庄严华贵的正殿穹顶很高，雕刻着星辰还是什么的图样，四壁是各色繁复龙纹，支撑穹顶的柱子俱是深紫色，地上是氤氲雾气，踩上去软绵绵棉花一般，一个宫女见我东张西望的样子，低声道：“饕餮殿下受苦了！连回自家都如此怀恋，不定是在地牢多么想家呢，真教奴婢惦念。”

另一个宫女道：“还好饕餮殿下安然无恙，姐妹们日日为饕餮殿下祈福，好容易才盼到饕餮殿下回来了。”

龙井人缘真不错呀，宫女们简直超越了主仆之情，想来龙井平日表现，定是不摆架子的。我忙和颜悦色道：“多谢姑娘们挂怀。”

两个鲤鱼宫女本就面若桃李，此刻听说更加染上红霞，互相对望一眼，低了头只是微笑。

隔着一道珠帘，影影绰绰能瞧见人影，珠子皆为拇指肚大的正圆珠子，皆是精挑细选一般大的，白中泛粉，光泽非比寻常，虽说珍珠确是海中特产，但每一颗珠子大概都是值钱货色，竟串成如此大的珠帘，龙王爷当真阔绰至极。

早有鲤鱼宫女挑开帘子引我们进去，负屃先进去，我从他身后一瞧，只见数十个衣袂如雪的美人正在跳舞，美人们顾盼神飞，肌肤胜雪，正挥舞着手中长长的白练，将白练舞成各种花样，赏心悦目之至。

终于要见到那龙王爷和西海龙王了，我心里打鼓似的扑扑猛跳，但自是不敢表现，学着负屃、正山那悠然自得的样子进入到里面，那宫女们飘逸的舞蹈霎时停了，忙收起手中白练，退了下去。

我怕出差错，不敢看殿上，只定定瞧负屃与正山姿态优雅地走到殿前，负屃先一挥袖子，双手合十躬身道："儿臣负屃参见父王，小神参见西海龙王！"

接着正山也照做，我看了两遍，怎么也学会了，忙照猫画虎拜了下去。以龙井那怪不正经的声音恭敬地说道："儿臣饕餮参见父王，小神参见西海龙王！"

只听一个雄浑有力的声音道："免礼，赐坐，见笑，这便是孤不成器的三个儿子。"

我这才偷眼一瞧，殿上摆着一个长案，左右两侧亦有长案，正中那个戴着璎珞皇冠，穿着紫色锦袍的，象牙面色，微微有些长须，长相长眉大目，不怒自威的，便是说话者，定是传闻中掌管四时节气，风调雨顺的龙王。真真威严的教人窒息，周身一股浑然天成的霸气，教人不敢直视。

但见左面长案为首的是一位穿深红锦袍，同样头戴璎珞皇冠的神祇，英姿飒爽，紫膛面色，有一双长长的凤眼，亦是微微有须，拱手和蔼笑道："王兄真真是过谦了，千年未见，几位龙神个个越发勇武异常，着实教人羡慕啊！"

龙王微笑道：“过奖过奖！睚眦倒还勉强称得上勇武，其余也便稀松平常，尤其是饕餮，”望向我，口中谦虚，面上却露出一种宠溺的样子，“最不成器的便是他，日后还需西海龙王好生教导了。”

早有宫女引我们坐到宴席右侧，我挨着负屃、正山坐了，长案右边已先坐了几个龙神，个个丰神俊逸，与龙井他们相差无二，我不敢细瞧，但见那不知道什么材质的黑色长案内里竟有飘动的云絮，而桌上亦摆满世所未见，叫不出名字的各种奇异珍馐。

宫女在我面前摆了与桌子同样材质的碗筷，那云絮翻飞，煞是有趣，我本想摸摸，但旁的龙神都不动，又怕失了礼，只好讪讪作罢。

再偷眼看看西海龙王，身侧坐着一位公主，这公主一身白色累银丝绣花轻纱，竟发出朦胧柔光，乌黑长发盘成云髻，高高耸起，缠绕着白色水晶花朵，耳后再长长直披垂下来，那花朵倒有些像后庭那棵树上的，鹅蛋脸庞，俊眼修眉，端的是倾国倾城的绝代佳人，烟雨阁美人虽多，梅菜我也是见惯了的，但见了这枕梦公主，竟张大了嘴巴，眼睛也忘了眨，直看傻了。

那公主瞧见我看她，许是嫌我唐突，面露不悦，不由得把头一侧，我这才回过神，狼狈地盯着眼前的奇异餐具。

西海龙王大概看见了我那丢脸模样，解围道：“不知饕餮此行收妖，可有收获？早听说你为三界掌管妖簿，可当真是前途无量。”

我忙先看看负屃、正山，负屃对我使了个眼色，我也不知道他是什么意思，只得硬着头皮起身行礼道：“西海龙王过奖，小神，小神……”只觉得嗓子憋着棉絮似的，也想不出该说什么，急的五内俱焚，期期艾艾。

西海龙王面露诧异之色，别的龙神也都直望着我，我越发紧张，简直要哭出来。

西海龙王刚要开口问我，负屃忙站起来，打圆场道：“还请西海龙王见谅，饕餮平日最为怕羞，今日得见枕梦公主仙姿，想来大喜过望，心旌荡漾，平日里那些话都不知道挑哪一句说了！”

西海龙王大喜，笑道：“孤别的不敢自夸，枕梦吾儿倒确是吾最宠爱的女儿，不想饕餮竟对吾儿一见钟情，倒也免了月老许多麻烦，真真是天定的缘分，哈哈哈哈……”

龙王本见我丢脸，颇有些紧张，一听负屃舌绽莲花，忙笑道：“确实如此，饕餮听说结亲，可是高兴得很，听说西海龙王来相东床，可不是收了妖便急着赶来了！”便岔开话题道：“把你收妖的见闻说些给西海龙王听听。”

我一听，这舌头发僵，那一大群妖的故事满脑子打转，不知道提哪一个好，又怕说多了走漏风声，倒是想起来负屃教的话，忙行礼道：“小神惭愧，收妖不易，尚有些疲累……”

西海龙王一听，道：“可不是嘛，莫要勉强，还是教饕餮歇一歇，慢慢讲。”对身后一个侍女道：“把孤的礼物呈上来。”

那侍女一听，便双手一捧，凭空出来一个方方正正，四边雕刻着龙形的赤红色透明酒器，接着一股清甜的香气弥漫出来，我也使劲吸了吸，当真好生好闻，不想这酒在水中尚能出来香味，真真是仙酒，想必那酒器也是仙家宝物，能不让酒与海水混合，真乃神物啊。

西海龙王道：“此乃蓬莱市上寿星公赠予孤的蟠桃仙酒，孤特带来与众龙神分享，一点菲薄心意，还望王兄笑纳。”

龙王喜道：“这可是珍贵无比的琼浆玉液，多谢西海龙王慷慨。”又悄悄看我一眼，使了个眼色，大概是责怪龙井往寿星公处偷桃子的事情。我见状忙低头不语，龙井的黑锅，此刻偏轮到我背，真真晦气。

第21章 下小雪（五）

梅菜用龙井的身份与枕梦公主见面，无意之中扯下了公主的龙鳞，却巧合帮龙井解围，回到了龙神祠里。

龙王道："来啊，把这蟠桃仙酒赐给众龙神。"

早有鲤鱼宫女轻盈地接过酒器，依次注满那飘着云絮的餐具。待那鲤鱼宫女到我面前，浅浅一笑，只倒了少少一点，我以为酒不够分，不想那酒器小小一个，竟怎么也斟不完，当真又教我开了眼界。

见大家面前都满上了蟠桃仙酒，那西海龙王笑道："众神权且举杯，咱们为此次联姻庆祝一番，孤先干为敬。"便以宽袍大袖挡住酒杯与口，饮下一杯。

众龙神皆行礼致意，举起袖子遮住口，喝下酒，只正山跟我挤挤眼，道："浅尝辄止。"

我见状忙也挥袖遮上口部，这酒味道端的好闻，定也甘甜无比，真想尝尝看，但见那酒竟是淡淡粉红色，黑色餐具的云絮也被染成粉红，着实赏心悦目。我迫不及待地喝下一小口，暖融融入喉，伴着浓浓桃子香味，甜甜的，醇厚的一股暖意涌上来，下了肚，桃子甜香犹滋味绵长萦绕在舌尖，当真是琼浆玉液，梅菜我这才尝到真正的神仙滋味。

我早把正山说的什么浅尝辄止抛在脑后，这么好喝的东西，待我回到尘世，定是再无机会品尝，不若趁机多喝几口，方才够本，又瞧着这酒斟的着实少得可怜，一边埋怨那斟酒宫女小气，一边把杯中余酒全喝下肚去。

这仙酒下肚，我这四肢百骸俱暖意融融，脸颊更如着火一般滚烫起来，而且浑身都充满了力气，舌头也润滑起来，见着这些龙神，怎生看怎生亲近，当真想与龙神们把盏言欢，一诉梅菜我满肚子的话。

大家喝完杯中酒，宫女们又再来斟酒，眼瞧那宫女又只倒了一点，我瞧正山与负屃正低声说什么，忍不住趁机低声扯谎道：“烦姑娘多来一些，我正口干呢！”

那宫女犹豫了一下，多斟了一些，悄声道：“饕餮殿下还是少喝些吧！”我忙点头，眼睛直盯着那酒。

龙王道：“真乃美酒佳酿，孤亦借花献佛，愿西海与龙宫永结姻亲，共享太平盛世！”便饮下酒来。

众龙神又喝下美酒，负屃亦低声道：“傻狍子不可再饮。”

我已经把酒放在唇边，仗着宽袍大袖的遮挡，我假装没听见，一口喝干，馥郁甘香，醇厚鲜甜，我咋咋舌，真真是教人如痴如醉。忍不住摇头晃脑赞道：“此酒当真是天下罕有啊，哪里都比不上……”

西海龙王一听，笑道：“饕餮却是个会品酒的，不愧为尝遍世间万物的吞天神兽。”

我忙行礼道：“怎敢怎敢，实在是此酒太过美味，教人如痴如醉。”

正山见我这样子，似是有些慌张，负屃抬头见我这样子，也变了脸色，真是的，慌张什么，梅菜我可未曾忘了此番前来是要救龙井的，此刻不给他们瞧瞧梅菜我的本事，岂不可惜了？还有那仙酒，一小杯怎么能打发我，不若再讨点来喝，横竖现在占了龙井位高权重的身体，不好好用用着实浪费。

想到这儿，我便行礼托词道：“饕餮多年未见西海龙王与枕梦公主，不与西海龙王敬酒，实难抒发心中仰慕，来人啊，与我满上仙酒！”

早有西海龙王的侍女亲自接过酒器与我满上，还是西海财大气粗，满满一杯呢。

我一饮而尽，开始有了飘飘欲仙的感觉，仿佛已经飞到了天上，脚下踏的是云絮一般。

我存心要出一次风头，便学着小三子常吟诵的诗句道：“五花马，‘千斤球’，呼儿将出换美酒，与尔同销万古愁。”

我一直纳闷为何古人饮酒还要带上千斤大球，是以一提饮酒，总是这首诗脱口就来，很少有人不夸我梅菜也是肚子内颇有些墨水的。

西海龙王一愣，然后大喜："好！这岂非是诗仙的名作嘛！都说负屃雅好斯文，不想饕餮竟也能出口成章，真真文武双全，得此佳婿，真是美哉美哉！"

我越发得意，也忘了行礼，大喇喇地坐下了。

不想西海龙王倒不见怪，反倒称赞道："饕餮果然是个不拘小节的。"便饮下一杯，道，"来啊，再给饕餮殿下斟上一杯，教枕梦亦与饕餮同饮！"

啊啊，又有酒可喝！我沾沾自喜地想，自己可当真是太聪明了。

这酒一杯下肚，我喝得正酣，正山死命地扯我的衣袖，真真婆婆妈妈，我一把甩开，又道："小神再敬枕梦公主，公主天姿国色，真乃倾国倾城的佳人……嗝……"

这话谁说过来着？烟雨阁的恩客们倒常来夸姐儿说，怪道我如此顺口说得头头是道，哎，连我自己都好生佩服自己的头脑。

龙王爷眼见我这模样，忙道："小儿失礼，西海龙王可勿要见怪，饕餮本就酒量差……"

西海龙王忙道："不妨事，饕餮真真好性情，不理世俗，倒颇有孤年少时的模样，枕梦吾儿，"又面向枕梦公主，枕梦公主婉约地应了，西海龙王道，"饕餮哥哥不胜酒力，你且随他去后庭散散酒可好？"

枕梦公主默然点头，龙王大喜，忙道："饕餮，可速去带枕梦公主于龙宫一游，大婚前，也好先瞧瞧咱们这儿的格局。"

我恋恋不舍地瞧着酒杯，着实不忍离开，负屃忙道："饕餮，还不速去！"

我只得起身行礼，退了席。在一众宫女的簇拥下与枕梦公主离了正殿往后园去了。

我瞧瞧枕梦公主的样子，倒有些怏怏不乐，便多嘴多舌地问道："不知枕梦公主何事不快？"

枕梦公主叹口气，淡淡道："饕餮殿下多心，枕梦未曾不快。"

这枕梦公主一副不大愿意搭理我的样子，可怎生替龙井讨好未来妻室呢？我着实动了一番脑筋。

但见庭院树上的美丽花朵，我忙去采了些来，奉上道："此乃龙宫仙花，特来讨公主一笑。"

枕梦公主看了一眼，道："饕餮殿下也太不把西海放在眼里了，这瑰花岂是上得台面的东西？能讨本公主的笑？不是我轻狂，在我们西海，哼……随随便便踏在脚下的，只怕也比它强些。"

我顿生狼狈，这种仙花看来不是什么值钱货色，不能讨这高高在上的公主欢心，便赔笑道："公主见笑，饕餮思虑不周，还望公主见谅。"

枕梦公主摇摇头，冷笑道："不妨事，料想枕梦一无是处，也不值得饕餮殿下这大名鼎鼎的吞天神兽费心思虑。"

我登时吓得酒醒来一半，心下想着，得罪了公主，我可就白来冒险了，忙道："公主息怒，小神可是做了什么失礼的事情，冒犯了公主？"

枕梦公主挑眉道："枕梦怎配得上一句冒犯？殿下可不是嫌弃枕梦姿容丑陋吗？"

我越发糊涂了，莫非我喝多了酒说她难看？不对呀，这公主如此美貌，我就算喝醉也不至于颠倒黑白，实在是想不起来了，只好厚着脸皮问道："还望公主息怒，公主美貌，小神怎么会胡言乱语？"

枕梦公主翻了个白眼，轻声慢气道："饕餮殿下嫌弃枕梦，若是非得明说出口枕梦才看出来，枕梦未免也太愚钝了些吧。"

明摆着是我得罪了她，不过转念一想，是以前龙井得罪的，也未可知，哎，又替龙井背一个黑锅。

我只好行礼道："小神以前鲁莽，定是不知分寸，惹恼了公主，望公主莫要与小神计较，小神以后定注意言行。"

枕梦公主道："以前？以前的事情太久了，枕梦也早不记得了。"

这话是说我刚刚得罪的吗？我仔细想想，确实没啥出格的事情啊，莫非她嫌我多喝了他们家的仙酒？

但这枕梦公主可不像那么小家子气的。

我一下子也不晓得说什么好，只得讷讷地走着，不敢再吱声，还是负员说得对，言多必失，神界规矩多，定是梅菜我没见过世面露了怯。

谁知枕梦公主又不乐意了，见我无话，遂道："果然是饕餮殿下，眼高过顶，话都不屑与枕梦多说一句，枕梦若是碍眼，这便回西海去，不与饕餮殿下平添烦恼。"说着竟挥袖回身便走。

我一看这阵势，深知了龙井曾经说的那句：女人心，海底针，也稍稍明白了些龙井所说，脾气性情，没有一样是他瞧得上眼的，这位枕梦公主可端的刁钻，着实难伺候。

我只好又追上去赔笑道："公主见笑，饕餮不大会讲话，还请公主大人大量，莫要与小神一般见识。"

枕梦公主冷笑道："大人大量？饕餮殿下是说枕梦小心眼？不够大度吗？"

我登时又是一阵哑口无言，这这，莫非也是龙井先前说的？

此情此景，可教我说什么好呢？枕梦公主若是不高兴，定会让西海龙王也不高兴，西海龙王不高兴，龙王爷自然也不会开心，最后受罪的，还是龙井。

我只得赶鸭子上架，又是一阵谄笑："枕梦公主，小神绝无此意啊，公主冰雪聪明，岂看不出小神可是久仰公主啊，不周之处，公主海涵海涵……"肚子里的客套话快要用光了，接下来可如何是好，真真教我心焦。

"冰雪聪明？"枕梦公主又道，"殿下可是说反话讥讽枕梦无事生非？"

"不敢不敢！"我急得直摆手，"梅菜我……"啊，糟了……我似乎把平时的自称也带出来了……

枕梦公主挑了一下左眉："梅菜？"

我忙道："小神，小神不过嘴馋，是想吃点供奉罢了……"

"嘴馋，要吃那么寒酸的东西？哪个百姓会拿那种东西供奉？"枕梦公主怒道，"饕餮殿下真是当枕梦愚蠢到什么样子？定是哪个把饕餮殿下迷得神魂颠倒的女妖吧？”

“不不不……”我忙摆手，“枕梦公主当真误会梅……小神了！”我恨不得把龙井舌头咬下一截，真真不利索，又把梅字带了出来，不知枕梦公主如何发威，怪教人害怕的。

果然，枕梦公主散发出一种睚眦大人似的煞气来：“饕餮殿下，莫不是还在为那劳什子女妖开脱吗？还未成婚，已然拈花惹草，他日若真结为夫妇，不知道枕梦要怎样的独守空房！”越说越委屈，竟淌下泪来。宫女们也都面面相觑，却依然不敢抬头。

我已然全然吓蒙了，眼瞧着枕梦公主又要挥袖离去，我忙拉住公主手臂：“枕梦公主，求听听小神解释，小神着实……”枕梦公主自是要挣脱的，不想龙井力气大，只是轻轻一抓，枕梦公主一挣，竟把胳臂上的白纱生生扯了下来，露出了洁白如玉的手臂。

我吓得僵住了，枕梦公主又羞又怒，狠狠摔下轻纱，遮了胳臂回身要走，但又不甘心地折回来，狠狠甩在我脸上一个耳光，大哭着跑走了，好在许是龙井脸皮厚，倒没什么感觉，只见一众宫女忙唤着公主追了上去，徒留我愣在原地不知如何是好，待了一会儿，方觉大事不妙，只得也追上去了。

但见枕梦公主眼瞧着到了正殿，偏又停下了，不知迟疑什么，我趁机拦下，恳求道：“小神真真不是故意的，公主明鉴啊！”

那枕梦公主杏眼含泪，梨花带雨，真是我见犹怜，道：“本公主虽受了委屈，亦不愿丢这个人，此事还是勿要再提。”说着一股柔光闪耀在她胳膊上，轻纱竟又恢复如初，我忙赞道：“公主当真好法力！”

谁知又惹毛了公主：“自己的鳞片给人扯掉了，连长出来都不成吗？殿下好一张利嘴。”

啊，原来那轻纱竟是公主的鳞片！

我也想起那大头神兽的五彩鳞片便化作了身上这件湖青长袍，忙搭讪道：“公主勿要生气，小神鳞片多得很，公主若是不高兴，小神愿意自扯鳞片教公主消气。”忙要扯下自己的长衫袖子。

枕梦公主满脸通红道：“谁要你的臭鳞片！”却不住盯着我扯

鳞片的手。

谁知龙井力气虽大，那长衫却结实不已，我怎生撕扯也下不来，直急得我满头大汗。

公主慢慢失去耐性，嗔道："饕餮殿下鳞片珍贵，自是舍不得扯下的，却装成如此模样，只为了戏耍枕梦吗？"

我忙道："不敢，不敢……"

公主皱眉道："还有什么是你殿下不敢的？自枕梦一来，教殿下瞧见，殿下便直盯着着枕梦，面上俱是失望之色，只当枕梦瞧不出来吗？

我恍然大悟，原来公主对我盯着她看多心，忙说："小神未曾失望啊！小神不过是看公主美貌，端的是未曾见过的，这才看傻了眼……"

枕梦公主狐疑地看了我一眼，道："饕餮殿下可是刁钻得很，没有一句实话，可不又是在戏弄枕梦吗？"

我忙道："小神怎敢……"

枕梦公主不耐烦道："别的话也懒得想来跟枕梦说，来来回回，只是一句不敢，左不敢右不敢，难道枕梦是洪水猛兽？教你怕成这样？"

我顿时也想不出除了不敢还能说些什么，枕梦瞧我那哑口无言的样子，越发赌气："平日里的花言巧语，定是只讲给什么梅菜听！本这龙宫便不若西海富饶，枕梦何必来了受委屈！"

说着，便独个去正殿了，我只得尾随进去，只见宴会正酣，众龙神都是一副兴高采烈的样子，龙王正道："为贺大婚，来年定要风调雨顺，教百姓也同享福泽！"

众龙神忙应下，道："愿西海与龙宫永世共享太平！"便举杯同饮。

正山瞧见我们一前一后回了正殿，赶紧碰碰负屃，负屃也满腹狐疑的样子瞧着我们。

枕梦公主满脸不悦地径自到西海龙王耳边，嘁嘁喳喳不知道说了什么，西海龙王脸上由晴转阴，边威严地瞧向我，边问道："真有此事？"

西海的宫女马上不识时务地凑上前，道：“龙王，莫不是说龙鳞的事？是真的！枕梦公主胳膊上的龙鳞确给饕餮殿下扯下来了！”

“什么！”西海龙王登时变了脸色，“龙鳞？”

枕梦公主似是也慌了神，斥退宫女道：“谁说龙鳞的事了？多嘴！还不速速退下！”

那宫女一瞧马屁拍到马腿上，赶紧灰溜溜地退下了。

西海龙王大怒：“孤的女儿一向娇生惯养，言语上许是尖利些，可为何竟下手扯她的龙鳞？”

枕梦公主忙道：“父王息怒，饕餮殿下并不是有意的。”

不想枕梦公主看上去冷若冰霜，倒也不是那是非不分的。

西海龙王向龙王道：“王兄，头次见面，便扯下了孤女儿的龙鳞，下次岂不要断了孤女儿的龙角？更有甚者，若如她姐姐，竟给贬到远处，上哪儿再找一个柳毅给孤传书？孤可不舍得女儿受苦！”

龙王慌忙道：“西海龙王勿要动怒，孤这儿子当真是……饕餮！”向我怒道，“还不速与西海龙王并枕梦公主请罪！”

龙王的霸气登时把我吓住了，两腿一软便给跪了下去。

负屃忙起身道：“还请父王与西海龙王并枕梦公主息怒，饕餮虽是顽劣惯了的，但大场合尚算知道礼数，其中定是有什么误会……”

西海龙王道：“王兄，龙鳞且不说，枕梦说无意，想也是无意，不过枕梦刚才与我说，这饕餮似是别有心上人！莫不是咱们多事，棒打鸳鸯吧？”

“什么？”龙王威严地看向我，“饕餮，怎么回事？为何从未听你跟父王提起？”

我着实不知道怎生讲，只得求助地瞧瞧负屃。

负屃眼珠一转，计上心来的样子，行礼道：“父王，据儿臣得知，饕餮确有一情深意笃的对象！不过那位女子身份低微，断断是不配咱们龙神的。”

龙王大惊：“什么？”我也吃了一惊，这负屃真是随机应变，莫非是想让西海龙王父女对龙井死心吗？

西海龙王道：“看来真有此事。”便面向我道：“为何不早言说？”

还未等我找到什么借口，负屃像是怕我丢人，早抢过话头：“饕餮知道仙妖终不能厮守，又怕父王责怪，才未开口，是以父王并不知晓知此事。”

龙王忙道：“正是！说起来，都是龟丞相举荐说饕餮从小与枕梦公主青梅竹马，感情颇深，定是佳偶天成……”

负屃忙道：“龟丞相阿谀奉承，定是为了讨好父王与饕餮，才促使父王乱点鸳鸯谱！”

龙王一听找到台阶下，忙做出一副怒容：“带龟丞相来！”龟丞相一直在殿外候着，早听见这些言谈，吓得面无人色，一张胖脸汗如雨下，直趴在地上，大喊：“龙王饶命啊！老奴只当枕梦公主出类拔萃，才想着与饕餮殿下凑成佳偶，就算借老奴几个胆子，老奴也不敢诚心让龙王爷和饕餮殿下为难啊……老奴当真不是有意的呀，还请龙王爷明鉴……”

又爬向我道：“饕餮殿下也给老奴求求情吧！老奴可一心为了饕餮殿下呀……”

龙王怒道：“混账！害得孤失仪，真该重重罚你！”

龟丞相更是害怕，死死抓住我衣袖道：“饕餮殿下，老奴可伺候饕餮殿下这些年……没有功劳也有苦劳，求饕餮殿下开口给老奴求求情吧……老奴上了岁数，这身子骨可禁不起折腾哇，呀呼嘿……”大哭起来。

我瞧龟丞相这样子，亦是于心不忍，只好道：“父王，龟丞相他也不过是忠心耿耿……”

龙王怒道：“你自身难保，还敢开口！看孤教你看冥门，以平息西海龙王怒气！”

西海龙王一听，忙道：“王兄息怒，并不是饕餮的错，个中因由曲折，岂是咱们能料得的，可勿要动怒，婚事不成便不成，横竖龙子众多，哪一个都是孤喜欢的，但教枕梦自己选，岂不更好？”

我心下想着，这龙子们任人挑选，虽个个身份高贵，可端的反倒跟大筐里的萝卜似的。

但见龙子们个个慌得勃然变色，看来这枕梦公主名声在外，显然没人愿意。

枕梦公主悄悄拉拉西海龙王，耳语几句，西海龙王倒笑了：“好！不愧是孤的女儿！”

龙王忙问：“公主何意？”

西海龙王笑道：“枕梦的意思是，莫不是她堂堂龙族公主，还比不上个妖？再说仙妖终不能成亲，横竖是没希望的，待她与饕餮先相处一阵，虽说现下饕餮难免给女妖迷了心智，相信饕餮定会回心转意，断了与那劳什子女妖的念头，转而再与枕梦成亲。”

哎，看来我运气不错，倒未曾把事情搞砸，替龙井现下应了婚事，定能救他于水火之中，我窃喜地想，梅菜我真是能干。

龙王大喜道：“好！幸亏枕梦公主深明大义，不拘小节，既蒙公主不弃，那就还照原定的日子……”

“且慢！”西海龙王伸手制止道，“恕王弟无礼，王兄，枕梦是说，自己也是有些傲气的。难道要嫁个同床异梦的？枕梦愿意等到饕餮殿下真心实意求亲，才能知道他已与那女妖确实一刀两断，届时枕梦再自行考虑是否答应婚事，免得饕餮不情不愿，落个棒打鸳鸯，届时两相情愿皆大欢喜，王兄意下如何？”

龙王忙道：“好！就如此定了！”

又威严地对我道：“饕餮，定要好好表现，若是枕梦公主瞧不上你，父王可也不好多说什么！”

龙子们纷纷如蒙大赦，举杯庆祝起来。枕梦公主也便含喜带嗔地瞧了我一眼。

可见我是替龙井办好了一桩事。危机，似乎就这么稀里糊涂地化解了，我还是有点发蒙。

但见宫女搀扶，龟丞相也抹着眼泪起来了，我便又入席去饮酒了。

正山、负屃又好气又好笑地瞧着我，正山道：“竟又来饮酒真真是稀里糊涂教人好捏了一把冷汗幸亏负屃哥哥急中生智。”

我忙道：“此番龙井可能放出来？”

负屃笑道：“不想傻狍子倒真真是个能干的，事情完成得倒也算漂亮，到时候饕餮醒了，只要不去求亲，看这枕梦公主好面子又傲气，怎生嫁来！”

我不大明白个中道理，不过枕梦公主倒脸泛桃红，好像是一直偷偷瞧着我似的。

散了席，西海龙王并枕梦公主与龙王作别，我也跟着众龙神行礼，西海龙王带来的侍女化作一只巨大的神兽，拉着龙车带着他们离开了龙宫，回西海去了，枕梦公主犹恋恋不舍地瞧了我几眼，负屃、正山都偷偷笑了。

龙王见西海龙王离去，便问我道：“何时又与那女妖纠缠不清了？父王怜你，才未曾把她打个灰飞烟灭，你可守好妖簿，莫再多生事端。”

龙王这话的意思，像是知道龙井与劳什子女妖的往事？这不是负屃随口说的，倒像真有其事，莫非，是指那画中美人？

我尚在走神，龙王见我昏昏沉沉，怒道：“还是总没个正形！还是一方龙神！给孤好生反省！这次好在西海龙王大度，不然孤定要罚你，你好自为之吧。”便甩袖走了。

其他的龙神哂笑一番，都笑称我走了桃花运，横竖我也不认识他们，丢的是龙井的脸，我也没什么所谓，他们见我蔫头耷脑，觉得没什么热闹可瞧，也颇有些失望地回去了。

独正山和负屃留下，负屃道：“事情了结，不才这便带你回凡世。”

我一听终于能回去了，高兴极了。

待正山和负屃带我回到睚眦的宝库，不想睚眦也在宝库内，手里握着更魂器，一张没有表情的脸阴晴不定，让人好不害怕。

负屃竟笑了，低声道：“睚眦兄长怕是早瞧出来了，嘿嘿，有趣有趣。”

正山有几分害怕睚眦，不自觉地靠着我和负屃。

而龙井早醒了，正抱着压吧虎子装乖顺懂事的样子，微微笑着，原来负屃把我的身体藏在这里了，龙井蹦蹦跳跳迎上来，假模假样甜甜笑道：“龙神爷回来了？真教梅菜担心，压吧虎子早好啦，还请龙神爷送梅菜回去吧！”

看着自己怪里怪气的样子，真真教人别扭，不知道龙井见我占了他的身体，心里怎生想。

睚眦怒道：“你还装上劲头来了，瞧你这一脸奸猾，难道瞒得过本神？今日看你一副呆相，只道你是饿的，不料想竟私自盗用本神的更魂器！你们几个好大的胆子！父王知道了，定教你们个个打回原形看冥门！”

负屃笑道：“瞧着兄弟受苦，莫非睚眦兄长不心疼？归根结底还不是睚眦兄长拒绝婚事，才害父王为难，不才替你救下龙宫和西海以及凡尘百姓，不来谢不才也便算了，倒横加指摘，真真教人寒心哟。”

说着，便抖开扇子扇起风来。负屃真真能说会道，倒把责任推到睚眦大人身上了。

睚眦似也有些亏心，先觑了我一眼，随即又想起我不是龙井，又狼狈地咳嗽一声掩饰尴尬，道：“本神为兄长，未曾瞧好你们，也是本神失职，这次也就算了，下不为例，还不速速更魂，把这凡人凡灵从龙宫带出去！”

负屃笑着道声得令，这才从睚眦手中拿来更魂器，我忙把脑袋凑过去，不想龙井占我身体占上了瘾，撒娇耍赖道：“不嘛，人家还要占着傻狍子身体去玩呢！”扭身要跑。

睚眦大怒，一伸手，龙井占着的我的身体便凭空浮起来，脑袋抵在了更魂器上，睚眦怒道：“耍什么猴？速速换回来，呆相的凡人脸上，一双饕餮的骨碌碌贼眼，真真教人反胃。”

呆相？我不服气地想，杨婵、莫先生他们可都夸我机灵呢，这睚眦大人，说话真教人寒心。

刚想到这里，我顿时发觉怀里暖暖的，一瞧已然变回自己的身体，怀中正抱着压吧虎子呢！

抬眼一看龙井，又是往日那懒洋洋的样子：“饿呀，饿呀，傻狍子，随我回龙神祠吧！”

睚眦恶声恶气道：“好自为之吧！为着那个妖怪，纠缠这么些年，连婚事都抗拒成这样，再这样下去，早晚给父王废了神位！”把妖簿丢过来，“父王还是宠你，妖簿拿好，速速回你的玄阴地龙神祠吧！”

龙井一把接住，不情不愿地翻了个大大的白眼，道：“冻顶乌龙，少来说教，还不是你自己任性，害我也跟着倒霉，我还没怪你，你倒埋怨起我来了。”

睚眦又是一副凶相：“什么冻顶乌龙？你那什么女妖精取这么一个茶名，你倒上了瘾四处起绰号了，以后不许提这个可笑的名字！”

欸？怪不得龙井给自己和每个妖怪都取了茶名，莫非，是因着那个神秘女子吗？真真是复杂哇。

龙井像是被戳了伤疤，一副不耐烦的样子伸手拎起我的衣领，我眼睛又是一花，自己已然在龙神祠里了。没有那轻飘飘的感觉，回到尘世，真真觉得身体很重，怪不习惯的。

压吧虎子跳下来蹭了蹭我的裤脚，像是表示谢意，接着急匆匆跑走，一溜烟地不见了。

龙井懒洋洋地躺在供桌上，吹了声口哨，瓜片呼地一下从他怀中账册中冲出来，绕着屋子飞了一圈，落在我肩上：“傻狍子！傻狍子！”

我忙道：“什么傻狍子，要不是梅菜我机智过人，龙神爷还在龙宫地牢受罪！你也没机会飞出来，哼。”

龙井笑道：“听你这意思，你可立下大功了。”

我忙道：“那可不，幸亏梅菜我聪明……”

龙井转转眼珠，叹道：“说你傻，你真傻，你怎么会懂得，父王一方龙王，当真认不出自己的儿子给人更魂？”

“什么？”我吃了一惊，“你是说龙王早看出来了？”

龙井颇得意地笑道：“我宁死不屈，父王根本没有别的办法。眼见覆水难收，西海龙王来了，危机在前，这件事，原就是父王找负屃哥哥相商，唱的一出双簧。”

“啥？你说这是龙王设的计找我代你？”我再一次瞠目结舌，总觉得脑子有点转不过弯来。

“没错，没错。”龙井闭着眼睛点点头，“本来负屃就觉得你这傻狍子脑袋空空，堪可一用，本想自己亲自来接，正巧正山把你带到了龙宫，这不才顺水推舟，既没跟西海龙王闹翻脸，又自然而然地把婚事回了，那老乌龟，不过是拉来垫背的罢了，倒可怜背了黑锅，不过他本就有个壳，索性一起背了，也没什么打紧。”

看来，我是给人当成猴耍了一出戏，亏我还觉得自己足智多谋，原来……

龙井看我快快不乐的样子，笑道：“哎哎，好歹你慷慨赴义的傻态负屃告诉了我。”

我咕嘟了嘴，想起那枕梦公主来，忙问：“到底你为什么不愿意与枕梦公主结亲？真是为那什么女妖精？那女妖精到底什么来路？”

龙井脸色变了一变，犹豫了一下，道：“告诉你倒也无妨，说起来，你还记不记得，有人拆了我的庙宇，建成这烟雨阁？”

我忙点头：“那是自然！建烟雨阁的，可不是那花魁美人嘛！”

“花魁美人……”龙井嘴角一翘，鲜见地叹口气，“她叫香片。”

“香片？”我恍然大悟，“她便是那花魁之争时画舫上的美人吗？”

瓜片嚷道：“妖怪茶名，全因着她，因着她！”

龙井皱眉道：“多嘴！”

瓜片忙识趣答道：“不提！不提！”

这么说来，龙井给妖怪取茶叶的名字，是因为那位美人叫香片了。

我赶忙问：“到底是怎么回事？那香片跟你被封印，妖簿被毁有关系？”

龙井苦涩一笑：“这其中纠葛，说了你也不懂，不过，其实香片背后，跟冥界的势力有牵扯。”

冥界，说的莫不是鬼市那个世界？龙井不等我想明白，又道：“冥界的那股势力，是想抢夺妖簿，收为己用，上次我被封印，妖簿的灵物被放出来，也跟冥界有关系。”

我听不大明白，总觉得含含糊糊的。龙井瞧我那样子，笑道：“本也不指望你能明白，不过，现下那股子势力，又往这玄阴之地聚集来了。”

我脑子一闪，突然想起锦毛貂精那句“本是有任务在身”。莫非那锦毛貂精亦是那股势力的一员吗？

龙井道：“看来我是扯远了，你倒也不必挂怀，以你的头脑，不见得能明白。”

我忙嘴硬道：“明白明白，只不过这跟枕梦公主与你的亲事可有关系？”

龙井撇嘴道：“不想跟枕梦公主结亲，还要什么因由，你没瞧见她那胡搅蛮缠的样子？从小她就是个麻烦的，与她结亲，不若守冥门倒还好些。”

我还是一头雾水，娶不娶枕梦公主，到底跟这女妖有没有关系呢？冥界的势力又与龙井何干？偏生龙井又卖起了关子，真真教人急得抓耳挠腮，又不知道从何问起。

龙井瞧我这样子，嗤的一声笑出来，转头望向窗外铅灰色的天，悠然道：“你想得再多也想不明白，何况守护妖簿本就是我的责任，现下再有什么事情，自然非得我方能化解。”

我仍是不明白，歪着头只是在想着乱麻似纠结在一起的事情究竟何时能得到解决。

龙井笑道：“你还不回家？”

我一拍脑袋，半夜里便偷偷溜出来，爹娘不知道急成什么样子，我忙跑出去，一阵冷风却灌进我的脖子，我伸手一摸，却发现狐狸围巾竟然不翼而飞。

我忙又跑回去问龙井，龙井狡黠笑道：“不是你的莫强求。”

我急道：“怎么不是我的？是姥爷亲手给我做的！”

龙井摇摇头只是笑着不说话，不知道是不是落在龙宫了？我心痛又着急，一想爹娘担心，忙先往家跑了。

铅灰色的天越发阴沉，低低的云层似乎要压到地面上来，街上没有什么行人，远远望见家门，突然就松了口气。

哎，我半夜偷跑出去，现下才回来，爹娘肯定担心，想来又是一顿皮肉之苦吧！

梅菜我，真真是个倒霉孩子。

后　记

《烟雨阁传说》分上下两册，上册写完，该在紫玉钗街边暂时说一声再见了！

木心有一句诗："从前的日色变得慢，车、马、邮件都慢，一生只够爱一个人。"

我喜欢这种慢，喜欢这种悠然恬淡。

所以我对悠然恬淡的古代也很有兴趣——青石板路上，车马踢踏踢踏走过去，宽袍大袖的人也走过去，美人衣香鬓影，街上有芝麻香油的味道，这儿应该是个陈旧的、白墙黑顶的镇子，这儿该有一派江南风光，这儿会宁静的跟一场梦境一样。

穿着绣鞋踏在青石板路上，如果下了杏花雨，街上会浮出描绘桃杏的油纸伞，青石板路上的水痕，会映出模糊的影子。

而这模糊的影子里，恐怕偏巧又暗藏着一些旁的东西。

是啊，在很多古老的传说之中，人和非人的东西，有一条模糊的界限，但是有时候，这个界限会出现很奇妙的突破。

三界的交叉口如果存在，会是什么模样呢？一个丽人丽影、纸醉金迷的地方，如果不偏不倚，正在这个交叉口上呢？

我想让梅菜带大家去看一看，这个地方到底发生了什么样的故事。

四时变化，时光如水，十二个月份和二十四个节气之中，这个地方的故事半明半昧。

龙井是个龙神，却异常惫懒，梅菜不过是个跑腿，倒是多管闲事，书写这些故事的时候，我像是跟他们一起在紫玉钗街上穿行，在烟雨阁里见人间百态，也看压吧虎子、锦毛貂精等非人之物的百态。

这里有很多爱，比如溪鱼对顾生；也有很多恨，比如牡丹对瑞霞；

更有很多无奈，比如聚宝盆对惠甜，龙井对那位来历不明的美人——这整个烟雨阁的主人。

还有很多疑问，“雪菜”到底是谁？还有那位红衣小女孩，又为什么跟梅菜长得一模一样？冥界的力量，又要怎样左右紫玉钗街上的安宁？龙井一直等待的，又到底是谁？

龙井的过去和梅菜的身世，是一块空白，妖簿的缺失，也是一块空白，我想用浓墨淡彩，在下册之中，慢慢给大家填补上这些空白。

所以留下了一些悬念，咱们就要在下册逐渐解开了。

我最希望的，是这本书能在一个阳光很好的下午，在一杯清茶、几块点心的映衬下，以墨香书香，陪着你度过几个小时轻松惬意的时光，我更希望，它能给你快节奏的生活中补上一些闲适安然。

我满心欢喜地在下册之中的胭脂河畔等着你们。

希望大家都岁月静好，现世安稳。

2018 年 5 月 12 日